예언의 시작

WARRIORS 전사들

3 비밀의 숲

WARRIORS series 1: The Prophecies Begin
Book 3: Forest of Secrets

Copyright © 2003 by Working Partners Limited
Series created by Working Partners Limited
Map art © 2015 by Dave Stevenson
Interior art © 2015 by Owen Richardson

Korean translation copyright © 2019 by GaramChild.
Korean translation rights arranged with Working Partners Ltd.
through Rights People, London

예언의 시작
WARRIORS 전사들
3 비밀의 숲

2019년 2월 28일 1쇄 발행
2024년 8월 30일 7쇄 발행

지은이 에린 헌터 | **옮긴이** 서나연

기획 이성애 | **편집** 한명근 | **교정·교열** 권혜정
디자인 김성엽의 디자인모아 | **마케팅** 한명규

발행처 ㈜가람어린이

출판등록 2002년 9월 16일 제2002-000291호
주소 경기도 고양시 덕양구 삼원로 63, 1015호
전화 02-323-2160 | **팩스** 02-6008-2150
전자우편 garambook@garambook.com
블로그 blog.naver.com/garamchildbook
인스타그램 instagram.com/garamchildbook
X(트위터) twitter.com/garamchildbook **유튜브** 가람어린이tv
카카오톡 채널 가람어린이출판사

ISBN 979-11-87777-76-2 74840
ISBN 979-11-87777-68-7 (세트)

예 언 의 시 작

WARRIORS
전자들

3 비밀의 숲 Forest of Secrets

에린 헌터 지음 | 서나연 옮김

가람어린이

별족과 함께 사냥하는 슈뢰디에게,
그리고 진짜 파이어하트를 만났던 애비 크루덴에게.

체리스 볼드리에게 특별한 감사를 전합니다.

차례

WARRIORS
전사들

등장하는 고양이들 · 8
고양이 지도 · 14
두발쟁이 지도 · 16

프롤로그 · 19

1 잎 없는 계절 · 25

2 목격자 · 47

3 꿈의 경고 · 64

4 덤불에 숨은 두 전사 · 74

5 은밀한 만남 · 96

6 수수께끼의 답 · 108

7 클라우드킷의 깨달음 · 119

8 오소리의 공격 · 134

9 낯선 냄새 · 150

10 해빙기 · 160

11 홍수의 위협 · 168

12 강족에게 필요한 것 · 180

13 놀라운 소식 · 196

14 전사다운 행동 · 205

15 뜻밖의 모습 · 219

16 위험한 임무 · 230

17 신더포의 선택 · 238

18 나이트스타의 속셈 · 249

19 아슬아슬한 휴전 협정 · 263

20 침입자들 · 280

21 탄생과 죽음 · 293

22 어미 잃은 새끼 고양이 · 311

23 지도자의 비밀 · 320

24 좋은 소식과 나쁜 소식 · 331

25 클라우드포의 첫 원정 · 346

26 강족의 요구 · 354

27 떠돌이 고양이들과 타이거클로 · 374

28 드러난 진실 · 380

29 별족의 부름 · 401

30 끝을 향해 가는 시간 · 413

등장하는
고양이들

 천둥족

지도자

블루스타(푸른별) 청회색 암고양이로, 주둥이 주변 털에 은빛이 감돈다.

부지도자

타이거클로(호랑이발톱) 짙은 갈색 얼룩무늬 수고양이로, 몸집이 크고 앞발톱이 유난히 길다.

치료사

옐로팽(노란송곳니) 그림자족에 속해 있던 나이 많은 진회색 암고양이로, 얼굴이 편편하고 넓적하다. 훈련병 신더포(잿빛발, 진회색 암고양이)를 가르친다.

전사(수고양이와 새끼가 없는 암고양이)

화이트스톰(하얀폭풍) 흰색 얼룩무늬 수고양이로, 몸집이 크다. 훈련병 브라이트포를 가르친다.

다크스트라이프(짙은줄무늬) 암회색 얼룩무늬 수고양이로, 몸이 날렵하다.

롱테일(긴꼬리) 진한 흑색 줄무늬가 있는 옅은 얼룩무늬 수고양이. 훈련병 스위프트 포를 가르친다.

러닝윈드(달리는바람) 재빠른 얼룩무늬 수고양이.

윌로펠트(버드나무가죽) 아주 옅은 회색 암고양이로, 흔치 않은 푸른 눈을 가졌다.

마우스퍼(쥐색털) 몸집이 작은 흑갈색 암고양이. 훈련병 쏜포를 가르친다.

파이어하트(불꽃심장) 적갈색 수고양이로, 용모가 수려하다.

그레이스트라이프(회색줄무늬) 회색 수고양이로, 털이 길다. 훈련병 브래큰포를 가르친다.

더스트펠트(흙색털가죽) 흑갈색 얼룩무늬 수고양이.

샌드스톰(모래폭풍) 옅은 황갈색 암고양이.

훈련병(태어난 지 6개월이 넘어 전사가 되기 위해 훈련을 받는 고양이)

스위프트포(재빠른발) 흑백 얼룩무늬 수고양이.

브래큰포(고사리발) 황금빛이 도는 갈색 얼룩무늬 수고양이.

클라우드포(구름발) 털이 긴 흰색 수고양이.

브라이트포(빛나는발) 흰색 바탕에 황갈색 점무늬가 있는 암고양이.

쏜포(가시발) 황금빛이 도는 갈색 얼룩무늬 수고양이.

보육실의 어미 고양이 (임신 중이거나 새끼 고양이를 기르는 암고양이)

프로스트퍼(서릿발털) 파란 눈의 아름다운 흰색 고양이.

브린들페이스(얼룩무늬얼굴) 예쁜 얼룩무늬 고양이.

골든플라워(황금꽃) 옅은 황갈색 고양이.

스페클테일(점박이꼬리) 옅은 얼룩무늬 고양이로, 보육실의 어미 고양이들 중 가장 나이가 많다.

원로 (은퇴한 전사와 보육실에서 나온 암고양이)

하프테일(반쪽꼬리) 몸집이 큰 진갈색 얼룩무늬 수고양이로, 꼬리 일부가 떨어져 나갔다.

스몰이어(작은귀) 귀가 아주 작은 회색 수고양이로, 천둥족 수고양이 중 가장 나이가 많다.

패치펠트(누더기가죽) 몸집이 작은 흑백 얼룩무늬 수고양이.

원아이(하나의눈) 연회색 암고양이. 천둥족에서 가장 나이 많은 암고양이로, 눈이 거의 보이지 않고 귀도 잘 들리지 않는다.

대플테일(얼룩꼬리) 한때 무척 예뻤던 삼색얼룩 암고양이로, 사랑스러운 얼룩무늬 털을 가졌다.

브로큰테일(부서진꼬리) 털이 긴 진갈색 얼룩무늬 수고양이. 그림자족의 지도자였으며, 지금은 눈이 보이지 않는다.

 그림자족

지도자
나이트스타(밤별) 검정색 수고양이로, 나이가 많다.

부지도자
신더퍼(잿빛털) 날씬한 회색 수고양이.

치료사
러닝노즈(흐르는코) 몸집이 작은 회백색 수고양이.

전사

스텀피테일(뭉툭꼬리) 갈색 얼룩무늬 수고양이. 훈련병 브라운포를 가르친다.

웻풋(젖은발) 회색 얼룩무늬 수고양이. 훈련병 오크포를 가르친다.

리틀클라우드(작은구름) 얼룩무늬 수고양이로, 몸집이 아주 작다.

보육실의 어미 고양이

돈클라우드(새벽구름) 작은 얼룩무늬 고양이.

다크플라워(어두운꽃) 검정색 고양이.

톨파피(키큰양귀비) 밝은 갈색 얼룩무늬 고양이로, 다리가 길다.

 바람족

지도자

톨스타(키큰별) 흑백 얼룩무늬 수고양이로, 꼬리가 매우 길다.

부지도자

데드풋(죽은발) 검정색 수고양이로, 발이 뒤틀렸다.

치료사

바크페이스(거친얼굴) 갈색 수고양이로, 꼬리가 짧다.

전사

머드클로(진흙색발톱) 얼룩덜룩한 암갈색 수고양이. 훈련병 웹포를 가르친다.

톤이어(찢어진귀) 얼룩무늬 수고양이. 훈련병 러닝포를 가르친다.

원위스커(수염하나) 어린 갈색 얼룩무늬 수고양이. 훈련병 화이트포를 가르친다.

보육실의 어미 고양이

애쉬풋(잿빛발) 회색 고양이.

모닝플라워(아침꽃) 삼색얼룩 고양이.

원로

크로퍼(까마귀털) 검정색 수고양이로, 옆구리에 흉터가 있고 털이 짧으며 반점이 있다.

 강족

지도자

크룩트스타(비뚤어진별) 몸집이 큰 옅은 색 얼룩무늬 고양이로, 턱이 비뚤어져 있다.

부지도자

레퍼드퍼(표범털) 얼룩무늬 암고양이로, 보기 드문 금빛 점무늬가 있다.

치료사

머드퍼(진흙색털) 밝은 갈색 수고양이로, 털이 길다.

전사

블랙클로(검은발톱) 흐릿한 흑색 수고양이. 훈련병 헤비포를 가르친다.

스톤퍼(돌멩이색털) 회색 수고양이로, 귀에 전투의 상처가 남아 있다. 훈련병 셰이드 포를 가르친다.

라우드밸리(시끄러운배) 진갈색 수고양이. 훈련병 실버포를 가르친다.

실버스트림(은빛시내) 은빛 얼룩무늬 암고양이로, 예쁘고 날렵하다.

보육실의 어미 고양이

미스티풋(안개낀발) 진회색 암고양이.

원로

그레이풀(회색웅덩이) 털이 얼룩덜룩하고 몸이 마른 회색 암고양이로, 주둥이에 흉터가 있다.

종족에 속하지 않는 고양이

발리(보리) 흑백 얼룩무늬 수고양이로, 숲 근처의 농장에 산다.

블랙풋(검은발) 덩치가 큰 흰색 수고양이로, 커다랗고 새까만 발이 특징이다. 그림자 족의 부지도자였다.

프린세스(공주) 애완 고양이로, 연갈색 얼룩무늬에 가슴과 발만 흰색으로 도드라져 보인다.

레이븐포(칠흑색발) 몸집이 작고 마른 검은색 수고양이. 가슴에 작은 흰색 얼룩점이 있으며, 꼬리 끝도 흰색이다.

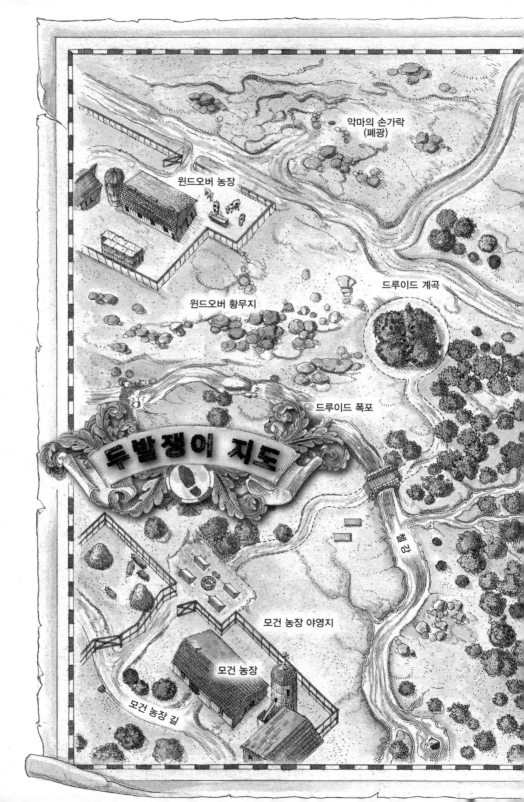

프롤로그

　얼음 발톱처럼 매서운 추위가 숲과 들판, 황무지까지 그러쥐었다. 모든 것을 뒤덮어 버린 눈이 초승달 아래에서 희미하게 빛을 발하고 있었다. 숲의 정적을 깨뜨리는 것은 아무것도 없었다. 이따금 나뭇가지에서 눈이 부드럽게 미끄러져 내리는 소리와, 마른 갈대가 바람에 바스락거리는 소리만 날 뿐이었다. 얼음으로 덮인 강은 졸졸거리는 물소리조차 내지 않았다.

　강 가장자리에서 무언가가 움직였다. 추위 때문에 고사리 빛깔 털을 부풀린 덩치 큰 수고양이가 갈대 사이로 모습을 드러냈다. 고양이는 걸을 때마다 보드라운 눈 더미에 푹푹 빠지는 발을 신경질적으로 흔들어 털었다.

　그의 앞에는 조그만 새끼 고양이 둘이 괴로운 듯 신음하며 힘겹게 앞으로 나아가고 있었다. 새끼 고양이들은 싸락눈 속에서 버둥거렸고, 다리와 배에 난 털은 뒤엉킨 채 얼어붙어 있었다. 하지만 그들이 걸음을 멈추려 할 때마다 수고양이는 계속 앞으로 밀고 갔다.

세 고양이는 강을 따라 느릿느릿 걸어갔다. 강폭이 넓어지는 곳까지 걸어간 그들은 기슭에서 멀지 않은 작은 섬에 다다랐다. 무성하게 자란 갈대가 섬 주변을 둘러싸고 있었고, 마른 갈대 줄기는 얼음을 뚫고 치솟아 있었다. 잎도 없이 왜소한 버드나무의 눈 덮인 가지들 뒤에 섬의 중심부가 숨겨져 있었다.

"거의 다 왔다. 날 따라와."

고사리 빛깔 수고양이가 새끼 고양이들의 기운을 북돋우며 말했다.

그는 기슭에서 미끄러져 내려가 갈대 사이로 난 얼어붙은 좁은 길로 들어서더니, 섬의 마르고 바스락거리는 땅으로 뛰어들었다. 새끼 고양이 둘 가운데 더 큰 고양이가 그 뒤를 따라 재빨리 움직였다. 하지만 작은 고양이는 얼음 위로 쓰러져 몸을 웅크린 채 애처롭게 야옹거렸다. 잠시 멈칫했던 수고양이가 새끼 고양이 옆으로 뛰어와 일으켜 세우려고 했다. 하지만 새끼 고양이는 너무 지친 나머지 움직이지 못했다. 수고양이는 힘이 빠진 새끼 고양이의 귀를 핥아 달랜 뒤에 목덜미를 물어 올려 섬으로 데려갔다.

버드나무 너머에는 군데군데 덤불들이 자라난 탁 트인 땅이 펼쳐져 있었다. 흙을 덮은 눈 위 여기저기에는 여러 고양이들의 발자국이 나 있었다. 공터에는 아무도 없는 듯했지만, 그늘진 곳에서 수고양이를 지켜보는 눈들이 반짝거렸다. 그는 가장 넓은 덤불로 앞장서 걸어가, 나뭇가지들이 뒤엉킨 담장을 통과했다.

차디찬 바깥 공기가 사라지고 보육실의 따스한 젖 냄새가 훅 끼쳐 왔다. 이끼와 히스로 만들어진 깊숙한 잠자리에서 회색 어미 고양이가 얼룩무늬 새끼 고양이에게 젖을 먹이고 있었다. 수고양이가 다가가 입에 물고 있던 새끼 고양이를 살며시 내려놓자, 어미 고양이가 고개를 들었다. 비틀거리며 따라 들어온 두 번째 새끼 고양이도 잠자리 안으로 들어가려고 안간힘을 썼다.

"오크하트, 무슨 일이야?"

어미 고양이가 물었다.

"새끼 고양이들이야, 그레이풀. 좀 맡아 주겠어? 돌봐 줄 어미가 필요해."

"하지만……."

그레이풀의 호박색 눈이 놀라움으로 커졌다.

"누구 새끼들인데? 강족은 아닌 것 같은데…… 어디서 데려온 거야?"

"숲에서 발견했어."

오크하트는 어미 고양이와 눈을 맞추지 않고 말했다.

"여우 눈에 먼저 띄지 않은 게 다행이지."

"숲에서?"

어미 고양이가 믿을 수 없다는 듯이 되물었다.

"오크하트, 내가 쥐 대가리인 줄 알아? 어떤 고양이가 자기 새끼를 숲에 버리겠어? 게다가 이런 날씨에."

오크하트는 어깨를 으쓱했다.

"떠돌이들이거나, 아니면 두발쟁이들 짓이겠지. 난들 어떻게 알겠어? 그렇다고 거기 둘 수는 없잖아, 안 그래?"

오크하트는 더 작은 새끼 고양이를 코로 밀었다. 새끼 고양이

21

는 움직임이 없이 가만히 누워 있었다. 숨을 쉴 때마다 갈비뼈가 빠르게 들썩일 뿐이었다.

"그레이풀, 부탁이야. 당신도 새끼 고양이를 잃은 경험이 있잖아. 이 녀석들도 죽게 될 거야, 당신이 도와주지 않으면."

그레이풀의 눈이 고통으로 흐려졌다. 그녀는 새끼 고양이 둘을 내려다보았다. 조그만 분홍빛 입이 벌어지면서 애처로운 울음소리가 났다.

"젖은 많으니까."

그레이풀이 자기 자신에게 말하듯 중얼거렸다.

"알았어, 내가 맡을게."

오크하트는 안도의 한숨을 내쉬었다. 그는 새끼 고양이 하나를 먼저 물어 올리고, 나머지 하나도 잡아서 그레이풀 옆에 놓아 주었다. 그레이풀은 동그랗게 웅크린 배 쪽으로 그들을 살살 밀어서, 자신의 새끼들 옆으로 옮겨 주었다. 새끼 고양이들은 열심히 젖을 빨기 시작했다.

"하지만 아직도 이해가 가지 않아."

새끼 고양이들이 자리를 잡자, 그레이풀이 말했다.

"잎 없는 계절이 한창인데, 왜 새끼 둘만 숲에 있었던 걸까? 어미 고양이가 정신없이 찾을 텐데."

오크하트가 묵직한 앞발로 이끼 한 조각을 쿡 찔렀다.

"훔쳐 온 건 아니야. 혹시 그렇게 생각하는 거라면 말이야."

그레이풀은 그를 한참 동안 바라보다가 마침내 입을 열었다.

"아니, 당신이 훔쳐 왔다고 생각하는 건 아니야. 하지만 사실대로 모든 걸 말해 준 게 아니잖아. 그렇지?"

"필요한 건 다 말했어."

"아니, 그렇지 않아!"

그레이풀의 눈에 분노가 휙 스쳤다.

"어미 고양이는 어쩌고? 새끼 고양이를 잃는다는 게 어떤 건지 난 알아, 오크하트. 어떤 고양이라도 그런 슬픔을 겪지 않기를 바란다고."

오크하트가 고개를 들어 그녀를 노려보았다. 목구멍 깊숙한 곳에서 희미하게 으르렁거리는 소리가 났다.

"어미는 아마도 떠돌이 고양이였을 거야. 지금 같은 날씨에 어미를 찾아 나설 수는 없어."

"하지만 오크하트……."

"그냥 새끼들을 보살펴 줘, 제발 좀!"

오크하트는 갑자기 벌떡 일어나 보육실 밖으로 나가 버렸다.

"싱싱한 먹이를 가져올게."

그가 가 버리자, 그레이풀은 고개를 숙여 새끼 고양이들을 혀로 핥아 몸을 따뜻하게 해 주었다. 몸에 묻었던 눈이 녹으면서 냄새도 대부분 씻겨 나갔지만, 그레이풀은 숲의 냄새와 낙엽 냄새, 얼어붙은 흙의 냄새를 맡을 수 있었다. 그리고 그 냄새들 사이로 더 희미한 어떤 냄새가 여전히 남아 있었다.

그레이풀은 핥기를 멈췄다. 정말로 그 냄새가 난 걸까? 아니면 그저 상상에 불과한 걸까? 그레이풀은 다시 고개를 숙이고 입을 벌려 새끼 고양이들의 냄새를 맡아 보았다.

그레이풀의 눈이 점점 커졌다. 그녀는 보육실 구석에 드리운 어두운 그림자를 눈도 깜빡하지 않은 채 뚫어져라 쳐다보았다. 그녀는 틀리지 않았다. 오크하트는 어미 없는 새끼 고양이들을 어디에서 데려왔는지 밝히지 않았지만, 둘은 틀림없이 다른 종족의 냄새를 풍기고 있었다!

1
잎 없는 계절

얼음장 같은 바람이 불어와 파이어하트의 얼굴로 눈이 휘몰아쳤다. 그는 천둥족 진영을 향해 골짜기를 내려가고 있었다. 입에는 방금 잡은 쥐가 야무지게 물려 있었다. 굵은 눈발이 어찌나 거센지, 앞이 보이지 않을 지경이었다.

먹이 냄새가 콧구멍을 가득 채우자 파이어하트의 입에 침이 고였다. 그는 어젯밤부터 아무것도 먹지 못했다. 이것은 잎 없는 계절에 먹이가 얼마나 귀한지 알려 주는 암울한 신호였다. 허기가 져서 배를 할퀴는 듯한 고통이 느껴졌지만, 파이어하트는 전사의 규약을 어기지 않았다. 종족을 먼저 먹여야 했다.

파이어하트는 불과 사흘 전에 치렀던 전투를 떠올렸다. 불꽃색 털가죽에 눈이 엉겨 붙었지만, 그 전투를 떠올리자 자부심이 불타올라 잠시나마 추위를 떨칠 수 있었다. 두 종족이 연합하여 바람족을 공격하였고, 그는 다른 천둥족 전사들과 함께 바람족을 돕기 위해 싸웠다. 그 전투에서 많은 고양이들이 다쳤기 때문에, 지금은 사냥을 할 수 있는 고양이들의 역할이 어느 때보다 더 중요했다.

파이어하트는 진영으로 이어지는 가시금작화 굴길을 지나갔다. 삐죽삐죽한 가지들을 건드리는 바람에 차가운 눈덩이가 머리로 떨어지자 그는 귀를 움찔거렸다. 진영 주변을 둘러싼 가시나무들은 바람을 막아 주었지만, 진영 한가운데에 있는 공터에는 아무도 없었다. 이렇게 눈이 두껍게 쌓여 있을 때는 모든 고양이들이 따뜻한 거처 안에 틀어박혀 있었다. 진영을 덮은 눈 위로는 부러진 나무 그루터기와 쓰러진 나무의 가지들이 비죽 나와 있었다. 발자국 한 줄이 훈련병의 거처에서 시작되어 새끼 고양이들을 보호하는 가시덤불까지 이어져 있었다. 발자국을 본 파이어하트는 자신에게 훈련병이 없다는 사실을 떠올리지 않을 수 없었다. 그가 가르치던 신더포는 천둥길에서 부상을 당해 더 이상 훈련을 받을 수 없었다.

눈 위를 걸어 진영 중심으로 들어가면서, 파이어하트는 싱싱한 먹이 더미에 잡아 온 쥐를 떨어뜨려 놓았다. 먹이 더미는 초라할 정도로 작았다. 남아 있는 먹이라고는 굶주린 전사에게 한입거리도 되지 않을 만큼 작고 깡마른 것들이었다. 새잎 돋는 계절이 오기 전까지 통통한 쥐는 잡히지 않을 테고, 그때가 되려면 아직 여러 달이 남아 있었다.

다시 사냥을 나가려고 돌아서던 파이어하트는 뒤에서 들려오는 소리에 몸을 획 돌렸다.

전사들의 거처에서 부지도자인 타이거클로가 나오고 있었다.

"파이어하트!"

26

파이어하트는 눈을 헤치고 그를 향해 걸어가며 공손하게 고개를 숙였다. 하지만 덩치 큰 얼룩 고양이의 호박색 눈동자가 그를 향해 불타오르고 있다는 것을 알 수 있었다. 타이거클로에 대한 모든 의혹이 다시금 밀려들었다. 부지도자는 강하고 존경받는 뛰어난 전사였지만, 파이어하트는 그의 마음에 드리운 어둠을 알고 있었다.

"오늘 밤에는 다시 사냥하러 나가지 않아도 된다."

타이거클로가 파이어하트에게 말했다.

"블루스타가 너와 그레이스트라이프를 데리고 모임에 가기로 했다."

파이어하트는 신이 나서 귀를 씰룩거렸다. 종족 지도자를 수행하여 모임에 가는 것은 영광스러운 일이었다. 보름달이 뜰 때마다 열리는 모임은 숲의 네 종족이 평화롭게 만나는 자리였다.

"지금 좀 먹어 두는 게 좋을 것이다. 달이 떠오르면 출발할 테니."

부지도자가 덧붙여 말했다.

타이거클로는 공터를 가로질러 높은 바위를 향해 걸어가기 시작했다. 그곳에는 종족 지도자인 블루스타의 거처가 있었다. 타이거클로는 잠시 걸음을 멈추더니 묵직한 머리를 돌려 파이어하트를 바라보았다.

"모임에서는 네가 어느 종족에 속하는지 잊지 말도록."

타이거클로가 날카롭게 말했다.

파이어하트는 털이 곤두섰다. 속에서 화가 치밀어 올랐다.

"왜 그런 말을 하는 겁니까?"

파이어하트는 대담하게 따지고 들었다.

"제가 종족에 충성하지 않을 거라고 생각하는 겁니까?"

타이거클로가 돌아서서 그를 마주 보았다. 파이어하트는 잔뜩 힘을 준 부지도자의 위협적인 어깨에 주눅 들지 않으려고 애썼다.

부지도자가 귀를 머리에 납작 붙이고 낮게 으르렁거렸다.

"네가 지난 전투에서 강족 전사가 달아나도록 내버려 두는 모습을 보았으니까."

파이어하트는 움찔했다. 머릿속에 바람족 진영에서 벌어진 전투가 되살아났다. 타이거클로의 말은 사실이었다. 파이어하트는 강족 전사가 다치지 않고 달아나도록 해 주었다. 하지만 그것은 그가 비겁하거나 종족을 배신해서가 아니었다. 달아난 전사는 실버스트림이었다. 다른 천둥족 고양이들은 알지 못했지만, 파이어하트의 가장 친한 친구인 그레이스트라이프가 그녀와 사랑에 빠져 있었다. 파이어하트는 그런 그녀를 다치게 할 수 없었다.

파이어하트는 친구가 실버스트림을 만나는 일을 그만두게 하려고 최선을 다해서 설득했다. 둘의 관계는 전사의 규약에 어긋나고, 그들을 심각한 위험에 빠뜨리는 일이었다. 하지만 어찌 됐든 파이어하트는 그레이스트라이프를 절대로 배신할 수 없었다.

게다가 타이거클로는 다른 고양이를 불충하다고 비난할 자격이 없었다. 그는 전투에서 목숨을 걸고 적과 싸우는 파이어하트를 도와주지도 않고, 그저 지켜보다가 외면해 버렸다. 그보다 더 의심스러운 일도 있었다. 파이어하트는 타이거클로가 전임 부지도자 레드테일을 죽였고, 지도자마저 제거할 계획이었다고 의심하고 있었다.

"제가 불충하다고 생각한다면, 블루스타에게 말하십시오."

파이어하트는 도전적으로 말했다.

타이거클로는 입술을 뒤로 쭉 찢고 으르렁거렸다. 그러고는 몸을 반쯤 웅크리고 긴 발톱을 쏙 내보였다.

"블루스타를 귀찮게 하고 싶지 않다. 너 같은 애완 고양이는 나 혼자서도 충분히 상대할 수 있으니까."

그가 파이어하트를 지그시 노려보았다. 이글거리는 호박색 눈에는 불신과 함께 뭔가 두려워하는 빛이 서려 있었다. 파이어하트의 머릿속에 불현듯 이런 생각이 스쳤다.

'타이거클로는 내가 어디까지 알고 있는지 궁금한 거야.'

파이어하트의 친구인 레이븐포는 타이거클로의 훈련병이었고, 레드테일의 죽음을 직접 목격했다. 타이거클로는 레이븐포가 입을 열지 못하도록 죽이려고 했고, 파이어하트는 바람족 영역 맞은편 두발쟁이 농장 근처에 사는 떠돌이 발리에게 그를 보내 주었다. 파이어하트는 레이븐포의 이야기를 블루스타에게 전했지만, 종족 지도자는 용맹스러운 부지도자가 그런 일을 저질렀다는 사실을 믿지 않았다. 타이거클로를 노려보던 파이어하트는 다시 좌절감을 느꼈다. 마치 쓰러진 나무에 깔려 옴짝달싹 못 하고 있는 기분이 들었다.

타이거클로는 더 이상 아무 말도 하지 않고 휙 돌아서서 걸어가 버렸다. 파이어하트는 그의 모습을 지켜보았다. 그때 전사들의 거처 안쪽에서 부스럭거리는 소리가 나더니, 그레이스트라이프가 나뭇가지 사이로 머리를 내밀었다.

"너 도대체 뭐 하는 거야?"

그레이스트라이프가 말했다.

"타이거클로에게 그런 식으로 싸움을 걸다니! 널 까마귀 밥으로 만들어 버릴 거라고!"

"아무도 나를 불충하다고 말할 수 없어!"

그레이스트라이프가 고개를 숙여서 가슴 털을 재빨리 핥았다.

"미안해, 파이어하트. 이게 다 나와 실버스트림 때문인데……."

"아니, 그렇지 않아."

파이어하트는 친구의 말을 중간에 끊었다.

"그리고 너도 알잖아. 문제는 네가 아니라 타이거클로라는 걸."

파이어하트는 몸을 흔들어 털에 묻은 눈을 털어 냈다.

"자, 이제 먹이를 먹자."

그레이스트라이프가 거처 밖으로 나와 싱싱한 먹이 더미로 향했다. 파이어하트도 뒤따라가서 들쥐 한 마리를 집어 물고 전사들의 거처로 돌아왔다. 거처 입구에 드리운 나뭇가지 가까이에 자리를 잡고 앉자, 그레이스트라이프도 그 옆에 웅크리고 앉았다.

덤불 가운데에서 몸을 말고 잠들어 있는 화이트스톰과 다른 선임 전사 둘을 빼면 거처는 비어 있었다. 잠든 전사들의 몸이 공기를 데워 주었고, 빽빽한 나뭇가지 사이로는 눈도 거의 들어오지 않았다.

파이어하트는 들쥐를 한 입 베어 물었다. 힘줄이 많고 질긴 고기였지만, 너무 배가 고팠던 터라 맛있게 느껴졌다. 고기는 금방 사라져 버렸지만 어쨌든 안 먹은 것보다는 나았고, 모임 장소까지 가는 데 필요한 힘을 주었다.

그레이스트라이프는 게걸스레 몇 입 꿀꺽 삼키더니 이내 식사를 마쳤다. 두 고양이는 가까이 앉아서 서로의 차가운 털을 다듬어 주었다. 한동안 파이어하트는 실버스트림을 향한 그레이스트라이프의 사랑이 그들 사이의 우정을 깨뜨릴 것 같아 괴로워했었다. 힘들었던 시기가 지나가고, 이렇게 그레이스트라이프와 다시 혀를 나누게 되니 그는 마음이 놓였다. 금지된 사랑을 하는 친구가 여전히 걱정스러웠지만, 전투를 치른 뒤로 우정이 되살아나 둘은 예전처럼 친하게 지내고 있었다. 기나긴 잎 없는 계절에서 살아남으려면 그들은 서로를 믿어야 했다. 게다가 점점 더 적개심을 불태우는 타이거클로에게 맞서기 위해서는 그레이스트라이프의 도움이 필요했다.

"오늘은 어떤 소식을 듣게 될지 궁금해."

파이어하트는 친구의 귀에 대고 중얼거렸다.

"강족과 그림자족이 정신을 좀 차렸으면 좋겠는데 말이야. 두 번 다시 바람족을 영역에서 쫓아내지 않겠지."

그레이스트라이프가 불편한 듯 몸을 움직거렸다.

"전투가 일어난 건 단순한 영역 다툼이 아니었어."

그가 지적했다.

"먹이가 평소보다 부족해졌잖아. 두발쟁이들이 강족 영역에 발을 들인 뒤부터 강족은 굶주리고 있어."

"나도 알아."

파이어하트는 마지못해 공감을 표했다. 실버스트림의 종족을 편들고 싶어 하는 친구의 마음을 이해할 수 있었다.

"하지만 다른 종족을 영역에서 강제로 쫓아내는 건 답이 될 수 없잖아."

그레이스트라이프는 동의하듯 중얼거리더니 이내 침묵에 빠졌다. 파이어하트는 친구가 어떤 기분일지 잘 알았다. 그들이 천둥 길을 건너서 바람족을 찾아 영역에 돌려보낸 것이 불과 몇 달 전의 일이었다. 그러나 그레이스트라이프는 실버스트림을 사랑하기 때문에 강족의 입장에도 공감할 수밖에 없었다. 쉬운 답은 없었다. 적어도 잎 없는 계절이 잔혹하게 숲을 지배하는 동안에는 부족한 먹이가 네 종족 모두에게 절실한 문제였다.

그레이스트라이프가 계속 핥아 주니 파이어하트는 점점 나른해졌다. 그때 거처 밖에서 나뭇가지가 부스럭거리는 소리가 들려 깜짝 놀랐다. 타이거클로가 다크스트라이프와 롱테일을 이끌고 들어왔다. 셋은 덤불 한가운데에 가깝게 모여 자리를 잡으며 파이어하트를 노려보았다. 파이어하트는 그들이 나누는 대화를 알아들을 수 있기를 바라며, 실눈을 뜨고 그들을 지켜보았다. 그들이 자신을 두고 계획을 꾸미고 있다는 것은 쉽게 짐작할 수 있었다. 자신이 종족 안에서도 결코 안전하지 못하리라는 사실을 깨닫자, 근육에 힘이 들어갔다. 타이거클로의 배반이 비밀로 남아 있는 한은 계속 그럴 것이다.

"무슨 일이야?"

그레이스트라이프가 고개를 들며 물었다.

파이어하트는 긴장을 풀려고 노력하며 몸을 쭉 뻗었다.

"난 저들을 믿지 않아."

그는 타이거클로와 다른 고양이들이 있는 쪽으로 귀를 휙 움직이며 말했다.

"그럴 만도 하지. 만약 타이거클로가 실버스트림에 대해서 알아내기라도 한다면……."

그레이스트라이프가 몸을 부르르 떨었다.

파이어하트는 그레이스트라이프의 곁으로 더 바짝 붙어 그를 달래 주었다. 귀는 여전히 타이거클로가 하는 말을 들으려고 쫑긋 세우고 있었다. 문득 자신의 이름이 들린 것 같았다. 좀 더 가까이 가고 싶다고 생각한 순간, 롱테일의 시선을 끌고 말았다.

"뭘 그렇게 빤히 쳐다보는 거야, 애완 고양이?"

얼룩무늬 전사가 위협하듯 으르렁거렸다.

"천둥족에 필요한 건 충성스러운 고양이뿐이야."

롱테일은 보란 듯이 파이어하트에게서 등을 돌렸다.

파이어하트는 즉시 벌떡 일어나서 쏘아붙였다.

"누가 당신한테 내 충성심에 대해 의심할 권리를 준 거죠?"

롱테일은 그를 무시했다.

"더는 못 참아!"

파이어하트는 사나운 목소리로 친구에게 속삭였다.

"타이거클로가 나에 대한 소문을 퍼뜨리고 있는 게 분명해."

"그렇다고 뭘 어쩔 건데?"

그레이스트라이프는 부지도자의 적개심에 체념한 목소리였다.

"레이븐포와 다시 이야기를 해 봐야겠어. 전투에 대해서 기억나는 게 더 있을지도 몰라. 블루스타를 설득하는 데 도움이 될 만한 것 말이야."

"하지만 레이븐포는 지금 두발쟁이 농장에 있잖아. 진영을 그렇게 오래 비우면서 무슨 이유를 대려고? 그랬다가 괜히 타이거클로의 거짓말만 더 사실처럼 보이게 만들 거야."

파이어하트는 기꺼이 위험을 감수할 작정이었다. 레드테일이 강족과의 전투에서 어떻게 죽었는지, 그는 레이븐포에게 자세한 이야기를 물은 적이 없었다. 당시에는 레이븐포를 타이거클로에게서 피신시키는 것이 더 중요했기 때문이다.

이제 그는 레이븐포가 정확히 무엇을 보았는지 알아내야만 했다. 타이거클로가 종족에게 얼마나 위험한 존재인지 증명할 만한 단서를 레이븐포가 틀림없이 가지고 있을 것 같았다.

"오늘 밤에 갈 거야."

파이어하트가 조용히 말했다.

"모임이 끝나고 몰래 빠져나갈 거야. 돌아올 때 싱싱한 먹이를 잡아 오면, 사냥을 했다고 말할 수 있어."

"너무 위험해."

그레이스트라이프가 파이어하트의 귀를 재빨리 다정하게 핥아 주었다. 그리고 덧붙였다.

"하지만 타이거클로는 나한테도 문제야. 네가 꼭 가야겠다면, 나도 같이 갈게."

눈이 그쳤다. 파이어하트와 그레이스트라이프를 비롯한 천둥족 고양이들이 진영을 떠나 '나무 네 그루'로 향할 무렵에는 구름도 걷혔다. 눈 덮인 땅은 보름달의 빛을 받아 반짝였고, 나뭇가지와 바위에도 성에가 내려앉아 하얗게 빛이 났다.

바람이 불어와 눈을 쓸고 지나갔다. 여러 고양이들의 냄새가 실린 바람이었다. 파이어하트는 밀려드는 흥분에 전율했다. 네 종족의 영역은 신성한 분지에서 모두 맞닿았다. 보름달이 뜰 때마다 가파른 비탈로 둘러싸인 공터 가운데에 선 거대한 떡갈나무 네 그루 밑에서 종족들이 모일 수 있도록 평화 협정이 발효되었다.

파이어하트는 블루스타의 뒤로 가서 섰다. 지도자는 몇 발짝 떨어진 비탈 꼭대기에서 몸을 낮추고 공터를 내려다보고 있었다. 공터 중심부의 떡갈나무들 사이로는 바위 하나가 솟아 있었다. 삐죽삐죽한 바위 윤곽선이 눈을 배경으로 검게 드러났다. 블루스타의 이동 신호를 기다리는 동안 파이어하트는 비탈 아래쪽에서 다른 종족의 고양이들이 서로 인사를 나누는 모습을 지켜보았다. 그는 바람족 고양이들이 강족과 그림자족의 고양이들과 마주칠 때마다 날카롭게 쏘아보며 목털을 곤두세우는 것을 놓치지 않았다. 분명 그들 중 누구도 최근 전투를 잊지 않았을 것이다. 협정만 아니었다면 서로의 털을 할퀴어 대고 있었을 것이다.

파이어하트는 '거대한 바위'에 앉아 있는 바람족 지도자 톨스타를 알아보았다. 그의 곁에는 부지도자인 데드풋이 함께 있었다. 멀지 않은 곳에 나란히 앉은 그림자족과 강족의 치료사, 러닝노즈와 머드퍼도 보였다. 다른 고양이들을 바라보고 있는 그들의 눈에 달빛이 드리워져 있었다.

파이어하트 옆에 있던 그레이스트라이프는 근육을 잔뜩 긴장시키고 있었다. 공터를 내려다보는 노란 눈동자는 흥분으로 빛나고 있었다. 그의 시선을 따라가 보니, 어둠 속에서 실버스트림이 나타났다. 그녀의 아름다운 은색 털이 달빛에 일렁거렸다.

파이어하트는 한숨이 나오는 것을 꾹 참았다.

"실버스트림과 이야기를 나누려면 누가 너희를 보고 있진 않은지 신경 쓰도록 해."

그는 친구에게 주의를 주었다.

"걱정하지 마."

그레이스트라이프가 대답했다.

그는 앞발로 단단한 땅을 짓이기면서, 강족 고양이와 함께할 순간만을 기다리고 있었다.

파이어하트는 공터로 내려가라는 신호를 기대하며 블루스타를 힐끗 보았다. 하지만 그때 화이트스톰이 지도자의 곁으로 올라와 눈 덮인 땅에 웅크리고 앉았다.

"블루스타."

흰색 전사의 말소리가 들렸다.

"브로큰테일에 대해서는 어떻게 말할 생각이십니까? 다른 종족들에게 우리가 그를 데리고 있다고 말할 작정이십니까?"

파이어하트는 긴장한 채 블루스타의 답을 기다렸다. 브로큰테일은 한때 브로큰스타로 불리던 그림자족의 전임 지도자였다. 그는 자신의 아버지인 래기드스타를 죽였고, 천둥족의 새끼 고양이들도 훔쳐 갔다. 천둥족은 그림자족이 브로큰스타를 내쫓는 것을 도왔고, 그리 오래지 않아 브로큰스타는 떠돌이 고양이 무리를 이끌고 천둥족 진영을 공격했다. 전투에서 천둥족 치료사인 옐로팽이 그의 눈을 할퀴었고, 이제 눈이 먼 브로큰테일은 포로로 잡혀 있었다. 비록 전임 지도자가 별족에게서 받은 이름을 빼앗기고 철저한 감시를 받고 있다고 해도, 다른 종족들은 천둥족이 그를 죽이거나 숲에서 죽도록 내쫓아 버리기를 기대할 것이다. 그들은 브로큰테일이 아직 살아 있다는 소식을 반기지 않을 게 분명했다.

블루스타는 아래쪽 공터에 있는 고양이들에게 시선을 고정하고 있었다.

"아무 말도 하지 않을 걸세."

블루스타가 대답했다.

"다른 종족들과는 상관없는 일이네. 브로큰테일은 이제 천둥족의 책임이니까."

"용감한 말씀이군요."

블루스타의 옆에 있던 타이거클로가 으르렁댔다.

"아니면 우리가 한 일을 인정하기 부끄러워서 그런 건가요?"

"자비를 베풀었다고 부끄러워할 필요는 없네."

블루스타가 냉랭하게 응수했다.

"하지만 굳이 문제를 일으킬 필요는 없겠지."

타이거클로가 반발하기 전에 블루스타는 벌떡 일어나 나머지 천둥족 고양이들을 마주했다.

"잘 들으십시오."

그녀가 말했다.

"떠돌이 고양이들의 습격이나 브로큰테일에 대해서는 아무 말도 해선 안 됩니다. 이 일은 우리 종족의 문제입니다."

블루스타는 모여 있는 고양이들 사이에서 동의한다는 소리가 나올 때까지 기다렸다. 그리고 나서 그녀는 꼬리를 휙 휘둘러 천둥족 고양이들에게 신호를 보냈다. 블루스타가 앞장서 덤불 사이를 달려 내려갔다. 타이거클로가 육중한 발로 눈을 흩날리며 뒤를 따랐다.

파이어하트도 그들을 따라 성큼성큼 비탈을 내려갔다. 덤불에서 공터로 빠져나가려는데, 타이거클로가 가까이에서 멈춰 서서 의심스러운 눈초리를 보내고 있는 게 보였다.

"그레이스트라이프."

파이어하트는 어깨 너머로 조용히 말했다.

"오늘은 실버스트림과 만나지 않는 게 좋을 것 같아. 타이거클로가 벌써부터……."

파이어하트는 문득 그레이스트라이프가 곁에 없다는 것을 깨달았다. 주변을 둘러보던 그는 거대한 바위 뒤로 사라지는 친구의 모습을 발견했다. 잠시 후에 실버스트림이 그림자족 고양이 무리를 빙 둘러서 그레이스트라이프를 뒤따라갔다.

파이어하트는 한숨을 내쉬다가 타이거클로를 흘깃 보았다. 부지도자도 그들이 사라지는 모습을 본 것이 아닌지 걱정스러웠지만, 타이거클로는 바람족에서 온 원위스커에게 가고 있었다. 파이어하트는 어깨 털을 다시 반반하게 눕혔다.

공터를 가로질러 가던 파이어하트는 원로 고양이들 무리에 가까워졌다. 천둥족의 패치펠트와, 그가 모르는 고양이들이 반짝이는 잎이 달린 호랑가시나무 아래에 웅크리고 있었다. 그는 한눈으로는 그레이스트라이프를 찾으면서, 자리를 잡고 앉아 원로들의 이야기에 귀를 기울였다.

"이번보다 더 지독했던 잎 없는 계절도 있었지."

나이 많은 검정색 수고양이가 말했다. 그의 주둥이는 은빛으로 변해 있었고, 옆구리에는 여러 번의 전투에서 얻은 흉터가 남아 있었다. 짧고 얼룩덜룩한 털에서는 바람족의 냄새가 풍겼다.

"강이 석 달 넘게 얼어붙어 있었다니까."

"맞아, 크로퍼."

얼룩무늬 암고양이가 맞장구를 쳤다.

"그리고 먹이도 더 귀했지. 강족도 말이야."

잠깐 동안 파이어하트는 혼란스러웠다. 서로 적대적인 두 종족의 원로들이 어떻게 으르렁대지 않고 차분하게 이야기를 나눌 수 있는지 놀라웠던 것이다. 하지만 곧 깨달았다. 그건 그들이 원로들이기 때문이었다. 그들은 오랫동안 살아오면서 많은 전투를 보아 왔을 것이다.

"요즘 젊은 전사들은……."

검은 원로 고양이가 파이어하트를 힐긋 보면서 덧붙였다.

"진짜 고달픈 게 뭔지를 모른다니까."

파이어하트는 덤불 아래 낙엽 사이에서 발을 질질 끌며 공손하게 보이려고 애썼다. 근처에 웅크리고 있던 패치펠트가 그를 향해 상냥하게 꼬리를 흔들어 주었다.

"블루스타가 새끼들을 잃은 게 아마 그때였지."

천둥족 원로가 기억을 더듬었다.

파이어하트는 귀를 쫑긋 세웠다. 언젠가 대플테일이 블루스타의 새끼 고양이들에 대해 말했던 것이 생각났다. 블루스타가 종족 부지도자가 되기 직전에 태어난 새끼들이라고 했다. 하지만 그녀가 새끼를 몇이나 낳았는지, 언제 죽었는지에 대해서는 전혀 들은 바가 없었다.

"그 잎 없는 계절에 왔던 해빙기도 기억하나?"

크로퍼의 말소리가 파이어하트의 생각을 방해했다. 원로는 기억을 더듬느라 눈이 멍해져 있었다.

"골짜기에서 강이 불어나 거의 오소리 굴까지 치솟았지."

패치펠트가 진저리를 쳤다.

"기억하고말고! 천둥족은 그 물줄기를 건널 수가 없어서 여기 모임에도 못 왔잖나."

"물에 빠져 죽은 고양이도 있었지."

강족의 어미 고양이가 슬픈 기억을 떠올렸다.

"먹잇감도 빠져 죽었고. 살아남은 고양이들은 거의 굶어 죽을 뻔했지."

크로퍼가 거들었다.

"부디 이번에는 그렇게까지는 안 되어야 할 텐데. 별족의 가호가 있기를!"

패치펠트가 열성적으로 말했다.

크로퍼가 쏘아붙였다.

"이 젊은 고양이들은 절대로 극복하지 못할 거야. 그때 우리는 더 강인했다고."

파이어하트는 가만히 듣고 있을 수가 없었다.

"지금도 강한 전사들은 많아요."

"누가 네 의견을 물어봤느냐?"

늙고 괴팍한 수고양이가 으르렁대며 말했다.

"이제 겨우 새끼 고양이 신세를 면한 주제에!"

"하지만……."

파이어하트는 말을 잇지 못했다. 높이 외치는 소리가 공기를 채웠던 것이다. 모든 고양이들이 잠잠해졌다. 그는 고개를 돌려 거대한 바위를 보았다. 달빛 속에서, 바위 꼭대기에 선 네 고양이의 윤곽이 보였다.

"쉿! 회의를 시작하려나 보구나."

패치펠트가 파이어하트에게 귀를 씰룩거리더니 조용히 가르랑거렸다.

"크로퍼 말은 그냥 들어 넘기렴. 별족을 만나도 트집을 잡을 친구니까."

파이어하트는 패치펠트에게 고맙다는 표정을 짓고, 자리를 잡고 앉았다.

바람족 지도자인 톨스타가 먼저 시작했다. 그는 얼마 전 강족과 그림자족에 맞서 치른 전투에서 종족이 회복되고 있다는 상황

41

을 알렸다.

"우리 원로 하나가 죽었습니다. 하지만 전사들은 모두 살아남아서 또 다른 전투를 대비할 것입니다."

톨스타가 의미심장하게 덧붙였다.

나이트스타는 귀를 납작하게 붙이고 눈을 찌푸렸고, 크룩트스타는 목구멍 깊숙한 곳에서 그르렁 소리를 냈다.

파이어하트의 털이 곤두섰다. 만약 지도자들이 싸우기 시작한다면, 종족의 고양이들도 싸울 것이다. 모임에서 그런 일이 일어난 적이 있을까? 그림자족 지도자인 나이트스타가 제아무리 대담하더라도 감히 신성한 협정을 깨뜨려 별족의 화를 사지는 않을 것이다.

파이어하트가 털을 곤두세운 고양이들을 걱정스럽게 지켜보는 사이, 블루스타가 앞으로 나섰다.

"좋은 소식이오, 톨스타. 바람족이 다시 강성해진다는 소식을 들으니 우리 모두 기뻐해야겠소."

그녀가 조용히 말했다.

그림자족과 강족의 지도자를 흘깃 보는 그녀의 푸른 눈이 달빛을 받아 반짝였다. 나이트스타는 그녀의 시선을 피했고, 크룩트스타는 고개를 숙이는 바람에 표정을 읽을 수 없었다.

바람족을 영역에서 처음 쫓아낸 것은 그림자족이었다. 브로큰스타가 사냥터를 확장하려고 잔인한 명령을 내렸던 것이다. 강족은 바람족이 추방된 틈을 타서 주인 없는 땅에서 사냥을 했다. 하지만 브로큰스타가 쫓겨난 후 블루스타는 숲에는 네 종족이 모두 있어야 한다고 주장하면서, 바람족을 다시 데려와야 한다고 다른 지도자들을 설득했다. 파이어하트는 그레이스트라이프와 함께 바람족을 찾아내, 황량한 고원에 있는 그들의 집으로 데리고 왔다. 그는 길고 힘들었던 여정을 떠올리며 몸서리를 쳤다.

그 일을 생각하자 레이븐포를 찾기 위해 고원을 건너가야 한다는 사실이 떠올랐다. 파이어하트는 불안한 마음으로 몸을 뒤척였다. 그 여정이 마냥 기다려지는 것도 아니었다.

'적어도 바람족은 천둥족에게 우호적이니까, 가는 길에 공격을 받진 않을 거야.'

"천둥족 고양이들 역시 회복하고 있습니다."

블루스타가 말을 이었다.

"그리고 지난 모임 이후로 우리 훈련병 둘이 전사가 되었습니다. 더스트펠트와 샌드스톰입니다."

거대한 바위 아래쪽에 모인 고양이 무리에서 그들을 인정하는 환호성이 터져 나왔다. 대부분 천둥족과 바람족에게서 나오는 소리였다. 파이어하트는 샌드스톰을 흘긋 보았다. 그녀는 황갈색 머리를 자랑스럽게 치켜들고 있었다.

모임은 이제 좀 더 평화롭게 진행되었다. 파이어하트는 지난 모임을 떠올려 보았다. 그때는 지도자들이 남의 영역을 침범해 사냥하고 있다며 서로를 의심했지만, 지금은 아무도 그 일을 언급하지 않았다. 그것은 브로큰테일이 이끄는 떠돌이 무리의 짓이었다. 하지만 그들이 천둥족 진영을 공격했다가 무참히 패배했다는 소식은 퍼지지 않은 듯했다. 눈먼 브로큰테일에 대한 블루스타의 비밀은 무사히 지켜지고 있었다.

　모임이 끝나자 파이어하트는 그레이스트라이프를 찾아 주변을 둘러보았다. 레이븐포를 만나러 가려면 다른 천둥족 고양이들이 아직 분지에 남아 있는 동안 아무도 눈치채지 못하게 재빨리 떠나야 했다.

　파이어하트는 롱테일의 훈련병인 스위프트포와 눈이 마주쳤다. 그림자족에서 온 어린 고양이들 무리 속에 앉아 있던 스위프트포는 죄지은 듯한 얼굴로 시선을 돌렸다. 다른 때 같았으면 그를 불러서 스승을 찾아 진영으로 돌아갈 채비를 하라고 말해 주었을 것이다. 하지만 지금은 온통 그레이스트라이프를 찾는 데만 관심이 쏠려 있었다. 그는 고양이들 사이를 이리저리 누비며 달려오는 그레이스트라이프를 보자마자 스위프트포에 대해서는 잊어버렸다. 실버스트림은 보이지 않았다.

　"여기 있었네!"

　그레이스트라이프가 노란 눈을 반짝이며 외쳤다.

　파이어하트는 친구가 모임을 한껏 즐겼다는 것을 알 수 있었다. 그가 모임에서 나온 말을 얼마나 들었는지는 의심스러웠지만 말이다.

　"준비됐어?"

　파이어하트가 물었다.

　"레이븐포를 만나러 갈 준비 말이지?"

　"그렇게 크게 떠들지 말라고!"

　파이어하트는 불안하게 주변을 살피며 말했다.

"응, 준비됐어."

그레이스트라이프가 목소리를 낮추어 말했다.

"꼭 가고 싶다고는 할 수 없지만. 그래도 타이거클로를 떼어 내려면 무슨 일이든 해야지. 너한테 더 좋은 생각이 있는 게 아니라면 말이야."

파이어하트는 고개를 저었다.

"이 방법밖에 없어."

분지에는 여전히 고양이들이 북적거리며 네 방향으로 떠날 준비를 하고 있었다. 아무도 파이어하트와 그레이스트라이프에게 관심을 두지 않았다. 둘은 바람족의 고원으로 이어지는 비탈에 거의 다다를 때까지 어떠한 방해도 받지 않았다. 바로 그때, 뒤에서 목소리가 들렸다.

"이봐, 파이어하트! 어디 가는 거야?"

샌드스톰이었다.

"어……."

파이어하트는 그레이스트라이프에게 다급한 눈빛을 보냈다.

"우리는 멀리 돌아서 가려고."

그가 재빨리 둘러댔다.

"바람족의 머드클로가 그러는데, 우리 영역 바로 안쪽에 새끼 토끼들이 모여 사는 굴이 있대. 거기서 싱싱한 먹이나 좀 잡아 올까 하고."

문득 샌드스톰이 같이 가겠다고 나서지 않을까 하는 생각에 파이어하트는 덧붙여 말했다.

"블루스타에게 좀 말해 줄래? 혹시 우리가 어디 있느냐고 물으면 말이야."

"물론이지."

샌드스톰이 날카롭고 하얀 이빨을 한껏 드러내며 하품을 했다.

"난 따뜻한 잠자리에서, 토끼를 쫓아 달려가는 네 모습을 상상하고 있을게!"

샌드스톰이 꼬리를 휙 휘두르며 떠나갔다.

파이어하트는 안심했다. 하지만 한편으로는 그녀에게 거짓말을 했다는 게 마음에 걸렸다.

"가자, 다른 고양이들이 또 우리를 보기 전에."

두 젊은 전사는 덤불로 미끄러지듯 들어가 비탈을 기어올랐다. 꼭대기에서 파이어하트는 잠시 걸음을 멈추고 뒤를 돌아보았다. 아무도 쫓아오지 않는지 확인하기 위해서였다. 둘은 분지를 벗어나 황무지로 달려갔다. 그 너머에 두발쟁이 농장이 있었다.

'이 방법밖에 없어.'

파이어하트는 달려가면서 자신이 한 말을 되새겼다. 그는 진실을 알아야만 했다. 단지 레드테일과 레이븐포를 위해서가 아니라, 종족 전체를 위한 일이었다. 타이거클로를 막아야만 했다. 그가 또다시 누군가를 죽일 기회를 잡기 전에…….

2
목격자

파이어하트는 두발쟁이들이 짓밟아 놓은 눈길에서 조심스럽게 코를 킁킁거렸다. 두발쟁이 보금자리에서 불빛이 반짝였고, 어딘가 가까운 곳에서 개 짖는 소리가 들렸다. 두발쟁이들이 밤에는 개의 목줄을 풀어 놓는다던 발리의 말이 떠올랐다. 그저 들키기 전에 레이븐포를 찾을 수 있기를 바랄 뿐이었다.

그레이스트라이프가 울타리 밑을 통과해 파이어하트에게 걸어왔다. 얼음장 같은 바람이 그레이스트라이프의 회색 털을 몸에 착 달라붙게 눕혀 놓았다.

"무슨 냄새라도 맡았어?"

그레이스트라이프가 물었다.

파이어하트는 고개를 들어 공기 냄새를 맡아 보았다. 그리고 그 즉시 찾고 있던 냄새를 감지했다. 희미하지만 익숙한 레이븐포의 냄새였다!

"이쪽이야."

파이어하트는 길을 따라 살금살금 움직였다. 발밑에 느껴지는 바닥이 딱딱하고 차가웠다. 그는 냄새를 따라서, 헛간 문 아래쪽에 난 썩은 틈을 향해 조심조심 걸어갔다.

파이어하트는 코를 킁킁거리며 냄새를 들이마셨다. 건초 냄새와 함께 고양이들의 생생하고 짙은 냄새가 풍겨 왔다.

"레이븐포?"

대답이 없자 그는 다시 한 번 불렀다.

"레이븐포?"

"파이어하트, 너야?"

문 반대편의 어둠 속에서 놀란 목소리가 들려왔다.

"레이븐포!"

파이어하트는 문틈으로 비집고 들어갔다. 안에서는 바람을 피할 수 있어서 다행이었다. 헛간의 냄새가 코로 밀려들면서, 입에 침이 고이기 시작했다. 쥐 냄새를 감지한 것이다. 지붕 아래 높이 뚫린 창문으로 새어 들어오는 달빛이 헛간을 희미하게 밝혀 주었다. 눈이 어둠에 적응하자, 파이어하트는 꼬리 서넛 정도 떨어진 곳에 서 있는 레이븐포를 볼 수 있었다.

친구는 그가 마지막으로 보았을 때보다 더 윤기가 흐르고, 잘 먹고 있는 것 같았다. 파이어하트는 상대적으로 자신이 얼마나 깡마르고 후줄근해 보일지 깨달았다.

레이븐포가 기쁘게 가르랑거리며 걸어와 코를 맞댔다.

"어서 와! 널 보니까 정말 좋다."

"너야말로 만나서 반가워."

파이어하트를 따라 문틈으로 들어온 그레이스트라이프가 말했다.

"바람족은 무사히 데려다주었어?"

레이븐포가 물었다.

파이어하트와 그레이스트라이프는 바람족을 집으로 데려가는 중에 레이븐포를 만나 하룻밤을 보냈다.

"응. 하지만 이야기하자면 길어. 지금은 설명할 수가……."

"이게 무슨 일이야?"

또 다른 고양이의 말소리가 끼어들었다.

파이어하트는 귀를 납작 붙이고 휙 돌아보았다. 그리고 새로 나타난 고양이가 위협해 오면 즉시 싸울 수 있도록 태세를 갖췄다. 하지만 그 고양이는 발리였다. 그는 레이븐포에게 기꺼이 자신의 보금자리를 나누어 준 떠돌이였다.

"안녕하세요, 발리?"

파이어하트는 긴장을 가라앉히며 말했다.

"레이븐포와 할 이야기가 있어서 왔어요."

"이런 날씨에 황무지를 건너오다니, 틀림없이 중요한 일이겠군."

발리가 말했다.

"네, 맞아요."

파이어하트는 레이븐포를 힐긋 쳐다보았다. 초조함에 털이 곤두섰다.

"레이븐포, 우리가 시간이 없거든."

레이븐포는 어리둥절한 표정이었다.

"얼마든지 편하게 말해도 돼."

"난 그럼 자리를 비켜 주마. 사냥도 마음껏 하도록 해. 여기는 생쥐들이 아주 많거든."

발리가 말했다. 그는 찾아온 고양이들에게 친근한 표정으로 고갯짓을 하고, 문 아래로 빠져나갔다.

"사냥이라고? 정말?"

그레이스트라이프가 말했다.

파이어하트는 굶주림의 고통이 배를 틀어쥐는 기분이었다.

"당연하지."

레이븐포가 말했다.

"자, 일단 뭘 좀 먹지 그래? 그런 다음에 여기 온 이유를 말해도 늦지 않아."

세 고양이는 두발쟁이 헛간의 건초 더미 위에 웅크리고 앉아 있었다. 사냥은 그리 오래 걸리지 않았다. 눈 덮인 숲에서 먹이를 찾느라 고군분투한 굶주린 천둥족 전사들에게, 헛간은 생쥐가 넘쳐 나는 곳처럼 보였다. 이제 파이어하트는 몸이 따뜻해졌고 배도 불렀다. 보드랍고 향긋한 건초에서 몸을 말고 자고 싶었다. 그러나 그들이 사라졌다는 걸 들키기 전에 진영으로 돌아가려면 당장 레이븐포와 이야기를 해야만 했다.

"타이거클로가 레드테일을 죽였어. 내가 거기 있었고, 두 눈으로 직접 봤다니까."

레이븐포가 고집스럽게 말했다.

파이어하트는 레이븐포를 독려하듯 고개를 끄덕였다.

"기억나는 대로 다 말해 줘."

레이븐포는 앞쪽을 빤히 응시했다. '해 드는 바위'에서의 전투를 떠올리는 그의 눈빛이 어두워졌다. 파이어하트는 레이븐포의 자신감이 점점 사그라지기 시작하는 것을 알 수 있었다. 검은 고양이는 기억에 푹 빠져서, 자신이 알고 있는 것들에 대한 두려움과 부담감을 다시 한 번 고스란히 겪고 있는 중이었다.

"난 어깨에 부상을 입었어."

마침내 레이븐포가 입을 열었다.

"그리고 레드테일이…… 그때는 레드테일이 우리 부지도자였잖아, 나한테 안전하게 도망칠 수 있을 때까지 바위틈에 숨어 있으라고 했어. 막 달려가려는데, 레드테일이 강족 고양이를 공격하는 모습이 보였어. 스톤퍼라는 회색 전사였을 거야. 레드테일은 스톤퍼를 쓰러뜨리고 발톱을 찔러 넣으려고 했어. 치명적인 부상을 입힐 기세였지."

"그런데 왜 하지 않은 거야?"

그레이스트라이프가 끼어들었다.

"오크하트가 갑자기 나타났어."

레이븐포가 설명했다.

"그가 레드테일의 목덜미를 물고 스톤퍼에게서 떼어 냈어."

기억이 한꺼번에 밀려들면서, 레이븐포의 목소리가 떨렸다.

"스톤퍼는 달아났어."

레이븐포는 말을 멈추더니, 마치 가까이에 있는 무언가에 겁을 먹은 것처럼 무의식적으로 몸을 웅크렸다.

"그다음은 어떻게 됐어?"

파이어하트는 조심스럽게 재촉했다.

"레드테일이 오크하트한테 쏘아붙였어. 강족 전사들은 제 힘으로 싸우지도 못하느냐고. 레드테일은 용감했어."

레이븐포가 말을 계속했다.

"강족 부지도자는 덩치가 레드테일의 두 배는 됐거든. 그리고…… 그때 오크하트가 이상한 말을 했어. 레드테일에게 '천둥족 고양이는 스톤퍼를 해쳐선 안 된다'고 말한 거야."

"뭐라고?"

그레이스트라이프가 노란 눈을 가늘게 떴다.

"그건 말이 안 되잖아. 제대로 들은 거 맞아?"

"맞아."

레이븐포가 말했다.

"하지만 종족들은 늘 싸우는걸."

파이어하트가 말했다.

"스톤퍼라고 뭐가 특별한 거야?"

"나도 몰라."

레이븐포가 어깨를 으쓱하며, 꼬치꼬치 캐묻는 그들의 질문을 피했다.

"그래서? 오크하트가 그런 말을 하고 나서 레드테일이 어떻게 했는데?"

그레이스트라이프가 물었다.

레이븐포의 귀가 비죽 서더니, 두 눈이 휘둥그레졌다.

"오크하트에게 몸을 날렸어. 오크하트는 불쑥 튀어나온 바윗부리 아래로 쓰러졌지. 난…… 난 으르렁거리는 소리는 들었지만 그들의 모습은 볼 수 없었어. 그러고 나서 우르르 소리가 들리더니, 바위가 그들 위로 떨어져 내렸어!"

레이븐포는 몸을 떨며 말을 멈췄다.

"계속해 줘."

파이어하트가 말했다. 친구가 어두운 기억을 다시 떠올리게 하고 싶지는 않았지만, 그는 진실을 알아야 했다.

"오크하트의 비명 소리가 들렸어. 그리고 바위 밑으로 비죽 튀어나온 그의 꼬리가 보였어."

레이븐포는 그 장면을 떨쳐 내려는 듯 눈을 감았다가, 잠시 후 다시 눈을 떴다.

"바로 그때, 뒤에서 타이거클로의 목소리가 들렸어. 그가 나한테 진영으로 돌아가라고 명령했지. 난 조금 가다가 멈췄어. 레드테일이 무사한지 확인해야겠다는 생각이 든 거야. 그래서 달아나는 강족 전사들을 지나쳐서 다시 돌아갔어. 내가 도착했을 때는 레드테일이 흙먼지 속에서 뛰쳐나오고 있었어. 겉으로 보기엔 상처 하나 없었어. 레드테일은 그늘에 있던 타이거클로에게 곧장 달려갔어."

"그리고 그때 그 일이……"

그레이스트라이프가 말을 꺼냈다.

"맞아."

레이븐포는 다시 전장으로 돌아간 것처럼 발톱을 구부렸다.

"타이거클로가 레드테일을 움켜잡고 바닥에 내리꽂았어. 레드테일은 몸부림을 쳤지만 빠져나오지 못했지. 그리고……."

레이븐포는 마른침을 삼켰다. 그리고 바닥을 노려보며 말을 이었다.

"타이거클로가 레드테일의 목에 이빨을 찔러 넣었어. 그게 끝이야."

레이븐포는 말을 마치고 고개를 떨구었다.

파이어하트는 레이븐포에게 가까이 다가가 옆구리에 몸을 바짝 기댔다.

"그러니까 오크하트는 바위가 떨어져 내려서 죽은 거구나. 그건 사고였어. 아무도 그를 죽인 게 아니었어."

파이어하트가 중얼거렸다.

"그렇다고 타이거클로가 레드테일을 죽였다는 사실이 입증되는 건 아니잖아."

그레이스트라이프가 지적했다.

"우리한테 도움이 될 만한 게 전혀 없는 것 같은데."

파이어하트는 낙담해서 친구를 바라보았다. 그러다가 갑자기 눈을 크게 뜨며 벌떡 일어났다. 흥분해서 발이 근질거렸다.

"아니야, 도움이 돼! 만약 우리가 바위가 무너졌다는 걸 증명할 수만 있다면, 타이거클로가 거짓말을 했다는 걸 밝힐 수 있잖아. 오크하트가 레드테일을 죽였고, 그 복수로 자기가 오크하트를 죽였다고 말했으니까 말이야."

"잠깐만."

그레이스트라이프가 끼어들었다.

"레이븐포, 지난번 모임에서는 바위가 떨어졌다는 얘기는 전혀 안 했잖아. 그때는 꼭 레드테일이 오크하트를 죽인 것처럼 들렸거든."

"내가 그랬어?"

레이븐포가 그레이스트라이프의 말에 집중하려고 애쓰며 눈을 끔벅였다.

"일부러 그런 건 아니야. 지금 한 이야기가 진짜야. 맹세해."

"그래서 블루스타가 우리 말을 안 믿은 거야."

파이어하트가 흥분해서 말을 이었다.

"레드테일이 다른 종족의 부지도자를 죽였다는 사실을 믿을 수 없었던 거야. 하지만 레드테일이 죽인 게 아니었어. 이제는 블루스타도 우리 이야기를 심각하게 받아들여야 할 거야!"

파이어하트는 그들이 알아낸 사실들로 머리가 어지러웠다. 레이븐포에게 좀 더 묻고 싶었지만, 친구에게서는 겁에 질린 냄새가 났다. 그리고 쫓기는 기색이 역력했다. 이 이야기가 천둥족에서 겪은 모든 불행한 기억들을 다시 불러오는 것 같았다.

"우리에게 더 해 줄 말은 없어, 레이븐포?"

파이어하트는 조심스럽게 물었다.

레이븐포는 고개를 저었다.

"네가 해 준 이야기는 종족에게 정말 큰 도움이 될 거야."

파이어하트가 말했다.

"이제는 타이거클로가 위험한 존재라는 걸 블루스타가 믿도록 해야 해."

그러자 그레이스트라이프가 지적했다.

"블루스타에게 이 이야기를 한다고 해도 말이야, 안타깝게도 레이븐포가 처음 했던 이야기를 네가 벌써 블루스타에게 해 버렸 잖아. 이제 와서 전부 다르게 말하면, 블루스타는 뭘 믿어야 할지 판단이 서지 않을걸."

그레이스트라이프의 짜증 섞인 말투에 레이븐포가 몸을 움찔 했다.

"하지만 레이븐포의 이야기가 완전히 달라진 건 아니야."

파이어하트는 즉시 반발했다.

"우리가 오해한 거잖아. 그뿐이야. 내가 어떻게든 블루스타를 설득할게. 적어도 우린 이제 진실을 알잖아."

레이븐포는 기분이 조금 나아진 듯 보였지만, 파이어하트는 그 가 더 이상 과거에 대해 생각하고 싶어 하지 않는다는 것을 알았 다. 파이어하트는 레이븐포 옆에 앉아 가르랑거리며 다독여 주었 다. 그리고 잠깐 동안 세 고양이는 함께 혀를 나누었다.

파이어하트가 몸을 일으켰다.

"이제 가야 할 시간이야."

"잘 지내. 타이거클로도 조심하고."

레이븐포가 말했다.

"걱정하지 마."

파이어하트는 친구를 안심시켰다.

"네가 해 준 이야기 덕분에 우리가 타이거클로를 상대할 수 있게 되었으니까."

파이어하트는 문틈으로 미끄러지듯 빠져나와 눈 속으로 걸어 나갔다. 그레이스트라이프가 뒤를 따랐다.

"바깥은 너무 춥잖아!"

그레이스트라이프가 농장 가장자리에 있는 울타리로 걸어가면서 투덜거렸다.

"생쥐를 몇 마리 더 잡았어야 하는 건데. 종족에게 가져가야 하잖아."

그레이스트라이프가 말했다.

"타이거클로가 이런 날씨에 그렇게 투실투실한 생쥐를 어디서 잡았느냐고 물으면 뭐라고 할래?"

파이어하트가 대꾸했다.

달이 거의 저물어 갔다. 하늘은 곧 새벽빛으로 물들 것이다. 파이어하트의 두툼한 겨울 털에도 금세 차가운 기운이 파고들었다. 따뜻한 헛간에 있다 나오니 더 춥게 느껴졌다. 게다가 피곤해서 다리가 쑤셔 왔다. 기나긴 밤을 보냈지만, 진영에서 편히 쉬려면 아직도 바람족 영역을 건너가는 일이 남아 있었다. 파이어하트는 레이븐포의 이야기에 대해 생각하는 걸 멈출 수가 없었다. 그는 친구가 진실을 말하고 있다고 확신했지만, 다른 고양이들을 설득하기는 쉽지 않을 것이다. 블루스타는 이미 레이븐포의 처음 이야기도 믿지 않았다.

하지만 그때는 파이어하트도 레드테일이 오크하트를 죽였다고 알고 있었다. 블루스타는 레드테일이 이유 없이 다른 종족의 전사를 죽였다는 말을 받아들일 수 없었던 것이다. 이제 파이어하트는 진실을 알게 되었다. 오크하트는 사고로 죽은 것이다. 하지만 어떻게 타이거클로의 죄를 밝힐 수 있을까? 레이븐포의 이야기를 뒷받침할 만한 무언가가 있지 않으면 힘들었다.

"강족 고양이들은 알 거야!"

파이어하트는 문득 깨닫고 소리쳤다. 그는 황무지 비탈 위로 드러난 울퉁불퉁한 바위 아래에 멈춰 섰다. 그곳에는 눈이 쌓여 있지 않았다.

"뭐라고?"

그레이스트라이프가 파이어하트의 곁으로 걸어오며 물었다.

"뭘 안다는 거야?"

"오크하트가 어떻게 죽었는지."

파이어하트가 대답했다.

"강족은 오크하트의 시신을 봤을 테니까. 정말로 바위가 떨어져 내리는 바람에 죽었는지, 아니면 다른 전사에게 치명적인 일격을 당했는지 말해 줄 수 있을 거야."

"맞아, 시신에 남은 상처가 증명해 주겠지."

그레이스트라이프가 맞장구쳤다.

"그리고 오크하트가 했다는 말 말이야, 천둥족 고양이는 스톤퍼를 해치면 안 된다는 말이 무슨 뜻인지도 알지 몰라. 전투에 참가했던 강족 전사와 이야기를 해 봐야 돼. 스톤퍼와 직접 얘기해도 좋고."

"그래도 무작정 강족 진영으로 들어가서 물어볼 수는 없잖아.

모임에서 얼마나 긴장감이 팽팽했는지 생각해 봐. 전투가 끝난 지 얼마 되지도 않았잖아. 너무 일러."

그레이스트라이프가 반박했다.

"난 너를 반겨 줄 강족 전사를 하나 알지."

파이어하트가 중얼거렸다.

"실버스트림을 말하는 거야? 그런 거라면 내가 물어볼 수 있어."

그레이스트라이프가 동의했다.

"자, 그럼 이제 진영으로 돌아가면 안 될까? 발이 꽁꽁 얼어 버리기 전에 말이야."

두 고양이는 계속 걸어갔다. 이제 피로로 몸이 무거워져 걸음도 느려졌다. 나무 네 그루가 보이는 곳에 다다랐을 때, 등성이를 오르는 고양이 셋이 보였다. 바람이 바람족 순찰대의 냄새를 실어다 주었다. 파이어하트는 몸을 숨길 곳을 찾아 황급히 주위를 둘러보았다. 바람족을 만나 그들의 영역에 있는 이유를 설명하고 싶지 않았던 것이다. 하지만 사방으로 매끈하게 펼쳐진 눈밭에는 바위나 덤불 하나 보이지 않았다. 게다가 바람족 고양이들은 벌써 그들을 본 것이 분명했다. 방향을 틀어 그들을 향해 오고 있었던 것이다.

파이어하트는 바람족 부지도자의 뒤뚱거리는 걸음걸이를 알아보았다. 얼룩무늬 전사 톤이어와 그의 훈련병인 러닝포도 함께였다.

"잘 지냈나, 파이어하트?"

데드풋이 절뚝절뚝 걸어오며 외쳤다. 눈동자에는 의아한 빛이

59

서려 있었다.

"집에서 멀리 나왔구나."

"어…… 네."

파이어하트는 공손하게 고개를 숙였다.

"우리는 그러니까…… 그림자족의 냄새를 따라오다 보니까 여기까지 오게 되었습니다."

"그림자족이 우리 영역에 들어왔다고!"

데드풋의 털이 곤두서기 시작했다.

"제 생각엔 오래된 냄새인 것 같습니다."

그레이스트라이프가 서둘러 끼어들었다.

"걱정할 것 전혀 없어요. 경계를 넘어와서 죄송합니다."

"너희는 언제든지 환영이야."

톤이어가 말했다.

"지난 전투에서 너희 종족이 도와주지 않았다면, 다른 종족들이 우리를 말살했을 거야. 이제는 함부로 덤비지 않겠지. 천둥족을 감당해야 한다는 걸 알게 되었으니까."

파이어하트는 톤이어의 칭찬에 당황스러웠다. 그와 그레이스트라이프가 바람족 고양이들을 도운 건 사실이지만, 이번에는 누가 되었든 바람족 영역에 들어와 있는 자신들을 보았다는 생각에 마음이 불편했다.

"우리는 돌아가는 게 좋겠어요."

파이어하트가 중얼거렸다.

"여기 위쪽은 잠잠한 것 같네요."

"별족이 너희의 길을 밝혀 주기를."

데드풋이 고맙다는 듯 말했다.

다른 바람족 고양이들도 파이어하트와 그레이스트라이프에게 행운을 빌어 주고, 자신들의 진영을 향해 발길을 돌렸다.

"운이 나빴네."

그레이스트라이프와 함께 나무 네 그루를 향해 내려가며, 파이어하트가 중얼거렸다.

"왜?"

그레이스트라이프가 물었다.

"바람족 고양이들은 우리가 자기네 영역에 들어왔어도 신경 쓰지 않았잖아. 이제 우린 다 친구야."

"머리를 좀 써, 그레이스트라이프."

파이어하트가 말했다.

"다음 모임에서 데드풋이 블루스타에게 우리를 봤다고 말하기라도 하면 어쩔래? 블루스타는 우리가 여기서 뭘 하고 있었는지 의아하게 생각할 거 아니야."

그레이스트라이프가 걸음을 멈추더니 거칠게 내뱉었다.

"쥐 똥! 그 생각은 못 했네."

둘의 눈이 마주쳤다. 파이어하트는 친구의 눈동자에 비친 자신의 걱정스러운 표정을 볼 수 있었다.

"우리가 타이거클로에 대해 조사하려고 몰래 돌아다니는 걸 알면 블루스타가 좋아하지 않을 거야."

파이어하트는 어깨를 으쓱했다.

"다음 모임 전에 우리가 이 모든 일을 해결할 수 있기를 바라자고. 이제 서두르자. 뭐라도 잡아서 가야지."

둘은 점점 속도를 내면서 눈 위를 질주했다. 그리고 나무 네 그루가 있는 분지를 빙 둘러 마침내 천둥족의 숲으로 들어섰다. 파이어하트는 긴장을 늦추고 먹이 냄새가 나기를 바라며 공기 냄새를 맡아 보았다. 그레이스트라이프도 근처 나무뿌리들 사이를 킁킁거렸다. 하지만 이내 실망한 얼굴로 돌아왔다.

"아무것도 없어."

그레이스트라이프가 투덜거렸다.

"쥐 한 마리, 수염 한 가닥도 보이지 않아!"

"계속 찾고 있을 수는 없어."

나무 위로 하늘이 벌써 밝아지기 시작하는 것을 보며, 파이어하트는 결정을 내렸다. 피곤해서 다리가 뻐근했고, 근육은 추위로 뻣뻣해져 있었다. 파이어하트는 바위 사이로 조용히 앞장서 나가, 가시금작화 굴길로 향했다. 마침내 집에 도착해서 감사한 마음뿐이었다. 성큼성큼 굴길을 벗어나 진영에 들어선 그는 갑자기 걸음을 멈추었다. 너무 급작스럽게 멈춘 탓에 뒤따라오던 그레이스트라이프가 뒤에서 쿵 부딪치고 말았다.

"비켜, 이 커다란 털 뭉치야!"

그레이스트라이프가 소리를 죽여 말했다.

파이어하트는 대답하지 않았다. 공터 한가운데, 꼬리 서넛 정도 떨어진 거리에 타이거클로가 앉아 있었다. 건장한 어깨 아래로 머리를 수그리고 노려보는 그의 노란 눈동자가 승리감으로 빛나고 있었다.

"어딜 갔다 오는지 말해 줘야겠지?"

타이거클로가 으르렁거렸다.

"모임에서 돌아오는 데 왜 이렇게 오래 걸린 것이냐?"

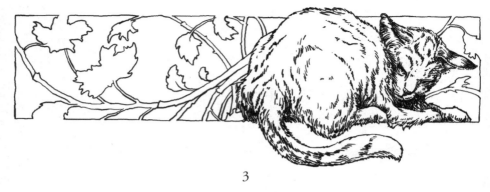

3

꿈의 경고

"자, 말해 보시지?"

타이거클로가 도발적으로 말했다.

"사냥을 하려고 했습니다."

파이어하트는 고개를 들어 부지도자의 호박색 눈동자를 마주
했다.

"종족에게는 싱싱한 먹이가 필요하니까요."

"하지만 아무것도 찾을 수 없었습니다."

그레이스트라이프가 파이어하트 옆으로 다가서면서 거들었다.

"먹잇감이 모두 숨어 버렸다, 그 말이냐?"

타이거클로가 으르렁거렸다.

그는 파이어하트와 코가 맞닿을 정도로 가까이 다가와 킁킁거
렸다. 그레이스트라이프에게도 똑같은 행동을 했다.

"그럼 왜 너희 둘한테서 쥐 냄새가 나는 거지?"

파이어하트는 그레이스트라이프와 눈빛을 주고받았다. 그들이
두발쟁이 헛간에서 사냥을 한 것은 아주 오래전 일처럼 느껴졌

다. 아직도 쥐 냄새가 나리라고는 생각도 못 했다.

그레이스트라이프가 어찌할 바를 모르고 그를 돌아보았다. 불안감에 눈이 동그래져 있었다.

"블루스타도 이 일을 알아야겠지. 따라오너라!"

부지도자가 으르렁거렸다.

파이어하트와 그레이스트라이프는 그를 따르는 수밖에 없었다. 타이거클로는 그들을 이끌고 공터를 가로질러, 높은 바위 아래 있는 블루스타의 거처로 갔다. 입구를 가리는 이끼 장막 뒤로 블루스타의 모습이 보였다. 종족 지도자는 잠들어 있는 듯했다. 타이거클로는 개의치 않고 거처 안으로 몸을 밀고 들어갔다. 블루스타는 즉시 고개를 들더니 일어나 앉았다.

"무슨 일인가, 타이거클로?"

블루스타가 의아한 목소리로 물었다.

"이 용맹한 전사들이 사냥을 하러 갔다 왔답니다."

타이거클로가 경멸하는 듯한 목소리로 말했다.

"그런데 자기들은 배불리 먹고, 종족을 위해서는 아무것도 잡아 오지 않았다고 합니다."

"그게 사실이냐?"

블루스타가 푸른 눈을 어린 전사들에게 돌렸다.

"사냥 임무를 맡고 나간 것도 아니잖아요."

그레이스트라이프가 웅얼거렸다.

파이어하트는 맞는 말이라고 생각했다. 엄밀히 말하자면, 먹이를 잡아 오지 않았다고 해서 그들이 전사의 규약을 어긴 것은 아니었다. 하지만 그건 변명이 될 수 없다는 걸 그도 알고 있었다.

"기운을 좀 내려고 처음 잡은 먹이는 저희가 먹었습니다. 그런데 그 뒤로는 아무것도 발견하지 못했습니다. 싱싱한 먹이를 가져오고 싶었지만 운이 없었어요."

파이어하트가 말했다.

타이거클로가 거슬린다는 듯 콧방귀를 뀌었다. 파이어하트의 말을 한마디도 믿지 않는 눈치였다.

"그렇다 해도 이렇게 먹이가 부족한 시기에는 모든 고양이가 자신보다 종족을 먼저 생각하고, 가진 것을 나누어야 한다. 너희 둘에게 실망했다."

블루스타가 말했다.

파이어하트는 부끄러웠다. 블루스타는 애완 고양이였던 그를 종족으로 데려왔다. 파이어하트는 그런 그녀에게 자신이 믿음직스럽다는 것을 증명하고 싶었다. 만약 블루스타와 단둘이 있었다면, 이렇게 늦게 돌아온 진짜 이유를 설명했을 것이다. 하지만 타이거클로가 노려보고 있는 상황에서는 불가능했다.

게다가 파이어하트는 레이븐포가 이번에 새로 들려준 이야기를 블루스타에게 전할 준비가 아직 안 되어 있었다. 그는 먼저 강족 고양이들을 만나, 오크하트가 정말로 어떻게 죽었는지 확인하고 싶었다.

"죄송합니다, 블루스타."

"죄송하다고 배가 채워지는 건 아니지."

블루스타가 경고하듯 말했다.

"무엇보다 종족이 먼저라는 것을 명심해라. 특히 잎 없는 계절에는 더 그렇다. 다음 해가 뜰 때까지 너희는 사냥을 해라. 너희를 위해서가 아니라, 종족을 위해서다. 다른 고양이들이 모두 먹고 나면, 너희는 그때 먹이를 먹을 수 있다."

블루스타의 눈빛이 조금 부드러워졌다.

"둘 다 지쳐 보이는구나. 지금은 가서 자도록 해라. 하지만 해가 가장 높이 떠오르기 전에 사냥을 나가야 한다."

"네, 블루스타."

파이어하트는 고개를 숙이고 블루스타의 거처에서 물러 나왔다.

그레이스트라이프가 뒤를 따라 나왔다. 그는 두려움과 당혹감으로 털을 잔뜩 부풀리고 있었다.

"우리 꼬리를 잘라 버릴 줄 알았는데!"

전사들의 거처를 향해 가며 그레이스트라이프가 말했다.

"운이 좋은 줄 알아라."

낮게 으르렁거리는 소리에 파이어하트는 뒤를 돌아보았다. 타이거클로가 그들을 뒤따라오고 있었다.

"내가 종족 지도자였다면, 너희에게 제대로 벌을 줬을 것이다."

파이어하트는 분노로 털이 곤두섰다. 이빨을 드러내고 으르렁거리려는데, 그레이스트라이프가 경고의 소리를 냈다. 파이어하트는 하고 싶은 말을 꾹 참고, 고개를 돌렸다.

"그래, 애완 고양이."

타이거클로가 조롱하듯 말했다.

"네 보금자리로 살금살금 도망치라고. 블루스타는 너를 믿을지 몰라도, 나는 아니다. 바람족 진영에서 싸울 때 내가 널 봤다는 걸 잊지 마라."

타이거클로는 어린 두 전사를 지나쳐 전사들의 거처로 성큼성큼 걸어갔다.

그가 가고 나자 그레이스트라이프가 덜덜 떨며 긴 숨을 내쉬었다.

"파이어하트."

그레이스트라이프가 진지한 목소리로 말했다.

"너는 종족에서 가장 용감한 고양이거나, 아니면 완전히 미친 고양이야! 맙소사, 별족이시여! 제발 더 이상 타이거클로를 건드리지 마."

"타이거클로에게 나를 미워해 달라고 한 적 없어."

파이어하트는 화가 나서 말했다. 그리고 나뭇가지를 헤치고 거처로 들어갔다. 타이거클로는 거처 가운데에서 자리를 잡고 있었다. 그는 파이어하트를 모른 척하고 두세 번 맴돌다가, 몸을 말고 잠들었다.

파이어하트도 자기 자리를 찾아갔다. 근처에는 샌드스톰과 더스트펠트가 함께 누워 있었다.

파이어하트가 다가가자 샌드스톰이 일어나 앉았다.

"모임에서 돌아온 뒤로 타이거클로가 계속 너를 찾았어."

그녀가 속닥거렸다.

"네 말대로 전했는데, 믿지 않는 눈치였어. 도대체 무슨 짓을 했길래 그러는 거야?"

파이어하트는 샌드스톰의 안쓰러운 눈빛에 위안을 얻었다. 하지만 입이 쩍 벌어지도록 나오는 하품을 도저히 참을 수가 없었다.

"미안해, 샌드스톰. 난 좀 자야겠어. 나중에 이야기하자."

샌드스톰이 기분 나빠 하지 않을까 걱정했지만, 그녀는 자리에서 일어나 곁으로 다가왔다. 파이어하트가 바닥에 깔린 보드라운 이끼 위에 자리를 잡자, 샌드스톰은 곁에 웅크리고 앉아 옆구리를 바짝 기대었다.

더스트펠트가 한쪽 눈을 뜨고 파이어하트를 노려보았다. 그러더니 콧방귀를 뀌며 표가 나게 등을 돌렸다.

파이어하트는 더스트펠트의 질투까지 신경 쓰기에는 너무 피곤했다. 그는 벌써 잠에 빠져들고 있었다. 눈을 감으며 마지막으로 느낀 것은, 옆구리에 닿는 샌드스톰의 따스한 털이었다.

파이어하트는 사냥 길을 따라 걷고 있었다. 기운이 솟는 기분이었다. 그는 입을 벌려 먹이 냄새를 맡아 보았다. 자신이 지금 꿈을 꾸고 있다는 것을 알면서도, 싱싱한 먹이를 향한 기대감에 배가 꾸르륵거리는 게 느껴졌다.

고사리들이 머리 위로 둥그렇게 구부러져 있었다. 진주처럼 환한 빛이 그에게 쏟아져 내렸다. 구름 한 점 없는 하늘에 보름달이 뜬 것 같았다. 고사리 잎사귀와 풀잎마다 은은하게 빛이 났다. 길가에 빽빽하게 무리 지어 난 앵초는 마치 스스로 빛을 내는 듯했다. 주위에는 온통 새잎 돋는 계절의 촉촉한 온기가 느껴졌다. 차갑고 눈 덮인 진영과는 까마득히 멀리 떨어져 있는 것 같았다.

오르막길이 시작되면서, 다른 고양이가 그의 앞으로 튀어나왔다. 파이어하트는 걸음을 멈췄다. 스파티드리프였다! 파이어하트는 심장이 쿵쾅거렸다. 삼색얼룩 고양이는 보드라운 분홍빛 코가 그의 코에 닿을 때까지 가까이 다가왔다.

파이어하트는 그녀에게 얼굴을 비볐다. 마음 깊은 곳에서 우러나는 기분 좋은 가르랑 소리가 새어 나왔다. 파이어하트가 처음 숲에 왔을 때, 스파티드리프는 천둥족의 치료사였다. 그녀는 천둥족의 진영을 습격한 그림자족 전사에게 냉혹하게 죽임을 당했다. 파이어하트는 그녀를 여전히 그리워하고 있었다. 꿈에 그녀가 나타난 것은 이번이 처음이 아니었다.

스파티드리프가 한 걸음 뒤로 물러서며 말했다.

"가자, 파이어하트. 보여 줄 게 있어."

스파티드리프는 몸을 돌려 사뿐사뿐 걸음을 옮겼다. 그리고 이따금 뒤를 돌아보며 파이어하트가 잘 따라오고 있는지 확인했다.

파이어하트는 달빛에 어룽진 그녀의 털에 감탄하며 뒤따라갔다. 곧 그들은 언덕 꼭대기에 다다랐다. 스파티드리프는 그를 데리고 고사리 덤불을 벗어나, 풀이 우거진 언덕 위로 나갔다.

"보렴."

스파티드리프가 주둥이로 가리키며 말했다.

파이어하트는 눈을 끔벅였다. 눈에 익은 나무들과 들판 대신에 반짝이는 물이 끝없이 펼쳐져 있었다. 수면에 반사된 빛에 눈이 부셨다. 파이어하트는 눈을 감았다. 이 물이 다 어디서 흘러온 걸까? 여기가 종족의 영역이 맞는지조차 알 수가 없었다. 은빛 광채가 모든 경계를 허물고, 평소에 보이던 것들을 가려 버린 탓이었다.

스파티드리프의 달콤한 향기가 주변을 가득 채웠다.

"기억해, 파이어하트."

그녀의 목소리가 파이어하트의 귓가에 울렸다.

"물이 불을 끌 수 있어."

깜짝 놀란 파이어하트는 다시 눈을 떴다. 살을 에는 바람이 수면을 흔들더니, 그의 털에 스며들었다. 스파티드리프는 사라지고 없었다. 파이어하트는 그녀를 찾느라 사방을 둘러보았고, 그사이에 빛은 희미해지기 시작했다. 온기도, 발밑에 닿던 풀의 느낌도 함께 사라졌다. 순식간에 그는 추위와 어둠 속으로 곤두박질쳤다.

"파이어하트! 파이어하트!"

누군가 그를 쿡 찔렀다. 파이어하트는 피하려고 했지만, 다시 한 번 그의 이름을 부르는 소리가 들렸다. 그레이스트라이프의 목소리였다. 파이어하트는 억지로 눈을 떴다. 덩치 큰 회색 고양이가 걱정스럽게 그를 살피고 있었다.

"파이어하트."

친구가 다시 불렀다.

"일어나. 해가 벌써 높이 떴어."

파이어하트는 끙끙거리며 잠자리에서 몸을 일으켰다. 희미하고 차가운 빛이 나뭇가지들 사이로 새어 들어왔다. 윌로펠트와 다크스트라이프는 아직 거처 한가운데의 덤불 근처에서 자고 있었지

71

만, 샌드스톰과 더스트펠트는 벌써 일어나 있었다.

"잠꼬대를 하던데, 괜찮은 거야?"

그레이스트라이프가 물었다.

"뭐가?"

파이어하트는 아직 꿈에서 헤어 나오지 못했다. 꿈에서 깨어나는 순간, 그는 깨달았다. 스파티드리프는 죽었고, 꿈속이 아니면 다시는 그녀와 이야기할 수 없다는 사실을. 그 깨달음은 언제나 씁쓸했다.

"해가 벌써 높이 떴어."

그레이스트라이프가 다시 한 번 말했다.

"우리는 사냥하러 나가야 한단 말이야."

"알고 있어."

파이어하트는 정신을 차리려고 애쓰며 말했다.

"그럼 서둘러."

그레이스트라이프는 거처를 나가기 전에 마지막으로 그를 툭 쳤다.

"가시금작화 굴길에서 만나자."

파이어하트는 한쪽 발을 핥은 뒤에 얼굴을 문질렀다. 정신이 들면서 불현듯 스파티드리프의 경고가 떠올랐다.

"물이 불을 끌 수 있어."

그녀는 무슨 이야기를 해 주고 싶었던 걸까? 파이어하트는 스파티드리프가 앞서 했던 예언을 돌이켜 보았다. 불이 종족을 구하리라는 것이었다. 그레이스트라이프를 따라 거처를 나서는 파이어하트는 자신도 모르게 덜덜 떨고 있었다. 추위 때문이 아니었다. 비를 잔뜩 실은 구름처럼 걱정이 몰려들었다. 만약 물이 불을 끈다면, 종족을 구할 수 있는 것은 무엇이란 말인가? 스파티드리프의 말은 천둥족이 파멸할 운명이라는 뜻일까?

4

덤불에 숨은 두 전사

파이어하트는 골짜기를 달려 올라갔다. 발밑에서 눈이 뽀드득거렸다. 파란 하늘에 해가 빛나고 있었다. 그리 따뜻하지는 않았지만, 햇빛을 보는 것만으로도 기운이 났다. 새잎 돋는 계절이 멀지 않은 것이다.

바로 뒤를 따라오던 그레이스트라이프가 파이어하트의 생각을 읽은 듯 말했다.

"운이 좋으면 햇빛 덕분에 먹잇감들이 굴 밖으로 나올 수도 있겠어."

"네가 쿵쾅거리는 소리를 들으면 다시 들어가 버리겠지!"

샌드스톰이 그를 지나쳐 가며 놀렸다.

그레이스트라이프의 훈련병인 브래큰포가 스승에 대한 의리로 반발했다.

"스승님은 쿵쾅거리지 않아요!"

그레이스트라이프는 온화하게 그르렁거릴 뿐이었다. 파이어하트는 새로운 기운이 온몸에 흘러드는 것을 느꼈다. 비록 오늘은 벌로 사냥 임무를 수행하는 것이었지만, 다른 고양이와 함께 가면 안 된다는 말은 없었다. 그리고 친구들과 함께하는 것은 기분 좋은 일이었다.

파이어하트는 종족을 먼저 생각하지 않았다며 꾸짖던 블루스타의 서늘한 눈빛을 떠올리고 몸을 움찔했다. 할 수 있는 한 많은 먹잇감을 잡아, 블루스타에게 거짓말한 것을 만회할 작정이었다. 종족에게는 먹이가 절실했다. 그들이 떠나올 무렵에는 진영에 남은 먹이가 거의 없었다. 대부분의 고양이들은 벌써 사냥을 나가 있었다. 파이어하트는 골짜기에서 아침 순찰대와 함께 돌아오는 타이거클로와 마주쳤다. 그의 입에 물려 있는 다람쥐의 긴 꼬리가 눈 위를 쓸고 지나갔다. 파이어하트를 지나칠 때 부지도자는 사납게 눈살을 찌푸렸다. 하지만 먹이를 내려놓고 말을 걸지는 않았다.

비탈 꼭대기에 이르자 샌드스톰이 앞으로 달려 나갔다. 그레이스트라이프는 브래큰포에게 나무뿌리 근처에서 쥐를 잡으려면 어디를 찾아봐야 할지 알려 주었다. 그들을 지켜보던 파이어하트는 자신의 훈련병이었던 신더포를 떠올리며 문득 상실감을 느꼈다. 사고만 아니었다면 그녀도 이 자리에 함께 있었을 것이다. 하지만 신더포는 천둥길에서 사고를 당하는 바람에, 절룩거리는 다리로 옐로팽과 함께 치료사의 거처에 머물고 있었다.

파이어하트는 무거운 생각들을 떨쳐 버리고 앞으로 살그머니 나아갔다. 숲의 냄새를 맡느라 입이 벌어졌다. 희미한 바람이 쌓인 눈을 흐트러뜨리면서 친숙한 냄새를 실어 왔다. 토끼였다!

고개를 들자, 고사리 덤불 밑에서 갈색 털로 덮인 생명체가 코를 씰룩거리고 있는 게 보였다. 초록 풀 몇 가닥이 눈을 뚫고 뾰족 솟아 있는 곳이었다. 파이어하트는 사냥 자세로 몸을 낮추고, 한 걸음씩 조심조심 다가갔다. 마지막 순간에 토끼가 그를 알아채고 벌떡 일어났지만, 소용없었다. 끽소리도 내기 전에 파이어하트는 토끼를 덮쳤다.

파이어하트는 토끼를 물고 의기양양하게 진영으로 향했다. 공터로 들어선 그는 아침 사냥조가 나갔다 온 뒤로 다시 가득 쌓인 먹이 더미를 보고 안도했다. 블루스타가 그 옆에 서 있었다.

"잘했다, 파이어하트."

먹이 더미로 토끼를 가져가자, 블루스타가 말했다.

"그 토끼는 옐로팽에게 바로 가져다주어라."

지도자의 칭찬에 기분이 좋아진 파이어하트는 토끼를 물고 공터를 가로질러 갔다. 갈색으로 변해 쉽게 바스러지는 고사리 굴길을 지나면 호젓한 진영 한구석이 나왔다. 그곳에 천둥족 치료사가 머무는 갈라진 바위가 있었다.

고사리 굴길을 빠져나온 파이어하트는 거처 입구에 있는 옐로팽을 발견했다. 가슴 밑에 발을 밀어 넣고 엎드려 있는 옐로팽의 앞에는 신더포가 앉아 있었다. 신더포는 잿빛 털을 부풀린 채, 푸른 눈으로 치료사의 넓적한 얼굴을 응시하고 있었다.

"자, 신더포."

나이 든 고양이의 쉰 목소리가 들려왔다.

"추위 때문에 원아이의 발바닥이 갈라졌다. 어떻게 해야 하지?"

"감염에 대비해서 메리골드 잎을 써야 해요. 톱풀 연고는 발바닥을 부드럽게 하고, 회복을 도와줄 거예요. 통증이 있다면 양귀비 씨앗을 줘야 하고요."

신더포가 즉시 대답했다.

"훌륭하구나."

옐로팽이 말했다.

신더포는 자세를 똑바로 했다. 자부심으로 눈이 반짝이고 있었다. 파이어하트는 옐로팽이 쉽게 칭찬을 하지 않는다는 것을 너무나 잘 알고 있었다.

"좋아, 메리골드 잎과 연고를 가져다주어라. 상처가 더 심해지지 않으면 양귀비 씨앗까지는 필요 없을 거다."

옐로팽이 말했다.

일어나서 거처로 들어가던 신더포가 굴길 옆에 서 있는 파이어하트를 발견했다. 그녀는 기쁘게 소리치며 서둘러 그에게 다가왔다. 걸음걸이가 비틀거리고 불편해 보였다.

안타까움이 파이어하트의 마음을 발톱처럼 날카롭게 찔렀다. 천둥길에서 사고를 당해 다리가 망가지기 전까지, 신더포는 멈출 줄 모르고 기운이 펄펄 솟는 훈련병이었다. 하지만 이제 그녀는 다시는 제대로 뛰지 못할 것이다. 천둥족의 전사가 되겠다는 꿈도 포기해야만 했다.

하지만 천둥길의 괴물도 신더포의 발랄한 성격은 꺾지 못했다. 파이어하트에게 다가오는 신더포의 눈동자는 기쁨으로 출렁이고 있었다.

"싱싱한 먹이다!"

신더포가 소리쳤다.

"우리한테 주려고 가져온 거예요? 너무 좋아요!"

"빨리도 가져왔구나!"

여전히 거처 입구에 앉아 있던 옐로팽이 투덜거렸다.

"어쨌거나 토끼라니 반갑구나."

옐로팽이 덧붙였다.

"해가 뜬 뒤로 종족의 반은 다녀간 것 같구나. 여기가 아프다, 저기가 아프다 어찌나 불평들을 해 대던지."

파이어하트는 토끼를 물고 공터를 걸어가 치료사 앞에 내려놓았다.

옐로팽이 한 발로 토끼를 쿡 찔러 보았다.

"한때는 뼈에 살이 조금 붙어 있었던 놈 같군."

옐로팽이 마음에 들지 않는다는 듯 말했다.

"좋아, 신더포, 메리골드 잎과 톱풀을 원아이에게 가져다주고 오너라. 잽싸게 다녀오면 토끼가 좀 남아 있을지도 모르겠구나."

신더포는 웃으면서 꼬리 끝으로 옐로팽의 어깨를 스친 후, 거처로 들어갔다.

파이어하트는 목소리를 낮추어 물었다.

"신더포는 어때요? 적응하고 있나요?"

"잘하고 있어."

옐로팽이 퉁명스럽게 말했다.

"신더포 걱정은 그만하라고."

파이어하트도 그럴 수 있기를 바랐다. 하지만 신더포의 사고에 자신이 어느 정도 책임이 있다는 생각을 떨치기 힘들었다. 타이거클로가 블루스타를 천둥길로 불러냈지만, 블루스타는 아파서 나갈 수가 없었다. 진영에는 전사들이 거의 남아 있지 않았다. 파이어하트는 블루스타의 초록기침병을 치료하기 위해 필요한 개박하를 가지러 막 진영을 떠나려던 참이었다. 그는 신더포에게 진영에 머물러 있으라고 했지만, 신더포는 그의 명령을 듣지 않았다. 타이거클로는 천둥길 바로 옆에 자신의 냄새를 남겨 놓고, 그 때문에 사고가 일어났다. 파이어하트는 그것이 블루스타를 겨냥한 타이거클로의 함정일 거라 의심하고 있었다.

파이어하트는 옐로팽에게 인사를 하고 다시 사냥을 나서면서, 타이거클로가 한 짓을 낱낱이 밝히겠다는 각오를 새롭게 다졌다. 살해된 레드테일과 종족에서 밀려난 레이븐포, 절름발이가 된 신더포를 위해서라도 반드시 그렇게 해야 했다. 무엇보다 타이거클로의 권력에 대한 욕심 때문에 위험에 빠져 있는, 현재와 미래의 모든 천둥족 고양이들을 위한 일이었다.

다음 날이 되자, 파이어하트는 더 이상 꾸물거릴 시간이 없다고 생각했다. 어서 강족 영역을 방문해, 오크하트가 실제로 어떻게 죽었는지 알아보아야 했다. 파이어하트는 숲 끄트머리에 웅크리고 앉아 얼어붙은 강을 내려다보았다. 얼음과 눈을 뚫고 비죽 솟은 마른 갈대들 사이로 바람이 불어 바스락거리는 소리가 났다.

옆에서 그레이스트라이프가 쿵쿵거리며 바람 냄새를 맡았다.

다른 고양이들이 있는지 확인하기 위해서였다.

"강족 고양이들 냄새가 나."

그가 속삭였다.

"하지만 오래된 냄새야. 무사히 건너갈 수 있을 것 같아."

파이어하트는 적의 순찰병을 만나는 것보다 천둥족 고양이들을 만날까 봐 더 걱정이었다. 이미 타이거클로는 그가 종족을 배반하는 행동을 했다고 의심하고 있었다. 그들이 지금 무엇을 하려 하는지 부지도자가 알게 된다면, 그들은 까마귀 밥이 될 게 분명했다.

"알았어. 가자."

파이어하트도 속삭이며 대답했다.

그레이스트라이프는 미끄러지지 않도록 몸을 최대한 낮추고, 자신 있게 얼음 위를 건너갔다. 처음에 파이어하트는 그 모습에 감탄했지만, 곧이어 친구가 실버스트림을 만나느라 벌써 몇 달 동안이나 강을 건너 다녔다는 걸 깨달았다. 그는 좀 더 조심스럽게 뒤를 따랐다. 얼음이 체중을 못 이기고 깨져서, 시커멓고 차디찬 물속으로 가라앉는 건 아닐까 걱정이 되기도 했다. 해 드는 바위의 하류 지역인 이곳에서는 강 자체가 두 종족의 경계를 이루고 있었다. 그 경계를 넘어가려니 파이어하트는 털이 곤두섰다. 그는 천둥족 고양이가 지켜보지 않는지 확인하려고 계속 뒤를 돌아보았다.

건너편 기슭에 도착한 그들은 갈대밭으로 살금살금 들어갔다. 그리고 다시금 공기 냄새를 맡으며 강족 고양이들이 있는지 확인했다. 그레이스트라이프는 아무 말도 하지 않았다. 하지만 파이어하트는 친구가 두려워하고 있다는 걸 알아차렸다. 갈대 줄기 사이로 밖을 살피는 회색 전사의 모든 근육이 잔뜩 긴장되어 있었던 것이다.

"우리 둘 다 미친 게 분명해."

그레이스트라이프가 중얼거렸다.

"내가 실버스트림을 나무 네 그루에서만 만나겠다고 약속한 건 다 너 때문이야. 근데 우리 둘 다 지금 강족 영역에 몰래 들어와 있잖아."

"알아."

파이어하트가 대답했다.

"하지만 어쩔 수 없어. 강족 고양이와 이야기를 해 봐야 하니까. 그리고 다른 누구보다 실버스트림이 우리를 도와줄 가능성이 높잖아."

파이어하트 역시 걱정스럽기는 마찬가지였다. 비록 생생한 냄새는 아니었지만, 그들은 지금 강족 고양이들의 냄새에 둘러싸여 있었다. 파이어하트는 마치 난생 처음 숲에 들어와, 낯설고 무서운 곳에서 길을 잃은 애완 고양이가 된 기분이었다.

두 고양이는 갈대로 몸을 가리면서 상류로 이동하기 시작했다. 파이어하트는 먹잇감에 다가가듯이, 배가 땅에 스칠 정도로 몸을 낮추어 걸으려고 애썼다. 불꽃처럼 붉은 자신의 털이 하얀 눈 위에서 얼마나 눈에 잘 띄는지 알기 때문에 마음이 편치 않았다. 강족 고양이들의 냄새가 더욱 짙어진 것으로 보아 진영이 근처에 있는 듯했다.

"얼마나 더 가야 해?"

그는 그레이스트라이프에게 조용히 물었다.

"멀지 않아. 저 앞쪽에 있는 섬 보이지?"

그들은 강이 굽이지면서 점점 넓어지는 곳에 다다랐다. 멀지 않은 곳에 갈대숲으로 둘러싸인 작은 섬이 얼어붙은 수면 위로 드러나 보였다. 버드나무들이 섬 기슭에서 낮게 기울어져 있었고, 늘어진 가지 끝은 얼음에 박혀 있었다.

"섬이라고?"

파이어하트는 신기하다는 듯이 되물었다.

"하지만 강이 얼지 않을 때는 어떻게 해? 헤엄쳐서 건너는 거야?"

"실버스트림이 그러는데, 그쪽은 물이 아주 얕대."

그레이스트라이프가 설명했다.

"하지만 나도 진영에 곧장 들어가 본 적은 없어."

갈대가 우거진 물가에서 멀어지면서 땅은 완만한 오르막을 이루었다. 꼭대기에는 가시금작화와 산사나무가 빽빽하게 자라 있었고, 이따금 눈에 덮인 호랑가시나무가 초록빛을 드러내며 반짝였다. 하지만 갈대밭과 덤불 사이에는 민둥민둥한 강변이 넓게 펼쳐져 있어서, 몸을 숨길 만한 곳이 전혀 없었다.

몸을 낮게 웅크리고 이동하던 그레이스트라이프가 이제 고개를 들고 공기 냄새를 맡으며 조심스럽게 주변을 둘러보았다. 그러더니 미리 알려 주지도 않고 갈대밭에서 뛰쳐나가 비탈을 뛰어 올라갔다.

파이어하트도 친구를 뒤따라 달려갔다. 발이 자꾸만 눈에 미끄러졌다. 덤불에 다다르자, 그들은 가지들 사이로 뛰어들었다. 그리고 걸음을 멈추고 숨을 골랐다. 파이어하트는 순찰병이 외치는 소리가 들리지는 않는지 귀를 기울여 보았지만, 진영에서는 아무런 소리도 나지 않았다. 그는 낙엽 위에 털썩 주저앉으며 안도의 숨을 내쉬었다.

"여기에서 진영 입구가 보여."

그레이스트라이프가 말했다.

"여기서 실버스트림을 기다리곤 했거든."

파이어하트는 그녀가 빨리 나타나기를 바랐다. 머무는 시간이 길어질수록 발각될 가능성도 높아질 것이다. 그는 진영이 잘 보이는 곳으로 자리를 옮겼지만, 돌아다니는 고양이들의 윤곽을 겨우 알아볼 수 있을 뿐이었다. 파이어하트는 섬을 가리는 울창한 덤불을 살피는 데 너무 열중한 나머지, 얼룩무늬 암고양이 하나가 그들이 숨어 있는 장소에서 꼬리 하나 떨어진 곳까지 다가온 것도 알아채지 못했다. 그녀는 입에 작은 다람쥐를 물고 있었고, 시선은 얼어붙은 땅에 고정되어 있었다.

깜짝 놀란 파이어하트는 웅크린 자세로 꼼짝 않고 있었다. 만약 그 고양이가 그들을 발견한다면, 즉시 뛰쳐나갈 태세였다. 다행히 그녀가 입에 물고 있는 먹이 냄새가 천둥족 침입자들의 냄새를 가려 준 것 같았다. 파이어하트는 암고양이가 그들을 지나쳐 멀어질 때까지 시선을 떼지 않았다. 그때 강족 부지도자인 레퍼드퍼가 고양이 넷을 이끌고 진영 밖으로 모습을 드러냈다. 파이어하트와 그레이스트라이프가 바람족을 데려다주고 돌아오는 길에 강족 영역을 무단 침입한 뒤로, 레퍼드퍼는 천둥족에게 적대심을 품고 있었다. 그때 벌어진 전투에서 강족 전사 하나가 죽었고, 레퍼드퍼는 그 일을 쉽게 용서하지 않았다. 그녀가 지금 그들을 발견한다면, 강족 영역에서 무얼 하고 있는지 해명할 기회조차 주지 않을 것이다.

다행히도 순찰대는 그들이 있는 곳으로 오지 않았다. 대신 해드는 바위 쪽을 향해, 얼어붙은 강을 건너기 시작했다. 파이어하트는 경계를 순찰하러 가는 것이리라 짐작했다.

마침내 눈에 익은 은빛 고양이가 모습을 드러냈다.

"실버스트림이야!"

그레이스트라이프가 가르랑거렸다.

파이어하트는 조심스럽게 얼음 위를 디디며 강둑을 향해 걸어오는 강족 암고양이를 지켜보았다. 실버스트림은 확실히 아름다웠다. 머리도 보기 좋은 모양새였고, 두툼한 털에는 윤기가 흘렀다. 그레이스트라이프의 마음을 사로잡을 만도 했다.

그레이스트라이프가 일어서서 그녀를 부르려는 순간, 다른 고양이 둘이 진영 밖으로 나오더니 실버스트림을 향해 뛰어갔다. 그들 중 하나는 잿빛을 띤 검은색 전사 블랙클로였다. 파이어하트는 모임에서 그의 긴 다리와 늘씬한 몸을 본 기억이 났다. 몸집이 더 작은 고양이는 블랙클로의 훈련병인 것 같았다.

"사냥조야."

그레이스트라이프가 중얼거렸다.

세 고양이는 비탈을 오르기 시작했다. 파이어하트는 두려운 동시에 조급한 마음이 들어 쉭쉭 소리를 냈다. 실버스트림만 따로 만나 이야기를 나눠야 했다. 동행하는 고양이들을 어떻게 떼어 놓을 수 있을까? 블랙클로가 침입자의 냄새를 맡으면 어떻게 될까? 그는 입에 먹잇감을 물고 있지도 않았다. 냄새를 맡는 데 방해가 될 만한 것은 아무것도 없었다.

블랙클로가 훈련병과 함께 앞장섰고, 실버스트림은 꼬리 한두 개 정도 뒤에서 그들을 따라갔다. 사냥조가 덤불에 다다랐을 때, 실버스트림이 잠시 멈추더니 경계하듯 귀를 쫑긋 세웠다. 익숙하지만 예상치 못한 냄새를 맡은 것이다. 그레이스트라이프가 짧고 날카롭게 '쉿' 하는 소리를 내자, 실버스트림의 귀가 소리 나는 쪽으로 움찔했다.

"실버스트림!"

그레이스트라이프가 나직하게 불렀다.

암고양이가 귀를 휙 움직였고, 파이어하트는 참고 있던 숨을 훅 내쉬었다. 그녀가 소리를 들은 것이다.

"블랙클로!"

실버스트림이 앞서가던 전사를 불렀다.

"전 여기 덤불에서 쥐를 잡아 볼게요. 기다리지 말고 가세요."

파이어하트는 블랙클로가 대답하는 소리를 들을 수 있었다. 잠시 후에 실버스트림이 덤불을 헤치고 들어와 천둥족 전사들이 웅크리고 있는 곳까지 다가왔다. 그녀는 그레이스트라이프에게 몸

85

을 기대면서 요란하게 가르랑거렸다. 두 고양이는 기쁨에 겨워 서로 얼굴을 비벼 댔다.

"나무 네 그루에서만 만날 수 있는 줄 알았는데."

반갑게 인사를 마친 후 실버스트림이 말했다.

"여긴 어쩐 일이야?"

"파이어하트가 널 만나고 싶다고 해서 데려온 거야."

그레이스트라이프가 설명했다.

"너한테 물어볼 게 있대."

파이어하트는 전투에서 실버스트림을 놓아준 뒤로 그녀를 만난 적이 없었다. 고마워하는 표정으로 고개를 숙이는 것으로 보아, 실버스트림도 그 일을 떠올리는 모양이었다. 그레이스트라이프와 만나지 말라고 했을 때 파이어하트에게 보였던 적대심은 이제 전혀 찾아볼 수 없었다.

"무슨 일이야, 파이어하트?"

"해 드는 바위에서 일어난 전투에 대해 아는 거 있어? 오크하트가 죽은 전투 말이야."

파이어하트는 곧장 본론으로 들어갔다.

"너도 거기 있었어?"

"아니."

실버스트림이 생각에 잠긴 표정으로 대답했다.

"중요한 일이야?"

"응, 아주 중요해. 그 자리에 있었던 고양이에게 좀 물어봐 줄 수 있어? 난……."

"더 좋은 방법이 있어."

실버스트림이 끼어들었다.

"미스티풋을 데려올게. 직접 이야기해 봐."

파이어하트는 재빨리 그레이스트라이프와 눈빛을 주고받았다. 그게 과연 좋은 생각일까?

"괜찮아."

실버스트림은 파이어하트가 무슨 걱정을 하는지 짐작한다는 듯이 말했다.

"미스티풋도 나와 그레이스트라이프에 대해 알고 있어. 우리 일을 반기지는 않아도, 비밀을 누설하진 않을 거야. 내가 부탁하면 와 줄 거야."

잠시 망설이던 파이어하트는 마침내 고개를 끄덕였다.

"알았어. 고마워."

그가 인사를 채 마치기도 전에 실버스트림은 돌아서서 덤불을 빠져나갔다. 파이어하트는 그녀가 눈 위를 달려 성큼성큼 멀어지는 모습을 지켜보았다.

"정말 멋진 고양이지?"

그레이스트라이프가 중얼거렸다.

파이어하트는 아무 말도 하지 않고 자리에 앉아 기다렸다. 시간이 갈수록 초조해졌다. 그와 그레이스트라이프가 강족 영역에 오랜 시간 머무른다면, 강족 고양이들 중 누구라도 그들을 발견할 수 있었다. 운이 좋다면 털이 붙어 있는 상태에서 도망갈 수도 있을 것이다.

"그레이스트라이프, 혹시 실버스트림이 설득을 못 하면……."

바로 그때 은빛 얼룩무늬 고양이가 진영에서 모습을 드러냈다. 얼음 위를 건너오는 그녀의 뒤를 또 다른 고양이가 따르고 있었다. 그들은 비탈을 달려 올라왔고, 실버스트림이 앞장서서 덤불로 들어왔다. 실버스트림이 데려온 고양이는 두툼한 회색 털에 푸른 눈을 가진 날씬한 암고양이였다. 잠시 동안 파이어하트는 그녀가 어쩐지 낯이 익다고 생각했다. 모임에서 본 것인지도 몰랐다.

암고양이는 파이어하트와 그레이스트라이프를 보자 그대로 얼어붙었다. 이윽고 그녀는 털이 곤두서기 시작했다. 귀도 머리에 납작하게 붙었다.

"미스티풋."

실버스트림이 조용히 불렀다.

"이쪽은……."

"천둥족 고양이들이잖아!"

미스티풋이 쉭쉭거렸다.

"이 고양이들이 여기서 뭘 하고 있는 거야? 여기는 강족 영역이라고!"

"미스티풋, 내 말 좀 들어 봐……."

실버스트림이 친구에게 다가가, 파이어하트와 그레이스트라이프 쪽으로 밀고 오려고 했다.

미스티풋은 꼼짝도 하지 않았다. 파이어하트는 그녀의 눈에 어린 적개심에 위축될 수밖에 없었다. 강족이 도와주리라 기대하다니, 어리석은 생각이었던 것일까?

"그레이스트라이프에 관한 비밀은 지켜 줬어."

미스티풋이 그레이스트라이프를 턱으로 가리키며 말했다.

"하지만 천둥족을 전부 여기로 데려올 작정이라면, 나도 가만 있지 않을 거야."

"바보 같은 소리 하지 마."

실버스트림이 쏘아붙였다.

"걱정 마, 미스티풋."

파이어하트가 재빨리 끼어들었다.

"너희 먹이를 훔치러 온 게 아니야. 염탐하려는 것도 아니고. 우리는 해 드는 바위에서 벌어진 전투에 참여했던 고양이를 만나러 온 것뿐이야. 오크하트가 죽은 그 전투 말이야."

"왜?"

미스티풋이 눈을 가늘게 뜨고 물었다.

"그건…… 설명하기가 좀 힘들어."

파이어하트가 대답했다.

"하지만 강족에게 해가 되는 일은 절대 아니야. 별족에게 맹세 할게."

젊은 암고양이는 긴장을 푸는 듯했다. 마침내 그녀는 실버스트 림이 미는 대로 고분고분 밀려와, 파이어하트 옆에 앉았다.

그레이스트라이프가 낮게 드리운 가지를 피하느라 고개를 숙이며 일어났다.

"그럼 둘이 이야기를 나눠. 실버스트림이랑 나는 자리를 피해 줄게."

적진에 홀로 남겨진다는 사실에 두려워진 파이어하트는 반대하려고 입을 열었다. 하지만 그레이스트라이프와 실버스트림은 이미 덤불을 빠져나가고 있었다.

거친 산사나무 가지 사이로 사라지기 직전에 그레이스트라이프가 뒤를 돌아보았다.

"맞다, 돌아가기 전에 꼭 진한 냄새를 몸에 묻히도록 해. 강족 냄새를 가려야 하니까."

그레이스트라이프는 쑥스러운 듯 눈을 끔벅이며 덧붙였다.

"여우 똥이 좋아."

"기다려, 그레이스트라이프……."

파이어하트는 벌떡 일어섰다. 하지만 소용없었다. 그레이스트라이프와 실버스트림은 이미 사라지고 없었다.

"걱정 마."

그의 뒤에 있던 미스티풋이 말했다.

"잡아먹지는 않을게. 널 먹으면 배가 아플 테니까."

파이어하트는 몸을 돌려 미스티풋을 마주 보았다. 그녀는 재미있다는 듯 푸른 눈동자를 반짝이고 있었다.

"네가 파이어하트구나, 그렇지? 모임에서 본 적 있어. 넌 원래 애완 고양이였다고 하던데."

무심한 듯하면서도 은근히 불신이 깃든 목소리였다.

"맞아."

파이어하트는 무거운 마음으로 대답했다. 자신의 과거에 대해 종족 태생 고양이들에게 조롱당하는 고통은 이미 익숙했다.

미스티풋은 그의 얼굴에 시선을 고정한 채 발을 핥더니, 한쪽 귀로 천천히 가져갔다.

"좋아."

마침내 그녀가 입을 열었다.

"그 전투에 나도 참여했어. 뭘 알고 싶은 거야?"

파이어하트는 잠시 뜸을 들이며 생각을 정리했다. 진실을 알 기회는 단 한 번이었다. 실수란 있을 수 없었다.

"빨리 말해."

미스티풋이 재촉했다.

"너 때문에 새끼들을 두고 왔단 말이야."

"오래 걸리지 않을 거야."

파이어하트가 약속했다.

"오크하트가 어떻게 죽었는지 말해 줄 수 있어?"

"오크하트?"

미스티풋은 발을 내려다보았다. 숨을 깊게 쉰 후, 그녀는 다시 눈을 들어 파이어하트를 바라보았다.

"오크하트는 내 아버지야. 알고 있었어?"

"아니, 몰랐어."

파이어하트가 서둘러 말했다.

"미안해. 난 오크하트를 만난 적이 없어. 하지만 다들 그가 용 맹스러운 전사였다고 말하더라."

"가장 훌륭하고 가장 용감한 전사였지."

미스티풋이 말했다.

"그리고 절대로 그렇게 죽으면 안 되는 거였어. 그건 사고였어."

파이어하트의 심장이 빠르게 뛰기 시작했다. 이것이야말로 그가 알고 싶어 했던 진실이었다!

"확실해? 누가 죽인 게 아니고?"

"전투 중에 부상을 입긴 했지만, 그것 때문에 목숨을 잃을 정도는 아니었어."

미스티풋이 대답했다.

"떨어져 내린 바위 밑에서 나중에 시신을 발견했어. 강족 치료사가 그 바위 때문에 죽은 거라고 확인했고."

"그러니까 누구 책임도 아니었구나. 레이븐포의 말이 맞았어."

파이어하트가 중얼거렸다.

"뭐라고?"

미스티풋이 얼굴을 찌푸렸다.

"아무것도 아니야."

파이어하트는 서둘러 대답했다.

"별거 아니야. 고마워, 미스티풋. 내가 알고 싶은 게 바로 그거였어."

"끝났으면 난 이만……."

"잠깐 기다려! 한 가지가 더 있어. 전투에서 천둥족 고양이들 중 하나가 오크하트가 하는 말을 들었대. 천둥족 고양이는 스톤퍼를 해치면 안 된다고 말했다던데……. 혹시 무슨 뜻으로 한 말인지 알아?"

강족의 어미 고양이는 잠시 침묵했다. 푸른 눈은 먼 곳을 응시

92

하고 있었다. 이윽고 그녀는 물기를 털어 내기라도 하듯 세차게 머리를 흔들었다.

"스톤퍼는 내 오라비야."

"그럼 오크하트는 스톤퍼의 아버지이기도 한 거구나. 그래서 천둥족 고양이들로부터 스톤퍼를 보호하려고 한 건가?"

"아니야!"

미스티풋의 눈에서 파란 불꽃이 번쩍했다.

"오크하트는 우리 둘 중 누구도 보호하려고 들지 않았어. 아버지처럼 우리도 진정한 전사가 되어 종족에게 명예를 가져다주길 바랐으니까."

"그럼 왜……?"

"나도 모르겠어."

미스티풋이 궁금하다는 목소리로 대답했다.

파이어하트는 실망하지 않으려고 애썼다. 적어도 이제 오크하트가 어떻게 죽었는지는 확실히 알게 되었다. 하지만 오크하트가 스톤퍼에 대해 한 말이 중요하다는 느낌을 떨칠 수가 없었다.

"어머니가 알지도 모르겠어."

미스티풋이 말했다.

파이어하트는 귀를 쫑긋 세우고 그녀를 바라보았다.

"그레이풀이 우리 어머니야. 어머니가 설명해 줄 수 없다면, 아무도 못 하는 거야."

"좀 물어봐 줄 수 있어?"

"아마도……."

미스티풋의 대답은 여전히 조심스러웠다. 하지만 파이어하트는 그녀 역시 자신만큼이나 오크하트의 말에 흥미를 느끼고 있다는 걸 알 수 있었다.

"하지만 네가 직접 물어보는 게 나을지도 모르겠어."

처음에는 그렇게 적대적으로 보이던 미스티풋이 그런 제안을 하다니, 파이어하트는 놀라서 눈을 끔벅였다.

"내가? 지금?"

"아니."

미스티풋은 잠시 뜸을 들인 후 대답했다.

"여기 더 이상 머무는 건 너무 위험해. 레퍼드퍼의 순찰대가 곧 돌아올 거야. 게다가 그레이풀은 이제 원로라서 진영을 거의 떠나지 않거든. 밖으로 불러내려면 설득을 좀 해야 할 거야. 하지만 걱정하지 마. 내가 핑곗거리를 생각해 볼게."

파이어하트는 마지못해 고개를 끄덕였다. 당장이라도 그레이풀을 만나서 이야기를 들어 보고 싶었지만, 한편으로는 미스티풋이 옳다는 것도 알고 있었다.

"만날 장소는 어떻게 알 수 있지?"

"실버스트림을 통해 전할게."

미스티풋이 약속했다.

"이제 가 봐. 레퍼드퍼한테 들키면 나도 도와줄 수가 없어."

파이어하트는 그녀에게 눈을 끔벅였다. 젊은 어미 고양이를 핥아 주며 고맙다는 인사를 하고 싶었지만, 그랬다가는 귀를 할퀴려 들까 봐 겁이 났다. 미스티풋이 처음에 보였던 적개심은 이제 많이 누그러졌지만, 그렇다고 그들이 서로 다른 종족이라는 사실을 잊을 정도는 아니었다.

"고마워, 미스티풋. 이 일은 잊지 않을게. 그리고 언제라도 내가 도울 일이 있으면……."

"그냥 좀 가!"

미스티풋이 소리쳤다.

파이어하트가 그녀를 지나쳐 앞에 있는 덤불 속으로 뛰어 들어갈 때, 미스티풋이 장난기 어린 목소리로 덧붙였다.

"여우 똥 잊지 말고!"

5

은밀한 만남

"내가 이런 짓까지 하게 되다니!"

파이어하트는 진영으로 이어지는 가시금작화 굴길을 지나며 투덜거렸다.

그는 숲에서 갓 눈 여우 똥을 찾아내어, 악취가 몸에 밸 때까지 뒹굴었다. 이제 그가 강족 영역에 있었다고 생각할 고양이는 아무도 없을 것이다. 과연 동료 전사들이 거처에 들어가게 해 줄지는 또 다른 문제였다. 적어도 오는 길에 다람쥐를 한 마리 잡았기 때문에, 빈 발로 돌아오는 것은 아니었다.

가시금작화 굴길에서 빠져나오니, 높은 바위 위에 서 있는 블루스타의 모습이 보였다. 종족 회의를 소집하는 지도자의 외침을 간발의 차로 놓친 것이다. 다른 고양이들이 거처에서 나와 높은 바위 아래로 모여들기 시작했다.

파이어하트는 싱싱한 먹이 더미에 다람쥐를 내려놓고, 모여 있는 고양이들 쪽으로 걸어갔다. 공터 건너편에서는 브린들페이스의 새끼 고양이들이 어미를 따라 앞다퉈 보육실 밖으로 나오고 있었다. 파이어하트는 눈부시게 하얀 털을 보고, 누이의 아들인 클라우드킷을 쉽사리 알아볼 수 있었다. 두발쟁이 영역에 살고 있는 프린세스는 애완 고양이의 안락한 삶에 만족하고 있었다. 하지만 파이어하트를 통해 알게 된 종족의 삶에 매료되어, 가장 처음 낳은 아들을 종족에게 보냈다.

브린들페이스는 클라우드킷을 자기 새끼처럼 보살폈다. 하지만 아직까지 종족 고양이들은 또 다른 애완 고양이를 받아들이는 걸 꺼렸다. 파이어하트는 클라우드킷이 종족에서 자리를 잡으려면 대단한 의지가 필요하리라는 걸 경험으로 알고 있었다.

클라우드킷이 브린들페이스에게 시끄럽게 불평하는 소리가 들렸다.

"왜 나는 훈련병이 될 수 없어요? 난 프로스트퍼의 저 멍청한 황갈색 새끼 고양이만큼 덩치도 크다고요!"

파이어하트는 호기심이 생겼다. 블루스타가 프로스트퍼의 남은 새끼 고양이 둘을 훈련병으로 임명하려는 듯했다. 한배 형제인 브래큰포와 신더포는 이미 몇 달 전에 훈련병의 이름을 받았으니, 그들도 훈련병이 되고 싶은 마음이 간절했을 것이다. 늦지 않게 돌아와 임명식을 볼 수 있어 다행이었다.

"쉿!"

브린들페이스가 클라우드킷을 조용히 시켰다. 그녀는 새끼 고양이들을 모아 앉을 자리를 찾아갔다.

"태어난 지 여섯 달이 되어야 훈련병이 될 수 있어."

"하지만 난 훈련병이 되고 싶단 말이에요, 지금 당장요!"

파이어하트는 막무가내인 클라우드킷에게 종족의 관습을 이해시키려고 애쓰는 브린들페이스를 뒤로하고, 샌드스톰의 곁으로 다가갔다.

그가 옆에 앉자 샌드스톰이 깜짝 놀라 고개를 휙 돌렸다.

"파이어하트! 대체 어딜 쏘다니다 온 거야? 너한테서 한 달 전에 죽은 여우 냄새가 나!"

"미안해. 사고가 있었어."

파이어하트는 웅얼거렸다. 그도 여느 고양이들과 마찬가지로 악취가 싫었다. 게다가 자신이 왜 이런 냄새를 풍기게 되었는지, 샌드스톰에게 거짓말을 하고 싶지도 않았다.

"어쨌든 그 냄새가 다 없어질 때까지 떨어져 있어!"

샌드스톰은 단호하게 말하고, 그에게서 꼬리 하나만큼 떨어져 앉았다. 하지만 눈에는 웃음기가 가득했다.

"그리고 거처에 들어오기 전에 꼭 몸을 닦도록 해라!"

익숙한 목소리가 으르렁거렸다. 파이어하트가 돌아보니 타이거클로가 뒤에 서 있었다.

"그런 지독한 냄새를 맡으며 잘 수는 없으니까."

파이어하트는 타이거클로가 멀어지는 동안 창피해서 고개를 숙였다. 하지만 블루스타가 말을 시작하자 위를 쳐다보았다.

"오늘 우리는 천둥족의 새끼 고양이 둘에게 훈련병의 이름을 주기 위해 모였습니다."

블루스타는 발 위로 꼬리를 단정하게 말고 자랑스럽게 앉아 있는 프로스트퍼를 내려다보았다. 새끼 고양이 둘이 양옆에 앉아 있었다. 블루스타가 말하는 사이, 브래큰포를 닮은 황갈색 새끼 고양이가 참을성 없이 벌떡 일어났다.

"그래, 둘 다 앞으로 나오도록 해라."

블루스타가 따뜻한 목소리로 말했다.

황갈색 고양이는 앞으로 달려 나가 높은 바위 아래에 미끄러지듯 멈췄다. 그의 누이는 좀 더 차분하게 뒤따라갔다. 그녀는 어미를 닮아 하얀색이었지만 등을 따라 황갈색 얼룩이 있었고, 꼬리도 황갈색이었다.

파이어하트는 잠시 눈을 감았다. 신더포가 그의 훈련병으로 임명된 것은 그리 오래전 일이 아니었다. 이 새끼 고양이들 중 하나를 가르치고 싶은 마음이 드는 게 사실이었다. 하지만 블루스타가 그런 영광스러운 임무를 맡기기로 했다면, 벌써 귀띔을 해 주었을 것이다.

신더포를 그렇게 좌절시켰으니, 아마도 블루스타는 다시는 그를 스승으로 뽑아 주지 않을지도 모른다. 그런 생각을 하니 심장이 얼어붙는 것처럼 아파 왔다.

"마우스퍼, 너는 나에게 훈련병을 맞이할 준비가 되었다고 말했다. 네가 쏜포의 스승이 될 것이다."

블루스타가 말했다.

파이어하트는 마우스퍼를 바라보았다. 강인하고 야무진 흑갈색 암고양이가 앞으로 걸어 나가, 스승을 맞이하려고 날쌔게 일어선 황갈색 새끼 고양이 옆에 섰다.

"마우스퍼, 너는 용감하고 총명한 전사임을 입증했다. 너의 용기와 지혜를 새로운 훈련병에게 전수해 주기를 바란다."

마우스퍼는 새로 이름을 받은 쏜포만큼이나 자부심이 넘쳐 보였다. 둘은 서로 코를 맞댄 뒤에 공터 가장자리로 물러났다. 파이어하트는 열성적인 쏜포의 목소리를 들을 수 있었다. 벌써부터 스승에게 질문을 퍼붓는 모양이었다.

황갈색과 흰색이 섞인 새끼 고양이는 여전히 높은 바위 아래에 서서 블루스타를 올려다보고 있었다. 가까이 있던 파이어하트는 기대감에 파르르 떨리는 그녀의 수염을 볼 수 있었다.

"화이트스톰, 샌드스톰이 전사가 되었으니 자네는 새 훈련병을 맞이할 수 있네. 자네가 브라이트포를 가르치도록 하게."

블루스타가 발표했다.

앞쪽에서 몸을 쭉 펴고 있던 덩치 큰 흰색 전사가 일어나 브라이트포에게 걸어갔다. 훈련병은 눈을 반짝이며 화이트스톰을 기다렸다.

"화이트스톰, 자네는 훌륭한 기술과 경험을 가진 전사이니, 자네가 아는 모든 것을 이 어린 훈련병에게 전해 주리라 믿네."

블루스타가 말했다.

"물론입니다."

화이트스톰이 가르랑거렸다.

"환영한다, 브라이트포."

화이트스톰은 몸을 숙여 브라이트포와 코를 맞댄 다음, 그녀를 데리고 무리 가운데로 돌아갔다.

고양이들이 모여들어 두 훈련병의 새로운 이름을 부르며 축하해 주기 시작했다. 무리로 다가가던 파이어하트는 굴길 옆에 서 있는 그레이스트라이프를 발견했다. 종족이 블루스타의 말에 귀 기울이는 사이에 눈에 띄지 않게 진영으로 돌아온 모양이었다.

"다 준비됐어."

그레이스트라이프가 파이어하트에게 걸어오며 조용히 말했다.

"내일 날씨가 좋으면 실버스트림이랑 미스티풋이 그레이풀을 데리고 운동을 하러 진영 밖으로 나올 거야. 해가 가장 높이 떴을 때 만나기로 했어."

"어디서?"

파이어하트는 이틀 연속 강족 영역에 간다는 게 내키지 않았다. 적의 영역 안에 생생한 천둥족 냄새를 남기는 것은 위험한 일이었다.

"경계 바로 너머에 한적한 빈터가 있어. 두발쟁이 다리에서 멀지 않은 곳이야."

그레이스트라이프가 설명했다.

"실버스트림과 내가 만나던 곳이야. 있잖아…… 그전에 말이야."

파이어하트는 친구가 하는 말을 알아들었다. 그레이스트라이프는 실버스트림을 나무 네 그루에서만 만나겠다는 약속을 지키고 있었다. 위험을 무릅쓰고 다시 예전 장소로 가는 것은, 오직 파이어하트의 궁금증을 해결해 주기 위해서였다.

"고마워."

파이어하트는 진심으로 말했다.

그는 먹이 더미로 가서 싱싱한 먹이 한 점을 골랐다. 기대감으

101

로 발이 근질거렸다. 내일 해가 가장 높이 뜬 시간이 되면, 그레이풀을 만나 수수께끼의 답을 얻을 수 있을 것이다.

"여기야."

그레이스트라이프가 속삭였다.

그와 파이어하트는 강족 경계를 고작 토끼뜀 몇 걸음만큼 넘어가 있었다. 가시덤불로 둘러싸인 깊은 분지였다. 바람에 날려 온 눈이 쌓여 있었고, 지금은 얼어붙은 작은 물줄기가 바위 사이로 깊은 수로를 파 놓았다. 새잎 돋는 계절이 오고 눈이 녹으면, 아름답고 비밀스러운 장소가 될 것 같았다.

가시덤불 아래로 비집고 들어간 두 고양이는 낙엽을 모아, 편안히 앉아 기다릴 수 있는 자리를 만들었다. 파이어하트는 오는 길에 쥐를 한 마리 잡았다. 그레이풀에게 줄 선물이었다. 파이어하트는 마른 낙엽 위에 쥐를 내려놓았다. 그리고 배고픔을 잊으려 애쓰며 자리를 잡고 앉았다. 이번 만남이 자신과 친구를 위험에 빠뜨릴 수도 있다는 건 잘 알고 있었다. 전사의 규약을 어기고 종족에게 거짓말을 하는 것도 사실이었다. 하지만 이 모든 일은 천둥족을 위한 것이었다. 파이어하트는 자신이 선택한 길이 옳다고 믿고 싶었다.

잎 없는 계절의 희미한 햇살이 분지에 쌓인 눈 위에서 반짝였다. 해는 이미 가장 높이 떴다가 지고 있었다. 다른 고양이들은 오지 않는 게 아닌가, 생각하던 그때 강족 냄새가 났다. 이어서 나이 든 고양이가 불평하는 소리가 들려왔다.

"이 늙은 몸으로 오기엔 너무 멀잖니. 곧 얼어 죽게 생겼구나."

"말도 안 돼요, 그레이풀. 오늘은 화창한 날이에요. 운동을 하면 도움이 될 거예요."

실버스트림의 목소리였다.

대답 대신 콧방귀를 뀌며 비웃는 소리가 들렸다.

파이어하트는 분지를 향해 조심스럽게 비탈을 내려오는 세 고양이를 볼 수 있었다. 둘은 실버스트림과 미스티풋이었다. 세 번째 고양이는 전에 본 적이 없는 원로 고양이로, 얼룩덜룩한 털의 깡마른 암고양이였다. 흉이 진 주둥이는 나이 탓에 하얗게 변해 있었다.

원로는 반쯤 내려오다가 우뚝 멈춰 섰다. 킁킁거리며 냄새를 맡던 그녀는 몸이 뻣뻣하게 굳었다.

"천둥족이 여기 있어!"

실버스트림과 미스티풋이 걱정스런 눈빛을 주고받았다.

"네, 알아요. 괜찮아요."

미스티풋이 나이 든 암고양이를 안심시켰다.

그레이풀이 의심의 눈초리로 미스티풋을 보았다.

"괜찮다니, 무슨 뜻이냐? 천둥족이 여기서 뭐 하는 거지?"

"그냥 어머니와 이야기를 하러 온 거예요. 절 믿으세요."

미스티풋이 조심스럽게 말했다.

순간 파이어하트는 원로가 적의 침입을 알리러 진영으로 달려가는 게 아닐까 걱정했다. 하지만 다행히도 그레이풀은 미스티풋을 따라 계속 걸음을 옮겼다. 호기심을 이기지 못한 것이다. 보드라운 눈에 발이 자꾸 빠지는 바람에 그녀는 진저리를 치며 발을 털어 댔다.

"그레이스트라이프?"

실버스트림이 조심스럽게 불렀다.

그레이스트라이프가 덤불에서 머리를 내밀었다.

"여기야."

강족 고양이 셋이 가시덤불 속으로 들어왔다. 파이어하트와 그레이스트라이프를 마주한 그레이풀은 바짝 긴장했다. 노란 눈동자에는 적개심이 이글거렸다.

"여기는 파이어하트, 그리고 이쪽은 그레이스트라이프예요. 이들은……."

"둘씩이나!"

그레이풀이 실버스트림의 말을 가로막았다.

"이런 일을 벌인 데에는 합당한 이유가 있겠지?"

"그럼요."

미스티풋이 대답했다.

"천둥족이긴 하지만 괜찮은 고양이들이에요. 설명할 기회를 주세요."

미스티풋과 실버스트림이 기대하는 눈빛으로 파이어하트를 쳐다보았다.

"얘기를 좀 나누고 싶어서요."

파이어하트가 입을 열었다. 자신의 수염이 초조하게 씰룩거리는 것을 느낄 수 있었다. 그는 잡아 온 먹이를 그레이풀에게 밀어 주었다.

"그 전에 먼저 이걸 받으세요."

그레이풀이 쥐를 내려다보았다.

"천둥족이든 아니든 간에 적어도 예의는 차릴 줄 아는구나."

그레이풀은 웅크리고 앉아 싱싱한 먹이를 아작아작 씹기 시작했다. 나이 들어 깨진 이빨이 드러났다.

"질기긴 해도 먹을 만하군."

그레이풀이 한 입 꿀꺽 삼키며 말했다.

그녀가 먹이를 먹는 동안 파이어하트는 적당한 말을 찾으려고 애썼다.

"오크하트가 죽기 전에 한 말에 대해서 여쭤 보고 싶어요."

파이어하트는 조심스럽게 말을 꺼냈다.

그레이풀의 귀가 씰룩거렸다.

"해 드는 바위에서 일어난 전투에서 무슨 일이 있었는지 들었거든요."

파이어하트가 말을 이었다.

"오크하트가 죽기 전에 우리 전사 중 하나에게 천둥족 고양이는 스톤퍼를 해치면 안 된다고 말했대요. 이게 무슨 뜻인지 혹시 아세요?"

그레이풀은 대답하지 않았다. 대신 마지막 한 입까지 다 삼키고 분홍빛 혀로 주둥이를 핥았다. 그런 다음 발을 꼬리로 감싸고 앉아, 한참 동안 생각에 잠긴 얼굴로 파이어하트를 바라보았다. 속마음을 훤히 꿰뚫어 보는 듯한 눈길이었다.

"너희는 가 봐라."

마침내 그레이풀이 입을 열어 강족 고양이 둘에게 말했다.

"너도."

그레이스트라이프에게도 같은 말을 했다.

"파이어하트와 단둘이 이야기해야겠다. 알아야 하는 건 이 녀석뿐인 모양이니."

파이어하트는 반발하고 싶었지만 꾹 참았다. 그레이스트라이프도 남아야 한다고 고집을 부리면, 강족 원로는 아예 입을 닫아 버릴지도 몰랐다. 그는 그레이스트라이프를 바라보았다. 친구의 노란 눈동자에 비친 자신의 당황스런 표정이 보였다. 무슨 이야기이길래 강족 고양이조차 듣지 못하게 하는 걸까? 파이어하트의 몸이 부르르 떨렸다. 추위 때문이 아니었다. 본능적으로 무언가 있다는 것을 알 수 있었다. 까마귀의 날개가 드리운 그림자처럼 어두운 비밀이 있는 것 같았다. 하지만 그것은 강족의 비밀이었다. 천둥족과 어떤 관련이 있는지 상상하기 어려웠다.

실버스트림과 미스티풋도 마찬가지로 혼란스러운 눈빛을 주고받았다. 그러나 토를 달지 않고 덤불 밖으로 물러나기 시작했다.

"두발쟁이 다리 근처에서 기다릴게요."

실버스트림이 말했다.

"그럴 필요 없다. 늙긴 했어도 돌아가는 길쯤은 혼자 찾아갈 수 있으니까."

그레이풀이 성질을 부리듯 말했다.

실버스트림은 어깨를 으쓱했다. 강족 고양이 둘은 그레이스트라이프와 함께 자리를 떴다.

그레이풀은 떠나간 고양이들의 냄새가 희미해질 때까지 잠자코 앉아 있었다.

"자, 미스티풋이 내가 어미라고 했니? 스톤퍼의 어미라고도?"

마침내 그레이풀이 입을 열었다.

"네."

파이어하트는 이제 더 이상 불안하지 않았다. 대신 적의 원로 고양이에 대한 존경심이 들었다. 이 나이 든 암고양이의 급한 성미 뒤에 숨겨진 지혜를 느낄 수 있었다.

"음, 난 걔들의 어미가 아니란다."

파이어하트가 무슨 말을 하려고 입을 뗐지만, 그레이풀이 말을 이었다.

"새끼 고양이 때부터 그 애들을 키우긴 했지만, 내가 낳은 건 아니야. 잎 없는 계절이 한창일 때 오크하트가 나에게 데려왔단다. 태어난 지 며칠 안 됐을 때였지."

"그럼 오크하트는 어디서 그 새끼 고양이들을 데려온 거죠?"

파이어하트는 불쑥 물었다.

그레이풀이 눈을 가늘게 떴다.

"오크하트는 나에게 숲에서 발견했다고 했단다. 떠돌이 고양이나 두발쟁이들이 버린 것 같다고. 하지만 난 바보가 아니야. 코도 멀쩡하고. 새끼 고양이들에게서 숲의 냄새가 나긴 했지만, 실은 또 다른 냄새가 배여 있었지. 천둥족의 냄새였단다."

6
수수께끼의 답

"뭐라고요?"

파이어하트는 너무 놀라 간신히 내뱉었다.

"미스티풋과 스톤퍼가 천둥족에서 왔단 말씀이에요?"

"그래, 바로 그 말이란다."

그레이풀이 가슴 털을 핥으며 말했다.

파이어하트는 충격을 받았다.

"오크하트가 훔쳐 간 거예요?"

그레이풀의 털이 곤두섰다. 그녀는 이빨을 드러내고 으르렁거리기 시작했다.

"오크하트는 고결한 전사였어. 새끼 고양이들을 훔칠 만큼 비열하지 않았어!"

"죄송해요."

파이어하트는 화들짝 놀라 몸을 웅크리고 귀를 납작 붙였다.

"그런 뜻이 아니었어요. 그냥…… 믿기 힘든 일이라서요."

그레이풀은 서서히 털을 가라앉혔다. 파이어하트는 그녀가 방금 한 말에 대해 여전히 고심하고 있었다. 오크하트가 새끼 고양이들을 훔쳐 간 게 아니라면, 떠돌이 고양이들이 천둥족 진영에서 빼내 갔을 수도 있다. 하지만 왜? 게다가 천둥족의 냄새가 채가시기도 전에 왜 다시 버렸을까?

"그러면…… 천둥족의 새끼 고양이들이란 걸 알면서도 왜 돌봐 주신 거죠?"

파이어하트는 더듬거리며 물었다. 먹이가 귀한 시기에 어떤 종족이 적의 새끼 고양이들을 기꺼이 받아들이겠는가?

그레이풀이 어깨를 으쓱했다.

"오크하트가 부탁했으니까. 그때는 아마 부지도자가 되기 전이었을 거야. 하지만 꽤 훌륭한 젊은 전사였지. 나도 새끼를 낳은 지 얼마 되지 않았을 때였는데, 지독한 추위에 하나만 남고 다 죽었어. 그래서 젖이 많이 남았고. 그 불쌍한 새끼 고양이들은 누군가 돌봐 주지 않았으면 다음 날 해가 뜨기도 전에 죽었을 거야. 천둥족 냄새는 금방 사라졌어."

그레이풀이 말을 이었다.

"오크하트는 그 녀석들이 어디서 왔는지 진실을 말해 주지 않았지만, 난 더는 묻지 않았어. 그를 존경했으니까. 오크하트와 내 덕분에 그 애들은 건강하게 자랐고, 이제는 유능한 전사들이 되었어. 종족의 자랑거리지."

"미스티풋과 스톤퍼도 이 모든 사실을 알고 있어요?"

"잘 들어. 미스티풋과 스톤퍼는 아무것도 몰라. 만약 내가 방금 한 말을 그 애들에게 전하면, 네 간을 떼어다가 까마귀들에게 던져 줄 거다."

그레이풀이 머리를 앞으로 들이밀고 이빨을 드러냈다. 나이 많은 고양이라 해도 파이어하트는 몸이 움츠러들었다.

"걔들은 내가 진짜 어미라는 걸 한 번도 의심한 적이 없어. 난 그 애들이 날 조금은 닮았다고 믿고 싶어."

그레이풀의 말을 듣던 파이어하트는 머릿속에서 무언가 살랑거리듯 움직이는 느낌이 들었다. 마치 숨어 있는 쥐에 대해 알려 주는 낙엽의 바스락거림 같은 것이었다. 그레이풀이 해 준 말은 분명 그에게 어떤 의미가 있을 것이다. 하지만 생각을 붙잡으려 할수록 점점 멀리 달아나 버렸다.

"그들은 언제나 강족에게 충성해 왔어."

그레이풀이 말했다.

"이제 와서 충성심을 나누게 하고 싶지는 않구나. 너에 대한 소문은 들었다, 파이어하트. 한때 애완 고양이였다지? 그럼 누구보다 잘 알겠구나. 두 영역에 한 발씩 걸치고 있는 게 무엇을 의미하는지."

파이어하트는 어떤 고양이도 자신처럼 종족에 온전히 속하지 못하는 괴로움을 겪게 하고 싶지 않았다.

"절대 말하지 않겠다고 약속할게요. 별족에게 맹세해요."

파이어하트는 진지하게 말했다.

나이 든 고양이는 그제야 안심을 했다. 그녀는 앞발을 쭉 뻗고 엉덩이를 위로 올리며 몸을 쭉 폈다.

"네 말을 믿으마, 파이어하트. 이 얘기가 너한테 도움이 되기는 했는지 모르겠구나. 오크하트가 왜 천둥족 고양이는 스톤퍼를 해치면 안 된다고 했는지, 이제 설명이 됐겠지? 오크하트는 그 애들이 어디서 온 건지 모른다고는 했지만, 나처럼 천둥족 냄새를 분명히 맡았을 거야. 그 애들은 오직 강족에게만 충성하지만, 오크하트의 충성심은 그 애들을 위해 둘로 나뉘었던 것 같구나."

"정말 고맙습니다."

파이어하트는 최대한 공손한 목소리로 인사했다.

"제가 알아봐야 할 것과 이 일이 어떤 관련이 있는지는 저도 잘 모르겠어요. 그래도 두 종족 모두에게 무척 중요한 일인 것 같다는 생각이 들어요."

"그럴지도 모르지."

그레이풀이 말했다. 그러고는 얼굴을 찌푸렸다.

"어쨌든 난 다 말해 줬으니 이제 우리 영역을 떠나도록 해라."

"알겠어요. 제가 여기 있었던 것도 모를 정도로 빨리 사라질게요. 그리고……."

파이어하트는 덤불에서 나가기 전에 잠시 동안 그레이풀의 옅은 노란색 눈동자를 들여다보았다.

"고맙습니다."

진영으로 돌아가는 길에 파이어하트는 머릿속이 빙빙 도는 것 같았다. 미스티풋과 스톤퍼에게 천둥족의 피가 흐르고 있다니! 하지만 그들은 지금 출생의 비밀은 전혀 모른 채 온전히 강족에 속해 있었다. 파이어하트는 태생에 대한 충성심과 종족에 대한 충성심이 항상 같지는 않다고 생각했다. 그 역시 애완 고양이 출신이었지만, 그렇다고 해서 천둥족에 헌신하는 마음이 덜한 것은 아니었다.

그리고 이제 미스티풋이 오크하트가 어떻게 죽었는지 확실히 알려 준 만큼, 블루스타도 타이거클로가 레드테일을 죽였다는 사실을 받아들일 것이다. 파이어하트는 그레이풀이 들려준 이야기에 대해서도 블루스타에게 물어볼 작정이었다. 그녀라면 천둥족 진영에서 새끼 고양이 둘이 없어진 적이 있는지 말해 줄 수 있을 것이다.

공터에 도착한 파이어하트는 곧장 높은 바위로 향했다. 블루스타의 거처에 가까워지자 고양이 둘이 이야기하는 소리가 들렸다. 타이거클로와 블루스타의 냄새가 났다. 부지도자가 거처 입구를 가리는 이끼 장막을 밀치며 나왔다. 파이어하트는 부지도자의 눈에 띄지 않으려고 재빨리 바위에 몸을 찰싹 붙였다.

"'뱀바위' 쪽으로 사냥조를 데리고 나가 보겠습니다. 며칠째 그곳에서 사냥을 하지 않았으니까요."

얼룩무늬 전사가 어깨 너머로 외쳤다.

"좋은 생각이네."

블루스타가 부지도자를 뒤따라 나오며 말했다.

"먹이가 여전히 귀하니, 별족이 조만간 해빙기가 오도록 허락해 주시기를."

타이거클로는 블루스타의 말에 동의하고는 전사들의 거처로 성큼성큼 달려갔다. 파이어하트가 바위 옆에 웅크리고 있다는 건 알아채지 못했다.

부지도자가 사라지자 파이어하트는 거처 입구로 걸어갔다. 그리고 돌아서서 거처로 들어가는 지도자를 불렀다.

"블루스타, 드릴 말씀이 있습니다."

"들어오너라."

블루스타가 차분하게 대답했다.

파이어하트는 그녀를 따라 거처로 들어갔다. 흔들리던 이끼 장막이 제자리로 돌아오자, 흰 눈에 반사되어 환하게 비치던 빛이 차단되었다. 어둑어둑한 거처 안에서 블루스타가 그를 마주 보았다.

"무슨 일이냐?"

파이어하트는 심호흡을 했다.

"레이븐포가 했던 이야기를 기억하시죠? 해 드는 바위에서 벌어진 전투에서 레드테일이 오크하트를 죽였다는 이야기요."

블루스타의 몸이 굳어졌다.

"파이어하트, 그 이야기는 끝난 줄 알았는데."

블루스타가 으르렁댔다.

"전에도 말했지만, 그건 사실이 아니라고 믿을 만한 충분한 이유가 있다."

"압니다."

파이어하트는 공손하게 머리를 조아렸다.

"하지만 제가 새로운 사실을 알아냈습니다."

블루스타는 말없이 기다렸다. 파이어하트는 그녀가 무슨 생각을 하는지 알 수 없었다.

"아무도 오크하트를 죽이지 않았습니다. 레드테일도 아니고, 타이거클로도 아니었어요."

파이어하트는 초조하게 말을 이었다. 이제 와서 마음을 바꾸기에는 너무 늦었다는 걸 알고 있었다.

"오크하트는 바위가 떨어져 내리는 바람에 깔려 죽은 거였습니다."

블루스타가 언짢은 표정을 지었다.

"어떻게 알게 되었지?"

"저…… 제가 레이븐포를 다시 만났습니다. 지난번 모임이 끝나고요."

파이어하트는 솔직히 털어놓았다. 노여움을 살 거라 생각했지만, 종족 지도자는 침착했다.

"그래서 늦은 거로군."

"진실을 알아야만 했습니다."

파이어하트가 재빨리 말했다.

"그리고 저는…….”

"잠깐."

블루스타가 말을 끊었다.

"처음에는 레이븐포가 너에게 레드테일이 오크하트를 죽였다고 말하지 않았나? 지금은 말을 바꾸었다는 건가?"

"아니, 그렇지 않습니다."

파이어하트는 자신 있게 말했다.

114

"제가 오해를 한 거였습니다. 레드테일이 오크하트의 죽음에 어느 정도 책임이 있기는 합니다. 오크하트를 바위 아래로 몰았고, 그 바위가 떨어지면서 오크하트를 덮쳤으니까요. 하지만 레드테일이 그를 일부러 죽인 것은 아니었습니다. 바로 그 점 때문에 레이븐포의 이야기를 믿지 못하셨던 거잖아요. 레드테일이 의도적으로 다른 고양이를 죽였다는 부분 때문에요. 게다가……."

"게다가?"

블루스타는 그 어느 때보다 차분한 목소리였다.

"강을 건너가서 강족 고양이와도 이야기를 해 봤습니다. 확실히 하려고요. 강족 고양이도 오크하트가 바위에 깔려 죽은 거라고 확인해 줬습니다."

파이어하트는 사실대로 고백했다. 그리고 발치를 내려다보며, 적의 영역에 무단 침입한 것에 대해 야단맞을 준비를 했다. 하지만 다시 고개를 들었을 때, 지도자의 눈에는 진지한 호기심이 깃들어 있을 뿐이었다.

블루스타가 고개를 살짝 끄덕였다. 파이어하트는 말을 이었다.

"이것으로 타이거클로가 오크하트의 죽음에 대해 거짓말을 했다는 사실을 알 수 있습니다. 타이거클로는 오크하트를 죽이지 않았습니다. 레드테일을 위해 복수해 준 것도 아니고요. 오크하트는 바위가 떨어져서 깔려 죽은 겁니다. 그럼 레드테일의 죽음에 대해서도 거짓말을 했을 가능성이 있지 않나요?"

블루스타는 심기가 불편해 보였다. 어둑어둑한 거처 안에서 보일 듯 말 듯한 그녀의 푸른 눈이 잔뜩 찌푸려져 있었다. 블루스타는 긴 한숨을 내쉬었다.

"타이거클로는 훌륭한 부지도자다. 그리고 이건 중대한 혐의다."

"압니다."

파이어하트는 조용히 동의했다.

"하지만 타이거클로가 얼마나 위험한지 모르시겠습니까?"

블루스타는 가슴 가까이 고개를 푹 숙였다. 너무 오랫동안 침묵에 빠져 있는 바람에, 파이어하트는 자신이 자리를 떠야 하는 게 아닌지 난감했다. 하지만 가도 좋다는 허락을 받은 것도 아니었다.

"한 가지 더 있습니다. 강족의 두 전사와 관련된 좀 이상한 일입니다."

파이어하트는 조심스럽게 입을 열었다.

블루스타가 고개를 들었다. 파이어하트는 강족 원로가 해 준 불확실한 이야기를 전해도 될지 잠시 망설였다. 하지만 진실을 알고 싶은 마음에 용기를 냈다.

"레이븐포가 들려준 이야기입니다. 해 드는 바위에서 레드테일이 스톤퍼라는 전사를 공격했는데, 오크하트가 막으면서 천둥족 고양이는 스톤퍼를 해치면 안 된다고 말했다는 겁니다. 제······ 제가 강족의 원로와 이야기를 나눠 봤는데, 미스티풋과 스톤퍼가 새끼 고양이였을 때 오크하트가 강족으로 데려왔다고 합니다. 잎 없는 계절이라 아무도 돌봐 주지 않으면 죽었을 거라고 했습니다. 그 원로 고양이 이름은 그레이풀인데, 그레이풀이 젖을 먹여 주었다고 합니다. 그런데 새끼 고양이들에게서 천둥족 냄새가 났다고 합니다. 그 말이 사실일까요? 우리 진영에서 없어진 새끼 고양이가 있었나요?"

블루스타는 아무런 반응이 없었다. 파이어하트는 그녀가 자신의 이야기를 듣지 못한 게 아닌가 생각했다. 그때 그녀가 벌떡 일어나더니 파이어하트와 코가 맞닿을 정도로 가까이 다가와 섰다.

"그러니까 너는 이런 말도 안 되는 소리를 귀담아 들었다는 것이냐?"

"전 그냥······."

"난 너한테 이런 걸 기대한 게 아니다, 파이어하트."

블루스타가 으르렁댔다. 그녀의 눈이 얼음처럼 차가웠고, 목덜미 털은 곤두서 있었다.

"적의 영역에 들어가서 쓸데없는 수다나 듣고 오다니! 강족 고양이가 하는 말을 믿는 것이냐? 여기 와서 타이거클로를 험담하지 말고 네가 맡은 임무에 대해서나 생각해 보아라."

블루스타는 한참 동안 그를 유심히 바라보았다.

"네 충성심을 의심하는 타이거클로가 옳을지도 모르겠구나."

"죄······ 죄송합니다."

파이어하트는 더듬거리며 말했다.

"하지만 전 그레이풀이 진실을 말하는 거라고 생각했습니다."

블루스타가 긴 한숨을 내쉬었다. 앞서 보였던 관심은 모두 사라지고, 차갑고 냉정한 표정만 남아 있었다.

"가거라! 뭐라도 쓸모 있는 일을 찾아봐라. 전사에게 걸맞은 일을! 그리고 다시는 이 일을 입에 올리지 말아라. 알겠느냐?"

"네, 블루스타."

파이어하트는 거처 밖으로 뒷걸음치기 시작했다.

"하지만 타이거클로는요? 그는⋯⋯."

"가라!"

블루스타가 으르렁거리며 명령했다.

서둘러 명령에 따르느라 파이어하트의 다리가 뒤엉켰다. 거처에서 나온 그는 돌아서서 공터를 가로질러 달렸다. 블루스타가 있는 곳에서 여우 여럿 되는 거리만큼 떨어지고 나서야 멈춰 설수 있었다. 파이어하트는 몹시 당혹스러웠다. 처음에는 블루스타도 그의 말에 귀를 기울이는 것처럼 보였다. 하지만 없어진 천둥족 새끼 고양이들에 대해 언급하자마자, 그녀는 더 이상 들으려고도 하지 않았다.

불현듯 오싹한 한기가 파이어하트의 온몸을 훑고 지나갔다. 그가 강족 고양이들과 어떻게 이야기를 나눌 수 있었는지 블루스타가 궁금해한다면? 그레이스트라이프와 실버스트림에 대해 알아낸다면? 또 타이거클로의 문제는 어떻게 되는 것일까? 잠깐이나마 파이어하트는 블루스타에게 부지도자가 얼마나 위험한지 알릴 수 있으리라는 희망에 차 있었다.

'골치 아파졌어.'

파이어하트는 생각했다.

'이제 블루스타는 타이거클로에 대한 말은 들으려고도 하지 않을 거야. 내가 다 망쳐 버린 거야!'

7
클라우드킷의 깨달음

파이어하트는 혼란스럽고 불행한 심정으로 전사들의 거처로 향했다. 하지만 과연 거처로 가는 게 맞는 건지 망설여졌다. 타이거클로를 맞닥뜨리는 위험을 감수하고 싶지 않았다. 게다가 친구들과 혀를 나누며 이야기할 기분도 아니었다.

파이어하트는 무의식적으로 옐로팽의 거처로 발길을 돌렸다. 고사리 굴길에서 신더포가 절룩거리며 나오다가 그와 부딪칠 뻔했다. 파이어하트는 엉덩방아를 쿵 찧었고, 신더포는 눈을 흩뿌리며 미끄러지듯 멈춰 섰다.

"죄송해요. 거기 있는 줄 몰랐어요."

신더포가 헉헉거리며 말했다.

파이어하트는 털에서 눈을 털어 냈다. 신더포를 보자 갑자기 마음이 가벼워졌다. 그녀의 푸른 눈은 장난기로 빛났고, 털은 사방으로 뻗쳐 있었다. 훈련병 때 모습 그대로였다. 파이어하트는 사고가 일어난 뒤로 신더포의 이런 모습이 영원히 사라져 버린 게 아닐까 염려했었다.

"어딜 그렇게 서둘러 가는 거야?"

"옐로팽이 약초를 찾아오라고 해서요."

신더포가 대답했다.

"이렇게 눈이 많이 오니 아픈 고양이들이 너무 많아요. 저장해 둔 약초들이 떨어져 가고 있거든요. 어두워지기 전에 할 수 있는 한 많이 찾으려고요."

"나도 도와줄게."

파이어하트가 제안했다. 블루스타도 그에게 쓸모 있는 일을 하라고 말했고, 제아무리 타이거클로라 해도 치료사에게 필요한 약초를 가지러 간다는데 트집을 잡진 못할 것이다.

"좋아요!"

신더포가 기뻐하며 말했다.

그들은 나란히 공터를 가로질러 가시금작화 굴길로 향했다. 파이어하트는 신더포의 속도에 맞추느라 걸음을 늦춰야 했다. 하지만 그녀는 크게 신경 쓰지 않는 것 같았다.

굴길에 도착하기 직전에 파이어하트의 귀에 새끼 고양이들의 소리가 들려왔다. 그는 고개를 돌려 원로들의 거처 가까이 있는 쓰러진 나무 쪽을 쳐다보았다. 브로큰테일이 머무는 곳이었다. 그곳에서 새끼 고양이 한 무리가 브로큰테일을 에워싸고 있었다.

블루스타가 브로큰테일에게 은신처를 제공한 뒤로 그는 그곳에서 홀로 지냈다. 전사들이 번갈아 그를 감시했다. 그쪽으로 지나다니는 고양이는 드물었고, 새끼 고양이들도 그에게 가까이 갈 이유가 없었다.

"떠돌이! 반역자!"

큰 소리로 조롱하는 클라우드킷의 목소리가 들렸다. 하얀 새끼 고양이는 앞으로 달려 나가 한 발로 브로큰테일의 갈빗대를 쿡 찌르고 물러났다. 다른 새끼 고양이 하나가 소리를 지르며 클라우드킷을 똑같이 따라 했다.

"날 잡아 보시지!"

눈먼 브로큰테일을 감시하던 다크스트라이프는 새끼 고양이들을 막으려고 하지도 않았다. 그는 멀찍이 떨어져 앉아, 발을 몸 아래 밀어 넣고 구경만 하고 있었다. 재미있어하는 눈빛이었다.

브로큰테일은 짜증을 내며 고개를 이리저리 돌렸다. 하지만 보이지 않는 흐릿한 눈으로는 앙갚음을 해 줄 수가 없었다. 그의 얼룩덜룩한 털은 윤기 없이 듬성듬성 빠져 있었고, 넓적한 얼굴에는 금이 그어진 듯 흉터들이 남아 있었다. 그중에는 그의 눈을 멀게 만든 할퀸 자국들도 있었다. 거만하고 살기등등하던 지도자의 모습은 자취도 없이 사라져 버렸다.

파이어하트는 신더포와 걱정스런 눈빛을 주고받았다. 많은 고양이들이 브로큰테일은 고통받아 마땅하다고 생각하고 있었다. 그러나 늙고 힘없는 전임 지도자의 모습에 파이어하트는 동정심을 느낄 수밖에 없었다. 새끼 고양이들의 장난이 계속되자 그의 마음속에 분노가 끓어올랐다.

"기다려."

그는 신더포에게 말하고 공터 언저리를 향해 서둘러 걸어갔다. 클라우드킷이 눈먼 수고양이의 꼬리를 움켜잡고 날카로운 이

121

빨로 물고 흔들어 댔다. 브로큰테일은 휘청거리는 다리로 허우적 거리다가 클라우드킷을 향해 한 발을 휘둘렀다.

그 순간 다크스트라이프가 벌떡 일어나 으르렁거렸다.

"반역자, 새끼 고양이를 건드리기만 해 봐! 가죽을 벗겨서 조각조각 찢어 버릴 테니까!"

파이어하트는 너무 화가 나서 말을 할 수가 없었다. 그는 클라우드킷에게 달려들어 목덜미를 붙잡고 휙 돌려 브로큰테일에게서 떼어 냈다.

클라우드킷이 반발하며 비명을 질렀다.

"그만해요! 아프단 말이에요!"

파이어하트는 그를 눈 속에 거칠게 내려놓고, 이빨을 드러내고 낮게 으르렁댔다.

"돌아가!"

그는 다른 새끼 고양이들에게 명령했다.

"보육실로 돌아가라, 당장!"

새끼 고양이들은 겁에 질려 휘둥그레진 눈으로 그를 빤히 바라보다가 허둥지둥 보육실로 사라졌다.

파이어하트는 클라우드킷에게 고개를 돌렸다.

"그리고 너……."

"그냥 둬."

다크스트라이프가 클라우드킷 옆으로 걸어오며 말했다.

"나쁜 짓을 한 것도 아니잖아."

"참견 마세요, 다크스트라이프."

파이어하트는 으르렁거리며 말했다.

다크스트라이프는 그를 쓰러뜨릴 듯이 어깨로 밀치면서 브로큰테일에게로 돌아갔다.

"애완 고양이 주제에!"

다크스트라이프가 어깨 너머로 비아냥거렸다.

파이어하트의 근육이 팽팽해졌다. 다크스트라이프에게 달려들어 모욕적인 언사를 되갚아 주고 싶었다. 하지만 꾹 참았다. 지금 같은 시기에 같은 종족 전사들끼리 싸울 수는 없었다. 게다가 그는 클라우드킷도 상대해야 했다.

"저 소리 들었어? 애완 고양이라는 소리?"

파이어하트는 하얀 새끼 고양이를 노려보며 다그쳤다.

"그래서요? 애완 고양이가 뭔데요?"

클라우드킷이 반항적으로 대꾸했다.

파이어하트는 침을 꿀꺽 삼켰다. 클라우드킷은 자신의 출신이 종족에게 어떤 의미인지 아직 몰랐던 것이다.

"애완 고양이는 두발쟁이들과 함께 사는 고양이야."

파이어하트는 조심스럽게 입을 열었다.

"어떤 종족 고양이들은 애완 고양이로 태어나면 결코 훌륭한 전사가 될 수 없다고 믿어. 그리고 나도 두발쟁이 영역에서 애완 고양이로 태어났어. 너처럼 말이야."

파이어하트의 말을 듣고 있던 클라우드킷의 눈이 점점 더 휘둥그레졌다.

"무슨 뜻이에요? 난 여기서 태어났어요!"

파이어하트는 그를 가만히 바라보았다.

"아니, 그렇지 않아. 두발쟁이 보금자리에 사는 내 누이 프린세스가 네 엄마야. 네가 아주 어렸을 때, 엄마가 널 종족으로 보낸 거야. 네가 전사가 될 수 있게 말이야."

클라우드킷은 잠시 꼼짝하지 않고 서 있었다. 마치 눈과 얼음으로 만들어진 고양이 같았다.

"왜 진작 말해 주지 않았어요?"

클라우드킷이 따지듯 물었다.

"미안해. 난…… 나는 네가 알고 있는 줄 알았어. 브린들페이스가 말해 줬을 거라 생각했거든."

클라우드킷은 꼬리 두엇 거리만큼 뒤로 물러났다. 충격에 휩싸였던 푸른 눈동자가 천천히 냉정을 되찾았다. 이제 상황을 이해한 것 같았다.

"그래서 다른 고양이들이 날 싫어하는 거군요. 내가 아무 쓸모없을 거라 생각하는 거예요. 이 숲에서 태어나지 않았기 때문에. 어리석기는!"

파이어하트는 그를 달래 줄 적당한 말을 생각해 내려고 고심했다. 프린세스가 아들을 종족으로 보내면서 얼마나 흥분했었는지 떠올랐다. 또한 그녀에게 클라우드킷은 앞으로 멋진 삶을 살게 될 거라고 장담했던 일도 기억났다. 그런데 지금 그는 클라우드킷의 과거를 들먹이고 있었다. 종족에게 받아들여지기 전에 겪게 될 난관들을 헤아려 보라고 강요하고 있는 것이다. 만약 이 새끼 고양이가 파이어하트와 프린세스의 결정이 잘못된 것이라고 생각한다면 어떻게 할 것인가?

파이어하트는 한숨을 쉬었다.

"어리석은 일이지만 현실이 그래. 이 문제는 내가 잘 알아."

파이어하트는 침착하게 설명했다.

"다크스트라이프 같은 전사들은 애완 고양이로 태어나면 뭔가 결점이 있다고 생각해. 그러니까 우리는 두 배로 열심히 노력해야 돼. 애완 고양이의 피가 흐르는 것이 부끄러운 일이 아니라는 사실을 그들이 깨닫도록 말이야."

클라우드킷이 몸을 꼿꼿이 세웠다.

"상관없어요! 난 종족 최고의 전사가 될 거예요. 아니라고 하는 고양이가 있으면 누구든 맞서 싸울 거예요. 늙은 브로큰테일 같은 악당쯤은 단숨에 해치울 수 있을 정도로 용맹해질 거라고요."

파이어하트는 충격을 극복해 내는 클라우드킷의 기백에 마음이 놓였다. 그러나 그가 전사의 규약을 정말로 이해하고 있는지 확신이 서지 않았다.

"전사가 된다는 건 단지 누군가를 해치우는 일을 의미하는 것이 아니야."

그는 클라우드킷에게 주의를 주었다.

"진정한 전사는, 그러니까 최고의 전사는 잔혹하거나 비열하지 않아. 맞서 싸우지 못하는 적에게는 발톱을 휘두르지 않는단 말이야. 그렇게 해서 무슨 명예를 얻겠어?"

클라우드킷은 파이어하트와 눈을 맞추지 못하고 고개를 숙였다. 파이어하트는 자신이 제대로 말했기를 바랐다. 그는 신더포를 찾아 주변을 둘러보았다. 그녀는 브로큰테일에게 가서 클라우드 킷이 물고 당겼던 꼬리를 살피고 있었다.

"다친 곳은 없어요."

신더포가 눈먼 수고양이에게 말했다.

브로큰테일은 꼼짝하지 않고 웅크리고 있었다. 다친 눈은 물끄러미 발치를 향해 있었고, 아무런 반응도 보이지 않았다. 파이어하트는 마지못해 그에게 다가가 일으켜 주었다.

"가요. 거처로 돌아가자고요."

브로큰테일은 말없이 돌아서서, 파이어하트가 이끄는 대로 걸음을 옮겼다. 파이어하트는 죽은 나뭇가지 아래, 잎사귀가 깔린 우묵한 자리로 그를 데리고 갔다. 그들이 느릿느릿 지나가는 모습을 바라보던 다크스트라이프가 멸시하듯이 꼬리를 획 휘둘렀다.

"이제 됐어, 신더포. 가서 약초를 찾아보자."

브로큰테일이 자리를 잡자 파이어하트가 말했다.

"어디 가는 거예요?"

클라우드킷이 성큼성큼 다가오며 소리쳤다. 다시 기운을 차린 모양이었다.

"같이 가도 돼요?"

파이어하트가 머뭇거리자 신더포가 대답했다.

"가게 해 줘요, 파이어하트. 너무 지루해서 말썽을 부리는 거라고요. 우리가 도와줄 수 있잖아요."

클라우드킷의 눈이 기쁨으로 반짝였다. 목구멍에서는 요란하게 가르랑거리는 소리가 올라왔다. 작고 보송보송한 몸에 비해 어마

어마하게 큰 소리였다.

파이어하트는 어깨를 으쓱했다.

"좋아. 하지만 한 번이라도 잘못된 행동을 하면 입도 뻥긋하기 전에 보육실로 돌려보낼 거야!"

신더포는 규칙적으로 절룩거리며 골짜기를 따라 걸어가, 훈련 병들이 훈련을 하는 모래 분지로 향했다. 벌써 해가 지면서 하얀 눈 위에 푸른 그림자를 길게 드리웠다. 클라우드킷은 날쌔게 그 들을 앞질렀다. 새끼 고양이는 바위에 난 구멍들을 들여다보면서 상상 속의 먹이를 쫓고 있었다.

"땅에 온통 눈이 덮여 있는데 약초를 어떻게 찾지? 다 얼지 않 았을까?"

"열매들은 아직 있을 거예요."

신더포가 말했다.

"옐로팽이 노간주나무 열매를 찾아보라고 했어요. 기침과 복통 에 좋대요. 그리고 골절이나 상처에 붙일 젖은찜질 약을 만들 양 골담초도 찾아야 해요. 참, 치통에 잘 듣는 오리나무 껍질도요."

"열매들!"

클라우드킷이 그들 옆으로 잽싸게 달려왔다.

"제가 아주 많이 찾아낼게요!"

클라우드킷은 분지 옆쪽의 무성한 덤불로 달려 들어갔다.

신더포가 재미있다는 듯 꼬리를 씰룩거렸다.

"아주 열성적이네요. 훈련병이 되면 빨리 배울 거예요."

파이어하트는 애매하게 가르랑거렸다. 클라우드킷의 활기찬 모습은 신더포가 처음 훈련병이 되었던 때를 떠오르게 했다. 그러나 신더포는 눈먼 브로큰테일처럼 힘없는 고양이를 결코 괴롭힌 적이 없었다.

"글쎄, 내 훈련병이 되려면 내 명령을 듣는 것부터 배워야 할 거야."

파이어하트가 중얼거렸다.

"오, 그래요?"

신더포가 놀리는 듯한 얼굴로 파이어하트를 보았다.

"아주 무서운 스승님인데요? 훈련병들이 다들 겁에 질려 벌벌 떨 거예요!"

신더포의 장난기 가득한 눈을 보자, 파이어하트는 마음이 편안해졌다. 늘 그렇듯이 신더포와 함께 있으면 기분이 좋아졌다. 그는 클라우드킷에 대한 걱정은 접어 두고 할 일을 하기로 했다.

"신더포!"

클라우드킷이 분지 건너편에서 소리쳤다.

"여기 열매가 있어요. 와서 보세요!"

파이어하트는 목을 길게 빼고 내다보았다. 하얀 새끼 고양이는 짙은 색 잎사귀가 있는 작은 덤불 밑에 웅크리고 있었다. 바위 사이로 비죽 솟은 덤불에는 밝은 다홍색 열매가 줄기에 매달려 있었다.

"맛있어 보여요."

두 고양이가 다가오는 모습을 보며 클라우드킷이 말했다. 그리고 크게 한 입 베어 물려고 입을 한껏 벌렸다.

동시에 신더포가 놀라서 숨을 들이켰다. 그녀가 앞으로 뛰쳐나가는 바람에 파이어하트도 깜짝 놀랐다. 신더포는 다친 다리로 최대한 빠르게 눈 위를 돌진하며 외쳤다.

"안 돼, 클라우드킷!"

신더포가 달려들어 새끼 고양이를 쓰러뜨렸다. 클라우드킷은 놀라서 비명을 질렀고, 두 고양이는 함께 바닥을 뒹굴었다. 파이어하트는 클라우드킷이 다리가 아픈 신더포를 다치게 할까 봐 걱정하며 달려갔다. 그가 도착했을 때는 이미 신더포가 새끼 고양이를 밀어내고 일어나 앉아 헐떡거리고 있었다.

"하나라도 건드렸어?"

신더포가 물었다.

"아, 아뇨. 저는 그냥……."

클라우드킷이 어리둥절한 얼굴로 우물거렸다.

"이거 봐."

신더포가 새끼 고양이를 덤불 가까이로 밀었다. 덤불이 코에 닿을 만한 거리였다. 파이어하트는 이렇게 사나운 신더포의 목소리는 들은 적이 없었다.

"잘 봐, 건드리지는 말고. 그건 주목이야. 열매에 독이 많아서 '죽음 열매'라고 불려. 한 알만 먹어도 목숨을 잃을 수 있어."

클라우드킷의 눈이 보름달처럼 휘둥그레졌다. 할 말을 잃은 그는 겁에 질린 얼굴로 신더포를 우두커니 바라보았다.

"됐어."

신더포가 새끼 고양이의 어깨를 핥아서 달래 주며 한층 부드러워진 목소리로 말했다.

"이번에는 괜찮으니 다행이야. 앞으로 다시는 실수하지 않도록 지금 잘 봐 둬. 그리고 내 말 잘 들어. 뭔지 모르는 건 절대로, 절대로 먹으면 안 돼."

"네, 신더포."

클라우드킷이 대답했다.

"그럼 가서 열매를 찾아봐."

신더포가 새끼 고양이를 일으켜 주며 말했다.

"그리고 뭐라도 발견하면 날 불러."

클라우드킷은 어깨 너머로 한두 번 돌아보며 앞으로 걸어갔다. 파이어하트는 클라우드킷이 이렇게 위축된 모습은 처음 봤다. 과감하게 행동했던 만큼 충격도 큰 모양이었다.

"신더포, 네가 있어서 다행이야."

파이어하트가 말했다. 클라우드킷에게 주의를 줘야 할 내용을 자신이 모르고 있었다는 것에 죄책감이 들었다.

"옐로팽에게서 정말 많이 배웠구나."

"옐로팽은 훌륭한 스승님이에요."

신더포가 대답했다. 그녀는 털에서 눈 뭉치들을 털어 내고, 클라우드킷을 뒤따라 분지의 비탈을 오르기 시작했다. 파이어하트도 그녀 옆에서 보조를 맞추어 걸었다.

이번에는 신더포도 눈치를 챘다.

"다리는 이제 나을 만큼 다 나았어요."

신더포가 조용히 말했다.

"옐로팽의 거처를 떠나면 많이 아쉬울 거예요. 하지만 영원히 거기서 지낼 수는 없으니까요."

신더포가 고개를 돌려 파이어하트를 보았다. 장난기가 가신 그녀의 깊고 푸른 눈에는 고통과 불안이 서려 있었다.

"저는 뭘 해야 할지 모르겠어요."

파이어하트는 그녀에게 다가가 얼굴을 부드럽게 문질러 주었다.

"블루스타는 아실 거야."

"어쩌면요."

신더포가 어깨를 으쓱했다.

"저는 아주 어렸을 때부터 블루스타처럼 되고 싶었어요. 블루스타는 고결하고, 종족을 위해 헌신하잖아요. 하지만 저는 이제 종족을 위해 뭘 할 수 있을까요?"

"나도 잘 모르겠어."

파이어하트는 솔직히 대답했다.

종족 고양이의 삶은 정해진 과정을 거친다. 새끼 고양이에서 훈련병이 되고, 훈련병은 전사가 된다. 또 전사에서 어미 고양이가 되기도 한다. 그 뒤로는 명예롭게 은퇴하여 원로 고양이로 지낸다. 파이어하트는 심각한 부상을 입어 전사가 될 수 없는 고양이는 어떻게 되는지 알지 못했다. 전사로 살려면 오랜 순찰과 사냥, 전투를 감당할 수 있어야 했다. 보육실에서 새끼 고양이를 돌보는 어미 고양이들도 모두 한때는 전사였기에 자기 새끼를 먹이고 지키는 능력을 갖추고 있었다.

신더포는 용감하고 영리했다. 사고가 나기 전에는 활기가 넘쳤고, 종족에 헌신하겠다는 의지도 대단했다. 설마 그 모든 가능성이 사라진 것일까?

'이건 타이거클로 탓이야. 타이거클로의 계략 때문에 신더포가 사고를 당한 거야.'

파이어하트는 우울하게 생각했다.

"블루스타에게 가 봐. 블루스타가 어떻게 생각하는지 들어 보는 게 좋겠어."

"그래야 할 것 같아요."

신더포가 어깨를 으쓱하며 말했다.

"신더포!"

클라우드킷의 목소리가 그들의 대화를 방해했다.

"와서 제가 찾은 것 좀 보세요!"

"갈게, 클라우드킷!"

신더포는 절뚝절뚝 걸어가면서 파이어하트에게 장난스럽게 말했다.

"이번에는 벨라도나를 찾았을 거예요. 독초 말이에요."

파이어하트는 그녀가 멀어지는 모습을 지켜보았다. 블루스타가 신더포에게 종족 안에서 가치 있는 삶을 살 수 있는 방법을 알려 주기를 바랐다. 신더포의 말처럼 블루스타는 위대한 지도자였다. 그건 전투에서만이 아니었다. 그녀는 종족의 모든 고양이를 진심으로 보살피고 있었다.

그런 사실을 알기 때문에 파이어하트는 더욱 혼란스러웠다. 그레이풀이 해 준 이야기를 듣고 그녀는 왜 그런 반응을 보인 걸까?

강족 전사 둘이 원래는 천둥족이었다는 이야기를 듣고 왜 그토록 이상하게 반응했을까? 블루스타는 그 이야기를 듣고 너무 흥분한 나머지 타이거클로의 위험성에 대해서도 눈을 감아 버렸다.

파이어하트는 고개를 흔들며 신더포를 뒤따라 천천히 걸어갔다. 그 고양이들을 둘러싼 비밀이 깊숙한 곳에 파묻혀 있었다. 그리고 그 비밀은 그의 힘이 닿지 않는 곳에 있는 것 같았다.

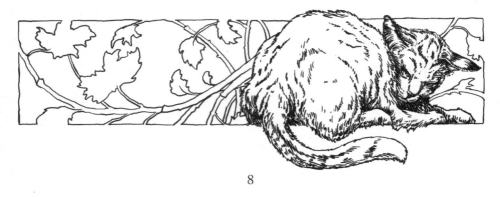

8

오소리의 공격

파이어하트는 보육실에 웅크리고 앉아, 어미 고양이의 젖을 빠는 새끼 고양이들을 바라보고 있었다. 종족의 미래인 조그만 생명체들을 바라보고 있으니 순간 가슴이 벅차 올랐다.

그때 무언가 머릿속에서 꿈틀거렸다. 천둥족에는 이렇게 어린 새끼 고양이들이 없었다. 이들은 어디서 온 것일까? 그는 새끼 고양이들을 바라보던 시선을 거두어 어미 고양이를 바라보았다. 일렁이는 은회색 털가죽밖에 보이지 않았다. 어미 고양이에게는 얼굴이 없었다.

파이어하트는 겁에 질려 비명이 터져 나오려는 것을 꾹 참았다. 물끄러미 바라보고 있는 사이, 은빛 형체가 사라지기 시작했다. 결국 남은 건 어둠뿐이었다. 어미를 잃은 새끼 고양이들은 겁에 질려 꿈틀거리며 울었다. 지독히 차가운 바람이 불어와 보육실의 따뜻한 기운을 쓸어 가 버렸다. 파이어하트는 벌떡 일어나, 힘없이 울부짖는 새끼 고양이들의 소리를 따라가려고 했다. 하지만 곧 바람이 흩날리는 암흑 속에서 길을 잃고 말았다.

"못 찾겠어! 어디 있는 거야?"

그때 한 줄기 빛이 나타났다. 부드러운 황금빛이었다. 고양이 하나가 파이어하트의 앞에 앉아 조그만 새끼 고양이들을 발밑에 보호하고 있었다. 스파티드리프였다.

파이어하트는 말을 하려고 입을 뗐다. 하지만 그녀는 한없이 자애로운 표정을 지어 보이더니 사라져 버렸다. 파이어하트는 전사들의 거처 안에 있는 이끼 잠자리 위에서 허우적거리고 있는 자신을 발견했다.

"그렇게 소란을 떨어야겠어? 다들 한숨도 못 자잖아."

더스트펠트가 투덜거렸다.

"미안해."

파이어하트는 일어나 앉아 우물거렸다.

그는 자신도 모르게 타이거클로의 잠자리를 흘깃 살폈다. 전에도 그가 꿈을 꾸면서 시끄럽게 군다고 부지도자가 불평한 적이 있었기 때문이다.

다행히 타이거클로는 자리에 없었다. 나뭇가지 사이로 새어 들어오는 빛을 보니, 벌써 해가 나무 위로 떠오른 모양이었다. 파이어하트는 황급히 몸을 닦으며, 자신이 꿈을 꾸면서 얼마나 충격을 받았는지 더스트펠트에게 들키지 않으려고 애썼다. 겁에 질려 고립된 새끼 고양이들…… 어미가 사라져 버린 새끼 고양이들. 그것은 예언이었을까? 만일 예언이라면 어떤 의미일까? 지금 천둥족에는 그렇게 어린 고양이는 없었다. 혹시 원래 천둥족이었던 미스티풋과 스톤퍼를 뜻하는 걸까? 그들의 진짜 어미는 어쩌다가 사라져 버린 걸까?

몸을 닦는 동안 더스트펠트가 그를 한 번 더 쏘아보고는 가지들을 헤치고 밖으로 나가 버렸다. 거처에 남은 건 잠들어 있는 롱테일과 러닝윈드 그리고 파이어하트뿐이었다.

파이어하트는 그레이스트라이프가 보이지 않는다는 것을 깨달았다. 새벽부터 밖에 나갔는지 잠자리도 이미 차게 식어 있었다.

'실버스트림을 만나러 갔구나.'

그는 친구의 강렬한 감정을 이해해 보려고 애썼지만, 걱정이 되는 것은 어쩔 수 없었다. 그들이 훈련병이던 시절, 복잡할 것이 없던 그 옛날이 그리웠다. 파이어하트는 가지 사이로 머리를 내밀었다. 눈 덮인 진영이 차가운 계절의 해를 받아 반짝이고 있었다. 아직 해빙기가 올 기미는 보이지 않았다.

쐐기풀 더미 옆에서 샌드스톰이 싱싱한 먹이 위로 몸을 숙이고 있었다.

"안녕, 파이어하트?"

샌드스톰이 명랑하게 인사를 했다.

"먹이를 먹으려면 서두르는 게 좋을 거야. 조금이라도 남아 있을 때 말이야."

파이어하트는 문득 배가 고프다 못해 속이 쓰리다는 것을 깨달았다. 한 달은 굶은 느낌이었다. 싱싱한 먹이 더미로 달려간 그는 샌드스톰의 말이 맞았다는 것을 확인했다. 먹이가 얼마 남지 않았던 것이다. 그는 찌르레기 한 마리를 골라 샌드스톰이 있는 쐐기풀 더미로 갔다.

"오늘은 사냥을 해야겠다."

파이어하트가 먹이를 우물거리며 말했다.

"화이트스톰과 마우스퍼는 벌써 새내기 훈련병들과 함께 나갔어. 브라이트포와 쏜포가 안달이 났거든."

샌드스톰이 말했다.

파이어하트는 그레이스트라이프도 훈련병을 데리고 나갔는지 궁금했다. 하지만 잠시 후에 브래큰포가 훈련병들의 거처에서 혼자 나타났다. 브래큰포는 주변을 둘러보더니 파이어하트에게 걸어왔다.

"그레이스트라이프 보셨어요?"

"아니, 일어나 보니까 없던데."

파이어하트는 어깨를 으쓱하며 대답했다.

"진영에 계실 때가 없네요. 계속 이렇게 가다간 스위프트포가 저보다 먼저 전사가 될 거예요. 브라이트포와 쏜포도 그렇고요."

브래큰포가 침울하게 말했다.

"말도 안 되는 소리!"

파이어하트는 강족의 암고양이에게 미쳐 있는 그레이스트라이프에게 갑자기 화가 났다. 어떤 전사도 자신의 훈련병을 이렇게 소홀히 해서는 안 되었다.

"넌 잘하고 있어, 브래큰포. 괜찮다면 나와 같이 사냥을 나가자."

"고맙습니다."

브래큰포의 표정이 밝아졌다.

"나도 갈래."

샌드스톰이 남은 먹이를 마저 삼키고 혀로 입 주변을 핥으며 말했다. 샌드스톰을 앞세우고 세 고양이는 가시금작화 굴길을 따라 밖으로 나갔다.

"자, 브래큰포, 먹이를 찾기 좋은 장소가 어디일까?"

모래 분지 언저리에 다다랐을 때 파이어하트가 물었다.

"나무 아래요. 생쥐와 다람쥐들이 나무 열매와 씨앗을 찾으러 가는 곳이니까요."

브래큰포가 꼬리로 가리키며 대답했다.

"좋아, 네 말이 맞는지 확인해 보자."

그들은 분지에서 좀 더 멀리 나아가다가 브린들페이스를 만났다. 그녀는 눈밭에서 뒹굴고 있는 새끼 고양이들을 애정 어린 눈빛으로 지켜보고 있었다.

"저 녀석들도 다리 좀 뻗고 놀아야지. 이 눈 때문에 가만히 있지를 못하는구나."

클라우드킷은 다른 새끼 고양이들과 함께 주목나무 아래에 앉아 있었다. 그는 잘난 척하며 이 나무의 열매는 절대로 먹어서는 안 되는 죽음 열매라고 설명해 주고 있었다. 파이어하트는 새끼 고양이의 진지한 모습이 재미있어, 인사를 하고 지나갔다.

분지 꼭대기에 있는 나무 밑에는 눈이 많이 쌓여 있지 않았다. 하얀 눈 사이로 갈색 땅이 언뜻언뜻 보였다. 세 고양이는 조심스럽게 앞으로 나아갔다. 파이어하트는 조그만 발들이 종종걸음을 치는 소리를 들을 수 있었다. 쥐 냄새도 났다. 그는 반사적으로 몸을 낮추어 사냥 자세를 취한 다음 앞으로 미끄러지듯 나아갔다. 먹잇감이 놀라지 않도록 발에는 거의 체중을 싣지 않았다. 쥐는 위험을 알아채지 못하고, 그를 등진 채 씨앗을 야금야금 갉아 먹고 있었다. 꼬리 하나 떨어진 곳까지 다가갔을 때 파이어하트는 펄쩍 뛰어올랐다. 그리고 먹이를 입에 물고 의기양양하게 동료들에게 돌아갔다.

"잘했어!"

샌드스톰이 소리쳤다.

파이어하트는 잡아 온 먹잇감 위에 흙을 덮어 숨겨 두었다.

"다음은 네 차례야, 브래큰포."

브래큰포는 당당하게 고개를 치켜들고 앞으로 나아갔다. 눈동자는 주위를 이리저리 살피고 있었다. 파이어하트는 호랑가시나무 밑에서 열매를 쪼고 있는 지빠귀를 발견했지만 이번에는 기다렸다.

거의 동시에 훈련병도 지빠귀를 발견했다. 브래큰포는 살며시 한 발씩 다가가, 엉덩이를 좌우로 흔들며 덤벼들 자세를 취했다. 파이어하트는 훈련병이 너무 오래 머뭇거린다는 생각이 들었다. 역시나 지빠귀가 눈치를 채고 위로 날아올랐다. 하지만 브래큰포도 뒤따라 펄쩍 뛰어올라 공중에서 지빠귀를 후려쳤다. 브래큰포는 한 발로 먹잇감을 누르고 파이어하트를 돌아보았다.

"때를 놓쳤어요. 너무 오래 기다렸나 봐요, 그렇죠?"

"그래. 하지만 기죽을 것 없어. 어쨌든 잡았으니까. 그게 중요한 거야."

"돌아가면 원로들에게 가져다 드려."

샌드스톰의 말에 브래큰포는 얼굴이 환해졌다.

"네, 제가……."

브래큰포가 말을 시작하려는데, 분지 쪽에서 겁에 질린 날카로운 비명 소리가 들려왔다.

파이어하트는 몸을 휙 돌렸다.

"새끼 고양이 소리 같은데!"

그들은 소리 나는 방향을 향해 달려갔다. 나무 사이를 헤치고 나간 파이어하트는 분지 위쪽으로 달려가 아래를 내려다보았다.

"맙소사, 별족이시여!"

샌드스톰이 숨이 턱 막힌 듯이 말했다.

그들이 있는 곳 바로 아래에 덩치가 큰 흑백 동물이 어렴풋이 보였다. 파이어하트는 코를 찌르는 오소리의 체취를 맡을 수 있었다. 오소리들이 덤불 속에서 시끄럽게 발을 끌며 돌아다니는 소리는 가끔 들어 보았지만, 이렇게 훤히 트인 장소에서 실제로 본 건 처음이었다. 오소리는 갈고리 같은 발톱이 달린 육중한 발을 바위틈으로 뻗고 있었다. 바위 사이에는 클라우드킷이 웅크리고 있었다.

"파이어하트! 도와주세요!"

클라우드킷이 울부짖었다.

파이어하트는 온몸의 털이 곤두서는 기분이었다. 그는 몸을 던지다시피 분지 아래쪽으로 내달렸다. 앞발은 공격 태세로 쭉 내뻗고 있었다. 바로 뒤에서 샌드스톰과 브래큰포가 바짝 쫓아오는 것이 느껴졌다. 파이어하트는 오소리의 옆구리를 발톱으로 할퀴었다. 그러자 거대한 짐승이 으르렁거리며 돌아서서 그를 물려고 달려들었다. 오소리는 날쌨다. 브래큰포가 옆에서 덤벼들어 오소리의 눈을 할퀴지 않았다면, 파이어하트는 붙잡혔을 것이다.

오소리가 고개를 휙 돌려, 샌드스톰이 깊숙이 베어 문 자신의 뒷다리를 보았다. 오소리는 거센 발길질로 그녀를 떼어 냈다. 샌드스톰은 눈 속에 뒹굴었다. 오소리는 으르렁대면서도 이제 뒤로 물러나고 있었다. 샌드스톰이 다시 벌떡 일어나 오소리에게 위협적인 소리를 냈다. 마침내 오소리는 돌아서서 골짜기 위로 도망갔다.

파이어하트는 클라우드킷을 향해 몸을 돌렸다.

"다쳤어?"

바위틈에서 기어 나온 클라우드킷은 걷잡을 수 없이 벌벌 떨고 있었다.

"아, 아뇨."

파이어하트는 그제야 마음을 놓았다.

"어떻게 된 거야? 브린들페이스는 어디 있어?"

"모르겠어요. 다 같이 놀고 있었는데, 돌아보니까 아무도 보이지 않았어요. 그래서 파이어하트를 찾으려고 이쪽으로 왔는데…… 오소리가 있었어요……."

클라우드킷이 겁에 질려 울부짖었다. 그리고 얼굴을 파묻고 웅크리고 앉았다.

파이어하트는 목을 뻗어 그를 핥아 주었다. 그때 샌드스톰이 말했다.

"파이어하트, 저길 봐."

파이어하트는 고개를 돌렸다. 옆으로 누운 브래큰포가 보였다. 뒷다리에서 피가 흘러내려 눈으로 스며들고 있었다.

"괜찮아요."

브래큰포는 끙끙거리며 말하고는 의연하게 일어서려고 애썼다.

"우리가 살펴볼 테니 가만히 있어 봐."

샌드스톰이 명령했다.

파이어하트는 서둘러 다가가서 상처를 살폈다. 길게 그어진 상처였지만, 다행히 깊지는 않았다. 게다가 피도 거의 멈춰 있었다.

"운이 좋았어. 별족에게 감사할 일이야."

파이어하트가 말했다.

"아까는 네가 날 구해 준 거야. 네가 아니었으면 심하게 물릴 뻔했어. 정말 용감했어, 브래큰포."

파이어하트의 칭찬에 훈련병의 눈이 반짝거렸다.

"그렇게 대단한 일도 아니었어요. 생각할 겨를도 없었거든요."

브래큰포가 휘청거리며 말했다.

"전사라도 너보다 잘 싸우지는 못했을 거야."

샌드스톰이 말했다.

"그런데 오소리가 대낮에 뭐 하는 거지? 그 녀석들은 밤에만 사냥하잖아."

"우리처럼 굶주렸나 보지."

파이어하트가 말했다.

"그런 게 아니면 클라우드킷처럼 덩치 큰 녀석을 공격하지도 않았을 거야."

그는 다시 클라우드킷에게 다가가 조심스럽게 일으켜 주었다.

"가자, 진영으로 데려다줄게."

샌드스톰은 브래큰포가 일어나는 것을 도와주었다. 그리고 분지 위쪽으로 올라가 골짜기를 향해 가는 동안 곁에서 함께 걸어갔다. 파이어하트는 바짝 달라붙어 있는 클라우드킷과 함께 뒤따라갔다.

골짜기에 다다르자, 브린들페이스가 클라우드킷의 이름을 미친 듯이 부르며 뛰어나왔다. 두려움에 휩싸인 그녀의 비명 소리를 듣고 다른 고양이들도 진영 밖으로 나오고 있었다. 러닝윈드와 더스트펠트의 모습도 보였다. 파이어하트는 그들을 뒤따라 나오는 타이거클로를 보고 가슴이 철렁 내려앉았다.

브린들페이스가 클라우드킷에게 달려와 걱정스럽게 온몸을 핥아 주었다.

"어디 있었던 거니? 사방으로 널 찾아다녔는데! 그렇게 도망가 버리면 안 돼."

그녀가 야단을 쳤다.

"도망간 게 아니에요!"

클라우드킷이 반발했다.

"무슨 일이지?"

타이거클로가 무리를 헤치고 앞으로 나왔다.

브린들페이스가 클라우드킷의 헝클어진 털을 핥아 주는 동안, 파이어하트가 부지도자에게 상황을 설명했다.

"오소리를 쫓아냈습니다. 브래큰포가 아주 용감하게 잘 싸웠습니다."

파이어하트가 말하는 내내 타이거클로는 사나운 호박색 눈으로 그를 노려보았다. 하지만 파이어하트는 당당하게 고개를 들고 있었다. 이번만큼은 어떤 죄책감도 느낄 필요가 없었다.

"너는 옐로팽에게 가서 다리를 보이는 게 좋겠다."

부지도자가 브래큰포에게 말했다.

"그리고 너는……."

타이거클로가 몸을 휙 돌려 클라우드킷에게 위협적으로 다가갔다.

"무슨 짓을 하고 있었던 거냐? 그렇게 위험한 상황을 만들다니! 전사들이 너를 구하러 다닐 만큼 한가한 줄 아느냐?"

클라우드킷이 귀를 납작하게 붙였다.

"죄송해요, 타이거클로. 일부러 위험한 짓을 하려던 건 아니었어요."

"일부러 그런 게 아니라고? 누가 그렇게 네 맘대로 돌아다니라고 가르쳤단 말이냐?"

"아직 새끼 고양이잖아요."

브린들페이스가 온화한 초록색 눈으로 부지도자를 바라보며 부드럽게 말했다.

"이 녀석은 이미 많은 문제를 일으켰어. 다른 새끼 고양이들이 말썽 부리는 걸 다 합쳐도 이 녀석을 따라가지 못할 정도지."

타이거클로가 이빨을 드러내고 으르렁거렸다.

"이제는 따끔하게 혼나야 해. 제대로 벌을 받아야 변하겠지."

파이어하트는 반대 의견을 낼 생각으로 입을 열었다. 이번만큼은 클라우드킷이 말썽을 부리려던 것이 아니었다. 브린들페이스의 곁에서 벗어난 것에 대한 벌이라면, 오소리 때문에 겁먹은 것만으로도 충분했다.

하지만 타이거클로의 말은 끝나지 않았다.

"넌 가서 원로들을 보살펴라. 더러운 잠자리를 치우고, 깨끗한 이끼를 가져다 드려. 싱싱한 먹이가 충분한지도 확인하고, 털에 있는 진드기도 잡아라."

"진드기라고요? 전 하지 않을 거예요! 왜 자기 진드기를 자기가 알아서 잡지 못하는 거죠?"

클라우드킷이 두려움도 잊고 펄쩍 뛰며 소리쳤다.

"원로들이니까!"

타이거클로가 말했다.

"넌 종족의 생활 방식에 대해 한참 더 배워야 한다. 훈련병이 되고 싶다면 말이다."

타이거클로가 클라우드킷을 쏘아보며 외쳤다.

"가거라. 그리고 그만하라고 할 때까지 계속 일하도록 해라."

클라우드킷은 잠시 반항적인 표정을 지었지만, 감히 타이거클로의 명령을 두 번 거역할 수는 없었다. 그는 이글거리는 푸른 눈으로 부지도자의 시선을 마주하다가 곧 굴길을 향해 달려갔다. 브린들페이스는 걱정스러운 한숨을 내쉬며 그 뒤를 쫓아갔다.

"애완 고양이를 종족에 들이는 건 좋은 생각이 아니라고 내가

늘 말했지."

타이거클로가 더스트펠트에게 으르렁거렸다. 말을 하면서도 눈은 계속 파이어하트를 노려보고 있었다. 마치 젊은 전사에게 어디 한번 반항해 보라고 부추기는 듯했다.

파이어하트는 고개를 돌렸다.

"가자, 브래큰포. 옐로팽에게 데려다줄게."

그는 분노를 삼키며 말했다. 굳이 싸움을 벌일 이유가 없기 때문이었다.

"난 가서 우리가 잡은 먹이를 찾아올게."

샌드스톰이 나섰다.

"오소리가 가져가면 안 되니까!"

샌드스톰은 다시 골짜기를 오르기 시작했다. 파이어하트는 그녀의 뒤에 대고 고맙다는 인사를 하고, 브래큰포와 함께 진영으로 향했다. 훈련병은 꽤 심하게 절룩거렸고, 매우 지쳐 보였다.

가시금작화 굴길에 다다른 파이어하트는 옐로팽과 나란히 나오는 브로큰테일을 보고 깜짝 놀랐다. 다크스트라이프와 롱테일이 뒤에 붙어서 그를 감시하고 있었다.

"브로큰테일을 이렇게 데리고 나오다니, 미친 짓이에요. 도망이라도 가면 어떡하려고."

롱테일이 투덜거렸다.

"도망간다고?"

옐로팽이 쉰 목소리로 말했다.

"너는 고슴도치도 날 수 있다고 생각하나 보지? 눈먼 고양이는

146

어디로도 도망갈 수 없다, 이 멍청한 털 뭉치야."

옐로팽이 반반한 바위에 쌓인 눈을 조심스럽게 치우고 브로큰테일을 안내했다. 브로큰테일은 해를 향해 앞이 보이지 않는 얼굴을 들고 공기 냄새를 맡았다.

"날씨가 좋구나."

옐로팽이 앙상한 회색 몸을 그에게 가까이 대며 중얼거렸다. 파이어하트는 옐로팽이 그렇게 부드럽게 말하는 걸 들어 본 적이 없었다.

"곧 눈이 녹을 테고, 그러면 새잎 돋는 계절이 올 거야. 통통한 먹잇감도 많아지겠지. 그때가 되면 너도 기분이 나아질 거야."

파이어하트는 옐로팽의 말을 들으며, 그녀가 브로큰테일의 어미라는 사실을 새삼 떠올렸다. 하지만 다른 고양이들은 그 사실을 알지 못했다. 심지어 브로큰테일조차 모르고 있었다. 그는 옐로팽의 친절한 말소리를 듣기는 한 건지, 아무런 반응이 없었다. 파이어하트는 치료사의 눈에 어린 고통에 마음이 저릿했다. 그녀는 브로큰테일을 낳자마자 다른 어미 고양이에게 보내야 했다. 치료사는 새끼를 갖는 것이 금지되어 있었기 때문이다. 그리고 그녀가 천둥족에 들어온 뒤에는 떠돌이 고양이들의 공격으로부터 종족을 지키기 위해 브로큰테일의 눈을 멀게 만들었다.

브로큰테일에게는 옐로팽이 여느 천둥족 고양이와 다를 바 없겠지만, 그녀는 여전히 그를 사랑하고 있었다. 파이어하트는 그녀가 너무 안쓰러워 소리를 내지를 뻔했다.

"타이거클로에게 말해야겠어. 그는 포로가 진영을 떠나도 좋다는 명령을 내린 적이 없단 말이야."

다크스트라이프가 고양이들이 앉아 있는 바위 아래에서 서성거리며 야단스럽게 말했다.

파이어하트는 다크스트라이프에게 걸어가 그의 얼굴에 주둥이를 들이밀며 쏘아붙였다.

"종족의 지도자는 블루스타가 아닌가요? 그리고 블루스타가 둘 중 누구 말을 들을 거라 생각해요? 당신? 아니면 치료사?"

다크스트라이프는 뒷다리로 버티고 일어서서, 입술을 뒤로 죽 당겨 송곳니를 드러냈다. 뒤쪽에서 브래큰포가 쉭쉭거리며 위험을 알리는 소리가 들렸다. 파이어하트는 선배 전사의 공격에 대비해 바짝 긴장했다. 그러나 싸움이 벌어지기 전에 옐로팽이 사납게 으르렁거리며 끼어들었다.

"멍청한 짓들은 그만둬! 브래큰포는 어떻게 된 거냐?"

걱정스럽게 주름진 그녀의 넓적한 얼굴이 바위 가장자리에서 나타났다.

"오소리가 할퀴었어요."

파이어하트는 다크스트라이프를 흘깃 보며 대답했다.

나이 든 치료사는 뻣뻣한 다리로 바위에서 뛰어 내려와, 브래큰포의 다리에 난 상처를 킁킁거리며 살폈다.

"죽진 않겠네."

옐로팽이 툴툴거리듯 말했다.

"내 거처로 가 봐라. 신더포가 상처에 붙일 약초를 줄 게다."

"고맙습니다, 옐로팽."

브래큰포는 인사를 하고 절뚝거리며 자리를 떴다.

파이어하트도 뒤를 따랐다. 그는 가시금작화 굴길에 들어서기 전에 뒤를 돌아보았다. 바위로 다시 올라간 옐로팽은 브로큰테일에게 옆구리를 바짝 붙이고 앉아 부드럽게 그의 털을 핥아 주고 있었다. 파이어하트는 어미 고양이가 새끼를 어를 때 내는 조용한 소리를 들을 수 있었다.

하지만 브로큰테일은 전혀 반응이 없었다. 그는 옐로팽과 혀를 나누지도 않았고, 심지어 그녀를 향해 고개조차 돌리지 않았다.

파이어하트는 슬픈 마음으로 굴길로 들어섰다. 어미와 새끼 고양이만큼 견고한 관계는 없다. 옐로팽은 여전히 브로큰테일에게 끈끈한 유대감을 느끼는 것이 분명했다. 아버지를 죽이고, 잔혹한 통치로 자신의 종족을 파괴하고, 떠돌이 고양이들과 함께 천둥족을 공격해서 불행과 슬픔을 몰고 온 브로큰테일이지만, 옐로팽의 마음 한편에서 그는 여전히 새끼 고양이였던 것이다.

파이어하트는 의아한 생각이 들었다. 그렇다면 미스티풋과 스톤퍼는 어떻게 어미와 떨어지게 된 것일까? 오크하트는 왜 그들을 강족으로 데리고 간 것일까? 그리고 천둥족 고양이들은 왜 그들을 찾으려고 하지 않았을까?

9

낯선 냄새

옐로팽의 거처에서 신더포가 브래큰포의 다리를 살펴보고 상처에 붙일 약을 가져오는 동안, 파이어하트는 신더포에게 무슨 일이 있었는지 설명해 주었다.

"오늘은 여기서 쉬는 게 좋겠어. 하루 이틀 정도면 다리는 다시 좋아질 거야."

신더포가 훈련병에게 말했다. 그녀의 다리는 결코 브래큰포처럼 회복될 수 없었지만, 다른 감정 없이 명랑한 목소리였다. 신더포가 파이어하트를 돌아보며 덧붙였다.

"방금 클라우드킷이 왔다 갔어요. 원로들의 진드기를 잡으러 간다길래 쥐 쓸개즙을 줬어요."

"그건 뭐에 쓰는 건데?"

브래큰포가 물었다.

"진드기한테 묻히면 금방 떨어져 나가."

신더포가 대답했다. 그녀의 푸른 눈이 재미있다는 듯 반짝였다.

"하지만 쓸개즙을 만진 다음에 발을 핥으면 안 돼. 냄새가 아주

고약하거든."

"클라우드킷은 즐겁게 일을 하고 있을 거야."

파이어하트는 얼굴을 찡그리며 말했다.

"타이거클로가 그런 일로 벌을 주다니 안됐긴 하지. 오소리한테 공격당했다고 해서 그 녀석이 잘못한 건 아니잖아."

신더포가 어깨를 으쓱했다.

"타이거클로에게는 그런 말이 통하지 않죠."

"맞아."

파이어하트가 동의했다.

"어쨌든 난 가서 클라우드킷이 잘하고 있는지 봐야겠어."

원로들의 거처에 들어선 파이어하트는 고약한 쥐 쓸개즙 냄새에 코를 찡그렸다. 클라우드킷은 옆으로 누운 스몰이어의 회색털을 뒤지며 진드기를 찾고 있었다. 뒷다리에 쓸개즙을 조금 바르자 원로 고양이가 몸을 움찔했다.

"조심해야지! 발톱은 집어넣고 하라니까!"

"집어넣고 있어요."

클라우드킷이 얼굴을 찌푸리고 중얼거렸다.

"자, 다 끝났어요, 스몰이어."

열심히 구경하고 있던 대플테일이 파이어하트를 흘깃 보더니 말했다.

"네 혈육이 꽤 쓸모가 있구나, 파이어하트."

새끼 고양이가 쓸개즙에 적신 이끼를 가지고 다가오자 그녀가 재빨리 말했다.

"아니야, 클라우드킷. 나는 진드기가 없단다. 그리고 나라면 원아이는 깨우지 않을 거야."

대플테일이 쓰러진 나무 옆에서 몸을 말고 잠들어 있는 원로 고양이를 향해 고갯짓을 했다.

"자는 걸 깨우면 달가워하지 않을 테니까."

클라우드킷은 만족스러운 얼굴로 주변을 둘러보았다. 이제 다른 원로는 없었다.

"그럼 저는 가도 돼요?"

"원아이의 진드기는 나중에 잡아 드리도록 해."

파이어하트가 말했다.

"그나저나 더러운 잠자리는 당장 치우는 게 좋겠어. 어서, 내가 도와줄게."

"새 잠자리는 보송보송하게 마른 걸로 준비해야 해!"

스몰이어가 외쳤다.

파이어하트와 클라우드킷은 오래된 이끼와 히스를 긁어내어 여러 번에 걸쳐서 진영 밖으로 날랐다. 파이어하트는 클라우드킷에게 눈에다 발을 문질러서 쥐 쓸개즙을 닦아 내는 방법을 보여 주었다.

"이제 가서 새 이끼를 가져오자. 내가 좋은 장소를 알아."

"너무 힘들어요. 이런 일은 하기 싫단 말이에요."

클라우드킷이 파이어하트의 뒤를 따르며 투덜거렸다.

"안됐구나. 하기 싫어도 해야 되니까."

파이어하트가 따끔하게 말했다.

"기운 내. 더 심한 벌을 받을 수도 있었어. 내가 훈련병일 때 옐로팽을 혼자 보살폈다는 말을 했었나?"

"옐로팽을요?"

클라우드킷의 눈이 휘둥그레졌다.

"세상에! 옐로팽은 아주 심술궂었을 것 같아요. 혹시 할퀴기도 했나요?"

"말로만 그랬어. 그것만으로도 무척 아프긴 했지만!"

클라우드킷이 킥킥 웃는 소리를 냈다. 다행히 그는 더 이상 불평하지 않았다. 이끼가 두껍게 자란 곳에 도착하자, 클라우드킷은 눈 속에서 열심히 이끼를 파내며 제 몫을 해냈다. 그리고 파이어하트가 알려 주는 대로 큰 물방울들을 털어 냈다.

그들은 이끼를 잔뜩 물고 진영으로 돌아왔다. 파이어하트는 고양이 하나가 가시금작화 굴길을 빠져나와 골짜기를 올라가는 모습을 보았다. 육중한 몸집과 줄무늬 털가죽을 보니 틀림없는 타이거클로였다.

파이어하트는 눈을 가늘게 떴다. 부지도자는 은밀하게 주변을 살피며 굴길에서 나왔고, 최대한 신속하게 골짜기 너머로 사라졌다. 뭔가 석연치 않은 모습이었다.

"클라우드킷."

파이어하트는 이끼 뭉치를 바닥에 내려놓으며 말했다.

"우선 그 이끼를 원로들의 거처에 가져다 놓고, 다시 와서 이것도 마저 가지고 가. 난 할 일이 좀 있어서."

클라우드킷은 입에 이끼를 문 채 알았다고 대답하고 굴길로 향했다. 파이어하트는 돌아서서 비탈을 달려 올라갔다.

부지도자는 보이지 않았지만, 냄새 흔적과 눈에 남은 커다란 발자국 덕분에 어렵지 않게 따라갈 수 있었다. 파이어하트는 타이거클로가 자신을 보거나 냄새를 맡지 못하도록, 너무 바짝 따라가지 않으려고 조심했다.

냄새 흔적은 '큰 소나무 숲'을 지나쳐 '나무 쪼개는 곳'으로 이어졌다. 파이어하트는 문득 타이거클로가 두발쟁이 영역으로 향하고 있다는 것을 깨달았다. 그는 두려움으로 가슴이 두근거렸다. 부지도자는 혹시 그의 누이인 프린세스를 찾으러 가는 것일까? 클라우드킷에게 화가 난 나머지 어미 고양이를 해치려는 것일지도 몰랐다. 파이어하트는 종족에게 프린세스가 정확히 어디에 사는지 말한 적이 없었다. 하지만 클라우드킷의 냄새를 아는 이상, 그녀의 냄새를 찾아내는 것도 불가능한 일은 아니었다. 파이어하트는 자세를 낮추고 소리를 내지 않으려고 조심하며 이동했다. 가시금작화 덤불 사이로 구불구불 이어진 타이거클로의 흔적을 따라가던 그의 눈에 움직임 하나가 포착되었다. 덤불 아래를 돌아다니는 쥐였다.

파이어하트는 가던 길을 멈추고 사냥을 하고 싶지는 않았다. 하지만 지금 이 쥐는 잡아 달라고 애원하는 것이나 마찬가지였다. 파이어하트는 본능적으로 사냥 자세로 몸을 낮추고 슬금슬금 다가가다가 먹잇감을 덮쳤다. 그는 잡은 먹잇감을 눈 속에 묻어두었다. 그런 다음 다시 타이거클로를 따라가기 시작했다. 파이어하트는 이번에는 좀 더 빨리 움직였다. 지체하는 사이에 부지도자가 무슨 짓을 했을지 걱정스러웠다.

쓰러진 나무 그루터기를 돌아가던 그는 반대쪽에서 돌아 나오는 타이거클로와 거의 부딪칠 뻔했다.

부지도자는 깜짝 놀라 뒷발로 버티고 서서 으르렁댔다.

"쥐 대가리 같으니라고! 여기서 뭘 하는 거지?"

파이어하트는 일단 마음이 놓였다. 타이거클로가 두발쟁이 영역에 가서 프린세스를 해치고 오기에는 불가능한 시간이었다. 파이어하트는 부지도자가 의심을 가득 품은 눈으로 자신을 노려보고 있다는 것을 알아차렸다.

'내가 뒤쫓고 있었다는 걸 들켜서는 안 돼.'

파이어하트는 생각했다.

"저…… 저는 클라우드킷에게 잠자리로 쓸 이끼를 찾기 좋은 장소를 알려 주려고 나왔습니다."

파이어하트는 더듬거리며 말했다.

"그러다가 잠깐 사냥을 해 볼까 싶어서 여기까지 왔어요."

"먹이라고는 전혀 보이지 않는데!"

타이거클로가 으르렁댔다.

"저 뒤쪽에 묻어 놨어요."

파이어하트는 고개를 돌려서 자신이 지나온 방향을 가리켰다.

부지도자가 눈을 가늘게 떴다.

"어디 한번 보자."

파이어하트는 타이거클로가 자신을 믿지 않는 것에 화가 나긴 했지만, 운 좋게 먹이를 잡아 놓았다는 사실이 무척 다행스러웠다. 그는 앞장서서 왔던 길을 되돌아갔다. 그리고 방금 덮어 둔 눈을 파헤치고 쥐를 보여 주었다.

"만족하세요?"

부지도자는 인상을 찌푸렸다. 파이어하트는 그의 생각을 읽을 수 있었다. 그는 무엇으로든 파이어하트를 혼내고 싶어 안달이 나 있었지만, 이번만은 뜻대로 되지 않은 것이다.

마침내 타이거클로가 으르렁대며 말했다.

"그럼 사냥을 계속해라!"

타이거클로는 고개를 숙여 파이어하트가 잡은 쥐를 집어 물고, 진영을 향해 걸어갔다.

파이어하트는 그가 가는 모습을 지켜보다가, 다시 냄새 흔적을 따라 두발쟁이 영역을 향해 달려가기 시작했다. 적어도 타이거클로가 어디 있었는지는 알아낼 수 있을 것 같았다. 그는 이따금 뒤에서 나는 소리에 귀를 기울였다. 타이거클로라면 방향을 돌려서 그를 뒤쫓아 오고도 남으리라는 생각이 들었던 것이다. 하지만 아무런 소리도 들리지 않았다. 파이어하트는 차츰 긴장을 늦추기 시작했다.

타이거클로의 냄새는 두발쟁이 영역을 둘러싼 울타리 근처에서 끝났다. 파이어하트는 이리저리 오가며 근처 땅을 살폈다. 눈 위를 마구 휘젓고 다닌 발자국들이 너무 많아서 구분해 내기가 힘들었다. 여러 가지 낯선 냄새들도 풍겼다. 고양이 여럿이 얼마 전까지 여기 있었던 것이다.

파이어하트는 코를 찡그렸다. 고양이들의 냄새는 죽은 지 오래

된 먹잇감과 두발쟁이들의 쓰레기에서 나는 냄새와 함께 뒤죽박죽 섞여 있었다. 타이거클로의 냄새를 제외하면 다른 고양이들의 냄새는 분간할 수가 없었다. 파이어하트는 앉아서 발을 닦으며 곰곰이 생각해 보았다. 타이거클로가 낯선 냄새를 풍기는 고양이들을 만난 것인지, 아니면 그들의 흔적이 남아 있는 곳을 우연히 지나간 것뿐인지는 알아낼 방법이 없었다. 파이어하트가 진영으로 막 출발하려고 할 때, 뒤에서 목소리가 들렸다.

"파이어하트! 파이어하트!"

그는 벌떡 일어나 뒤를 돌아보았다. 두발쟁이 정원 끄트머리에 있는 울타리에 프린세스가 앉아 있었다. 파이어하트는 재빨리 울타리로 달려가 그녀의 옆으로 뛰어올랐다.

프린세스는 목이 잠긴 듯 가르랑거리다가, 얼굴을 맞대고 비볐다.

"파이어하트, 너무 말랐잖아! 먹이는 충분히 먹고 있는 거야?"

"아니, 종족 고양이들 중 누구도 충분히 먹지 못해. 이런 날씨에는 먹이가 아주 귀하거든."

파이어하트는 솔직히 대답했다.

"지금 배고파?"

누이가 물었다.

"내 보금자리에 먹이가 있는데, 먹고 싶으면 먹어도 돼."

잠깐 동안 파이어하트는 먹고 싶다는 유혹을 느꼈다. 직접 잡지 않아도 되는 먹이로 배를 채울 생각을 하니 입에 침이 고였다. 하지만 그럴 수는 없는 일이었다. 온몸에 두발쟁이 냄새를 풍기며 진영으로 돌아갈 수는 없었다. 또 종족을 먹이기 전에 먼저 먹는 것은 전사의 규약에 어긋나는 일이었다.

"고마워, 프린세스. 하지만 그럴 수는 없어."

"클라우드킷은 잘 먹고 있겠지? 잘 지내는지 궁금해서 며칠째 널 기다리고 있었어."

프린세스가 걱정스럽게 말했다.

"잘 지내고 있어. 곧 훈련병이 될 거야."

프린세스의 눈이 자부심으로 빛났다. 파이어하트는 어쩐지 자신이 없어서 털이 쭈뼛 섰다. 그는 누이가 가장 처음 낳은 새끼 고양이를 종족으로 보낸 것이 얼마나 큰 결단이었는지 잘 알고 있었다. 누이에게 새끼 고양이가 종족에 잘 적응하고 있다는 확실한 믿음을 주어야 했다.

"클라우드킷은 힘이 세고 용감해. 그리고 영리하고."

파이어하트는 누이에게 말해 주고는 속으로 덧붙였다.

'그리고 시끄럽고, 버릇없고, 건방지지.'

하지만 클라우드킷이 자라서 종족의 방식에 익숙해지면 틀림없이 빠르게 배워 나갈 것이다.

"분명히 훌륭한 전사가 될 거야."

"당연하지. 네가 가르칠 텐데."

프린세스가 가르랑거렸다.

파이어하트는 당황스러워서 귀를 씰룩거렸다. 프린세스는 그가 쉽게 전사가 된 줄 알고 있었다. 종족 안에서 그가 겪고 있는 문제들에 대해 그녀는 알지 못했다. 그리고 종족과 관련해서 그가 옳은 결정을 내리는 것이 얼마나 힘든지도 모르고 있었다.

"난 이제 가야 해. 곧 다시 올게. 그리고 새잎 돋는 계절이 오면 클라우드킷도 데려올게."

파이어하트는 프린세스를 다정하게 핥아 주며 작별 인사를 하고 자리를 떴다. 프린세스는 사랑하는 새끼를 다시 볼 수 있다는 기대감에 더욱 힘껏 가르랑거렸다.

파이어하트는 타이거클로의 냄새를 따라 진영으로 돌아가며, 혹시 먹잇감이 없는지 살폈다. 타이거클로에게 사냥을 한다고 말했으니, 그럴싸한 먹이를 잡아 가면 좋을 것 같았다. 차츰 낯선 소리가 그의 귀에 들어왔다. 멈춰 서서 한동안 생각한 끝에야 무슨 소리인지 알 수 있었다. 어디선가 물방울이 떨어지고 있었다. 주변을 둘러보니, 은빛 물방울이 가시나무 가지 끝에 매달려 있었다. 물방울은 점점 커지면서 햇빛에 반짝이다가, 눈 위로 떨어져 조그만 구멍을 만들었다.

파이어하트는 고개를 들어 보았다. 여기저기서 물방울들이 후두두 떨어지는 소리가 들렸고, 따스한 바람이 털을 헝클어 놓았다. 혹독했던 잎 없는 계절이 끝나 가고 있음을 깨닫자, 파이어하트의 마음속에 기쁨이 밀려들었다. 곧 새잎 돋는 계절이 오고, 먹이도 다시 풍성해지리라. 해빙기가 시작된 것이다!

10

해빙기

진영으로 돌아온 파이어하트는 블루스타가 보육실을 나서는 모습을 보았다. 그는 잡아 온 먹잇감을 재빨리 먹이 더미에 놓아 두고, 지도자에게 걸어갔다.

"파이어하트, 무슨 일이지?"

지도자가 물었다. 그녀의 목소리는 차분했지만 가라앉아 있었다. 쌀쌀맞은 태도로 보아, 잃어버린 천둥족 새끼 고양이들에 대해 물어본 것 때문에 아직 그를 용서하지 않은 게 분명했다.

파이어하트는 공손하게 머리를 숙였다.

"블루스타, 제가 두발쟁이 영역 근처에서 사냥을 하고 있었는데……"

"왜 하필 거기지?"

블루스타가 말을 끊었다.

"가끔은 네가 두발쟁이 영역 근처에서 너무 많은 시간을 보낸다는 생각이 드는구나."

"저는 단지 그곳에 먹잇감이 있을 것 같아서……"

파이어하트는 더듬거리며 말했다.

"아무튼 거기서 낯선 고양이들의 냄새를 맡았습니다."

블루스타는 즉각 경계심을 보였다. 그녀는 귀를 쫑긋 세우고 파이어하트에게 시선을 고정했다.

"몇이나 됐지? 어느 종족이었느냐?"

"몇인지는 확실하지 않습니다. 적어도 대여섯은 되는 것 같았어요. 하지만 어느 종족의 냄새도 나지 않았습니다."

파이어하트는 기억을 떠올리며 코를 찡그렸다.

"썩은 고기 냄새가 났거든요. 그러니까 틀림없이 애완 고양이들도 아니에요."

블루스타는 생각에 잠긴 표정이었다. 다행히도 파이어하트를 향한 반감은 사라진 것 같았다.

"냄새는 얼마나 된 거였지?"

"꽤 최근에 남긴 냄새였어요. 하지만 거기서 고양이는 보지 못했습니다."

'타이거클로를 빼면요.'

그는 속으로 덧붙였다. 블루스타에게 타이거클로를 만난 이야기는 하지 않을 작정이었다. 지도자는 부지도자가 수상하다는 이야기를 더 이상 들어 줄 마음이 없어 보였다. 게다가 타이거클로가 그 낯선 고양이들과 연관되어 있다는 어떤 증거도 없었다.

"두발쟁이 영역에서 온 떠돌이들일지도 모르지."

블루스타가 추측했다.

"고맙다, 파이어하트. 순찰대에게 그쪽을 잘 살피라고 말해 두겠다. 그 고양이들이 천둥족에게 위협이 되진 않겠지만, 조심해서 나쁠 건 없겠지."

파이어하트는 입에 들쥐 한 마리를 단단히 물고 진영을 향해 걸어갔다. 푸른 하늘에서 해가 눈부시게 빛나고 있었다. 프린세스를 만난 지도 벌써 이틀이 지났고, 그사이 눈은 대부분 녹았다. 꽃봉오리가 볼록하게 차오르고, 조그만 초록 잎사귀들이 안개처럼 나무를 뒤덮기 시작했다. 더 중요한 것은 숲에 먹잇감이 다시 나타나고 있다는 사실이었다. 싱싱한 먹이 더미를 채우는 일은 한결 수월해졌고, 몇 달 만에 처음으로 종족 고양이들은 배불리 먹을 수 있었다.

파이어하트가 공터에 도착해 보니, 어미 고양이들이 보육실의 오래된 잠자리를 긁어서 밖으로 치우고 있었다. 그는 잡아 온 먹이를 싱싱한 먹이 더미에 내려놓고 어미 고양이들을 도우러 갔다. 클라우드킷도 돕고 있는 모습을 보니 기분이 좋았다.

"제가 다른 새끼 고양이들에게 이끼가 많은 장소를 알려 주려고요!"

클라우드킷이 이끼를 잔뜩 물고 비틀비틀 지나가며 말했다.

"좋은 생각이야."

파이어하트는 맞장구를 쳐 주었다. 클라우드킷은 타이거클로가 내린 벌이 끝난 뒤로도 계속 원로들을 돕고 있었다. 어쩌면 자신을 받아들여 준 종족에 대한 충성심 같은 걸 느끼게 되었는지도 모른다.

"오소리 조심하고!"

바로 그때 골든플라워가 더러워진 이끼 뭉치를 앞으로 밀면서 보육실에서 나왔다. 새끼를 품고 있는 그녀의 배가 둥그스름했다.

"안녕, 파이어하트? 다시 해를 보니 좋지 않아?"

파이어하트는 어미 고양이의 어깨를 다정하게 핥아 주었다.

"곧 새잎 돋는 계절이 올 거예요. 새끼 고양이들이 태어날 때에 딱 맞춰서요. 만약에……."

그는 뒤에서 자신의 이름을 부르는 타이거클로의 목소리에 말을 멈추고 몸을 돌렸다.

"파이어하트, 그렇게 서서 어미 고양이들과 수다나 떨고 있을 거라면, 너에게 할 일을 주겠다."

파이어하트는 화가 났지만 꾹 참았다. 그는 아침 내내 사냥을 했고, 골든플라워와 이야기를 하느라 아주 잠깐 쉬었을 뿐이다.

"순찰대를 데리고 강족 경계 지역을 돌고 오너라."

부지도자가 말했다.

"며칠 동안 아무도 그쪽으로 가 보지 않았다. 이제 눈이 녹았으니 냄새 표시를 다시 남겨야 한다. 그리고 강족 고양이가 우리 영역에서 사냥하지 못하도록 철저히 확인하고. 만약 그런 일이 생기면 어떻게 해야 하는지는 알겠지?"

"네, 타이거클로."

파이어하트는 순순히 대답했다. 타이거클로가 그에게 순찰대를 이끌라고 하다니, 고슴도치가 하늘을 날 일이었다! 그러다 문득 깨달았다. 타이거클로는 종족 모두가 보는 앞에서 그에게 적대적으로 행동할 만큼 어리석지는 않다는 사실을. 혹시 블루스타가 눈치채는 일이 없도록, 부지도자는 그를 여느 종족 전사들과 똑같이 대하려고 주의하고 있었다.

'하지만 난 당신을 믿지 않아!'

파이어하트는 속으로 생각했다.

"누구를 데려갈까요?"

"좋을 대로. 설마 내가 그것까지 정해 줘야 하나?"

타이거클로가 비웃듯이 말했다.

"아닙니다, 타이거클로."

파이어하트는 가까스로 하고 싶은 말을 참았다. 부지도자의 흉터 난 주둥이에 발톱을 휘두르고 싶은 마음이 간절했다. 그는 골든플라워에게 황급히 인사를 하고 전사들의 거처로 향했다. 샌드스톰이 옆으로 누워 열심히 몸을 닦고 있었고, 그레이스트라이프와 러닝윈드는 근처에서 혀를 나누고 있었다.

"함께 순찰 나가실 분? 타이거클로가 강족 경계를 확인해 보라는군요."

파이어하트가 큰 소리로 말했다.

강족이란 말에 그레이스트라이프가 곧바로 일어났고, 러닝윈드도 천천히 일어섰다. 샌드스톰은 몸단장을 멈추고 파이어하트를 올려다보았다.

"이제 좀 편히 쉴까 했더니! 새벽부터 계속 사냥했단 말이야."

투덜대기는 했지만 샌드스톰의 목소리는 사근사근했다. 파이어하트가 처음 종족에 들어왔을 때 쌀쌀맞게 굴었던 것과는 전혀 달랐다. 그녀는 곧바로 일어나서 몸을 털었다.

"알았어. 앞장서."

"브래큰포는 어떻게 하지? 데리고 갈까?"

파이어하트는 그레이스트라이프에게 물었다.

"화이트스톰과 마우스퍼가 훈련병들을 데리고 나갔어. 훈련병을 다 데려가다니, 어리석은 생각이지! 어쨌든 원로들에게 드릴 싱싱한 먹이를 잡으러 갔어."

러닝윈드가 설명했다.

파이어하트는 앞장서서 진영을 나섰다. 골짜기를 오르니 발이 근질거렸다. 발을 얼려 버릴 것 같은 눈이 없는 곳에서 실컷 달려 보는 게 몇 달 만인지 몰랐다. 이제 근육을 좀 풀어 주고 싶었다.

"해 드는 바위 쪽으로 가겠습니다. 그리고 경계를 따라 나무 네 그루까지 가면 됩니다."

파이어하트는 나무 사이를 빠른 걸음으로 내달렸다. 하지만 이제 막 펴지기 시작하는 고사리 잎사귀의 눈부신 초록빛이나, 앵초의 첫 꽃망울이 푸른 싹을 밀어내며 나오는 모습은 놓치지 않았다. 새소리가 울려 퍼지고, 새로 자라나는 것들의 생생한 냄새가 공기를 채웠다.

숲 끄트머리에 도착하자 그는 속도를 늦췄다. 앞쪽에서는 마침내 얼음의 굴레에서 벗어난 강물이 흐르는 소리가 들렸다.

"경계에 거의 다 왔습니다. 여기서부터는 바짝 긴장해야 해요. 주변에 강족 고양이들이 있을지도 몰라요."

파이어하트는 조용히 말했다.

그레이스트라이프가 걸음을 멈추고 입을 벌려 바람에 실려 온 냄새를 들이켰다.

"아무 냄새도 나지 않아."

파이어하트는 실버스트림이 근처에 없어서 친구가 실망한 건 아닌지 궁금했다.

"게다가 이제 강이 녹았으니 강족도 먹이가 풍족할 거야. 왜 굳이 우리 먹이를 훔치려 들겠어?"

그레이스트라이프가 말했다.

"강족은 무슨 짓이든 하고도 남지. 잘 지키고 있지 않으면 네 털도 홀랑 벗겨 가 버릴 거라고."

러닝윈드가 으르렁댔다.

"그럼 서두르죠."

파이어하트는 그레이스트라이프가 털을 곤두세우는 모습을 보고 황급히 말했다. 친구가 둘로 나뉜 충성심을 들킬 만한 말을 하기 전에 주의를 돌리려는 것이었다.

"어서 가자."

파이어하트는 나머지 숲 지대를 달려갔다. 탁 트인 땅으로 나간 그는 미끄러지듯 멈춰 설 수밖에 없었다. 꿈의 기억이 천둥처럼 머리를 내리쳤다.

그들 앞에서 땅은 완만하게 내리막을 이루며 강으로, 아니 한때 강이었던 곳으로 이어지고 있었다. 녹아내리는 눈 때문에 불어난 물이 빠르게 흐르면서 강기슭을 무너뜨리고 솟구쳤다. 그 물은 파이어하트가 발을 딛고 있는 곳에서 겨우 토끼 하나 정도 떨어진 풀밭까지 밀어닥쳤다. 물 위로 갈대 끝만 간신히 드러나 있었다. 저 멀리 상류에서는 해 드는 바위가 반짝이는 은빛 호수 가운데 떠 있는 회색 섬으로 변해 있었다.

　해빙기가 온 것이 분명했다. 하지만 이번에는 홍수가 난 것이었다.

11
홍수의 위협

"별족이시여!"

샌드스톰이 놀라서 숨을 들이켰다.

다른 고양이들도 놀라 소리를 질렀다. 하지만 파이어하트는 두려움에 사로잡혀 말을 잃었다. 반짝거리며 넓게 펼쳐진 물을 보자, 스파티드리프의 불길한 예언이 떠올랐다.

"물이 불을 끌 수 있어."

이 홍수가 그의 종족을 위협할 거라는 생각이 들자, 파이어하트는 온몸이 오싹해졌다. 그 바람에 그레이스트라이프가 커다란 회색 몸을 바짝 기대 올 때까지도, 친구가 보내는 신호를 알아채지 못했다. 그레이스트라이프의 호박색 눈에는 공포가 서려 있었다. 그 이유는 물을 필요도 없었다. 친구는 실버스트림을 걱정하고 있는 것이었다.

강족의 영역에 있는 강기슭은 지대가 더 낮아서, 넘친 물이 훨씬 더 멀리까지 밀려갔을 것이다. 파이어하트는 섬에 있는 강족의 진영은 얼마나 물에 잠겼을지 염려스러웠다. 골치 아픈 문제가 있긴 했지만 그는 실버스트림이 좋아지고 있었다. 그리고 미스티풋과 그레이풀에게도 존경심을 느끼고 있었다. 그들이 모두 진영 밖으로 밀려나거나, 더 심하게는 물에 빠져 죽는 일은 상상하기도 싫었다.

러닝윈드가 물가로 걸어가 강 건너편을 바라보며 말했다.

"강족이 좋아하지 않겠는걸. 그래도 우리 영역을 침범하진 못할 테니 그건 다행이네."

파이어하트는 흡족해하는 러닝윈드의 목소리에 그레이스트라이프가 바짝 긴장하는 것을 느꼈다. 그는 친구에게 눈빛으로 주의를 주었다.

"지금은 순찰을 할 수 없겠네요."

파이어하트가 말했다.

"진영으로 돌아가서 보고해야겠어요. 가자, 그레이스트라이프."

그는 불어난 강물 건너편을 걱정스럽게 바라보는 친구에게 단호하게 말했다.

블루스타는 소식을 듣자마자 높은 바위에 뛰어올라 익숙한 소집 명령을 외쳤다.

"제 힘으로 먹이를 잡을 수 있는 나이가 된 모든 고양이들은 여기 높은 바위 아래로 와서 종족 회의에 참석하십시오!"

고양이들이 즉각 거처에서 쏟아져 나와 공터로 모여들었다. 파이어하트는 무리 앞쪽에 자리를 잡았다. 클라우드킷이 브린들페이스를 따라 보육실에서 나오는 모습이 보였다. 하지만 클라우드킷은 회의에 참석하기에는 아직 어렸기 때문에 파이어하트는 좀 성가시다는 생각이 들었다. 옐로팽과 신더포는 고사리 굴길 입구에서 귀를 기울이고 있었다. 심지어 브로큰테일도 마우스퍼에게 이끌려 거처에서 나타났다.

환한 아침이 끝나 가고 있었다. 구름이 잔뜩 모여들어 해를 가렸고, 살랑이던 바람은 거센 바람으로 변해 공터에 휘몰아쳤다. 바람은 높은 바위 주변에 웅크리고 있던 고양이들의 털을 반반하게 눕혔다. 파이어하트는 몸이 덜덜 떨렸다. 그것이 추위 때문인지, 아니면 불안감 때문인지 알 수 없었다.

"천둥족의 고양이들이여."

블루스타가 말했다.

"우리 진영이 위험해질지도 모릅니다. 눈은 녹았지만 강물이 넘쳐 둑을 무너뜨렸습니다. 우리 영역의 일부는 이미 물에 잠겼습니다."

고양이들은 걱정에 휩싸여 웅성거렸다. 블루스타가 목소리를 높여 외쳤다.

"파이어하트, 종족에게 네가 본 것을 보고해라."

파이어하트는 일어서서, 강물이 해 드는 바위 근처를 덮친 모습을 설명했다. 파이어하트가 설명을 마치자, 다크스트라이프가 목소리를 높여 말했다.

"우리에겐 그다지 위험한 것 같지 않습니다. 사냥을 할 수 있는 영역도 많이 남아 있고요. 홍수는 강족이나 걱정하게 놔두자고요."

여기저기서 동의하는 말소리가 터져 나왔지만, 타이거클로는

170

잠자코 있었다. 그는 높은 바위 밑에 앉아서 꼬리 끝만 씰룩거릴 뿐 거의 움직이지 않고 있었다.

"조용히!"

블루스타가 외쳤다.

"물은 우리가 알지 못하는 사이에 이곳까지 넘쳐 올 수 있습니다. 이건 종족 간의 경쟁보다 더 중대한 일입니다. 이번 홍수로 강족 고양이들이 목숨을 잃었다는 소식은 듣고 싶지 않습니다."

파이어하트는 블루스타의 눈이 뜨겁게 타오르는 것을 보았다. 그녀의 말에는 겉으로 드러난 것보다 더 많은 의미가 담겨 있는 듯했다. 파이어하트가 강족 전사들과 이야기를 나눈 일로 블루스타가 얼마나 화를 냈었는지 생각해 보면 의아한 일이었다. 지금 그녀가 보이는 격한 감정은 마음속 깊숙이 흐르는 연민을 말해 주고 있었다.

패치펠트가 원로들 사이에서 목소리를 높였다.

"지난번에 강물이 범람했을 때가 기억나는군요. 여러 달 전이었죠. 모든 종족에서 고양이들이 물에 빠져서 목숨을 잃었어요. 먹잇감들도 마찬가지고요. 우리는 발은 적시지 않았지만 굶주려야 했지요. 이건 강족만의 문제가 아니에요."

"잘 말해 주었습니다, 패치펠트."

블루스타가 말을 받았다.

"나도 그때를 기억하고 있습니다. 그런 일은 다시는 겪지 않기를 바랍니다. 상황이 이렇게 된 이상 명령을 내리겠습니다. 누구도 혼자 밖으로 나가서는 안 됩니다. 새끼 고양이들과 훈련병들은 적어도 전사 하나가 동행해야만 진영을 나갈 수 있습니다. 순찰대는 물이 얼마나 찼는지 확인하러 나가야 합니다. 타이거클로, 자네가 이 일을 맡아 주게."

"네, 블루스타."

부지도자가 대답했다.

"사냥조도 내보내겠습니다. 물이 더 밀려들기 전에 먹이를 비축해 두어야 합니다."

"좋은 생각일세."

블루스타가 동의했다. 그녀는 다시 한 번 목소리를 높여 종족 전체에게 말했다.

"회의는 끝났습니다. 각자 맡은 임무로 돌아가십시오."

블루스타는 높은 바위에서 가볍게 뛰어내려, 패치펠트와 다른 원로들에게 걸어갔다.

파이어하트는 타이거클로가 자신을 순찰대로 선발하지 않을까 기다렸다. 그때 그레이스트라이프가 무리에서 조금씩 멀어지는 모습이 보였다. 그는 친구를 뒤따라갔다. 그리고 막 가시금작화 굴길로 빠져나가려는 그레이스트라이프를 따라잡았다.

"어디 가려고?"

파이어하트는 회색 전사의 귀에 대고 날카롭게 말했다.

"블루스타가 방금 한 말 못 들었어? 아무도 혼자 나가면 안 된다고 했잖아."

그레이스트라이프가 허둥대는 얼굴로 그를 돌아보았다.

"파이어하트, 실버스트림을 만나야 돼. 괜찮은지 확인을 해야

172

겠어."

파이어하트는 화가 나서 길게 한숨을 내뱉었다. 친구가 어떤 기분일지는 알고 있었지만, 지금은 짝을 만나러 가기에 적당한 때가 아니었다.

"강은 어떻게 건너려고?"

"어떻게든 가야지. 그냥 물인데 뭐."

그레이스트라이프가 단호하게 대답했다.

"쥐 대가리처럼 굴지 마!"

파이어하트가 쏘아붙였다. 그레이스트라이프가 얼어붙은 강물에 빠져서 실버스트림이 구해 주었던 때가 떠올랐다.

"저번에도 빠져 죽을 뻔했잖아. 그 정도로는 부족하다는 거야?"

그레이스트라이프는 대답 대신 돌아서서 굴길로 들어갔다.

파이어하트는 어깨 너머를 흘깃 돌아보았다. 공터의 다른 고양이들은 타이거클로의 지시에 따라 조를 짜면서 순찰을 나갈 준비를 하고 있었다.

"멈춰, 그레이스트라이프!"

파이어하트는 친구를 굴길 입구에 불러 세웠다.

"거기서 기다려."

파이어하트는 친구가 멈춘 것을 확인하고, 공터를 가로질러 부지도자에게 갔다.

"그레이스트라이프와 저는 갈 준비가 다 되었습니다. 저희가 해 드는 바위 하류 쪽의 경계를 확인하고 오겠습니다."

타이거클로가 눈을 가늘게 떴다. 파이어하트가 스스로 순찰할

지역을 고른 것이 달갑지 않은 것이 분명했다. 그러나 달리 거절할 이유는 없었다. 게다가 블루스타도 그들의 대화가 들리는 거리에 있었다.

"좋다, 먹이도 잡아 오도록 해라."

"네, 타이거클로."

파이어하트는 고개를 숙이고 대답하고는 그레이스트라이프에게 달려갔다.

"됐어. 우리는 순찰을 나가는 걸로 되어 있으니까, 적어도 어디 갔는지 의심하지는 않을 거야."

파이어하트가 헐떡이며 말했다.

"하지만 너는……."

"넌 꼭 가야 하잖아. 그러니까 나도 같이 갈 거야."

파이어하트는 죄책감으로 털이 쭈뼛 섰다. 순찰을 한다고 해서 종족 경계를 넘어가도 되는 것은 아니었다. 종족에 전사들이 절실히 필요한 이 시기에 자신의 전사 둘이 목숨을 걸고 적의 영역에 들어갔다는 것을 블루스타가 알게 된다면, 불호령이 떨어질 것이다. 하지만 파이어하트는 그레이스트라이프가 혼자 가게 내버려 둘 수는 없었다. 친구는 물에 휩쓸려 다시는 돌아오지 못할지도 몰랐다.

"고마워, 파이어하트. 이 일은 잊지 않을게."

굴길을 나서면서 그레이스트라이프가 말했다.

두 전사는 가파르고 험한 비탈을 나란히 달려 올라갔다. 지난번 순찰을 나갔던 자취를 따라 숲으로 향하며, 파이어하트는 발밑의 땅이 몹시 질퍽해진 것을 알아차렸다. 강에서 범람한 물이 번지기도 전에, 눈이 녹으면서 폭우가 쏟아진 것처럼 흙을 흠뻑 적셔 놓은 것이다.

숲 끄트머리에 도착했을 때, 파이어하트는 수위가 더 높아진 것을 알 수 있었다. 이제 해 드는 바위는 거의 잠겼고, 물살이 그 주변을 빠르게 돌며 소용돌이쳤다.

"저쪽으로는 절대 건너갈 수 없어."

파이어하트가 말했다.

"하류 쪽으로 가 보자. 디딤돌을 이용할 수 있을지도 모르잖아."

그레이스트라이프가 말했다.

"한번 가 보자."

파이어하트는 자신 없이 대답했다. 친구를 따라가려는 순간, 무슨 소리를 들은 것 같았다. 몰아치는 바람과 급류를 넘어 가느다란 비명이 들려온 것이다.

"기다려 봐. 저 소리 들려?"

파이어하트가 외쳤다.

그레이스트라이프가 뒤를 돌아보았다. 둘은 가만히 서서 귀를 쫑긋 세우고 소리를 들어 보려고 애썼다. 그때 파이어하트의 귀에 다시 한 번 소리가 들렸다. 겁에 질린 새끼 고양이들이 괴로워하며 울부짖는 소리였다.

"어디 있는 거지? 안 보이는데."

파이어하트는 사방을 둘러보며 말했다.

"저기야!"

그레이스트라이프가 꼬리로 해 드는 바위 쪽을 가리켰다.

"파이어하트, 저러다가 물속으로 가라앉겠어!"

파이어하트는 거센 물살에 휩쓸려 가는 무언가를 발견했다. 나뭇가지와 마른 풀이 한데 얽힌, 둥지처럼 보이는 것이었다. 그 위에는 새끼 고양이 둘이 위태롭게 균형을 잡고 있었다. 그들은 조그만 입을 크게 벌리고, 도와 달라고 소리치고 있었다. 파이어하트가 보고 있는 사이에도 물살은 둥지를 휩쓸어 버릴 듯이 세차게 흔들었다.

"서둘러. 어떻게든 저기까지 가야 해."

파이어하트는 숨을 깊이 들이마시고 물속으로 들어갔다. 순식간에 털은 흠뻑 적었고, 몸을 마비시킬 것같이 차디찬 냉기가 다리를 타고 올라왔다. 세찬 물살 때문에 한 걸음씩 내디딜 때마다 쓰러지지 않고 버티기가 힘들었다.

뒤이어 그레이스트라이프가 첨벙 뛰어들었지만, 물이 배에 닿자 멈춰 섰다.

"파이어하트⋯⋯."

그레이스트라이프가 숨이 막히는 듯한 목소리로 간신히 그의 이름을 불렀다.

파이어하트는 친구를 돌아보며 고개를 끄덕였다. 몇 달 전에 빠져 죽을 뻔했던 그에게 강물이 얼마나 두려울지 이해할 수 있었다.

"거기 있어. 내가 들어가서 둥지를 너한테 밀어 보낼게."

그레이스트라이프는 몸을 덜덜 떨면서 간신히 고개를 끄덕였다. 파이어하트는 앞으로 몇 걸음 더 걸어가다가, 물에 첨벙 몸을 던져 헤엄치기 시작했다. 그는 본능적으로 다리를 허우적거리면서 시커먼 물을 헤치고 나아갔다. 그들은 강의 상류 쪽에 있었다. 별족이 돕는다면, 새끼 고양이들이 있는 쪽으로 떠밀려 갈 수 있을 것이다.

바람이 일으킨 물결 때문에 새끼 고양이들이 잠시 시야에서 사라졌다. 하지만 겁에 질린 울음소리는 여전히 들렸다. 그때 파이어하트의 옆에 매끄러운 회색 바위가 나타났다. 그는 물살에 휩쓸려 지나쳐 버릴까 봐 세차게 발차기를 했다.

물이 소용돌이치며 빙글빙글 돌았다. 미친 듯이 발을 버둥거리던 파이어하트는 강물에 밀려 바위에 내던져졌고, 그 바람에 놀라서 숨이 멎을 뻔했다. 그는 급류에 휩쓸리지 않으려고 거친 바위 표면을 할퀴며 버텼다. 그 순간 새끼 고양이 둘이 보였다.

새끼 고양이들은 둘 다 매우 작았다. 아직 어미젖을 떼지 못한 것 같았다. 하나는 검정색, 다른 하나는 회색이었다. 두 고양이의 작은 몸체에는 털이 찰싹 달라붙어 있었고, 파란 눈은 겁에 질려 커져 있었다. 그들은 나뭇가지와 풀, 두발쟁이의 쓰레기들이 뒤엉킨 둥지 위에 웅크리고 있다가, 파이어하트를 보자 재빨리 그를 향해 움직였다. 강물이 그들 쪽으로 세게 출렁거리면서 둥지가 요동치는 바람에 비명 소리도 더 커졌다.

"가만히 있어!"

파이어하트는 물살을 거슬러 필사적으로 발을 놀렸다. 잠깐 동안 그는 바위 위로 기어 올라가 새끼 고양이들을 끌어올릴 수 있을지 고민했다. 하지만 해 드는 바위가 완전히 잠기기 전까지 시간이 얼마나 남았는지 알 수 없었다. 둥지를 그레이스트라이프에게 밀어 주는 것이 지금까지는 가장 나은 계획이었다. 뒤를 돌아보니 친구는 벌써 하류로 이동해서 새끼 고양이들이 밀려오면 붙잡으려고 자리를 잡고 있었다.

"자, 간다."

파이어하트는 중얼거렸다.

"별족이시여, 도와주세요!"

파이어하트는 바위를 다리로 힘껏 밀어내는 동시에 주둥이로 둥지를 밀어 물살을 타고 흘러갈 수 있도록 했다. 새끼 고양이들은 훌쩍이면서 둥지에 몸을 납작하게 붙였다.

파이어하트는 남아 있는 힘을 모두 끌어모아 코와 앞발로 둥지를 밀어 주었다. 너무 지친 나머지 온몸의 힘이 빠져나가는 것 같았다. 털은 흠뻑 젖었고, 추워서 숨조차 쉬기 힘들었다. 눈을 깜박여 고인 물을 떨어 낸 그는 그레이스트라이프와 기슭의 모습이 보이지 않는다는 사실을 깨닫고 공포에 휩싸였다. 세상에 남은 것이라고는 휘몰아치는 물과 나뭇가지가 얽힌 아슬아슬한 둥지, 겁에 질린 새끼 고양이 둘밖에 없는 것 같았다.

그때 그레이스트라이프의 목소리가 들렸다. 아주 가까이에서 나는 소리였다.

"파이어하트! 파이어하트! 여기야!"

파이어하트는 목소리가 들리는 쪽으로 둥지를 다시 한 번 떠밀었다. 둥지는 빙그르르 돌면서 멀어져 갔고, 그의 머리는 물속으로 가라앉았다. 파이어하트는 숨이 막힐 듯 기침을 해 대며 다시 수면 위로 올라왔다. 그레이스트라이프가 꼬리 서넛 정도 떨어진 마른땅에서 왔다 갔다 하는 모습이 보였다.

파이어하트는 거의 다 왔다는 생각에 잠시 마음을 놓았다. 하지만 흐릿한 눈으로 다시 새끼 고양이들을 바라보았을 때, 두려움이 온몸을 타고 흘렀다. 둥지가 부서지기 시작한 것이다.

회색 새끼 고양이 밑에 있던 잔가지들이 흩어지면서, 조그만 생명체는 급류 속으로 빠져 버렸다. 파이어하트는 그 모습을 속수무책으로 지켜볼 수밖에 없었다.

12

강족에게 필요한 것

"안 돼!"

그레이스트라이프가 소리치며, 물에 빠진 새끼 고양이를 향해 몸을 던졌다.

그들은 곧 파이어하트의 시야에서 사라졌다. 둥지에 남은 새끼 고양이는 물살에 산산이 흩어지는 나뭇가지에 매달리려고 안간 힘을 쓰며 간절하게 울부짖었다. 파이어하트는 마지막 남은 힘을 짜내어 앞으로 헤엄쳐 나갔다. 그리고 새끼 고양이의 목덜미를 물고 마른땅을 향해 발을 내저었다.

얼마 후 그는 발밑에 밟히는 돌을 느끼고 가까스로 바로 섰다. 기진맥진한 몸이 바위처럼 무겁게 느껴졌다. 그는 비틀거리며 걸어 나와 검정색 새끼 고양이를 물가에 있는 풀 위에 떨어뜨려 놓았다. 새끼 고양이는 눈을 감고 있었다. 아직 살아 있는지는 확신할 수 없었다.

파이어하트는 하류 쪽을 보았다. 얕은 물에서 첨벙첨벙 걸어 나오는 그레이스트라이프가 보였다. 그의 이빨 사이에는 회색 새끼 고양이가 단단히 물려 있었다. 그레이스트라이프는 파이어하트에게 걸어와 새끼 고양이를 살며시 내려놓았다.

파이어하트는 새끼 고양이들의 냄새를 맡으며 살폈다. 그들은 미동도 없이 누워 있었지만, 더 가까이 가서 살펴보니 숨을 쉴 때마다 옆구리가 희미하게 들썩거리는 게 보였다.

"별족이여, 감사합니다."

파이어하트는 중얼거렸다. 그리고 보육실에서 어미 고양이들이 새끼들에게 해 주던 대로 검정색 새끼 고양이의 털을 결 반대 방향으로 핥아 몸을 따뜻하게 해 주었다. 그레이스트라이프도 옆에 웅크리고 앉아 회색 새끼 고양이에게 똑같이 해 주었다.

곧 검정색 새끼 고양이가 뒤척이더니, 콜록거리며 강물을 뱉어 냈다. 회색 새끼 고양이는 조금 더 오래 걸렸지만, 결국은 물을 뱉고 눈을 떴다.

"살았다!"

그레이스트라이프가 안도한 목소리로 소리쳤다.

"그래, 하지만 어미 고양이가 없으면 오래 버티지 못할 거야."

파이어하트는 검정색 새끼 고양이의 냄새를 유심히 맡았다. 강물이 종족의 냄새를 대부분 씻어 버렸지만, 아직 희미하게나마 남아 있었다. 놀랄 일도 아니었다

"강족이야. 이 녀석들을 집에 데려다줘야겠어."

파이어하트가 말했다.

물이 불어난 강을 건너갈 생각을 하니, 용기가 순식간에 사라졌다. 새끼 고양이들을 구하느라 빠져 죽을 뻔한 데다, 완전히 지

처 있었다. 온몸은 차고 뻣뻣했으며 털은 푹 젖어 있었다. 그저 거처 안으로 들어가 한 달 동안은 자고 싶은 심정이었다.

아직 회색 고양이 위로 몸을 숙이고 있는 그레이스트라이프도 마찬가지인 듯했다. 두툼한 회색 털은 몸에 철썩 달라붙어 있었고, 호박색 눈은 걱정으로 동그래져 있었다.

"우리가 강을 건널 수 있을까?"

그레이스트라이프가 물었다.

"건너야지. 안 그러면 새끼 고양이들이 죽어."

억지로 몸을 일으킨 파이어하트는 검정색 새끼 고양이의 목덜미를 다시 물고 하류로 향했다.

"네 말대로 디딤돌을 이용할 수 있는지 보자."

그레이스트라이프도 회색 새끼 고양이를 물고 그를 따라왔다. 둘은 물가의 젖은 풀 사이를 걸어갔다.

강물의 수위가 평소와 같을 때는, 강족 고양이들이 디딤돌을 이용해 쉽게 강을 건너 다녔다. 돌에서 돌까지 거리는 꼬리 하나를 넘지 않았고, 강족은 강의 양편에 있는 영역을 모두 관리할 수 있었다.

하지만 지금은 물이 불어나 디딤돌을 완전히 덮어 버렸다. 돌들이 수면 위로 드러나 있던 자리에는 껍질이 벗겨진 고목이 강을 가로질러 놓여 있었다. 파이어하트는 쓰러진 나무의 가지들이 물에 잠긴 디딤돌에 걸려 있는 거라고 짐작했다.

"별족이시여, 감사합니다!"

그가 소리쳤다.

"저 나무를 밟고 건널 수 있겠어!"

파이어하트는 새끼 고양이를 고쳐 물고, 쪼개진 나무 그루터기를 향해 물을 헤치며 다가갔다. 새끼 고양이는 코밑에서 휘몰아치는 물을 보더니 야옹거리며 발버둥치기 시작했다.

"가만히 있어, 둘 다."

그레이스트라이프가 부드러운 목소리로 말했다. 그는 회색 새끼 고양이를 잠시 내려놓았다가 다시 물었다.

"너희 어미를 찾으러 가는 거야."

파이어하트는 새끼 고양이들이 너무 어려서 그 말을 알아들을지 확신이 서지 않았다. 하지만 새끼 고양이는 몸을 다시 축 늘어뜨렸고, 물고 가기가 한결 쉬워졌다. 나무를 향해 허우적거리며 가는 동안 그 조그만 생명체가 물에 닿지 않도록 고개를 높이 치켜들어야 했다. 헤엄을 칠 필요는 없었다. 파이어하트는 나무에 펄쩍 뛰어올라, 썩어서 약해진 나무를 발톱으로 움켜잡았다. 일단 올라선 다음에는 미끄러운 나무 몸통 위를 걸어가는 것이 문제였다. 파이어하트는 조심조심 한 발씩 내려놓으면서 반대쪽 기슭을 향해 걸어갔다. 밑에서는 세찬 물살이 몰아치고 있었다. 마치 나무를 집어삼키고 위에 있는 고양이들을 쓸어 내리려는 것처럼 보였다. 파이어하트는 그레이스트라이프와 회색 새끼 고양이가 잘 따라오는지 궁금해서 뒤를 돌아보았다. 친구의 얼굴에는 결연함이 가득했다.

나무 몸통의 끝에는 부서진 나뭇가지들이 뒤엉켜 있었다. 파이어하트는 혹시 새끼 고양이의 털이 부서진 가지에 걸릴까 봐 몸을 웅크려 조심스럽게 그 사이를 통과했다. 가지들이 점점 가늘어져서 발 디딜 곳을 찾기가 힘들어졌고, 결국에는 그의 무게를 버틸 만한 곳을 더 이상 찾을 수 없었다. 강 저편까지는 아직 여우 두 마리 정도의 거리가 남아 있었다. 파이어하트는 깊은 숨을 들이쉬고, 뒷다리를 구부렸다가 펄쩍 뛰었다. 앞발은 기슭에 닿았지만 뒷발은 급류 속에서 미친 듯이 허우적대고 있었다. 물이 첨벙 튀자 새끼 고양이가 다시 버둥거리기 시작했다. 파이어하트는 새끼 고양이의 목덜미를 꽉 물고, 앞발을 무른 흙에 푹 박아 넣었다. 그런 다음 위쪽으로 필사적으로 움직여 무사히 기슭에 섰다. 그는 휘청거리며 몇 걸음을 더 간 다음 새끼 고양이를 천천히 놓아주었다.

그레이스트라이프는 하류 쪽에서 물 밖으로 빠져나오고 있었다. 그는 회색 새끼 고양이를 바닥에 내려놓고 몸을 털었다.

"강물 냄새가 고약해."

"좋은 쪽으로 생각하자."

파이어하트가 말했다.

"적어도 냄새는 가려 줄 수 있잖아. 강족 고양이들은 네가 자기들 영역에 무단 침입하던 전사라는 걸 알아채지 못할 거야. 만약 그들이……."

파이어하트는 말을 멈췄다. 그레이스트라이프 뒤쪽의 덤불에서 고양이 셋이 뛰쳐나왔던 것이다. 파이어하트는 강족 부지도자인 레퍼드퍼와 전사인 블랙클로, 스톤퍼를 알아보고 마음을 다잡았다. 그는 지친 다리를 간신히 움직여 검정색 새끼 고양이를 물어 올리고, 기슭을 따라 걸어가 그레이스트라이프 옆에 섰다. 회색 전사도 몸을 일으켰다. 두 고양이는 새끼 고양이들을 내려놓은 다음, 함께 적들을 마주 보았다.

파이어하트는 자신이 그레이스트라이프에게 한 말을 강족 고양이들이 들었는지 걱정스러웠다. 그들은 강한 전사들에게 맞서기에는 너무 지쳐 있었다. 얼어붙은 다리로 싸울 수 있는 힘을 모두 끌어모으려다 보니 머리가 어지러웠다. 다행히도 강족 고양이들은 꼬리 서넛 정도 떨어진 거리에서 멈춰 섰다.

"이게 무슨 일이지?"

레퍼드퍼가 으르렁댔다. 황금색 반점이 있는 그녀의 털이 곤두섰고, 귀는 머리에 납작 붙었다.

레퍼드퍼의 옆에 있던 블랙클로가 이빨을 드러내며 으르렁거렸다.

"왜 우리 영역에 침입한 거지?"

"침입한 게 아닙니다. 강족 새끼 고양이 둘을 물에서 구해서 집으로 데려다주려고 온 거예요."

파이어하트가 조용히 말했다.

"우리가 재미 삼아 물에 빠진 것 같습니까?"

그레이스트라이프가 불쑥 말했다.

스톤퍼가 앞으로 나와 킁킁거리며 새끼 고양이들의 냄새를 맡았다. 그의 푸른 눈이 휘둥그레졌다.

"맞아요! 사라졌던 미스티풋의 새끼 고양이들이에요!"

파이어하트는 깜짝 놀랐다. 미스티풋이 얼마 전에 새끼를 낳은

것은 알고 있었지만, 자신들이 구한 것이 그녀의 새끼들일 줄은
몰랐다. 사실을 알고 나니, 새끼 고양이들의 목숨을 구한 것이 새
삼 더 감사하게 느껴졌다. 하지만 미스티풋에게 천둥족 친구들이
있다는 사실을 여기 있는 강족 고양이들이 알아서는 안 되었다.

레퍼드퍼는 곤두세운 어깨 털을 가라앉히지 않았다.

"너희가 새끼 고양이들을 구했다는 것을 어떻게 확인하지? 새
끼 고양이들을 훔쳐 가려던 것일 수도 있지."

레퍼드퍼가 으르렁댔다.

파이어하트는 그녀를 빤히 쳐다보았다. 목숨을 걸고 물에 뛰어
들어 새끼 고양이들을 구했는데, 오히려 훔치려 했다는 의심을
받다니 믿을 수가 없었다.

"그렇게 쥐 대가리처럼 굴지 마세요! 강이 얼어서 쉽게 건널 수
있을 때도, 천둥족에서는 아무도 강족의 새끼 고양이들을 훔치려
고 하지 않았어요. 그런데 왜 하필 지금 훔치겠어요? 우리는 물에
빠져서 죽을 뻔했다고요!"

레퍼드퍼는 생각에 잠긴 듯 보였다. 하지만 블랙클로는 성큼성
큼 걸어 나와 파이어하트의 얼굴에 공격적으로 머리를 들이밀었
다. 파이어하트는 여차하면 한 방 날릴 태세로 으르렁거렸다.

"블랙클로!"

레퍼드퍼가 날카롭게 외쳤다.

"물러나라! 이들이 크룩트스타에게 직접 설명하도록 해야겠다.
지도자가 믿어 주는지 보자고."

파이어하트는 반대하려고 입을 열었다가 그만두었다. 강족 고

양이들을 따라가는 수밖에 없었다. 이렇게 지친 상태에서는 싸워도 이길 가능성이 전혀 없었다. 적어도 그레이스트라이프는 실버스트림이 괜찮은지 확인해 볼 수 있을 것이다.

"좋습니다. 강족 지도자는 코앞에 있는 진실을 알아볼 수 있길 바랄 뿐입니다."

레퍼드퍼가 앞장서서 기슭을 따라 걸어갔다. 블랙클로는 새끼 고양이 하나를 물어 올리고, 파이어하트와 그레이스트라이프 옆에서 위협적인 시선을 보내며 걸어갔다. 스톤퍼는 다른 새끼 고양이를 물고 맨 끝에서 따라왔다.

그들은 강족 진영이 있는 섬에 도착했다. 급류가 만들어 낸 넓은 물길이 늘어진 버드나무 가지를 잡아채듯 지나가며 섬과 마른 땅의 이랑을 갈라놓고 있었다. 갈대 사이로 고양이들의 모습은 보이지 않았다. 파이어하트는 진영을 가린 덤불 사이로 철썩이는 은빛 물결을 볼 수 있었다.

레퍼드퍼가 멈칫하더니 놀라서 눈을 크게 떴다.

"우리가 진영을 떠난 뒤로 수위가 높아졌구나."

그때 그들 뒤쪽에 있는 비탈 꼭대기에서 크게 외치는 소리가 들렸다. 파이어하트와 그레이스트라이프가 실버스트림과 이야기를 나누려고 숨어 있던 곳이었다.

"레퍼드퍼! 여기 위쪽이네!"

고개를 돌린 파이어하트는 강족 지도자인 크룩트스타가 덤불에서 나오는 모습을 볼 수 있었다. 온몸이 흠뻑 젖었고, 얼룩무늬 털은 사방으로 비죽비죽 솟아 있었다. 비뚤어진 턱 때문에 지도자의 얼굴은 마치 순찰대와 포로들을 조롱하는 것처럼 보였다.

"어떻게 된 일입니까?"

레퍼드퍼가 지도자에게 다가가며 물었다.

"진영에 물이 찼네. 위쪽으로 이동할 수밖에 없었어."

크룩트스타가 대답했다. 좌절감에 맥이 빠진 목소리였다.

그사이 다른 고양이 두셋이 조심스럽게 덤불에서 나왔다. 파이어하트는 그레이스트라이프의 표정이 밝아지는 것을 알아차렸다. 실버스트림이 그들 중에 있었던 것이다.

"그런데 누굴 데리고 온 거지?"

크룩트스타가 물었다. 그는 눈을 가늘게 뜨고 파이어하트와 그레이스트라이프를 바라보았다.

"천둥족 첩자들인가? 아직도 골칫거리가 더 남아 있다는 건가!"

"이 고양이들이 미스티풋의 새끼 고양이를 발견했답니다."

레퍼드퍼가 말했다. 그녀는 스톤퍼와 블랙클로에게 새끼 고양이들을 데리고 나오도록 고갯짓을 했다.

"자신들이 강에서 새끼 고양이들을 구했다고 주장합니다."

"단 한마디도 믿을 수 없습니다! 천둥족 고양이의 말을 믿어서는 안 됩니다."

블랙클로가 새끼 고양이를 내려놓고 소리쳤다.

새끼 고양이라는 말에 실버스트림이 돌아서서 황급히 덤불 속으로 사라졌다. 크룩트스타가 앞으로 나와 새끼 고양이들의 냄새를 맡았다. 그들은 여전히 물에 폭 젖어 있었지만, 이제는 정신을 차리고 일어나 앉으려고 하고 있었다.

"진영으로 물이 넘쳤을 때 미스티풋의 새끼 고양이들이 없어졌다."

크룩트스타가 차가운 초록색 눈동자로 파이어하트와 그레이스트라이프를 쳐다보며 말했다.

"어떻게 너희가 이들을 데리고 있었던 거지?"

파이어하트는 그레이스트라이프와 짜증스러운 눈빛을 주고받았다. 너무 피곤해서 성질이 나기 시작했다.

"강을 날아서 건너왔습니다."

파이어하트는 빈정거리며 말했다.

요란하게 울부짖는 소리가 그의 말을 끊었다. 미스티풋이 덤불에서 뛰쳐나와 그들에게 달려왔다.

"내 새끼들! 내 새끼들은 어디 있어요?"

미스티풋은 조그만 털 뭉치 같은 새끼 고양이들에게 달려들어 품에 안았다. 그리고 다른 고양이들이 빼앗아 가기라도 할 것처럼 주변을 사납게 노려보았다. 그녀는 새끼 고양이들을 열심히 핥아 주며 둘을 한꺼번에 달래려고 애썼다. 스톤퍼가 그녀에게 다가가서 귓속말로 위로해 주었다.

실버스트림은 좀 더 천천히 걸음을 옮겨 아버지인 크룩트스타 옆에 섰다. 그리고 천둥족 고양이들을 바라보았다. 파이어하트는 그녀의 눈길이 그레이스트라이프를 무심하게 스쳐 지나가자 마음이 놓였다. 실버스트림은 그들의 비밀을 밝히지 않을 것이다. 파이어하트는 확신했다.

더 많은 고양이들이 뒤따라 나와 호기심 어린 눈으로 주변을 에워쌌다. 파이어하트는 그레이풀을 알아보았다. 그녀 역시 파이어하트를 만난 적이 있다는 내색을 하지 않았다. 강족 치료사인 머드퍼는 미스티풋 옆에 앉아서 새끼 고양이들을 살폈다.

강족 고양이들은 모두 온몸이 젖어 있었다. 털이 몸에 들러붙으니 그들이 그 어느 때보다 여위었다는 것을 알 수 있었다. 파이어하트는 언제나 강족 고양이들은 강에서 잡은 물고기를 배불리 먹기 때문에 통통하고 매끈하게 윤이 난다고 생각해 왔다. 두발쟁이들이 초록잎 우거진 계절에 강가에 머물면서 먹이를 빼앗거나 쫓아 버린다는 실버스트림의 이야기를 듣기 전까지는 그랬다. 잎 없는 계절에는 두발쟁이들이 숲을 떠나고 없었지만, 강족은 강이 얼어붙어 사냥을 할 수 없었다. 게다가 기다리던 해빙기는 그들에게 필요한 먹이를 가져온 게 아니라, 그들을 진영에서 완전히 몰아내 버렸다.

파이어하트는 연민을 느꼈다. 하지만 강족 고양이들의 눈빛은 쌀쌀맞기만 했고, 납작하게 붙인 귀와 씰룩거리는 꼬리 끝에서는 적대감이 보였다. 새끼 고양이를 구했다는 사실을 크룩트스타에게 설득시키려면 꽤나 힘이 들 것 같았다.

다행히 종족 지도자는 적어도 그들에게 설명할 기회를 주려는 것 같았다.

"무슨 일이 일어났는지 말해 보아라."

크룩트스타가 명령했다.

파이어하트는 새끼 고양이들이 울부짖는 소리를 듣고, 강에 빠진 둥지 위에서 오도 가도 못 하고 있는 것을 발견했던 이야기부터 시작했다. 새끼 고양이들을 급류 속에서 강기슭으로 밀어낸 일을 설명하고 있을 때, 블랙클로가 경멸 어린 말투로 끼어들었다.

"언제부터 천둥족 고양이들이 우리를 위해서 목숨을 걸었지?"

파이어하트는 화가 나서 쏘아붙이고 싶었지만 꾹 참았다. 크룩트스타가 전사를 나무랐다.

"조용히 해라, 블랙클로! 계속 말하도록 두어라. 거짓을 말하는 거라면 곧 알게 되겠지."

"거짓말이 아니에요."

새끼 고양이들에게 바짝 붙어 있던 미스티풋이 고개를 들고 말했다.

"천둥족이 왜 새끼 고양이들을 훔치겠어요? 모든 종족이 자기들 먹고 살기도 힘든 상황에서요."

"파이어하트의 이야기에 일리가 있습니다."

실버스트림이 차분하게 말했다. 그리고 파이어하트를 보며 설명을 덧붙였다.

"물이 다시 차오르기 시작했을 때 우리는 진영을 버리고 이 덤불로 피해야 했어. 미스티풋의 새끼 고양이들을 옮겨 주려고 했을 때 둘밖에 찾을 수 없었어. 다른 둘은 없어졌지. 보육실 바닥은 모두 물에 쓸려 갔고. 그 둘은 그때 휩쓸려 가서 강을 따라 떠내려가다가 너희에게 발견되었을 거야."

크룩트스타가 천천히 고개를 끄덕였다. 파이어하트는 강족 고양이들의 적개심이 사라지는 것을 느꼈다. 오직 블랙클로만이 콧방귀를 뀌며 등을 돌렸다.

"그런 거라면 너희에게 고마워해야겠구나."

크룩트스타가 말했다. 어딘지 내키지 않는 목소리였다. 천둥족 고양이에게 빚을 졌다는 걸 인정하기 힘든 듯했다.

"맞아요."

미스티풋이 말했다. 그녀는 다시 한 번 고개를 들고 고마움이 담긴 시선을 보냈다.

"너희가 아니었으면, 내 새끼들은 죽었을 거야."

파이어하트는 고개를 숙여 답하고, 충동적으로 물었다.

"우리가 뭐 도울 일이 있나요? 진영으로 돌아갈 수 없고, 홍수 때문에 먹이가 부족하다면……."

"천둥족의 도움은 필요 없다. 강족은 스스로를 돌볼 수 있어."

크룩트스타가 으르렁댔다.

"어리석게 굴지 말아요."

그레이풀이 눈을 부릅뜨고 지도자를 보며 말했다. 파이어하트는 새삼 그녀에게 존경심을 느꼈다. 이런 식으로 크룩트스타에게 대들 수 있는 고양이는 많지 않을 게 분명했다.

"너무 자존심만 세우고 있잖아요."

원로 고양이가 말했다.

"어떻게 먹이를 구할 거죠? 해빙기가 되었는데, 여전히 먹을 물고기가 없잖아요. 강은 사실상 오염되었다고요. 당신도 알잖아요."

"뭐라고요?"

그레이스트라이프가 깜짝 놀라 외쳤다. 파이어하트는 너무 놀라서 아무 말도 하지 못했다.

"다 두발쟁이들 탓이란다. 지난 새잎 돋는 계절에는 강이 깨끗하고 물고기도 가득했지. 하지만 지금은 두발쟁이 진영에서 나온 쓰레기로 오염되고 말았어."

그레이풀이 그들에게 설명해 주었다.

"그리고 물고기도 오염되었지."

머드퍼가 덧붙였다.

"그걸 먹은 고양이들은 병에 걸려. 내가 치료사가 된 후로 치료한 복통 환자를 다 합쳐도 이번 잎 없는 계절에 치료한 복통 환자 수를 넘지 못할 거야."

파이어하트는 그레이스트라이프를 빤히 쳐다보았다. 그리고 굶주린 강족 고양이들을 보았다. 대부분은 그와 눈을 맞추지 못했다. 다른 종족의 고양이에게 자신들의 문제에 대해 이야기한다는 것이 수치스러운 듯했다.

"그럼 우리가 돕겠습니다. 우리 영역에서 먹이를 잡아다가 가져다 드릴게요. 홍수가 지나가고 강이 깨끗해질 때까지요."

파이어하트는 제안을 하면서도 자신이 전사의 규약을 어기고 있음을 알았다. 전사의 규약은 자신의 종족에게만 충성할 것을 요구하고 있었다. 천둥족의 소중한 먹이를 이런 식으로 나누려 한다는 것을 블루스타가 알면 진노할 것이다. 하지만 곤경에 빠진 다른 종족을 모른 체할 수가 없었다.

'블루스타도 숲에 네 종족이 모두 있어야 우리도 잘 살 수 있다고 했어. 이건 별족의 뜻이 분명해.'

"정말로 우리를 위해 그렇게 하겠다는 거냐?"

크룩스타가 미심쩍은 눈초리로 쳐다보며 천천히 말했다.

"네."

"저도 도울 겁니다."

그레이스트라이프가 실버스트림을 흘깃 보며 약속했다.

"그럼 우린 감사할 따름이지. 수위가 낮아지고 진영으로 돌아갈 수 있을 때까지 아무도 우리 영역에서 너희를 공격하지 않을 것이다. 하지만 그 이후로는 다시 우리 힘으로 해 나가겠다."

크룩스타는 돌아서서 덤불로 들어갔다. 시무룩한 표정의 강족 고양이들도 파이어하트와 그레이스트라이프를 돌아보며 그 뒤를 따랐다. 천둥족 전사들의 제안을 그들 모두가 믿는 눈치는 아니었다.

마지막으로 미스티풋이 새끼 고양이들을 일으켜 세워 비탈을 올라갔다.

"둘 다 고마워. 이 일은 잊지 않을게."

미스티풋이 말했다.

파이어하트와 그레이스트라이프는 강족 고양이들이 모두 사라진 자리에 덩그러니 남았다. 그들은 비탈을 내려가 다시 강으로 향했다. 그레이스트라이프가 믿을 수 없다는 듯이 고개를 저었다.

"다른 종족을 위해 사냥을 한다고? 우리가 미쳤지."

"그럼 어떻게 해? 그냥 굶어 죽게 놔둬?"

파이어하트가 말했다.

"아니! 하지만 조심해야 돼. 블루스타가 아는 날엔 우리는 까마귀 밥이 될 거야."

194

'타이거클로가 알아도 마찬가지지.'

파이어하트는 속으로 생각했다.

'타이거클로는 이미 우리가 강족에 친구들을 두고 있다고 의심하고 있어. 이제 우리는 그가 옳다는 걸 증명해 줄 수도 있겠군.'

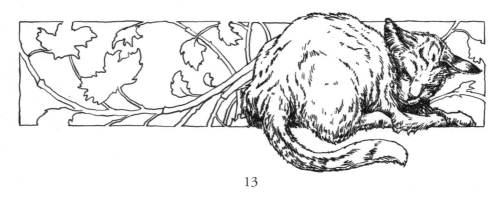

13
놀라운 소식

춥고 우중충한 아침이었다. 파이어하트는 따뜻한 잠자리에서 겨우 몸을 일으켜 그레이스트라이프에게 다가갔다. 그리고 친구를 쿡 찔렀다.

"뭐야……."

그레이스트라이프가 뒤척이더니 꼬리로 코를 감싸고 다시 자리를 잡았다.

"저리 가, 파이어하트."

파이어하트는 고개를 숙여 친구의 넓은 회색 어깨를 두드렸다. 그리고 귀에 대고 속삭였다.

"얼른, 그레이스트라이프. 강족을 위해 사냥하러 가야지."

그 소리를 듣자마자 그레이스트라이프는 몸을 일으켜 세우고 입이 찢어져라 하품을 했다. 파이어하트도 친구만큼이나 피곤했다. 강족에게 싱싱한 먹이를 가져다주면서 천둥족 안에서의 임무도 다 해내려면, 시간과 힘을 모두 쏟아부어야 했다. 그들은 이미 여러 차례 먹이를 가지고 강을 건넜다. 아직까지는 운이 좋아서,

천둥족 고양이들은 그들이 무슨 일을 하는지 알지 못했다.

파이어하트는 기지개를 켜면서 조심스럽게 거처 안을 살폈다. 전사들 대부분은 이끼 사이에 몸을 말고 깊이 잠들어 있어서, 곤란한 질문을 받을 염려는 없었다. 타이거클로도 얼룩무늬 털 뭉치처럼 웅크려 자고 있었다.

파이어하트는 거처 밖으로 나왔다. 처음에는 다른 고양이들이 모두 잠들어 있다고 생각했다. 그때 브린들페이스가 보육실 입구에 나타났다. 고개를 들고 공기 냄새를 맡던 그녀는 차고 축축한 바람이 싫은 듯 재빨리 되돌아갔다.

파이어하트는 털에 묻은 이끼를 털어 내고 있는 그레이스트라이프를 돌아보았다.

"됐어, 이제 가도 돼."

두 고양이는 공터를 가로질러 가시금작화 굴길로 향했다. 굴길에 막 도착한 순간, 뒤에서 익숙한 목소리가 들려왔다.

"파이어하트! 파이어하트!"

파이어하트는 순간 경직되어 뒤를 돌아보았다. 클라우드킷이 그를 향해 소리치며 날쌔게 달려왔다.

"파이어하트, 기다려요!"

"파이어하트, 네 혈육은 왜 항상 가장 곤란한 순간에 등장하는 거지?"

그레이스트라이프가 투덜거렸다.

"별족만이 아시겠지."

파이어하트는 한숨을 쉬며 말했다.

"어디 가는 거예요? 저도 같이 가도 돼요?"

클라우드킷은 헐떡거리며 전사들 앞에 미끄러지듯 멈춰 섰다.

"아니, 훈련병이 되어야만 전사들과 함께 나갈 수 있어."

그레이스트라이프가 대꾸했다.

클라우드킷은 그레이스트라이프에게 기분 나쁜 표정을 지어 보였다.

"하지만 저도 곧 훈련병이 될 거예요. 그렇죠, 파이어하트?"

"곧 된다고 해도 지금은 아니지."

파이어하트는 차분히 말하려고 애를 썼다. 더 이상 지체하다가는 종족 전체가 깨어나서 그들이 어딜 가는지 알고 싶어 할 것이다.

"이번에는 같이 갈 수 없어, 클라우드킷. 우리는 전사의 특별 임무를 맡고 나가는 거야."

클라우드킷의 푸른 눈이 호기심으로 동그래졌다.

"비밀이에요?"

"그래. 특히 참견하기 좋아하는 새끼 고양이에게는 비밀이지."

그레이스트라이프가 쉭쉭거렸다.

"아무한테도 말하지 않을게요. 파이어하트, 제발 저도 데려가 주세요."

클라우드킷이 졸라 댔다.

"안 돼."

파이어하트는 그레이스트라이프와 짜증스러운 눈빛을 주고받았다.

"클라우드킷, 어서 보육실로 돌아가. 그러면 나중에 사냥 훈련할 때 데려가 줄 수도 있어. 알았지?"

"알겠어요. 그렇다면 뭐……."

클라우드킷은 부루퉁한 표정이었지만, 돌아서서 보육실을 향해 느릿느릿 걸어갔다.

파이어하트는 새끼 고양이가 보육실 입구에 다다를 때까지 지켜보다가 굴길로 들어섰다. 잠시 후 그는 그레이스트라이프와 나란히 골짜기를 달려 올라가고 있었다.

"클라우드킷이 우리가 특별 임무를 맡고 아침 일찍 나갔다고 떠들고 다니지 말아야 할 텐데."

그레이스트라이프가 헉헉거리며 말했다.

"그건 나중에 걱정하자."

파이어하트는 숨을 헐떡거리며 답했다.

두 전사는 디딤돌이 있는 곳으로 향했다. 쓰러진 나무는 아직 그 자리에 있어서 강을 건널 때 도움이 되었다. 강족 영역 근처에서 사냥을 하면 먹잇감을 가지고 이동하는 거리도 짧아지고, 들킬 가능성도 낮았다.

숲 가장자리에 다다랐을 무렵 햇빛은 더 강해졌지만 해는 회색 구름 뒤에 숨어서 보이지 않았다. 바람결에 빗방울이 흩날렸다. 감각이 있는 동물이라면 모두 구멍에서 몸을 웅크리고 있을 것 같았다. 파이어하트는 고개를 들고 코를 킁킁거렸다. 바람결에 다람쥐 냄새가 실려 왔다. 멀지 않은 곳에서 나는 생생한 냄새였다. 그는 조심스럽게 나무 사이를 걸어가기 시작했다. 곧 떡갈나무 밑에서 검불 사이를 뒤지고 있는 먹잇감이 눈에 들어왔다. 파이어하트는 숨을 죽이고 지켜보았다. 다람쥐는 일어나 앉더니 앞발 사이에 도토리를 잡고 야금야금 갉아 먹었다.

"우리가 여기 있는 걸 눈치채면 순식간에 나무 위로 올라가 버리겠지?"

그레이스트라이프가 그의 귀에 대고 속삭였다.

파이어하트는 고개를 끄덕였다.

"둘러싸자. 넌 저쪽에서 덮쳐."

그레이스트라이프는 나무 그늘 아래에서 소리 없는 회색 형체처럼 움직였다. 파이어하트는 오랜 훈련으로 익숙해진 사냥 자세로 몸을 낮추고 다람쥐에게 다가가기 시작했다. 다람쥐가 귀를 쫑긋 세우더니, 뭔가에 놀란 듯 고개를 이리저리 돌렸다. 그레이스트라이프가 휙 지나가는 모습을 보았거나 냄새를 감지한 모양이었다.

다람쥐가 주의를 빼앗긴 틈에 파이어하트는 탁 트인 땅을 가로질러 몸을 날렸다. 그는 발톱으로 다람쥐를 숲 바닥에 내리꽂았다. 그레이스트라이프가 달려 나와 사냥을 마무리했다.

"잘했어."

파이어하트가 말했다.

그레이스트라이프는 입에서 털을 한 줌 뱉어 냈다.

"좀 늙고 질기긴 하지만 먹을 순 있을 거야."

두 전사는 사냥을 계속해서 토끼 한 마리와 생쥐 두 마리를 잡았다. 그때쯤 되자, 해가 보이진 않았지만 파이어하트는 해가 가장 높이 뜬 시간이라는 것을 알 수 있었다.

"이제 강족에게 가져다줘야겠어. 곧 진영에서도 우리를 찾을 거야."

파이어하트는 다람쥐와 생쥐의 무게 때문에 조금 비틀거리면서 쓰러진 나무를 향해 앞장서 걸어갔다. 다행히도 수위는 더 이상 높아지지 않았고, 벌써 여러 번 해 본 덕분에 이제 강을 건너는 것도 한층 수월해졌다. 그래도 파이어하트는 강을 건너면서 불안한 마음이 들었다. 숲 언저리를 순찰하는 천둥족 고양이라도 있다면, 그를 눈앞에서 바로 볼 수 있었다.

파이어하트와 그레이스트라이프는 마지막 남은 여우 두 마리 정도 되는 거리를 헤엄쳐서 강족 영역으로 올라갔다. 그들은 몸에서 물을 털어 내고 재빨리 강족의 임시 진영인 덤불 쪽으로 움직였다.

누군가 지켜보고 있었던 것이 분명했다. 그들이 다가가자 레퍼드퍼가 덤불에서 모습을 드러냈던 것이다.

"어서 와."

그들이 새끼 고양이들을 구하고 나서 만났던 때보다 한결 우호적인 목소리였다.

파이어하트는 그녀를 따라서 산사나무 가지가 드리워진 은신처로 들어갔다. 그레이스트라이프와 함께 이곳에서 실버스트림을 기다렸던 일이 떠올랐다. 홍수 때문에 진영에서 밀려난 뒤로 강족 고양이들은 열심히 일하고 있었다. 이끼를 가져다가 잠자리를 만들고, 큰 덤불의 뿌리 옆에는 먹이를 저장할 장소를 파 놓았다. 오늘 먹이 저장소에 있는 것은 생쥐 몇 마리와 찌르레기가 전부였다. 그래서 천둥족 전사들이 가져온 먹이가 더욱더 소중했을 것이다. 파이어하트와 그레이스트라이프는 먹이를 내려놓았다.

"싱싱한 먹이인가요?"

스톤퍼가 실버스트림을 데리고 나타났다.

"잘됐군요!"

"원로들과 젖을 먹이는 어미 고양이들이 먼저 먹어야 한다."

레퍼드퍼가 말했다.

"제가 원로들에게 먹이를 가져다 드릴게요."

실버스트림이 나섰다. 그녀는 그레이스트라이프를 오랫동안 바라보다가 말했다.

"나 좀 도와줘. 저 토끼를 가지고 같이 가 줄래?"

파이어하트는 놀라서 가슴이 철렁했다. 설마 실버스트림이 진영 한가운데에서 위험을 무릅쓰고 그레이스트라이프와 단둘이 시간을 보내려는 것은 아니겠지? 지금까지는 그녀가 거리를 잘 유지했었다.

"물론이지."

그레이스트라이프는 두 번 말할 필요도 없이 토끼를 물고 실버스트림을 따라 덤불 밖으로 나갔다.

"좋은 생각이야."

스톤퍼가 말했다.

"파이어하트, 넌 다람쥐를 보육실에 있는 어미 고양이들에게 가져다줄래? 그럼 어미 고양이들과도 직접 인사를 할 수 있잖아."

파이어하트는 약간 당황스러웠지만 그렇게 하기로 했다. 그는 스톤퍼를 따라 보육실로 향했다. 반은 천둥족이기도 한 강족 전사를 보니 기분이 이상했다. 더구나 스톤퍼 자신은 그런 사실조차 모르고 있지 않은가.

임시로 만든 보육실에서 파이어하트는 미스티풋을 다시 만났다. 그녀는 옆으로 누워 있었고, 새끼 고양이들이 만족스럽게 젖을 빨고 있었다. 그 모습을 보니 반가웠다. 하지만 파이어하트는 그레이스트라이프가 계속 걱정스러웠다. 그는 어미 고양이들에게 인사를 하고 다람쥐를 나누어 준 다음 스톤퍼에게 말했다.

"그레이스트라이프가 어느 쪽으로 갔는지 알려 줄 수 있어? 진영에서 사라진 걸 들키기 전에 얼른 돌아가야 하거든."

"물론이지. 이쪽이야."

스톤퍼는 이랑을 따라 조금 더 안쪽으로 그를 데리고 갔다. 원로들 서넛이 히스와 고사리로 만든 잠자리에 웅크리고 앉아 먹이를 열심히 먹고 있었다. 벌써 토끼는 거의 다 먹고 털가죽만 남아 있었다.

그레이스트라이프와 실버스트림은 말없이 앉아서 지켜보고 있었다. 둘은 나란히 앉았지만 서로 몸이 닿지는 않은 채, 각자 꼬리로 발을 감싸고 있었다. 그들은 파이어하트를 보자마자 벌떡 일어나 걸어왔다.

그레이스트라이프의 이글거리는 노란 눈동자에는 흥분과 두려움이 뒤섞여 있었다.

"파이어하트! 실버스트림이 방금 나한테 무슨 얘기를 해 줬는지 넌 아마 못 믿을 거야!"

파이어하트는 뒤를 힐긋 살폈다. 스톤퍼는 이미 덤불 속으로 사라지고 있었다. 먹이를 다 먹은 원로들은 졸린 듯했다. 아무도 그레이스트라이프에게 관심을 두지 않았다.

"말해 봐. 뭔데? 목소리는 낮추고."

파이어하트는 불안한 마음에 털이 곤두서기 시작했다.

그레이스트라이프는 살가죽이라도 뚫고 나올 기세였다.

"파이어하트."

그가 속삭였다.

"나와 실버스트림의 새끼 고양이가 태어날 거래!"

14
전사다운 행동

파이어하트는 심장이 쿵쾅거렸다. 그는 그레이스트라이프와 실버스트림을 차례로 보았다. 그녀의 몸은 행복감에 떨리고 있었고, 파란 눈은 자부심으로 빛났다.

"너의 새끼 고양이라고?"

파이어하트는 놀라서 되물었다.

"너희 둘 다 정신이 나간 거 아니야? 이건 충격적인 사건이야!"

그레이스트라이프는 눈을 끔뻑이며 친구의 시선을 피했다.

"꼭…… 꼭 그런 건 아니야. 내 말은, 새끼 고양이들이 우리를 영원히 하나로 이어 줄 거란 뜻이야."

"하지만 너희는 서로 다른 종족이잖아!"

파이어하트는 발끈해서 외쳤다. 그레이스트라이프의 불편한 안색을 보니, 친구도 새끼 고양이들이 불러올 난관들에 대해 잘 알고 있는 듯했다.

"넌 절대로 그 고양이들이 네 새끼라고 주장할 수 없을 거야, 그레이스트라이프. 그리고 실버스트림 너도……"

파이어하트는 강족 고양이를 향해 돌아서며 덧붙였다.

"너희 종족 누구에게도 새끼 고양이의 아버지가 누구인지 밝힐 수 없을 거야."

"상관없어. 내가 아니까. 그럼 된 거야."

실버스트림이 가슴 털을 재빨리 핥으며 말했다.

그레이스트라이프는 그렇게까지 확신이 서지는 않는 눈치였다.

"아무에게도 알릴 수 없다니, 너무 바보 같은 일이야. 우리는 부끄러운 짓은 하지 않았단 말이야."

그는 실버스트림의 옆구리에 몸을 바짝 대고 파이어하트를 덧없이 바라보았다.

"네 기분은 나도 알아."

파이어하트는 힘겹게 동의했다.

"하지만 그래 봤자 소용없어, 그레이스트라이프. 너도 알잖아. 실버스트림이 낳은 새끼들은 강족 고양이가 될 거야."

이 일이 앞으로 몰고 올 파장에 대해 생각하니 가슴이 철렁 내려앉았다. 새끼 고양이들이 전사로 자라면 그레이스트라이프는 그들과 맞서 싸워야 할지도 모른다! 그레이스트라이프는 혈육을 위하는 마음과 종족에 대한 충성심, 전사의 규약 사이에서 갈가리 찢길 것이다. 아무리 생각해도 양쪽 모두를 지킬 수 있는 방법은 없어 보였다.

미스티풋과 스톤퍼도 같은 경우였을까? 그는 궁금했다. 그들의 천둥족 부모도 그들과 맞서 싸운 적이 있을까? 오크하트는 그들을 천둥족의 공격으로부터 보호하려고 했다. 강족 전사인 오크하

트는 그들에게 그 일에 대해 어떻게 설명을 해 주었던 걸까? 그
것은 결코 있을 수 없는 일이 일어난 것이었다. 그런데 이제 새로
태어날 새끼 고양이들과 함께 그 일이 처음부터 다시 시작되고
있었다.

하지만 파이어하트는 지금 이런 말을 해 봤자 소용이 없다는
것을 알았다. 그는 혹시 누군가 다가올 것에 대비해 덤불을 살피
면서 말했다.

"이제 갈 시간이야. 벌써 해가 높이 떴어. 진영에서 우리를 찾
을 거야."

그레이스트라이프가 실버스트림과 살며시 코를 맞댔다.

"파이어하트 말이 맞아. 이제 가야 돼. 그리고 걱정하지 마. 숲
에서 가장 예쁜 새끼 고양이들이 태어날 거야."

실버스트림은 눈을 반쯤 감고 다정하게 가르랑거렸다.

"알아. 이 상황을 헤쳐 나갈 길을 찾자."

파이어하트와 그레이스트라이프가 덤불에서 나와 비탈을 내려
가는 동안 실버스트림은 그들에게서 눈을 떼지 않았다. 그레이스
트라이프는 발길이 떨어지지 않는 듯 몇 번이고 뒤를 돌아보았다.

파이어하트는 차갑고 무거운 돌덩이를 가슴에 얹고 가는 기분
이었다.

'이런 식으로 들키지 않고 얼마나 오래갈 수 있을까?'

그들은 쓰러진 나무 몸통을 건너 천둥족 영역으로 들어섰다.
파이어하트는 그 일을 머릿속에서 밀어내려고 노력했다. 하지만

아무리 애를 써 봐도 여전히 마음이 무거웠다. 게다가 지금 당장은 누군가 그들이 없어졌다는 것을 알아채고 추궁할 것에 대비해 대답을 생각해야 했다.

"잠깐이라도 사냥을 해야 할 것 같아. 그러면 적어도……."

그때 숲에서 흥분한 목소리가 들려와 그의 말을 끊었다.

"파이어하트! 파이어하트!"

파이어하트는 숲 가장자리에 있는 고사리에서 뛰쳐나오는 작고 하얀 고양이를 믿을 수 없다는 눈으로 쳐다보았다. 클라우드 킷이었다!

"이런, 쥐똥 같으니라고!"

그레이스트라이프가 작게 내뱉었다.

파이어하트는 풀숲을 가로질러 갔다. 가슴이 철렁했다.

"클라우드킷, 여기서 뭐 하는 거야? 보육실로 돌아가라고 했을 텐데!"

"진영에서부터 계속 따라왔어요."

클라우드킷이 자랑스럽게 말했다.

새끼 고양이의 반짝거리는 눈을 바라보던 파이어하트는 가슴이 내려앉았다. 진영으로 돌아가서 사냥을 다녀왔다고 말하려던 계획은 무산되어 버렸다. 클라우드킷은 분명 그들이 강을 건너는 모습도 보았을 것이다.

"냄새를 따라서 디딤돌이 있는 곳까지 갔어요. 파이어하트, 그레이스트라이프와 함께 강족 영역에서 뭘 했어요?"

파이어하트가 대답을 생각해 내기도 전에 또 다른 목소리가 끼어들었다. 낮고 사납게 으르렁거리는 소리였다.

"그래, 나도 그게 알고 싶군."

부스럭거리는 갈색 고사리를 밀치고 나오는 타이거클로를 보자, 파이어하트는 발에서 힘이 쭉 빠져나가는 것 같았다.

"파이어하트는 정말 용감해요!"

클라우드킷이 말했다. 파이어하트는 입을 반쯤 벌린 채 서 있었다. 너무 당황해서 머리가 한 줌의 깃털로 변한 것 같았다.

"특별 임무를 수행하러 간 거예요. 저한테 그렇게 말해 줬어요."

"지금도 그렇게 말하더냐?"

타이거클로가 흥미롭다는 눈빛으로 말했다.

"그래, 그 특별 임무가 뭔지도 말해 주더냐?"

"아뇨. 하지만 추측할 수는 있어요."

클라우드킷이 흥분에 몸을 부르르 떨며 말했다.

"그레이스트라이프와 함께 강족을 염탐하고 온 거예요. 파이어하트⋯⋯."

"닥쳐라!"

타이거클로가 새끼 고양이에게 버럭 화를 냈다. 그리고 파이어하트에게 도발하듯 물었다.

"그래, 이 말이 사실이냐?"

파이어하트는 그레이스트라이프를 흘깃 보았다. 친구는 얼어붙은 채 겁에 질린 노란 눈으로 부지도자를 쳐다보고 있었다. 그 역시 뾰족한 방법이 없는 것이 분명했다.

"물이 얼마나 멀리까지 넘쳤는지 확인하러 갔습니다."

파이어하트가 말했다. 엄밀히 말해서 거짓말은 아니었다.

"오, 그래?"

타이거클로는 잠시 말을 멈추고 일부러 사방을 둘러보더니 물었다.

"나머지 순찰대는 어디에 있지? 그리고 누군가 너희를 내보냈을 텐데, 누구지?"

파이어하트가 대답하기도 전에 타이거클로가 말을 이었다.

"난 아닌데. 다른 순찰대들은 모두 내가 보냈다만."

"우리는 그냥……."

그레이스트라이프가 힘없는 목소리로 입을 열었다.

타이거클로는 그의 말을 무시했다. 그는 커다란 머리를 파이어하트에게 들이밀었다. 파이어하트는 부지도자의 뜨끈하고 불쾌한 숨결을 느낄 수 있었다.

"내 생각에는 말이다, 애완 고양이, 너는 강족과 너무 친해. 그들을 염탐하러 갔을지도 모르지만, 그들을 위해 염탐을 하고 있는지도 모를 일이지. 어느 편이냐?"

"이런 식으로 저를 의심할 권리는 없습니다! 저는 천둥족에 충성합니다."

파이어하트는 분노로 털을 곤두세우며 말했다.

타이거클로의 목구멍 깊은 곳에서 으르렁거리는 소리가 새어 나왔다.

"그렇다면 블루스타에게 너희의 원정에 대해 보고해도 거리낄 것이 없겠군. 블루스타도 너희가 그렇게 충성스럽다고 생각하는지 한번 보지. 그리고 너⋯⋯."

그가 호박색 눈을 부라리며 클라우드킷을 내려다보았다. 새끼 고양이는 대담하게 눈을 마주 보려 했지만, 자신도 모르게 한두 걸음 물러나고 말았다.

"블루스타는 새끼 고양이 혼자 진영을 떠나서는 안 된다고 명령했다. 혹시 너에게는 종족의 명령이 적용되지 않는다고 생각하는 거냐? 네 애완 고양이 혈육과 마찬가지로?"

이번만큼은 클라우드킷도 대답하지 않았다. 그의 푸른 눈은 겁에 질려 있었다.

타이거클로가 몸을 돌려 숲을 향해 걸어갔다.

"서둘러라. 쓸데없이 시간 낭비하지 말고. 너희 모두 날 따라와라."

진영에 도착하자 높은 바위 아래 서 있는 블루스타가 보였다. 화이트스톰과 롱테일과 마우스퍼가 속한 순찰대가 그녀에게 보고를 하는 중이었다.

"물줄기가 천둥길까지 넘쳐흘렀습니다."

화이트스톰이 말했다.

"수위가 내려가지 않으면 다음 모임에는 참석하기 어려울 것 같습니다."

"그 전까지는 아직 시간이⋯⋯."

타이거클로가 다가오는 것을 보고 블루스타는 말을 멈췄다.

"그래, 무슨 일인가?"

"제가 이 고양이들을 잡아 왔습니다. 명령에 불복종한 새끼 고양이와 반역자 둘입니다."

부지도자가 으르렁거렸다.

"반역자!"

롱테일이 외쳤다. 파이어하트를 바라보는 그의 시선이 곱지 않
았다.

"애완 고양이가 그럴 줄 알았지."

롱테일이 비웃었다.

"그만!"

블루스타가 작게 으르렁거리며 명령했다. 그녀는 순찰대 고양
이들에게 고개를 끄덕였다.

"모두 가도 좋다."

그들이 자리를 뜨자 블루스타가 타이거클로에게 돌아섰다.

"무슨 일인지 말해 보게."

"이 새끼 고양이 녀석이 진영을 떠나는 걸 보았습니다."

타이거클로는 클라우드킷에게 꼬리를 획 휘두르며 말을 시작
했다.

"새끼 고양이와 훈련병은 전사와 동행하지 않으면 밖에 나갈
수 없다고 명령한 직후에 말입니다. 그래서 데리고 들어오려고
뒤쫓아갔는데, 골짜기에 들어선 녀석이 냄새 흔적을 쫓아가고 있
다는 걸 알게 되었습니다."

타이거클로는 잠시 말을 멈추고, 파이어하트와 그레이스트라이
프를 위협적으로 노려보았다.

"냄새 흔적은 해 드는 바위 하류에 있는 디딤돌까지 이어졌습

니다. 그리고 거기서 이 두 용감한 전사가 강족 영역에서 넘어오고 있는 것을 보게 된 겁니다. 무얼 하고 있었는지 물었더니 물이 얼마나 불어났는지 확인하러 간 거라고 말도 안 되는 소리를 하더군요."

파이어하트는 블루스타의 호통을 들을 마음의 준비를 했다. 그러나 지도자는 차분하게 물었다.

"사실이냐?"

돌아오는 길에 파이어하트는 생각을 정리할 시간이 있었다. 블루스타에게 다시 거짓말을 했다가는 얼마나 큰 곤경에 처할지 상상조차 할 수 없었다. 지도자의 얼굴에 드러난 현명함과 푸른 눈에 빛나는 통찰력을 보며, 파이어하트는 진실을 말해야겠다는 생각이 들었다.

"네, 다 설명할 수 있습니다. 하지만……."

그는 타이거클로를 흘깃 보았다.

블루스타는 한참 동안 눈을 감고 있었다. 마침내 눈을 뜬 그녀는 도무지 알 수 없는 표정을 짓고 있었다.

"타이거클로, 이 일은 내가 처리하겠네. 가 보게."

부지도자는 반발할 것처럼 보였지만, 블루스타의 확고한 눈빛에 침묵을 지켰다. 블루스타는 부지도자에게 짧게 고개를 숙이고, 싱싱한 먹이 더미를 향해 걸어갔다.

"클라우드킷, 내가 새끼 고양이들과 훈련병들에게 왜 혼자 나가지 말라고 명령을 내린 줄 아느냐?"

블루스타가 하얀 새끼 고양이를 향해 말했다.

"홍수는 위험하니까요."

클라우드킷이 시무룩하게 대답했다.

"하지만 저는……."

"넌 내 명령에 따르지 않았다. 그러니 벌을 받아야 마땅하다. 그것이 종족의 규율이다."

파이어하트는 클라우드킷이 반항할 거라 생각했다. 하지만 다행히 새끼 고양이는 고개를 숙이고 말했다.

"네, 블루스타."

"요 며칠 타이거클로가 네게 원로들을 보살피는 일을 시켰지? 좋아, 그 일을 계속해라. 종족의 다른 고양이들을 돕는 것은 명예로운 일이다. 종족의 명령을 따르는 것도 명예로운 일이라는 것을 배우도록 해라. 자, 이제 가거라. 가서 네가 할 일이 있는지 찾아봐라."

클라우드킷은 고개를 숙여 인사한 뒤, 꼬리를 높이 치켜들고 공터를 가로질러 달려갔다. 새끼 고양이는 원로들을 돌보는 일을 무척 즐기는 것 같았다. 그러니 썩 나쁘지 않은 벌이었다. 파이어하트는 클라우드킷이 종족의 방식을 존중해야 한다는 교훈을 얻지 못할까 봐 염려스러웠다.

블루스타는 이제 자리를 잡고 앉았다.

"무슨 일인지 말해 보아라."

파이어하트는 심호흡을 한 뒤, 그와 그레이스트라이프가 어떻게 강족의 새끼 고양이들을 구할 수 있었는지 설명했다. 그리고 그 일로 강족 진영까지 끌려가게 된 이야기를 했다.

"우리는 그들의 진영 안으로 들어가지는 못했습니다. 진영이 물에 잠겼거든요. 지금 강족은 더 높은 지대에 있는 덤불에서 지내고 있습니다."

"그렇군……."

블루스타가 중얼거렸다.

"강족에게는 제대로 된 은신처가 없습니다. 먹이를 잡기도 힘든 상황이고요. 두발쟁이들이 강을 오염시켜서, 물고기를 먹으면 병에 걸린답니다."

그는 그레이스트라이프가 걱정스러운 표정을 짓고 있다는 걸 눈치챘다. 친구는 강족의 약점을 너무 많이 밝히는 것은 위험하다고 생각하는 것이었다. 어떤 고양이들은 이번이 강족을 공격하기에 좋은 기회라고 여길 것이다. 하지만 파이어하트는 블루스타가 그렇게 하지 않으리라고 믿었다. 그녀는 결코 다른 종족의 곤경을 틈타 이익을 얻으려고 하지 않을 것이다.

"그래서 우리가 뭔가 해야겠다는 생각이 들었습니다. 우리는…… 우리 영역에서 먹이를 잡아다 주겠다고 제안했고, 그동안 강을 건너서 싱싱한 먹이를 잡아다 주었습니다. 돌아오는 길에 타이거클로가 우리를 본 것입니다."

"우리는 반역자가 아닙니다. 그저 도우려고 그런 거예요."

그레이스트라이프가 끼어들었다.

블루스타는 그레이스트라이프를 바라보았다가 다시 파이어하트에게 눈을 돌렸다. 엄격한 표정이었지만 눈빛에는 이해심이 깃들어 있었다.

"알겠다, 너희의 선의는 존중한다. 어떤 종족이든 상관없이 모든 고양이들에게는 살아남을 권리가 있다. 하지만 너희끼리 그렇게 일을 처리해서는 안 된다는 걸 잘 알지 않느냐. 너희는 속임수를 써서 진영을 몰래 빠져나갔다. 타이거클로에게는 거짓말을 했지. 거짓은 아니더라도 진실을 모두 말하지 않은 것이다."

파이어하트가 이의를 제기하기 전에 그녀가 덧붙였다.

"그리고 우리보다 먼저 다른 종족을 위해 사냥을 했다. 전사라면 그러한 행동을 해서는 안 된다."

파이어하트는 마른침을 꿀꺽 삼키며 그레이스트라이프를 힐긋 보았다. 친구는 부끄러워서 고개를 푹 숙인 채 발치만 내려다보고 있었다.

"네, 모두 잘 알겠습니다. 잘못했습니다."

파이어하트는 솔직하게 인정했다.

"잘못했다는 것만으로는 충분하지 않다."

블루스타가 날선 목소리로 말했다.

"너희는 벌을 받아야 한다. 전사답지 않은 행동을 했으니, 훈련병의 임무는 기억하고 있는지 확인해 보도록 하지. 이제부터 원로들을 보살피고 그들을 위해 먹이를 사냥해라. 사냥을 할 때는 다른 전사들의 감독을 받아야 한다."

"뭐라고요?"

파이어하트는 격분하여 자신도 모르게 소리쳤다.

"너희는 전사의 규약을 어겼다."

블루스타가 다시 한 번 일깨워 주었다.

"더 이상 너희를 신뢰할 수 없으니 믿을 수 있는 누군가와 함께 가는 게 당연하다. 강족에게 가는 것도 금지다."

"하지만…… 다시 훈련병이 되라는 건 아니지요? 그렇죠?"

그레이스트라이프가 걱정스럽게 물었다.

"그렇다."

블루스타의 눈빛이 조금 누그러졌다.

"너희는 여전히 전사이다. 잎이 싹으로 돌아갈 수는 없지. 하지만 충분히 교훈을 얻었다는 생각이 들 때까지는 훈련병 생활을 하게 될 것이다."

파이어하트는 차분하게 숨을 쉬려고 안간힘을 썼다. 천둥족의 전사라는 사실이 그동안 얼마나 자랑스러웠는가! 전사의 특권을 잃는다고 생각하니, 그는 수치심에 어찌할 바를 몰랐다. 하지만 블루스타와 언쟁을 벌여 봤자 소용없었다. 게다가 마음 깊은 곳에서는 이 처벌이 정당하다고 받아들이고 있었다. 그는 공손하게 머리를 조아렸다.

"잘 알겠습니다, 블루스타."

"그리고 정말 죄송합니다."

그레이스트라이프가 거들었다.

"알았다."

블루스타가 그에게 고개를 끄덕였다.

"너는 가도 좋다, 그레이스트라이프. 파이어하트, 너는 잠깐 남아라."

깜짝 놀란 파이어하트는 무엇 때문에 남으라는 건지 궁금해하

217

며 초조하게 기다렸다.

종족 지도자는 그레이스트라이프가 충분히 멀어질 때까지 기다렸다. 그리고 마침내 물었다.

"말해 보아라, 파이어하트. 강족에서 홍수로 목숨을 잃은 고양이가 있더냐?"

블루스타는 평소와 달리 파이어하트와 눈을 맞추지 않고, 어딘가 정신이 없는 듯한 목소리로 물었다.

"목숨을 잃은 전사들이 있느냐?"

"제가 알기로는 없습니다. 크룩트스타가 누군가 물에 빠져 죽었다는 말은 하지 않았습니다."

블루스타는 생각에 잠긴 듯 얼굴을 찌푸렸지만 더 이상 묻지는 않았다. 그녀는 마치 스스로에게 답을 하듯 고개를 약간 끄덕였다. 그리고 조금 머뭇거리다가 파이어하트를 보내 주었다.

"그레이스트라이프를 찾아서 함께 먹이를 먹도록 해라."

블루스타가 아무런 감정도 느껴지지 않는 단호한 목소리로 말했다.

"그리고 타이거클로를 내게 보내도록 해라."

파이어하트는 고개를 숙이고 일어나서 자리를 떴다. 공터를 가로질러 가면서 그는 흘깃 뒤를 돌아보았다. 블루스타는 여전히 바위 아래 웅크리고 먼 곳을 응시하고 있었다. 그는 지도자의 갑작스런 질문에 어리둥절한 기분이 들었다.

'강족 전사들을 왜 그렇게 걱정하는 거지?'

15

뜻밖의 모습

"아니, 우리 신참 훈련병 파이어포 아니야?"

들쥐를 먹던 파이어하트는 고개를 들었다. 롱테일이 꼬리를 흔들면서 건들건들 걸어오고 있었다.

"훈련 준비는 되었겠지? 타이거클로가 네 스승이 되어 주라고 날 보냈지 뭐야."

롱테일이 빈정거렸다.

파이어하트는 여유롭게 들쥐를 마지막까지 삼키고 일어났다. 블루스타가 타이거클로에게 그의 처벌에 대해 말했을 때 어땠을지 짐작이 갔다. 타이거클로는 지체 없이 첫 번째 순찰대를 조직했을 테고, 자연스럽게 파이어하트를 가장 싫어하는 전사를 골라 감독하게 했을 것이다.

옆에 있던 그레이스트라이프가 벌떡 일어나 롱테일에게 한 발짝 다가갔다.

"말조심하시죠. 우린 훈련병이 아닙니다!"

"내가 듣기로는 그렇지 않던데."

롱테일이 맛있는 먹이를 삼키기라도 한 것처럼 혀로 입을 쓱 훑으면서 대꾸했다.

"그럼 우리가 바로잡아 드리죠."

파이어하트는 꼬리를 휘두르며 쉭쉭거렸다.

"다른 한쪽 귀도 마저 찢기고 싶은 건 아니겠죠?"

롱테일이 한 걸음 물러났다. 파이어하트가 진영에 도착하던 날을 떠올린 것이 분명했다. 그날 파이어하트는 애완 고양이라고 조롱하는 롱테일에게 맞서, 두려운 기색 없이 사납게 싸웠다. 다른 고양이들은 다 잊었을지 몰라도, 귀가 찢어진 롱테일은 그날의 패배를 절대 잊을 수 없을 것이다.

"조심하는 게 좋을걸. 날 건드렸다가는 타이거클로가 네 꼬리를 뽑아 버릴 테니까."

롱테일이 발끈해서 외쳤다.

"그거 괜찮겠네요. 파이어포라고 한 번 더 불러 보시죠. 그럼 어떻게 되는지 보자고요."

파이어하트는 지지 않고 응수했다.

롱테일은 아무 말도 하지 못하고 그저 고개를 돌려 털을 핥을 뿐이었다. 파이어하트는 위협적인 자세를 풀고 으르렁거리듯 말했다.

"자, 그럼 서두르죠. 사냥을 하려거든 하자고요."

파이어하트는 그레이스트라이프와 함께 앞장서서 진영을 나와 골짜기를 올라갔다. 롱테일은 뒤를 따르며, 자신이 책임자라도 되는 듯 어디서 사냥을 할지 큰 소리로 떠들어 댔다. 하지만 일단 숲에 들어서자, 파이어하트와 그레이스트라이프는 롱테일을 무시해 버렸다.

날은 춥고 흐린 데다 가느다란 빗줄기까지 떨어지기 시작했다. 먹잇감은 찾기 힘들었다. 그레이스트라이프는 고사리 잎사귀 사이에서 움직임을 포착하고 살펴보기 위해 다가갔다. 하지만 파이어하트는 거의 포기 상태였다. 바로 그때 개암나무 뿌리 주변을 쪼고 있는 되새를 발견했다. 그는 사냥 자세로 몸을 낮추고, 아무것도 모른 채 먹이를 쪼는 새를 향해 한 발씩 앞으로 기어 나갔다.

엉덩이를 옆으로 흔들면서 덮칠 준비를 하고 있을 때, 롱테일이 큰 소리로 비아냥거렸다.

"그게 사냥 자세야? 다리 세 개 달린 토끼도 그거보단 낫겠다!"

롱테일의 소리를 듣고 겁에 질린 되새가 비명을 지르며 푸드덕 날아올랐다.

파이어하트는 화가 나서 빙글빙글 돌며 외쳤다.

"대체 왜 이러는 겁니까? 당신이 소리를 내는 바람에……."

"핑계 대지 마. 넌 두 발 사이에 앉아 있는 쥐도 못 잡았을걸?"

롱테일이 말했다.

파이어하트는 귀를 납작 붙이고 이빨을 드러냈다. 싸움에 대비해 마음을 다잡던 그는 문득 의심이 들었다. 롱테일이 일부러 자극하는 것은 아닐까? 그가 못 참고 공격한다면, 롱테일은 타이거클로에게 보고할 좋은 이야깃거리가 생길 것이다.

"좋습니다."

파이어하트는 이빨 사이로 그르렁거렸다.

"당신은 더 잘할 수 있나 본데, 그럼 어디 한번 보여 주시죠."

"되새가 너 때문에 겁을 집어먹고 그 소란을 떨었는데, 먹이가 잘도 남아 있겠다."

롱테일이 비꼬듯 말했다.

"지금 누가 핑계를 대는 거죠?"

파이어하트가 되받아쳤다.

롱테일이 대꾸하기도 전에 그레이스트라이프가 입에 들쥐를 물고 고사리 덤불에서 나타났다. 그는 파이어하트 옆에 들쥐를 내려놓고, 발로 흙을 차서 덮어 놓았다.

롱테일은 그 틈을 타서 그레이스트라이프가 나온 고사리 덤불 구멍으로 들어가 버렸다.

그가 가는 모습을 지켜보며 그레이스트라이프가 물었다.

"왜 저러는 거야? 쥐 쓸개즙이라도 삼킨 표정인데?"

파이어하트는 어깨를 으쓱했다.

"아무것도 아니야. 자, 계속 사냥이나 하자."

롱테일은 그 뒤로는 더 이상 간섭하지 않았다. 해가 질 무렵이 되자, 두 전사는 진영으로 가지고 갈 먹잇감을 꽤 많이 모았다.

"넌 원로들에게 좀 가져다 드려."

마지막 남은 먹잇감을 나르면서, 파이어하트는 그레이스트라이프에게 말했다.

"난 옐로팽과 신더포에게 가져갈게."

파이어하트는 다람쥐 하나를 골라서 치료사의 거처로 향했다. 옐로팽은 갈라진 바위틈 바깥쪽에 서 있었고, 신더포는 그 앞에 앉아 있었다. 파이어하트의 훈련병이었던 신더포는 행복하고 총명해 보였다. 그녀는 꼬리로 발을 감싸고 바른 자세로 앉아서 옐로팽의 이야기에 귀를 기울이고 있었다.

"금불초 잎을 씹어서 노간주나무 열매 으깬 것과 섞으면 관절이 아플 때 젖은찜질을 하기 좋지. 한번 해 보겠느냐?"

옐로팽이 말했다.

"좋아요!"

신더포가 열성적으로 대답했다. 그녀는 벌떡 일어나 옐로팽이 바닥에 둔 약초 더미의 냄새를 맡아 보았다.

"맛이 고약한가요?"

"아니. 하지만 삼키지 않는 게 좋아. 조금은 해가 되지 않지만, 너무 많이 먹으면 배탈이 날 테니까. 그래, 파이어하트, 무슨 일이지?"

파이어하트는 앞발 사이에 다람쥐를 늘어뜨린 채 공터를 가로질러 걸어갔다. 신더포는 벌써 금불초 앞에 웅크리고 앉아 열심히 씹고 있었다. 파이어하트를 보자 그녀는 꼬리를 휘둘러 인사했다.

"이거 드세요."

파이어하트는 옐로팽 앞에 다람쥐를 내려놓았다.

"그래, 네가 다시 훈련병의 임무를 맡게 되었다는 소식은 러닝윈드한테서 들었다."

옐로팽이 말했다.

"이 쥐 대가리 같은 녀석아! 강족을 돕고 있다는 걸 누구에게든 들킬 거라고 생각 못 했느냐?"

"글쎄, 그렇게 됐네요."

파이어하트는 그 일에 대해 더 이상 말하고 싶지 않았다.

다행히 옐로팽은 기꺼이 화제를 바꾸었다.

"어쨌든 마침 잘 왔다. 너에게 할 말이 있었거든. 저기 있는 젖은찜질 약 보이지?"

옐로팽이 주둥이를 들어 신더포가 씹어서 곤죽처럼 만들고 있는 초록색 잎사귀를 가리켰다.

"네."

"스몰이어에게 줄 거란다. 지금 내 거처에 있는데, 요 몇 달 사이에 그렇게 상태가 나쁜 관절은 처음 본다. 거의 움직이지도 못할 정도로 뻣뻣해. 내 생각에는 최근에 계속 잠자리에 축축한 이끼를 깔아서 그렇게 된 것 같구나."

옐로팽의 목소리는 부드러웠다. 하지만 눈빛은 그를 태울 듯 강렬했다.

파이어하트는 가슴이 철렁했다.

"클라우드킷이 문제군요?"

"그런 것 같다. 이끼를 아무렇게나 가져오더구나. 물을 털어 내는 것도 신경 쓰지 않는 것 같고."

"하지만 어떻게 하는지 가르쳐 줬는데……."

파이어하트는 말을 멈췄다. 그는 자신의 문제만으로도 벅찰 지경이었다. 클라우드킷의 일까지 해결해야 하다니, 너무 불공평하다는 생각이 들었다. 그는 깊은 숨을 들이쉰 다음 약속했다.

"제가 이야기해 볼게요."

"그래라."

신더포가 열심히 씹은 금불초를 뱉어 내며 일어섰다.

"이 정도면 충분히 씹은 건가요?"

옐로팽이 신더포가 해 놓은 일을 살폈다.

"훌륭하구나."

칭찬을 듣자 신더포의 파란 눈이 반짝였다. 파이어하트는 나이
든 치료사를 감사의 눈빛으로 바라보았다. 옐로팽은 신더포가 스
스로를 쓸모 있고 필요한 존재라고 느끼게 해 주고 있었다. 파이
어하트는 마음이 따뜻해졌다.

"이제 노간주나무 열매를 가져오너라."

옐로팽이 말을 이었다.

"어디 보자, 세 개 정도면 충분하겠구나. 어디에 두는지는 알고
있지?"

"네, 옐로팽."

신더포는 꼬리를 높이 치켜들고, 절룩거리면서도 빠른 걸음으
로 바위틈으로 향했다. 거처 입구에 도착한 그녀는 들어가기 전
에 뒤를 돌아보고 인사했다.

"다람쥐 고마워요, 파이어하트."

옐로팽은 만족스러운 표정으로 신더포를 바라보다가 쉰 목소
리로 말했다.

"자기 할 일을 제대로 할 줄 아는 고양이야."

파이어하트도 동의했다. 그는 자신의 혈육에 대해서도 그런 말

을 할 수 있기를 바랐다.

"저는 가서 클라우드킷을 찾아볼게요."

파이어하트는 한숨을 쉬면서 옐로팽의 옆구리에 코를 비비고, 그녀의 거처를 떠났다.

클라우드킷은 보육실에 없었다. 파이어하트는 원로들의 거처에 가 보았다. 안으로 들어서자 하프테일의 목소리가 들렸다.

"그래서 호랑이족 지도자는 하룻밤과 하루 낮 동안 여우를 쫓아갔지. 그리고 둘째 날 밤에……. 파이어하트, 어서 오렴. 이야기를 들으러 왔니?"

파이어하트는 주위를 살펴보았다. 하프테일은 이끼 속에서 몸을 웅크리고 있었고, 패치펠트와 대플테일이 근처에 있었다. 대플테일 옆에 웅크리고 앉은 클라우드킷은 검은 줄무늬의 거대한 호랑이족 고양이들을 상상하느라 파란 눈을 휘둥그레 뜨고 있었다. 거처 바닥에는 먹다 남은 먹이가 몇 점 있었다. 클라우드킷의 털에서 나는 쥐 냄새로 보아 원로들이 그에게도 먹이를 나누어 준 것 같았다.

"아뇨, 하프테일. 계속 있을 수는 없어요. 클라우드킷에게 할 말이 있어서 왔거든요. 옐로팽이 그러는데, 저 녀석이 축축한 잠자리를 가져온다고 해서요."

대플테일이 콧방귀를 뀌었다.

"말도 안 되는 소리!"

"옐로팽이 스몰이어 말을 듣고 그러는 거야. 스몰이어는 별 무리에서 별족이 내려와 잠자리를 봐 준다고 해도 불평을 할걸."

패치펠트가 말했다.

파이어하트는 당황해서 털이 쭈뼛거렸다. 원로들이 클라우드킷을 감싸 줄 거라고는 예상하지 못했던 것이다.

"진짜 그랬어, 안 그랬어? 직접 말해 봐."

파이어하트는 새끼 고양이를 바라보며 다그쳤다.

클라우드킷은 눈을 끔벅이며 대답했다.

"저는 제대로 하려고 애쓴 건데요, 파이어하트."

"아직 어리잖니."

대플테일이 다정하게 말했다.

"네……. 하지만 스몰이어가 관절이 계속 아프다고 하니까요."

파이어하트는 거처 바닥에 발을 문질렀다.

"스몰이어가 관절이 아픈 게 어디 하루 이틀이냐? 이 녀석이 태어나기 전부터 아팠다니까. 파이어하트, 넌 가서 네 볼일이나 보렴. 우리 일은 우리가 알아서 하마."

하프테일이 말했다.

"죄송해요."

파이어하트가 대답했다.

"그럼 가 볼게요. 클라우드킷, 그래도 앞으로는 젖은 이끼를 가져오지 않도록 특별히 신경 써야 한다, 알았지?"

거처에서 물러 나오는데, 뒤에서 클라우드킷이 졸라 대는 소리가 들렸다.

"계속해 주세요, 하프테일. 호랑이족의 지도자가 그래서 어떻게 했다고요?"

파이어하트는 공터로 나올 수 있어서 기뻤다. 분명 클라우드킷은 이끼를 제대로 가져가지 않았을 것이다. 하지만 원로들은 클라우드킷에 대해 나쁜 말은 단 한마디도 하지 않으려는 것 같았다. 원로들을 위해 사냥도 했으니, 이제 파이어하트도 먹이를 먹을 수 있었다. 먹이 더미로 향하던 파이어하트는 거처 밖에 누워 있는 브로큰테일을 발견했다. 그 옆에는 타이거클로가 있었고, 둘은 오랜 친구처럼 혀를 나누고 있었다.

뜻밖의 광경을 보고 깜짝 놀란 파이어하트는 걸음을 멈췄다. 타이거클로에게서 좀처럼 보기 힘든 자상한 모습이었다. 너무 멀리 있어서 타이거클로가 무슨 말을 하는지는 알 수 없었다. 단지 목소리의 울림만 들릴 뿐이었다. 브로큰테일은 부지도자의 친절한 태도에 답하듯 무척 편안한 표정으로 짧게 대꾸했다.

타이거클로에 대해 오래전부터 가졌던 의구심들이 불쑥 튀어나왔다. 타이거클로는 용맹스러운 전사였고, 부지도자로서 맡은 일을 훌륭히 해낸다는 것은 모두가 아는 사실이었다. 파이어하트는 그가 누군가를 측은히 여기는 것은 한 번도 본 적이 없었다. 연민 어린 모습이야말로 진정한 지도자의 면모였다. 그런데 지금 브로큰테일과 함께 있는 모습은…….

파이어하트는 머릿속이 혼란스러웠다. 어쩌면 레드테일의 죽음은 타이거클로의 책임이 아니라고 했던 블루스타의 말이 옳을지도 몰랐다. 어쩌면 신더포가 당한 일은 함정이 아니라 정말 사고였을지도 모른다. 파이어하트는 생각에 잠겼다.

'그동안 내 생각이 다 틀린 거였다면? 타이거클로가 눈에 보이

는 그대로 충성스럽고 능력 있는 부지도자라면?'

　그는 아직 확신을 가질 수가 없었다. 파이어하트는 천천히 먹이 더미로 걸어가면서, 자신이 알고 있는 사실이 주는 무거운 부담감에서 벗어날 수 있기를 간절히 바랐다.

16
위험한 임무

파이어하트는 훈련병의 거처를 둘러싸고 있는 고사리 덤불 밖으로 걸어 나와 앞발을 쭉 뻗었다. 해가 막 떠오른 하늘에는 벌써 옅은 푸른빛이 돌았다. 구름과 비가 며칠 동안 이어진 끝에 드디어 화창한 날씨를 약속해 주는 하늘이었다.

파이어하트는 훈련병의 거처에서 잠을 자는 것이야말로 가장 가혹한 처벌이라 생각했다. 거처에 들어갈 때마다 쏜포와 브라이트포가 믿을 수 없다는 듯 눈을 크게 뜨고 그를 쳐다보았다. 브래큰포도 몹시 당황한 표정이었다. 롱테일의 훈련병인 스위프트포는 스승이 시켰는지, 대놓고 비웃었다. 파이어하트는 편히 쉬기가 힘들었다. 게다가 꿈 때문에 잠을 계속 설쳤다. 꿈을 꿀 때마다 스파티드리프가 다가와 무언가 경고를 해 주지만, 잠에서 깨면 무슨 말이었는지 도무지 기억이 나지 않았다.

파이어하트는 입을 쫙 벌려서 늘어지게 하품을 했다. 그리고 앉아서 몸을 구석구석 핥았다. 그레이스트라이프는 아직 자고 있었다. 곧 친구를 깨워서 자신들을 감독해 줄 전사를 찾아 또 사냥을 나가야 할 것이다.

몸을 핥던 파이어하트는 높은 바위 아래에 앉아 대화에 열중해 있는 블루스타와 타이거클로를 보았다. 그들을 우두커니 바라보며 무슨 대화를 나누는지 궁금해하고 있을 때, 블루스타가 꼬리질로 그를 불렀다. 파이어하트는 즉각 일어나서 진영을 가로질러 갔다.

"파이어하트."

가까이 가자 블루스타가 말했다.

"타이거클로와 나는 너희가 충분히 벌을 받았다고 생각한다. 너와 그레이스트라이프는 다시 전사의 본분으로 돌아가도 좋다."

파이어하트는 안도감에 정신이 아찔해졌다.

"고맙습니다, 블루스타!"

"이번 일로 교훈을 얻었기를 바란다."

타이거클로가 으르렁댔다.

"타이거클로가 나무 네 그루까지 순찰대를 이끌고 갈 것이다."

파이어하트가 대답하기 전에 블루스타가 말을 이었다.

"이틀 밤만 지나면 보름달이 뜰 테니, 모임에 갈 수 있을지 알아봐야 한다. 타이거클로, 파이어하트를 데리고 가겠나?"

파이어하트는 부지도자의 호박색 눈에 번득이는 빛이 어떤 의미인지 읽어 낼 수 없었다. 기뻐하는 얼굴은 아니었다. 타이거클로가 기뻐한 적은 한 번도 없었다. 하지만 파이어하트의 능력을 시험해 보게 되어 기쁘다는 듯, 비밀스러운 만족감이 서려 있었다. 파이어하트는 신경 쓰지 않았다. 블루스타가 다시 진짜 전사의 임무를 맡길 만큼 자신을 신뢰하게 되었다는 사실에 몹시 흥분되었다.

"네, 데리고 가겠습니다."

타이거클로가 말했다.

"하지만 잘못된 곳에 발을 디딘다면, 반드시 그 이유를 알아낼 것입니다."

타이거클로가 몸을 일으키자 짙은 색 털이 일렁거렸다.

"같이 갈 전사를 찾아보겠습니다."

타이거클로는 공터를 가로질러 전사들의 거처 안으로 사라졌다.

"이번 모임은 아주 중요하다."

블루스타가 말했다.

"다른 종족들은 홍수를 어떻게 견디고 있는지 알아봐야 한다. 우리 종족도 꼭 참석해야 해."

"방법을 찾아보겠습니다, 블루스타."

파이어하트는 그녀를 안심시켰다.

하지만 잠시 후에 타이거클로가 거처 밖으로 다시 나왔을 때, 그의 자신감은 급격히 사라져 버렸다. 그를 따라나선 고양이는 바로 롱테일이었다. 타이거클로는 파이어하트에게 불이익을 주기 위해 세 번째 순찰대원을 신중히 고른 듯했다.

파이어하트는 걱정스러운 마음에 뱃속에 단단한 응어리가 맺힌 것 같았다. 혼자서 타이거클로와 롱테일을 따라나서도 괜찮을지 확신이 서지 않았다. 강족과 치른 전투에서 있었던 일이 아직도 생생하게 기억났다. 타이거클로는 그가 강한 상대와 싸우는 모습을 그저 지켜만 볼 뿐 도와주지 않았다. 게다가 롱테일은 그가 진영에 발을 들인 그 순간부터 줄곧 적대적인 태도를 보였다.

숲 속 깊숙한 곳에서 두 고양이가 자신에게 덤벼들어 목숨을 빼앗는 두려운 장면들이 잠시 머릿속을 스치고 지나갔다. 파이어하트는 몸을 부르르 떨었다. 그는 원로가 들려주는 무서운 옛날 이야기를 듣는 새끼 고양이처럼 겁을 먹고 있었다. 타이거클로는 틀림없이 그에게 부당한 요구를 할 것이고, 롱테일은 그런 순간을 즐길 것이다. 하지만 파이어하트는 그러한 도발이 두렵지 않았다. 자신이 어느 모로 보나 그들에 뒤지지 않는 전사라는 것을 보여 주고 싶었다!

파이어하트는 블루스타에게 정중히 인사를 한 뒤 타이거클로와 롱테일을 따라 진영을 나섰다.

숲을 지나 나무 네 그루로 향하는 동안 해는 더 높이 떠오르고 하늘은 더 짙푸르게 변했다. 고사리들을 무겁게 누르고 있던 이슬방울들이, 스쳐 지나가는 파이어하트의 털에 달라붙었다. 새들의 노랫소리가 들려오고, 나뭇가지에 새로 돋아난 잎들이 살랑살랑 흔들렸다. 마침내 새잎 돋는 계절이 온 것이다.

타이거클로를 뒤따라 걸어가던 파이어하트는 덤불 속에서 총총거리는 먹잇감의 유혹적인 움직임에 자꾸 신경이 쓰였다. 얼마 후에 부지도자는 걸음을 멈추고 사냥을 하게 해 주었다. 타이거클로는 평소와 달리 유난히 기분이 좋아 보였다. 파이어하트가 날쌘 들쥐를 덮쳤을 때는 칭찬을 하기도 했다. 심지어 롱테일조차 쌀쌀맞은 말을 입 밖으로 꺼내지 않았다.

파이어하트는 들쥐를 먹은 덕분에 배가 부르고 몸이 따뜻해졌다. 불편한 감정들도 사라졌다. 이런 날씨에는 낙관적인 기분이 들지 않을 수 없었다. 그는 곧 좋은 소식을 가지고 블루스타에게 돌아갈 수 있으리라는 확신이 들었다.

언덕 꼭대기에 다다른 그들은 아래쪽을 내려다보았다. 물줄기가 천둥족 영역을 가로지르며 나무 네 그루와 그들을 갈라놓고 있었다. 타이거클로는 길고 낮은 신음 소리를 냈고, 롱테일은 놀란 듯 날카로운 울음소리를 냈다.

파이어하트도 그들과 마찬가지로 당혹스러웠다. 평소에 물줄기는 고양이들이 쉽게 건널 수 있을 정도로 얕았다. 바위에서 바위로 건너뛰면 발을 적시지 않아도 될 정도였다. 하지만 지금은 물이 양쪽으로 모두 넓게 퍼졌고, 물살은 원래 있던 물줄기를 따라 빠르게 휘몰아치고 있었다.

"저길 건넌다고? 난 사양할래."

롱테일이 중얼거렸다.

타이거클로가 말없이 상류 쪽으로 걷기 시작했다. 그는 범람한 물가를 따라 걸으며 천둥길 방향으로 향했다. 땅이 완만한 오르막을 이루더니, 얼마 가지 않아 반짝거리는 수면 위로 더부룩하게 자란 풀과 비죽 솟은 고사리 줄기들이 보였다.

"화이트스톰이 지난번에 보고한 것처럼 깊지는 않군. 여기서 건너가 보자."

타이거클로가 말했다.

파이어하트는 건너갈 수 있을 만큼 물이 얕은지 의심스러웠지만, 아무 말도 하지 않았다. 반대 의견을 냈다가는 늘 그렇듯이 나약한 애완 고양이라는 비웃음만 살 것이 뻔했다. 타이거클로는 벌써 물을 헤치며 가고 있었다. 파이어하트는 그를 잠자코 따라갔다. 옆에서 첨벙거리는 롱테일의 귀가 초조하게 씰룩거리고 있었다.

다리에 찰싹찰싹 닿는 물이 차가웠다. 파이어하트는 풀줄기가 난 곳을 골라 건너뛰면서, 가까운 기슭을 향해 구불구불 난 길을 조심스럽게 따라갔다. 첨벙거리며 앞으로 나아갈 때마다 물방울들이 햇빛을 받아 반짝거렸다. 한 번은 발밑에서 개구리가 꿈틀거리는 바람에 균형을 잃을 뻔했지만, 물에 잠긴 덤불 속으로 발톱을 깊숙이 찔러 넣으면서 몸을 바로 세웠다.

앞쪽으로는 갈색 물살이 흐르고 있었다. 바닥에 있던 진흙이 휩쓸려 왔기 때문이었다. 그곳은 고양이가 건너뛰기에는 폭이 너무 넓었다. 디딤돌들도 완전히 물속에 잠겨 있었다.

'타이거클로가 헤엄치라고 하지 않으면 좋겠는데.'

파이어하트는 주춤거리며 생각했다.

그 생각이 채 끝나기도 전에 좀 더 위쪽에서 타이거클로가 소리쳤다.

"이리 와! 이걸 봐라!"

파이어하트는 그를 향해 첨벙첨벙 걸어갔다. 부지도자와 롱테일은 나란히 물줄기 끝에 서 있었다. 그들 앞에는 물살에 휩쓸려 온 나무줄기 하나가 이쪽 기슭에서 반대쪽 기슭으로 걸려 있었다.

"우리한테 딱 필요했던 것이다."

타이거클로가 만족스럽다는 듯 말했다.

"파이어하트, 안전한지 확인해 보겠느냐?"

파이어하트는 미심쩍은 눈초리로 나무줄기를 보았다. 그것은 강족 영역으로 넘어갈 때 이용했던 쓰러진 나무보다 훨씬 더 가늘었다. 잔가지가 사방으로 뻗어 있었고, 죽은 나뭇잎들이 매달려 있었다. 매순간 물살이 나무줄기를 다시 휩쓸어 가려는 듯 통째로 조금씩 흔들고 있었다.

다른 선임 전사였더라면, 심지어 블루스타였다 해도 파이어하트는 발을 내딛기 전에 먼저 나무줄기가 얼마나 안전한지 논의했을 것이다. 그러나 타이거클로의 명령에는 토를 달 수 없었다.

"무서운 거야, 애완 고양이?"

롱테일이 그를 조롱했다.

파이어하트의 속에서 단호한 의지가 불타올랐다.

'두려워하는 티를 내지 말자. 이 둘이 희희낙락하며 다른 고양이들에게 내 이야기를 하게 만들 수는 없어.'

파이어하트는 이를 악물고 나무줄기 끝에 올라섰다.

나무줄기는 곧바로 물에 잠겼다. 그는 발톱을 단단히 박고 균형을 잡으려고 안간힘을 썼다. 발밑에서 갈색으로 변한 물이 콸콸 흘러갔다. 순간 그 물에 처박힐 것 같다는 생각이 들었다.

파이어하트는 침착하게 몸을 가누고, 한 발씩 조심조심 내디디며 앞으로 나아가기 시작했다. 가느다란 나무줄기는 걸음을 뗄 때마다 무게에 눌려 휘청거렸다. 또 잔가지들이 자꾸 털에 걸리는 바람에 위태롭게 균형을 잡아야 했다.

'이런 식으로는 절대로 모임에 갈 수 없어.'

파이어하트는 차츰 물줄기 한가운데에 가까워졌다. 물살이 가장 센 곳이었다. 나무줄기는 점점 가늘어지다가 마침내 그의 꼬리와 비슷한 굵기에 이르렀다. 이제 발 디딜 곳을 찾기는 더욱 힘들어졌다. 파이어하트는 잠시 멈춰 서서 남은 거리를 가늠해 보았다.

'이쯤이면 건너뛰어도 안전할까? 좀 더 가야 하는 걸까?'

그때 나무줄기가 갑자기 요동쳤다. 그는 본능적으로 발톱에 힘을 주어 더 단단히 움켜잡았다. 그때 타이거클로가 외치는 소리가 들렸다.

"파이어하트, 돌아와!"

그 순간, 파이어하트는 위태롭게 휘청거렸다. 나무줄기가 다시 한 번 요동치더니, 갑자기 물살에 떠내려가기 시작했다. 파이어하트는 옆으로 미끄러졌다. 타이거클로의 외침이 한 번 더 들리는가 싶더니, 물살이 그의 머리를 뒤덮어 버렸다.

17

신더포의 선택

물속으로 고꾸라지던 파이어하트는 가까스로 한 발로 나무줄기를 잡을 수 있었다. 마치 삐죽삐죽한 나무로 만들어진 적과 싸우는 기분이었다. 시커먼 물속에서 부글거리며 숨을 헐떡이는 동안 잔가지들이 그를 후려치고 털을 할퀴었다. 간신히 수면 위로 머리를 내놓았지만, 숨을 한번 쉬기도 전에 나무줄기가 뒤집히면서 그를 다시 물속으로 밀어 넣었다.

이상하게도 공포가 그를 침착하게 만들었다. 마치 시간이 느릿느릿 가는 것 같았다. 머릿속에서는 나무줄기를 놓고 수면 위로 올라가라는 명령이 들렸다. 하지만 그렇게 하다가는 목숨을 잃을 것 같았다. 헤엄을 치기에는 물살이 너무 거셌기 때문이다. 이렇게 세찬 물살 속에서는 발톱을 단단히 박고 견디는 수밖에 없었다.

'별족이시여, 도와주세요!'

파이어하트는 마음속으로 미친 듯이 외쳐 댔다.

모든 감각이 암흑 속으로 서서히 사그라지기 시작했다. 그때 나무줄기가 다시 한 번 뒤집히면서 그를 수면 위로 올려놓았다.

그는 숨이 막힐 듯 기침을 하면서 물을 뱉어 냈다. 여전히 발톱은 나무줄기를 꽉 움켜잡고 있었다. 양옆에서 물이 거세게 휘몰아쳤다. 강기슭은 보이지 않았다. 물 밖으로 몸을 더 끌어 올리고 싶었지만, 흠뻑 젖은 털이 너무 무거웠고 네 다리는 뻣뻣하게 굳어 있었다. 파이어하트는 얼마나 더 버틸 수 있을지 알 수 없었다.

나무줄기를 놓칠 것 같다고 생각한 순간, 나무줄기가 무언가에 걸려 덜컹하고 멈췄다. 그 충격으로 파이어하트는 거의 떨어져 나갈 뻔했다. 필사적으로 매달려 있던 그는 누군가 자신의 이름을 외치는 소리를 들었다. 고개를 돌려 보니, 나무줄기의 한쪽 끝이 강물 위로 불쑥 솟아 나온 바위에 걸려 있었다.

바위 꼭대기에는 롱테일이 웅크리고 앉아 그를 향해 몸을 숙이고 있었다.

"움직여, 애완 고양이!"

롱테일이 으르렁거렸다.

파이어하트는 마지막 남은 힘을 쥐어 짜내어 나무줄기를 따라 기어갔다. 잔가지들이 얼굴을 세차게 때렸다. 그는 나무줄기가 다시 요동치는 것을 느끼고 바위로 몸을 날렸다. 앞발이 바위를 스치듯 할퀴었고, 뒷다리는 물을 차고 올라갔다. 간신히 발이 돌에 닿았을 때, 나무줄기는 물살에 휩쓸려 떠내려갔다.

잠시 그는 자신도 함께 휩쓸려 가는 줄 알았다. 바위는 미끄러웠고 발을 디딜 만한 곳은 전혀 없었다. 그때 롱테일이 아래쪽으로 내려왔다. 파이어하트는 그의 이빨이 목덜미에 닿는 것을 느꼈다. 롱테일의 도움으로 그는 가까스로 바위 꼭대기까지 올라갈 수 있었다. 파이어하트는 몸을 덜덜 떨면서 물을 몇 차례 뱉어 낸 다음에야 고개를 들었다.

"고맙습니다, 롱테일."

전사는 무표정한 얼굴이었다.

"별거 아니야."

타이거클로가 바위 뒤쪽에서 모습을 드러냈다.

"다쳤느냐? 걸을 수는 있느냐?"

타이거클로가 다그치듯 물었다.

파이어하트는 휘청거리면서 일어났다. 몸을 털자 물이 줄줄 흘러내렸다.

"저…… 전 괜찮습니다, 타이거클로."

타이거클로는 파이어하트의 털에서 흩날리는 물방울을 피하느라 뒤로 물러섰다.

"조심해라. 우린 벌써 젖을 만큼 젖었으니까."

타이거클로는 파이어하트에게 다시 다가와 재빨리 냄새를 맡아 보았다.

"진영으로 돌아가라. 우리 모두 돌아간다. 아무도 저 물을 건널 수 없다. 네가 적어도 그건 증명했군."

파이어하트는 고개를 끄덕이고 말없이 부지도자를 따라 숲으로 들어섰다. 이렇게까지 춥고 피곤했던 적은 한 번도 없었다. 따뜻한 햇볕을 받으며 몸을 웅크리고 자고 싶은 생각이 간절했다.

파이어하트는 물에 젖은 돌덩이처럼 온몸이 무거웠지만, 머릿속에는 두려움과 의심이 소용돌이쳤다. 타이거클로는 그를 나무줄기 위로 보냈다. 누가 봐도 위험한 상황이었다. 파이어하트는 걸려 있던 나무줄기를 타이거클로가 일부러 빼 버린 것이 아닌지, 그래서 그를 불어난 물에 빠뜨리려고 한 것은 아닌지 의심스러웠다.

'롱테일이 보고 있지 않았다면 말이지.'

결국 그를 구해 준 것은 롱테일이었다. 파이어하트는 롱테일을 싫어하긴 하지만, 어쨌든 그가 다른 고양이에게 도움이 필요할 때 충실히 전사의 규약에 따라 행동한 것만은 분명했다.

그렇긴 하지만 롱테일이 보지 않을 때 타이거클로가 나무줄기를 움직였을 수도 있다. 어쩌면 롱테일은 무슨 일이 벌어지고 있는지 이해하지 못했을지도 모른다. 파이어하트는 그에게 직접 물어보고 싶었다. 하지만 그런 질문을 한다면 당장 타이거클로에게 보고할 게 분명했다.

파이어하트는 타이거클로를 흘깃 쳐다보았다. 부지도자는 증오심을 노골적으로 드러낸 채 그를 노려보고 있었다. 파이어하트와 눈이 마주치자, 타이거클로는 말없이 위협하듯 눈살을 찌푸렸다. 바로 그 순간 파이어하트는 그가 어떤 방법으로든 자신을 죽이려 했다는 것을 알 수 있었다. 이번 시도는 실패했다.

'하지만 다음번에는 어떻게 될까?'

파이어하트의 지친 두뇌는 너무나 명백한 사실 앞에서 뒷걸음쳤다. 타이거클로에게 두 번의 실패란 없을 것이다.

진영에 도착할 무렵에는 새잎 돋는 계절의 따스한 햇볕이 파이어하트의 털을 말려 주었다. 하지만 그는 너무 지쳐서 발을 떼기도 힘들 지경이었다.

전사들의 거처 밖에서 햇볕을 쬐고 있던 샌드스톰이 그를 보자 마자 벌떡 일어나 다가왔다.

"파이어하트! 너 꼴이 형편없잖아! 무슨 일이야?"

"별일 아니야. 그냥……."

"파이어하트는 헤엄을 친 거다. 그게 전부야."

타이거클로가 끼어들었다. 그는 파이어하트를 내려다보며 말했다.

"서둘러라. 블루스타에게 보고를 해야지."

타이거클로는 롱테일을 이끌고 높은 바위 쪽으로 성큼성큼 걸어갔다. 파이어하트가 그들을 뒤따라 비틀비틀 걸어가자, 샌드스톰이 곁에 바짝 붙어서 따스한 몸으로 부축해 주었다.

"그래, 건널 만한 곳을 발견했나?"

고양이들이 앞에 와서 서자 블루스타가 물었다.

타이거클로가 커다란 머리를 흔들었다.

"불가능합니다. 수위가 너무 높습니다."

"하지만 모든 종족이 모임에 참석해야 하네. 우리가 방법을 찾지 않으면 별족은 진노할 걸세. 타이거클로, 정확히 어디를 보고 왔는지 말해 보게."

타이거클로는 아침에 있었던 일을 상세히 설명했다. 파이어하트가 나무줄기를 건너가려 했던 일도 말했다.

"용감하긴 했지만 어리석은 짓이었습니다. 목숨을 내놓는 줄 알았습니다."

샌드스톰이 감명을 받은 얼굴로 파이어하트를 돌아보았다. 하지만 파이어하트에게는 나무줄기에 올라가는 것 말고는 다른 선택의 여지가 없었다. 그것은 타이거클로도 잘 알고 있었다.

"다음부턴 더 조심하도록 해라, 파이어하트. 오한이 들었을지도 모르니 옐로팽에게 가 보는 게 좋겠다."

블루스타가 주의를 주었다.

"전 괜찮습니다. 그냥 잠을 자면 될 것 같아요."

파이어하트가 말했다.

블루스타가 눈을 가늘게 뜨고 그를 보았다.

"명령이다, 파이어하트."

파이어하트는 하품이 나오려는 것을 간신히 참으며 공손하게 고개를 숙였다.

"네, 블루스타."

"옐로팽에게 갔다가 거처로 와. 내가 싱싱한 먹이를 가져다 놓을게."

샌드스톰이 그를 핥아 주며 말했다.

파이어하트는 고맙다고 인사하고 옐로팽의 거처로 힘겹게 걸어갔다. 치료사의 공터는 비어 있었다. 옐로팽을 부르자, 나이 든 치료사가 바위틈에서 고개를 내밀었다.

"파이어하트? 맙소사, 별족이시여! 나무에서 떨어진 다람쥐 꼴이구나! 무슨 일이니?"

그녀가 걸어오는 동안 파이어하트는 좀 전에 있었던 일을 설명해 주었다. 신더포도 절뚝거리며 옐로팽을 뒤따라 나와 그의 곁에 앉았다. 그가 물에 빠져 죽을 뻔한 이야기를 듣고 신더포는 눈을 휘둥그레 떴다.

신더포를 보고 있자니, 천둥길에서 벌어진 사고를 다시 떠올리지 않을 수 없었다. 그 일도 타이거클로가 고의로 꾸민 사고였을까? 레드테일을 냉혹하게 죽인 일은 말할 것도 없었다. 파이어하트는 심신이 피로해져서 머리가 빙글빙글 돌았다. 타이거클로의 잔혹한 야망에 희생되는 고양이가 또 나오기 전에 어떻게 그를 멈출 수 있을까?

"알았다."

옐로팽이 그의 골치 아픈 생각들을 방해했다.

"넌 강인한 고양이니까, 오한이 들지는 않았을 거야. 하지만 확실히 해 두는 게 좋겠지. 신더포, 물에 흠뻑 젖었을 때는 무얼 살펴봐야 하지?"

신더포는 꼬리로 발을 감싼 채 몸을 바로 세우고 앉았다. 그녀는 옐로팽에게 시선을 고정한 채 막힘없이 말했다.

"호흡 곤란, 구토, 털에 붙은 거머리입니다."

"좋아. 그럼, 살펴보도록 해라."

신더포는 아주 조심스럽게 파이어하트의 몸 구석구석을 킁킁거리며 냄새를 맡았다. 한 발로는 털을 갈라 보며 살갗에 달라붙은 거머리가 없는지 살폈다.

"숨 쉬는 데는 문제없죠, 파이어하트? 토할 것 같나요?"

신더포가 부드럽게 물었다.

"아니, 다 괜찮아. 그냥 한 달쯤 자고 싶을 뿐이야."

파이어하트가 대답했다.

"괜찮은 것 같아요, 옐로팽."

신더포가 보고했다. 그녀는 파이어하트와 뺨을 맞대고 재빨리 두어 번 핥아 주었다.

"이제 강물에 뛰어들지는 마세요, 알았죠?"

"됐다, 파이어하트. 이제 가서 자도 좋아."

옐로팽이 쉰 목소리로 말했다.

신더포는 깜짝 놀라서 귀를 쫑긋 세웠다.

"직접 살펴보지 않으세요? 제가 하나라도 놓쳤으면 어떡해요?"

"그럴 필요 없다."

옐로팽이 말했다.

"난 널 믿는다, 신더포."

나이 든 치료사는 몸을 쭉 펴고 깡마른 등을 동그랗게 구부렸다가 폈다.

"오래전부터 너한테 이 말을 하고 싶었다."

그녀가 말을 이었다.

"쥐 대가리 같은 고양이 녀석들을 하도 많이 봤더니, 영리한 고양이를 만나는 게 얼마나 기쁜지 모른다. 너는 배우는 것도 빠르고, 아픈 고양이들도 잘 돌보더구나."

"고맙습니다, 옐로팽!"

신더포가 옐로팽의 칭찬에 눈이 동그래져서 소리쳤다.

"조용히 해라, 아직 안 끝났어. 난 늙어 가고 있고, 이제 훈련병을 찾아봐야 할 때가 왔다. 신더포, 천둥족의 치료사가 되는 게 어떻겠니?"

신더포가 벌떡 일어났다. 눈이 반짝반짝 빛났고, 흥분으로 온몸이 떨리고 있었다.

"진심이세요?"

그녀가 속삭이며 물었다.

"물론 진심이지. 난 어떤 고양이들처럼 내 목소리 듣는 게 좋아서 말하지는 않는단다."

옐로팽이 으르렁댔다.

"그렇다면 좋아요."

신더포가 당당하게 고개를 들어 올리며 말했다.

"이 세상 무엇보다도 좋아요!"

파이어하트는 행복에 겨워 가슴이 두근거렸다. 그는 신더포를 무척 걱정했었다. 처음에는 그녀가 죽을까 봐, 그 뒤에는 다친 다리 때문에 전사가 되지 못한다는 것이 걱정되었다. 그는 신더포가 자신의 삶에 대해 얼마나 치열하게 고민했는지 알고 있었다. 그리고 이제 옐로팽이 완벽한 해결책을 찾아 준 것 같았다. 어린 암고양이가 미래에 대한 기대감으로 행복해하는 모습을 보니, 파이어하트는 더 바랄 것이 없었다.

파이어하트는 가벼워진 발걸음으로 전사들의 거처로 돌아갔다. 그리고 샌드스톰과 싱싱한 먹이를 나누어 먹고 잠이 들었다. 잠에서 깨었을 때는 지는 해가 거처 안을 붉게 비추고 있었다.

그레이스트라이프가 그를 쿡 찔렀다.

"일어나. 블루스타가 회의를 소집했어."

파이어하트는 거처에서 나왔다. 블루스타는 벌써 높은 바위에 올라가 서 있었다. 그 옆에는 옐로팽이 있었다. 고양이들이 모두 모이자 나이 든 치료사가 먼저 입을 열었다.

"천둥족의 고양이들이여, 알려 드릴 소식이 있습니다."

옐로팽이 쉰 목소리로 말했다.

"여러분도 알다시피 나는 늙었습니다. 이제는 제자를 받아들여야 할 때입니다. 그래서 내가 받아들이고 견딜 수 있는 유일한 고양이를 선택했습니다."

옐로팽이 가르랑거리는 소리를 냈다.

"그리고 나를 참고 견딜 수 있는 유일한 고양이기도 합니다. 여러분의 다음 치료사는 신더포가 될 것입니다."

기쁨의 함성이 터져 나왔다. 신더포는 털을 매끈하게 단장하고 눈을 반짝이며 바위 아래에 앉아 있었다. 그녀는 축하해 주는 종족 고양이들에게 수줍게 고개를 숙였다.

"신더포."

블루스타가 함성 가운데 목소리를 높였다.

"옐로팽의 제자 자리를 받아들이겠느냐?"

신더포는 고개를 들어 지도자를 바라보았다.

"네, 블루스타."

"그렇다면 반달이 떴을 때 '어머니의 입'으로 가서 다른 치료사들 앞에서 별족의 승인을 받아야 한다. 모든 천둥족 고양이들의 축복이 너와 함께할 것이다."

옐로팽이 엉거주춤 미끄러지면서 높은 바위에서 내려왔다. 그리고 신더포에게 다가가 코를 맞댔다. 종족 고양이들이 새로운 수습 치료사를 둘러싸고 모여들었다. 파이어하트는 브래큰포가 자부심 어린 눈으로 누이에게 다가가는 모습을 보았다. 심지어 타이거클로조차 그녀에게 가서 몇 마디 말을 건넸다. 많은 고양이들이 신더포가 이렇게 중요한 자리에 걸맞다고 여기는 것이 분명했다.

신더포에게 축하를 해 주려고 기다리면서, 파이어하트는 자신의 문제들도 모두 이처럼 원만하게 해결되기를 바랐다.

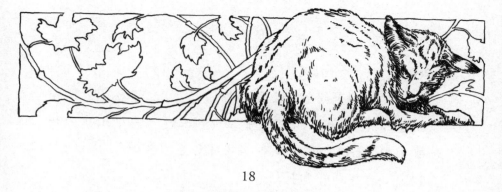

18

나이트스타의 속셈

파이어하트가 물에 빠져 목숨을 잃을 뻔한 뒤로 해가 세 번째 지고 있었다. 그는 거처 밖에서 혀로 털을 핥으며 몸을 닦고 있었다. 아직도 흙탕물의 맛이 입에 남아 있는 것 같았다. 등을 닦으려고 고개를 돌렸을 때, 점점 가까워지는 발소리가 들렸다. 고개를 들어 보니, 타이거클로가 다가오고 있었다.

"블루스타가 모임에 함께 가기를 원한다. 샌드스톰과 그레이스트라이프를 데리고 블루스타의 거처 밖으로 오너라."

부지도자는 파이어하트가 대답하기도 전에 자리를 떴다.

파이어하트는 일어나서 몸을 쭉 폈다. 주변을 둘러보니 그레이스트라이프와 샌드스톰이 쐐기풀 더미 옆에서 먹이를 먹고 있었다. 그는 서둘러 친구들에게 다가갔다.

"블루스타가 우리를 모임에 데려간대."

샌드스톰은 찌르레기를 마저 먹고 나서 분홍빛 혀로 입 주변을 닦았다.

"그런데 모임에 갈 수가 있어? 강물이 불어나 건널 수 없는 줄 알았는데?"

그녀가 어리둥절한 얼굴로 물었다.

"블루스타는 우리가 시도도 해 보지 않으면 별족이 노할 거라고 했어. 블루스타에게 가 보자. 계획이 있는 것 같아."

파이어하트가 대답했다.

그레이스트라이프가 들쥐를 입에 문 채 말했다.

"헤엄쳐서 가라고 하지만 않았으면 좋겠네."

말은 그렇게 했지만 그레이스트라이프의 눈은 흥분으로 반짝였다. 그는 남은 먹이를 꿀꺽 삼키고 벌떡 일어났다. 파이어하트는 그가 실버스트림을 만날 기회를 기다리고 있다는 것을 알고 있었다. 강족을 위해 먹이를 잡아다 주는 일이 실패로 끝나 버린 뒤로 그레이스트라이프와 실버스트림은 만날 기회가 있었을까?

파이어하트는 실버스트림의 새끼 고양이들을 떠올렸다. 그레이스트라이프가 다른 종족에서 자라는 새끼들의 모습을 지켜보며 어떻게 참고 견딜 수 있을지 걱정스러웠다. 실버스트림은 새끼 고양이들에게 아버지가 천둥족 전사라고 말해 줄 수 있을까? 파이어하트는 의구심들을 머릿속에서 떨쳐 내려고 애쓰면서, 친구들과 함께 공터를 가로질러 높은 바위로 향했다. 블루스타는 거처 밖에 앉아 있었다. 화이트스톰과 마우스퍼와 윌로펠트가 그녀 옆에 앉아 있었다. 잠시 후에 타이거클로와 다크스트라이프도 합류했다.

"알다시피 오늘 밤에는 보름달이 뜬다."

고양이들이 모두 모이자 블루스타가 말을 시작했다.

"나무 네 그루까지는 힘든 여정이 될 테지만, 별족은 우리가 최선을 다해 길을 찾기를 바랄 것이다. 그래서 이번에는 전사들만 선발했다. 원로나 훈련병, 새끼를 가진 어미 고양이들에게는 맞지 않는 여정이니까. 다크스트라이프, 네가 오늘 아침에 순찰대를 이끌고 강물을 살펴보고 왔으니, 무엇을 보았는지 보고해라."

"수위가 낮아지고 있습니다. 하지만 속도는 빠르지 않습니다. 천둥길까지 순찰을 나가 보았는데, 헤엄을 치지 않고 건널 만한 곳은 없었습니다."

다크스트라이프가 말했다.

"위쪽으로 갈수록 강폭이 좁아집니다. 거기서 뛰어넘어서 건널 수는 없을까요?"

윌로펠트가 말했다.

"건널 수도 있겠지요, 날개가 있다면. 하지만 발만 가지고서야……."

다크스트라이프가 대답했다.

"하지만 시도라도 해 보려면 거기가 가장 좋은 장소입니다."

화이트스톰이 주장했다.

블루스타가 고개를 끄덕였다.

"그럼 거기서 시작하겠다."

블루스타가 결정을 내렸다.

"별족이 안전한 장소로 이끌어 주실지도 모르지."

블루스타는 일어나서 전사들을 이끌고 조용히 진영을 나섰다.

해가 지면서 황혼이 숲을 흐릿하게 비추고 있었다. 멀리서 올

빼미가 울었다. 덤불 속에서 먹잇감이 부스럭거리는 소리가 들렸지만, 전사들은 여정에 전념하느라 사냥에는 신경을 쓰지 않았다. 블루스타는 그들을 이끌고 곧장 숲을 통과해, 물줄기가 나오는 굴길로 향했다. 천둥길 아래에 있는 단단한 돌로 된 굴길이었다. 평소에 나무 네 그루까지 갈 때는 천둥길에서 이렇게 가까운 곳을 지나지는 않았다. 파이어하트는 지도자가 어떻게 할 계획인지 궁금했다. 굴길에 도착해 보니, 불어난 물이 굴길 양쪽으로 흘러넘치며 떠오르는 달빛을 반사하고 있었다. 물은 천둥길마저 덮어버렸다. 천둥길을 지나는 괴물은 아주 천천히 움직이면서 둥그런 검정색 발에서 더러운 물살을 토해 냈다.

괴물이 멀리 사라지자, 블루스타는 고양이들을 이끌고 단단한 천둥길을 덮고 있는 물가로 갔다. 그녀는 쿵쿵대며 물을 살피더니 악취에 코를 찡그렸다. 그러고는 조심스럽게 한 발을 물에 담갔다.

"이곳은 물이 얕다. 천둥길을 따라 걸어 올라가면 된다. 그림자족 경계를 따라가면 나무 네 그루에 도착할 수 있을 것이다."

블루스타가 말했다.

천둥길을 걸어간다니! 괴물들의 흔적을 따라 천천히 걸어갈 생각을 하니 파이어하트는 두려움으로 털이 곤두서기 시작했다. 천둥길의 괴물이 고양이에게 어떤 해를 끼칠 수 있는지는 신더포의 사고가 똑똑히 보여 주었다. 게다가 그녀는 단지 길가에 있었을 뿐이었다.

"괴물이 달려오면 어떻게 합니까?"

그레이스트라이프가 파이어하트의 두려움을 대신 말해 주듯 물었다.

"가장자리로 붙어서 가면 된다. 괴물들도 움직이는 속도가 느려졌다. 그들도 발을 적시는 게 달갑지 않은 것 같구나."

블루스타가 차분하게 대답했다.

그레이스트라이프는 여전히 미심쩍은 표정이었다. 파이어하트도 친구와 마찬가지로 걱정스러웠지만, 더 이상 반대해 봤자 소용이 없었다. 괜히 겁쟁이처럼 군다고 타이거클로에게 야단만 맞을 것 같았다.

"블루스타, 기다리십시오."

화이트스톰이 물을 헤치고 가는 종족 지도자를 불렀다.

"이 물줄기 건너편의 우리 영역은 지대가 낮다는 걸 잊지 마십시오. 그쪽도 마찬가지로 물이 넘쳐 있을 겁니다. 제 생각에는 지대가 더 높은 그림자족 영역으로 올라가지 않으면 나무 네 그루까지 갈 수 없을 것 같습니다."

파이어하트의 옆에 있던 고양이 하나가 희미하게 으르렁거리는 소리를 냈다. 파이어하트는 또다시 두려움에 휩싸였다. 전사들이 무리를 지어 다른 종족의 영역에 발을 들여놓는다고? 그것도 전투를 치른 지 얼마 되지 않은 적의 영역에? 순찰대에게 들키기라도 하면 적의 전사들이 침략했다고 여길 게 분명했다.

블루스타는 물속에 발을 디딘 채로 멈춰 섰다. 그녀는 화이트스톰을 돌아보며 말했다.

"어쩌면 그럴지도 모르지. 하지만 그 방법밖에 없다면 위험을 감수해야 하네."

블루스타는 더 이상 반대할 기회를 주지 않고 다시 출발했다. 따라가는 것 말고는 달리 방법이 없었다. 파이어하트는 화이트스톰 바로 뒤에서 천둥길 가장자리를 따라 물을 튀기며 걸어갔다. 타이거클로는 맨 뒤를 맡아서 뒤쪽에서 오는 괴물들이 없는지 계속 살펴보았다.

처음에는 모든 것이 잠잠했다. 괴물 하나가 나타나긴 했지만 천둥길 건너편에서 다른 방향으로 지나갔다. 하지만 잠시 후, 철벅거리는 소리와 함께 괴물이 다가오는 익숙한 소리가 들려왔다.

"조심해!"

대열의 끝에서 타이거클로가 외쳤다.

괴물이 지나가는 동안 파이어하트는 천둥길 가장자리를 둘러싼 낮은 벽에 몸을 바짝 붙이고, 얼어붙은 듯 가만히 있었다. 다크스트라이프는 낮은 벽 위로 올라가 몸을 웅크리고, 지나가는 괴물을 향해 이빨을 드러내 보였다. 순간 기이하게 번쩍이는 괴물의 색이 더러운 물 위에 반사되었다. 물결이 밀려나오면서 파이어하트의 배털을 적셨다.

괴물은 사라졌다. 파이어하트는 그제야 숨을 쉴 수 있었다.

얼마 후 파이어하트는 화이트스톰의 말이 옳았다는 것을 확인할 수 있었다. 천둥족 영역의 낮은 땅은 물로 뒤덮여 있었다. 지대가 높아지고 걸을 수 있을 만한 마른땅이 나올 때까지, 천둥길 가장자리를 따라 계속 걷는 수밖에 없었다.

마침내 파이어하트는 발이 아플 정도로 단단한 천둥길에서 내려서게 되었다. 그는 안도감을 느끼며 고개를 들고 입을 벌렸다. 강한 악취가 입천장을 채웠다. 그림자족의 냄새였다! 그들은 천둥길을 따라 걸으며 천둥족 영역을 벗어났다. 이제 모임이 열리는 나무 네 그루까지는 그림자족 땅이 펼쳐져 있었다.

"여기 있으면 안 되는데."

윌로펠트가 불안한 듯 중얼거렸다.

블루스타는 그 말을 들었을 수도 있지만, 모르는 척하고 걸음을 재촉했다. 그들은 물에 흠뻑 젖은 잔디를 가로질러 달려갔다. 그곳에는 나무가 거의 없었다. 짧게 잘린 풀밭에는 허락 없이 남의 영역에 들어온 고양이들을 가려 줄 만한 것이 아무것도 없었다. 파이어하트의 심장이 빠르게 뛰었다. 단지 달리는 속도가 빨라서만은 아니었다. 그림자족에게 들키면 그들은 분명 곤경에 처할 것이다. 하지만 나무 네 그루는 그리 멀지 않았다. 그때까지는 행운이 따라 줄지도 모른다.

그때 그들 앞으로 쏜살같이 스쳐 가는 어두운 그림자가 보였다. 선두에 있는 블루스타를 가로막으려는 것 같았다. 더 많은 그림자가 뒤따랐고, 사나운 외침이 밤의 정적을 갈라놓았다.

블루스타는 속도를 더 높였다. 상대편보다 빨리 달릴 수 있다고 생각한 것 같았다. 하지만 이내 속도를 늦추고 멈춰 섰다. 그녀의 전사들 역시 그대로 따랐다. 파이어하트는 숨을 헐떡거리며 서 있었다. 그림자들이 점점 가까워졌다. 그들은 나이트스타를 앞세운 그림자족 고양이들이었다.

"블루스타!"

나이트스타가 천둥족 지도자 앞에 멈춰 서며 소리쳤다.

"어째서 천둥족 전사들을 이끌고 그림자족 영역에 들어온 거요?"

"홍수가 나서 땅이 잠기는 바람에 나무 네 그루까지 가려면 이 길밖에 없었소."

블루스타가 침착한 목소리로 대답했다.

"다른 의도는 없소, 나이트스타. 모임이 열리는 동안은 휴전 상태가 된다는 건 알고 있지 않소?"

나이트스타가 귀를 납작 붙이고 털을 세웠다.

"휴전은 나무 네 그루에서만 유효한 거요. 여기서는 휴전이란 없소."

나이트스타가 으르렁거렸다.

파이어하트는 본능적으로 몸을 낮춰 방어 자세를 취했다. 전사들은 물론 훈련병들과 원로들까지 섞여 있는 그림자족 고양이들은 조용히 움직여, 수가 더 적은 천둥족을 반원으로 둘러쌌다. 나이트스타와 마찬가지로 그림자족 고양이들도 하나같이 털을 곤두세우고 꼬리를 획획 휘두르고 있었다. 적개심이 가득한 그들의 눈동자에 차가운 달빛이 비쳤다. 파이어하트는 지금 싸움이 벌어진다면 천둥족은 수적으로 밀려서 희망이 없다는 것을 알고 있었다.

"나이트스타, 미안하오."

블루스타가 말했다.

"정당한 이유도 없이 그림자족 영역에 들어올 리가 없지 않소? 부디 지나가게 해 주시오."

그녀의 말은 그림자족 고양이들을 달래는 데 아무 소용이 없었다. 그림자족 부지도자인 신더퍼가 지도자의 옆으로 나왔다. 달빛에 희미하게 형체만 보이는 그가 조그만 목소리로 말했다.

"우리를 염탐하러 온 것 같습니다."

"염탐이라고?"

타이거클로가 앞으로 밀치고 나와 블루스타 옆에 섰다. 그는 신더퍼와 쥐 하나 거리를 사이에 두고 코앞까지 머리를 들이밀었다.

"여기서 뭘 염탐할 수 있단 말이지? 진영 근처에도 가지 않았는데!"

신더퍼가 입술을 삐죽거리며 가시처럼 날카로운 이빨을 드러냈다.

"명령만 내리십시오, 나이트스타. 저 녀석들을 갈가리 찢어 놓겠습니다."

"해 보시지!"

타이거클로가 으르렁댔다.

나이트스타는 잠시 침묵했다. 파이어하트는 근육에 잔뜩 힘이 들어갔다. 곁에 있는 그레이스트라이프도 목구멍에서 낮게 으르렁거리는 소리를 냈다. 마우스퍼는 가까이 있는 그림자족 전사를 향해 이빨을 드러내 보였고, 샌드스톰은 싸울 태세를 갖추고 초록색 눈을 번득였다.

"떨어져 있어라."

나이트스타가 마침내 그의 전사들에게 명령했다.

"지나가게 놔두어라. 천둥족 고양이들을 모임에서 봐야겠다."

말은 호의적이었지만, 그는 이빨을 드러낸 채 쉭쉭거리고 있었다. 파이어하트는 갑자기 미심쩍다는 생각이 들었다. 그는 그레이스트라이프에게 속닥거렸다.

"무슨 뜻으로 저러는 거야?"

그레이스트라이프가 어깨를 으쓱했다.

"모르지. 홍수가 난 뒤로 그림자족 상황을 전혀 알지 못하니까. 무슨 꿍꿍이인지 누가 알겠어?"

"우리가 호위도 해 주겠소."

나이트스타가 눈을 가늘게 뜨며 말을 이었다.

"나무 네 그루까지 무사히 갈 수 있도록 말이오. 성난 쥐라도 만나서 천둥족이 겁을 집어먹고 달아나면 안 되지 않겠소?"

그림자족 전사들이 웅성거리며 맞장구를 쳤다. 그들은 위치를 바꾸어 천둥족 전사들을 사방에서 에워쌌다. 블루스타의 옆에 선 나이트스타는 고개를 까딱하고는 출발했다. 그림자족 순찰대는 천둥족과 발을 맞추어 뒤따라갔다.

천둥족은 적들에게 완전히 둘러싸인 채 모임 장소로 향했다.

파이어하트와 다른 천둥족 고양이들이 떡갈나무 네 그루 아래에 있는 분지로 들어섰을 때는 달이 하늘 꼭대기에 떠 있었다. 지독하게 차가운 달빛이 이미 모여 있는 강족과 바람족 고양이들을 비추었다. 모두들 호기심 어린 표정으로, 비탈을 내려오는 무리를 빤히 바라보았다. 파이어하트는 자신들이 포로처럼 보이리라는 것을 알았다. 그는 머리와 꼬리를 높이 쳐들고 당당하게 걸어갔다. 누구라도 그들이 패배했다고 말하게 하고 싶지 않았다.

다행히도 그림자족 고양이들은 분지에 도착하자마자 어둠 속으로 흩어졌다. 블루스타는 타이거클로를 옆에 거느린 채 곧장 거대한 바위로 갔다. 파이어하트는 그레이스트라이프를 찾아 주변을 둘러보았다. 하지만 친구는 벌써 사라지고 없었다. 잠시 후에 그는 실버스트림에게 다가가는 친구를 발견했다. 그러나 실버스트림은 다른 강족 고양이들에게 둘러싸여 있었고, 그레이스트라이프는 낙담한 얼굴로 주위를 서성일 수밖에 없었다.

파이어하트는 한숨이 나오려는 것을 참았다. 그레이스트라이프가 얼마나 실버스트림을 다시 만나고 싶어 했을지 잘 알고 있었다. 더구나 지금 그녀는 새끼 고양이를 배고 있었다. 하지만 모임에서 둘이 만나는 것은 큰 위험이 따르는 일이었다. 누구라도 그들이 함께 있는 것을 목격할 수 있기 때문이었다.

"무슨 생각을 하는 거야?"

마우스퍼의 말소리에 파이어하트는 화들짝 놀랐다.

"걱정거리라도 있는 표정인데?"

파이어하트는 갈색 전사를 우두커니 바라보았다.

"그냥…… 나이트스타가 한 말을 생각하고 있었어요."

파이어하트는 황급히 둘러댔다.

"왜 천둥족 고양이들을 모임에서 보고 싶다고 했을까요?"

"글쎄, 한 가지는 확실하지."

샌드스톰이 다가오며 말했다. 그 옆에는 윌로펠트가 있었다.

"우리를 친절하게 도와주려는 건 아니라는 것 말이야."

샌드스톰은 한쪽 발을 핥더니 귀에 가져갔다.

"이제 곧 알게 되겠지."

"문제가 생길 것 같아. 내 발끝에 느껴진다니까."

윌로펠트가 바람족 어미 고양이들이 모인 곳으로 자리를 옮기다가, 어깨 너머로 돌아보며 말했다. 파이어하트는 그 어느 때보다도 마음이 불안했다. 그는 나무 아래를 이리저리 서성거리며, 주위에 있는 고양이들의 말소리에 귀를 기울였다. 대부분은 다른 종족들의 소식을 전하면서 악의 없는 이야기를 나누고 있었다. 그림자족이 무슨 계획을 꾸미고 있는지에 대해서는 아무 말도 들을 수 없었다. 한 가지 눈치챈 것이 있다면, 그림자족 고양이들이 그가 지나갈 때마다 하나같이 사납고 적대적인 눈빛으로 노려본다는 사실이었다. 그들 중 한둘은 빨리 모임이 시작되기를 바라는 듯이 초조하게 거대한 바위를 흘깃거렸다.

마침내 바위 꼭대기에서 외치는 소리가 들렸다. 아래쪽에 모인 고양이들의 웅성거림이 잦아들었다. 파이어하트는 분지 가장자리에서 종족 지도자들이 잘 보이는 장소를 찾아 자리를 잡았다. 하늘을 배경으로 서 있는 지도자들의 윤곽이 검게 보였다.

샌드스톰이 그의 옆에 다가와, 가슴 아래로 발을 밀어 넣고 앉았다.

"이제 시작이야."

그녀가 기대감에 찬 목소리로 속삭였다.

나이트스타가 앞으로 나섰다. 그는 간신히 분노를 억누르는 듯 다리에 잔뜩 힘이 들어가 있었다.

"모든 종족의 고양이들이여, 내 말을 들으십시오!"

나이트스타가 소리쳤다.

"잘 듣고 기억하십시오. 지난 초록잎 우거진 계절까지, 브로큰스타는 그림자족의 지도자였습니다. 그는……."

바람족 지도자 톨스타가 앞으로 나와 나이트스타 옆에 섰다.

"왜 그런 혐오스러운 이름을 입에 올리는 거요?"

톨스타가 으르렁거렸다. 눈빛이 이글거리고 있었다. 그는 브로큰스타와 그림자족 전사들이 바람족을 영역에서 쫓아냈던 일을 떠올리고 있었던 것이다.

"혐오스러운 이름이라…… 그렇소."

나이트스타가 말했다.

"톨스타, 당신도 다른 고양이들과 마찬가지로 잘 알고 있을 거요. 그는 천둥족에서 새끼 고양이를 훔쳤소. 그리고 자기 종족의 새끼 고양이들을 너무 어린 나이에 전투에 투입시켜 죽게 만들었소. 그는 너무나 잔혹해서 우리가, 그러니까 그가 이끌던 그림자족이 그를 추방했소. 그런데 그가 지금 어디에 있는지 아시오?"

나이트스타의 목소리가 한껏 높아졌다.

"고양이들이여, 그가 숲에 버려져 죽었을까요? 아니면 두발쟁이들 사이에서 근근이 살아가고 있을까요? 아닙니다! 왜냐하면 오늘 밤 여기 온 고양이들 중에서 그를 받아 준 고양이들이 있기 때문입니다. 그들은 전사의 규약을 어기고, 숲에 사는 다른 모든 고양이들을 배신했습니다!"

파이어하트는 샌드스톰과 불안한 시선을 주고받았다. 이제 무슨 일이 벌어질지 알 수 있었다. 샌드스톰도 알고 있는 듯, 걱정스러운 표정으로 그를 보았다.

"그들은 바로 천둥족입니다!"

나이트스타가 소리쳤다.

"천둥족이 브로큰스타를 숨겨 주고 있습니다!"

19
아슬아슬한 휴전 협정

거대한 바위를 둘러싼 고양이들이 충격과 분노에 휩싸여 큰 소리로 웅성거렸다. 파이어하트의 몸에 있는 모든 근육이 그에게 덤불로 기어 들어가라고, 그들의 분노를 피해 숨으라고 말하고 있었다. 도망치지 않기 위해서는 엄청난 용기가 필요했다. 샌드스톰이 그의 옆으로 바짝 붙었다. 그녀 역시 겁을 먹었지만, 그녀의 온기가 파이어하트에게는 위안이 되었다.

거대한 바위 꼭대기에서 톨스타가 몸을 획 돌려 블루스타를 마주 보았다.

"사실이오?"

그가 으르렁거렸다.

블루스타는 바로 대답하지 않았다. 그녀는 위엄 있게 앞으로 걸어 나와 나이트스타를 대면했다. 달빛을 받은 그녀의 털이 은빛으로 반짝였다. 파이어하트는 별족의 전사가 별 무리에서 내려온 것 같다고 생각했다. 블루스타는 소란이 가라앉을 때까지 기다렸다.

"어떻게 알았소? 우리 진영을 염탐하고 있었소?"

블루스타가 서늘한 목소리로 물었다.

"염탐이라니! 당신네 훈련병들이 그렇게 지껄이고 다니는데 염탐할 필요가 있겠소? 지난 모임에서 우리 전사들이 들은 이야기요. 감히 여기 서서 그들이 틀렸다고 말하려는 거요?"

나이트스타가 쏘아붙였다.

파이어하트는 지난 모임이 끝날 무렵 스위프트포가 그림자족 훈련병들과 함께 있는 것을 본 기억이 났다. 어린 훈련병이 천둥족 포로에 대해 친구들에게 떠벌렸다면, 그렇게 죄지은 표정을 하고 있었던 것도 놀랄 일이 아니었다. 더구나 블루스타가 그 일에 대해 함구하라고 명령한 지 얼마 지나지도 않은 때였다!

블루스타는 멈칫했다. 파이어하트는 지도자가 안쓰러웠다. 천둥족 고양이들 중에서도 눈먼 브로큰테일을 보호해 주겠다는 그녀의 결정에 불만을 가진 고양이들이 여럿 있었다. 하물며 다른 종족들 앞에서 그녀는 어떻게 스스로를 방어할 수 있을까?

톨스타가 귀를 납작하게 붙이고 그녀 앞에 웅크리고 앉았다.

"사실이오?"

그가 되풀이해 물었다.

블루스타는 잠시 말을 하지 않고 있다가 도발하듯 고개를 들고 말했다.

"그렇소, 사실이오."

"배신자! 브로큰스타가 우리에게 무슨 짓을 저질렀는지 잘 알지 않소?"

톨스타가 버럭 화를 냈다.

블루스타의 꼬리 끝이 씰룩거렸다. 파이어하트가 앉아 있는 바위 아래쪽에서도 그녀의 몸에 있는 모든 근육이 팽팽하게 긴장된 모습이 보일 정도였다. 블루스타는 평정심을 잃지 않으려고 안간힘을 쓰고 있었다.

"아무도 감히 나를 배신자라고 부를 수 없소!"

그녀가 으르렁거렸다.

"내가 감히 그렇게 불러 드리지!"

톨스타가 되받아쳤다.

"당신은 전사의 규약을 어긴 배신자일 뿐이오. 그…… 그 여우 똥 무더기에게 기꺼이 은신처를 제공해 주다니!"

공터 여기저기에서 바람족 고양이들이 벌떡 일어나 지도자를 지지하며 외쳐 댔다.

"배신자! 배신자!"

거대한 바위 아래쪽에서는 타이거클로와 바람족 부지도자 데드풋이 코를 맞대고 목덜미 털을 세운 채 날카로운 이빨을 드러내고 있었다.

파이어하트도 벌떡 일어섰다. 전투 본능이 다리에 힘을 실어 주었다. 윌로펠트도 조금 전까지 함께 혀를 나누던 바람족 어미 고양이들에게 으르렁거리고 있었다. 그림자족 전사 둘이 다크스트라이프에게 위협적으로 다가가자, 마우스퍼가 즉시 공격 태세를 갖추며 그의 옆으로 뛰어갔다.

"멈추십시오!"

265

블루스타가 거대한 바위 위에서 소리쳤다.

"어떻게 이런 식으로 휴전을 깨뜨릴 수가 있습니까? 별족의 노여움을 사고 싶은 겁니까?"

그 말과 함께 달빛이 희미해지기 시작했다. 공터에 있는 모든 고양이들이 얼어붙었다. 파이어하트는 고개를 들어 하늘을 보았다. 구름 한 조각이 달을 가리며 지나가고 있었다. 파이어하트는 온몸이 오싹해졌다. 이것은 신성한 휴전 협정을 깨려는 종족들에게 보내는 별족의 경고일까? 이전에도 구름이 달을 뒤덮은 적이 있었다. 별족이 노했다는 뜻이었고, 결국 모임은 끝이 나고 말았다.

구름이 지나가면서 달빛은 다시 밝아졌다. 위기의 순간도 지나갔다. 고양이들은 계속 서로를 향해 눈을 흘기면서도 대부분 자리에 앉았다. 화이트스톰이 데드풋과 타이거클로 사이로 비집고 들어가더니, 천둥족 부지도자의 귀에 대고 무언가 다급하게 속삭였다.

거대한 바위 위에서는 크룩트스타가 앞으로 나와 블루스타 옆에 섰다. 그는 차분한 표정이었다. 파이어하트는 강족은 브로큰테일을 증오할 이유가 딱히 없다는 것을 깨달았다. 브로큰테일은 강을 건너서 강족의 영역을 침범하지도 않았고, 강족의 새끼 고양이들을 훔친 적도 없었다.

"블루스타, 왜 그런 일을 했는지 설명해 주시오."

크룩트스타가 말했다.

"그는 이제 브로큰테일이라는 이름으로 불립니다. 브로큰테일은 눈이 멀었습니다."

블루스타가 대답했다. 그녀의 목소리는 공터에 모인 모든 고양이가 들을 수 있을 만큼 크게 울려 퍼졌다.

"그는 실패한 늙은 고양이일 뿐, 더 이상 위험하지 않습니다. 그가 숲에서 굶어 죽도록 내버려 두어야겠습니까?"

"그렇소!"

나이트스타가 완강하게 말했다.

"어떻게 죽더라도 그에게는 가혹하지 않소!"

그림자족 지도자가 입에 거품을 물고 말했다. 그는 톨스타를 향해 공격적으로 머리를 들이밀고 외쳤다.

"당신이라면 종족을 영역에서 몰아낸 고양이를 용서할 수 있겠소?"

파이어하트는 나이트스타가 왜 이렇게까지 흥분을 하는지, 또 톨스타의 증오심을 자극하려고 작정하고 나서는 이유가 무엇인지 의아했다. 나이트스타는 이제 종족의 지도자였다. 한낱 눈먼 포로가 그에게 무슨 해를 끼칠 수 있단 말인가?

톨스타는 움찔하며 나이트스타에게서 떨어졌다. 그림자족 지도자의 분노에 놀란 것이 분명했다.

"이 일이 우리 종족에게 어떤 의미인지 잘 알지 않소. 우리는 결코 브로큰테일을 용서하지 않을 거요."

"그렇다면 난 당신이 틀렸다고 말하겠소."

블루스타가 말했다.

"전사의 규약은 우리에게 자비를 베풀라고 말하고 있소. 톨스타,

바람족이 패배하고 쫓겨났을 때 천둥족이 어떻게 해 주었는지 기억하시오? 우리는 당신들을 찾아서 집으로 데려왔소. 그리고 강족에 맞서 함께 싸웠소. 우리에게 입은 은혜를 잊은 것이오?"

블루스타의 말은 톨스타의 분노를 가라앉히기는커녕, 오히려 화를 돋우고 말았다. 톨스타는 털을 곤두세우고 블루스타에게 다가갔다.

"천둥족이 우리를 소유하겠다는 뜻이오?"

톨스타가 쏘아붙였다.

"그래서 우리를 데려온 거요? 당신이 바라는 대로 복종하고, 끽소리 못 하고 당신의 결정을 받아들이게 하려고? 바람족은 자존심도 없다고 생각하는 거요?"

블루스타는 바람족 지도자의 분노한 얼굴 앞에서 고개를 숙였다.

"톨스타, 당신 말이 맞소. 어떤 종족도 다른 종족을 소유할 수 없소. 내 말은 그런 뜻이 아니었소. 다만 바람족이 약했을 때를 돌이켜 보고, 지금은 동정을 베풀어 달라는 거요. 브로큰테일을 죽음으로 내몬다면, 우리가 그보다 나을 바가 없지 않소."

"동정이라고?"

나이트스타가 내뱉었다.

"새끼 고양이들한테나 먹힐 이야기를 우리에게 하다니! 브로큰테일은 언제 우리에게 동정을 베푼 적이 있소?"

여기저기서 맞장구치는 소리가 높아졌다. 나이트스타가 덧붙여 말했다.

"지금 당장 그를 쫓아내시오, 블루스타. 그렇지 않으면 내가 반드시 그 속셈을 캐낼 것이오!"

블루스타가 번득이는 푸른 눈을 반쯤 감고 되받아쳤다.

"내가 천둥족을 어떻게 이끌든, 이래라 저래라 하지 마시오!"

"이것만은 명심하시오."

나이트스타가 으르렁댔다.

"천둥족이 계속 브로큰테일을 보호한다면, 문제가 생길 걸 각오해야 할 거요. 그림자족이 반드시 처리할 테니!"

"바람족도 마찬가지요."

톨스타가 말했다.

블루스타는 말이 없었다. 파이어하트는 두 종족을 한꺼번에 적으로 만드는 게 얼마나 위험한 일인지, 그녀도 잘 알 거라 생각했다. 더구나 종족 내에서도 그녀의 결정에 대해 불만이 많은 상황이 아닌가.

"천둥족은 다른 종족의 명령을 받지 않소."

블루스타가 마침내 입을 열었다.

"우리는 우리가 옳다고 생각하는 대로 행동할 것이오."

"옳다고 생각하신다?"

나이트스타가 빈정거렸다.

"그 잔혹한 고양이를 보호해 주는 것이……."

"그만하시오!"

블루스타가 말을 끊었다.

"더 이상 언쟁을 벌이기 싫소. 이번 모임에서 논의할 다른 일들도 있소. 혹시 잊은 거요?"

나이트스타와 톨스타가 서로 눈빛을 주고받았다. 그들이 머뭇거리는 사이에 크룩트스타가 앞으로 나와, 홍수와 강족 진영이 입은 피해에 대해 보고했다. 그들은 잠자코 강족 지도자의 연설을 들었다. 하지만 파이어하트가 보기에 귀를 기울이는 고양이는 그리 많지 않은 것 같았다. 분지는 브로큰테일에 관한 충격적인 소식 때문에 술렁이고 있었다.

샌드스톰이 파이어하트에게 더 가까이 다가와 귀에 대고 속삭였다.

"나이트스타가 입을 열자마자 난 알았어. 브로큰테일 때문에 문제가 생길 거라는 걸."

"나도 그래."

파이어하트가 대꾸했다.

"하지만 블루스타는 브로큰테일을 내보낼 수 없을 거야. 다른 지도자들에게 굴복하는 것처럼 보일 테니까. 그러면 아무도 블루스타를 존경하지 않겠지. 천둥족이나 다른 종족이나 모두 마찬가지로 말이야."

샌드스톰이 작은 소리로 동의했다. 파이어하트는 계속되는 모임에 집중하려고 애썼지만 쉽지 않았다. 바람족과 그림자족 고양이들이 사방에서 보내오는 적대적인 눈초리를 의식하지 않을 수 없었다. 그는 어서 모임이 끝나기만을 바랐다.

끝나지 않을 것 같았던 모임이 마침내 끝나고, 달이 지기 시작했다. 고양이들은 집으로 돌아가기 위해 각자 속한 무리로 갈라졌다. 블루스타가 거대한 바위에서 내려오자, 천둥족 전사들은 약속이라도 한 듯이 조용히 그녀 주위를 둘러싸며 방어 대열을 갖췄다. 휴전 협정이 지켜질지 아무도 확신하지 못하는 상황이었다.

전사들이 블루스타 주위로 몰려들 때, 파이어하트는 원위스커의 모습을 얼핏 보았다. 그는 바람족 고양이들과 합류하려고 공터를 빠져나가고 있었다. 눈이 마주치자 원위스커가 멈춰 섰다.

"이번 일은 유감이야, 파이어하트. 너희가 우리를 집에 데려다준 건 잊지 않고 있어."

그가 조용히 말했다.

"고마워, 원위스커."

파이어하트가 대답했다.

그때 타이거클로가 둥글게 늘어선 고양이들 사이로 그를 밀치며 둘을 노려보았다. 얼룩무늬 전사가 원위스커에게 이빨을 드러내 보이자, 원위스커는 바람족 고양이들 쪽으로 물러났다. 파이어하트는 질책이 쏟아질 걸 각오했지만, 부지도자는 그를 지나쳐 걸어가 버렸다.

"이제 만족하십니까?"

타이거클로가 블루스타 옆에 서며 으르렁거렸다.

"이제 두 종족이 우리 피를 노리며 울부짖고 있습니다. 그 쓰레기 같은 녀석은 진작 쫓아냈어야 합니다."

파이어하트는 브로큰테일을 향한 타이거클로의 적개심에 깜짝 놀랐다. 얼마 전까지만 해도 둘은 다정하게 혀를 나누지 않았는

가. 부지도자는 브로큰테일이 종족에 머무는 문제를 받아들이기로 한 것처럼 보였다. 하지만 바람족, 그림자족과의 충돌로 심기가 불편해졌다고 해도 놀랄 일은 아니었다.

"타이거클로, 지금은 우리끼리 언쟁을 벌일 때가 아니네."

블루스타가 조용히 말했다.

"진영으로 돌아가서……."

"그래, 어떻게 돌아갈 생각이오?"

나이트스타가 천둥족 전사들을 밀치고 나와 대화에 끼어들었다.

"왔던 길로 가려는 건 아니길 바라오. 그림자족 영역에 발 하나라도 들여놓으면, 우리가 갈기갈기 찢어 줄 테니까."

나이트스타는 대답도 기다리지 않고 돌아서서 어둠 속으로 사라졌다.

블루스타는 혼란스러운 표정이었다. 강물을 헤엄쳐 건너지 않는 한, 천둥족 진영으로 돌아가는 다른 길은 없었다. 파이어하트는 목숨을 앗아 갈 뻔했던 사나운 물살을 떠올리며 진저리를 쳤다. 홍수로 넘친 물이 빠질 때까지 나무 네 그루에 머물러야만 하는 걸까? 그때 강족의 냄새가 풍겨 왔다. 돌아보니 크룩트스타가 강족 전사들 몇몇을 거느리고 다가오고 있었다.

"들었소."

크룩트스타가 블루스타에게 말했다.

"나이트스타가 잘못한 거요. 이런 시기에는 모든 고양이들이 서로 도와야지."

그가 파이어하트를 흘깃 보며 말했다. 파이어하트와 그레이스트라이프가 강족에게 먹이를 나누어 준 일을 잊지 않은 것이다. 그러나 블루스타를 뺀 나머지 천둥족 고양이들은 그 일에 대해 전혀 알지 못했다. 파이어하트는 주위에 있는 전사들이 불편한 기색으로 수군거리는 소리를 들을 수 있었다.

"천둥족이 돌아가는 길을 알려 드리겠소."

크룩트스타가 말을 이었다.

"우리는 여기 올 때 두발쟁이 다리를 이용해 강을 건넜소. 천둥족도 그쪽으로 가면 우리 영역을 지나 낮은 지대로 건너갈 수 있소. 디딤돌이 있는 곳에 죽은 나무가 걸쳐져 있으니, 거기서 건너면 될 거요."

블루스타가 대답하기도 전에 타이거클로가 으르렁거렸다.

"우리가 강족을 어떻게 믿습니까?"

크룩트스타는 그의 말을 무시한 채, 호박색 눈으로 블루스타를 바라보며 대답을 기다렸다. 블루스타는 정중하게 고개를 숙였다.

"고맙소, 크룩트스타. 제안을 받아들이겠소."

강족 지도자는 가볍게 고개를 숙였다. 그리고 돌아서서 블루스타를 데리고 공터를 빠져나갔다. 블루스타가 앞장서서 비탈을 올라 분지를 빠져나가는 동안에도, 천둥족 전사들은 여전히 수군거리고 있었다. 그림자족과 바람족이 그들을 향해 쉭쉭거리며 야유를 보냈다. 강족 전사들이 천둥족의 양옆을 호위했다. 파이어하트는 이번 모임을 통해 숲에 사는 네 종족들이 새롭게 편을 나누었다는 사실을 문득 깨달았다.

적대심 가득했던 모임 장소를 벗어나 비탈 꼭대기에 도착하자,

파이어하트는 마음이 놓였다. 그레이스트라이프는 실버스트림에게 조금씩 가까이 가려고 애썼지만, 강족의 어미 고양이 하나가 실버스트림의 곁을 떠나지 않았다. 그녀는 실버스트림을 이따금 핥아 주었다.

"피곤하지 않아? 새끼를 배고 있을 땐 이 길도 먼 여정이야."

어미 고양이가 안절부절못하며 물었다.

"난 괜찮아, 그린플라워."

실버스트림이 참을성 있게 대답했다. 그녀는 친구의 머리 너머로 그레이스트라이프에게 낙심한 눈빛을 보냈다.

타이거클로는 천둥족의 맨 뒤를 맡아 걸어가면서, 커다란 머리를 공격적으로 휙휙 움직이고 있었다. 강족 고양이들이 언제든 공격할지도 모른다고 생각하는 것 같았다.

반면 블루스타는 다른 종족과 함께 이동하면서도 매우 편안해 보였다. 일단 나무 네 그루를 벗어나자, 그녀는 크룩트스타에게 선두를 맡기고 뒤로 빠져서 미스티풋과 함께 걸었다.

"새끼를 낳았다고 들었다. 다들 잘 지내느냐?"

블루스타가 차분한 목소리로 물었다.

미스티풋은 천둥족 지도자의 질문에 조금 놀란 눈치였다.

"둘이…… 새끼들 중 둘이 강물에 휩쓸려 갔는데, 파이어하트와 그레이스트라이프가 구해 주었습니다."

미스티풋이 더듬거리며 대답했다.

"저런, 무척 놀랐겠구나."

블루스타가 온화한 눈빛으로 말했다.

"천둥족 전사들이 도움을 줄 수 있어서 다행이구나. 새끼 고양이들은 회복되었고?"

"네, 지금은 괜찮습니다, 블루스타."

미스티풋은 천둥족 지도자가 이렇게까지 자세히 물어보는 것에 당황한 표정이었다.

"다들 괜찮아요. 곧 훈련병이 될 겁니다."

"틀림없이 다들 훌륭한 전사가 될 것이다."

블루스타가 따뜻하게 말해 주었다.

천둥족 지도자와 강족 어미 고양이가 발맞추어 걸어가는 모습을 지켜보던 파이어하트는 달빛에 반짝이는 그들의 청회색 털이 닮았다고 생각했다. 둘 다 말쑥하고 다부진 몸을 가졌고, 길에 놓인 통나무를 뛰어넘을 때도 똑같이 최소한의 근육을 움직이며 다리를 구부렸다. 뒤따라가는 스톤퍼 역시 마찬가지였다. 털에 흐르는 은빛 광택과 부러울 정도로 날렵한 움직임이 누이를 쏙 빼닮아 있었다.

파이어하트는 문득 궁금해졌다. 서로 다른 종족의 고양이들끼리도 모습이 닮을 수 있는데, 왜 생각은 닮을 수 없는 걸까? 왜 그렇게 많은 다툼이 생기는 걸까? 그림자족과 바람족이 천둥족을 향해 보인 적개심과, 브로큰테일을 보호해 준 블루스타에 대해 보내던 냉소가 떠올랐다. 두발쟁이 냄새를 경계하며 다리로 향하면서, 파이어하트는 숲에 불어닥칠 매서운 전쟁의 기운을 느낄 수 있었다.

모임이 있은 뒤로 두 번째 맞는 새벽이었다. 파이어하트가 전사들의 거처에서 깨어났을 때, 그레이스트라이프는 자리에 없었다. 친구의 잠자리는 이미 차가워져 있었다.

'실버스트림을 만나러 갔구나.'

파이어하트는 체념의 한숨을 내쉬었다. 실버스트림이 새끼를 배고 있다는 걸 그레이스트라이프가 알게 되었으니, 별로 놀라운 일도 아니었다. 그러나 파이어하트 입장에서는 또다시 친구의 빈자리를 대신해야 한다는 뜻이었다.

파이어하트는 늘어지게 하품을 하면서, 거처를 가린 가지를 헤치고 밖으로 나갔다. 그는 몸에 붙은 이끼를 털어 내며 공터 주변을 둘러보았다. 해가 고사리 방벽 위로 조금씩 떠오르기 시작하면서, 맨 땅에 긴 그림자가 드리워졌다. 하늘은 구름 한 점 없이 맑고 푸르렀다. 사방에서 새가 노래하는 소리가 들리는 걸로 봐서 먹이는 쉽게 잡힐 것 같았다.

"이봐, 브래큰포!"

파이어하트는 눈을 끔벅이며 거처 입구에 앉아 있는 훈련병을 불렀다.

"사냥 나갈래?"

브래큰포가 벌떡 일어나 공터를 가로질러 달려왔다.

"지금요?"

훈련병의 눈이 기쁨으로 반짝였다.

"응, 지금."

훈련병 덕분에 파이어하트도 갑자기 활기가 넘쳤다.

"난 싱싱한 쥐를 잡고 싶은데, 넌 어때?"

브래큰포는 가시금작화 굴길로 향하는 파이어하트를 뒤따라왔다. 훈련병은 스승이 어디에 있는지 묻지도 않았다. 파이어하트는 친구가 스승으로서 해야 할 의무들을 성실히 수행하지 않는다는 사실이 걱정스러웠다. 그레이스트라이프는 처음부터 실버스트림에게만 관심이 있었다. 대신 파이어하트가 브래큰포의 훈련을 거의 도맡다시피 했다. 그는 훈련시키는 일이 즐거웠고, 브래큰포의 진지한 태도가 마음에 들었다. 하지만 그레이스트라이프가 종족에 충성하는 일을 중요하게 생각하지 않는다는 점이 마음에 걸렸다.

파이어하트는 이런 생각들을 한쪽으로 밀쳐 두고 브래큰포를 데리고 골짜기로 올라갔다. 홍수로 넘친 물이 다 마르지 않아 진흙탕인 곳은 피해서 갔다. 이렇게 따사롭고 화창한 날에 마냥 슬퍼하거나 초조해할 수는 없었다. 물은 하루가 다르게 빠지고 있었고, 천둥족이 홍수 때문에 진영에서 내몰릴 위험은 더 이상 없었다.

골짜기 꼭대기에 오른 파이어하트는 잠시 멈춰 섰다.

"자, 브래큰포, 냄새를 맡아 봐. 무슨 냄새가 나지?"

브래큰포가 고개를 꼿꼿이 들었다. 그리고 눈을 감고 입을 벌려 공기를 들이마셨다.

"쥐 냄새가 나요."

브래큰포가 마침내 입을 열었다.

"토끼와 찌르레기도요. 음…… 다른 새도 있는데, 뭔지 모르겠어요."

"그건 딱따구리야."

파이어하트가 알려 주었다.

"또 다른 건?"

집중하던 브래큰포가 놀라서 눈을 번쩍 떴다.

"여우예요!"

"생생한 냄새야?"

훈련병은 다시 한 번 코를 킁킁거리더니, 긴장을 늦추었다. 조금 부끄러운 표정이었다.

"아뇨, 오래된 냄새예요. 이틀이나 사흘 정도 된 것 같아요."

"잘했어, 브래큰포. 이제 넌 저기 오래된 떡갈나무 두 그루가 있는 곳까지 가. 난 이쪽으로 갈 테니까."

그는 잠깐 동안 브래큰포를 지켜보았다. 훈련병은 몇 걸음 뗄 때마다 공기를 맛보면서, 천천히 나무 그늘 속으로 사라졌다. 덤불 밑에서 날개를 푸드덕거리는 소리가 들려왔다. 파이어하트가 고개를 돌려 보니, 개똥지빠귀가 균형을 잡느라 날갯짓을 하면서 흙에서 벌레를 파내고 있었다.

파이어하트는 몸을 웅크리고 한 발씩 살금살금 기어갔다. 개똥지빠귀는 드디어 벌레를 집어내 쪼아 먹기 시작했다. 파이어하트는 덮칠 준비를 하며 근육을 긴장시켰다.

"파이어하트! 파이어하트!"

브래큰포의 다급한 목소리가 정적을 깨뜨렸다. 훈련병은 낙엽을 사각사각 밟으며, 나무를 헤치고 달려왔다. 파이어하트는 개똥

지빠귀에게 몸을 날렸다. 하지만 개똥지빠귀는 이미 낌새를 채고, 끽끽 비명을 지르며 낮은 가지로 날아올랐다. 파이어하트의 발은 빈 땅에 처박혔다.

"뭐 하는 짓이야?"

파이어하트는 훈련병을 향해 몸을 홱 돌리며 화를 냈다.

"저 개똥지빠귀를 잡을 수 있었는데! 이제 숲에 있는 먹잇감은 모조리……."

"파이어하트!"

브래큰포가 헐떡이며 그의 앞에 미끄러지듯 멈춰 섰다.

"그들이 오고 있어요! 냄새가 났어요. 그리고 봤어요!"

"무슨 냄새? 누가 온다는 거야?"

브래큰포는 두려움으로 눈을 크게 뜨고 있었다.

"그림자족과 바람족이 오고 있다고요! 우리 진영에 쳐들어오려는 거예요!"

20

침입자들

"어디서 봤어? 전사들이 몇이나 되는데?"

파이어하트가 다그쳐 물었다.

"저쪽이에요."

브래큰포가 꼬리로 숲 속 더 깊숙한 곳을 가리켰다.

"몇인지는 모르겠어요. 덤불 사이로 기어 오고 있어요."

"알았어."

파이어하트는 갑자기 빨라지는 심장 박동을 무시하려고 애쓰며, 재빨리 머리를 굴렸다.

"진영으로 돌아가서 블루스타와 타이거클로에게 알려. 당장 여기로 전사를 보내 달라고 해."

"네, 파이어하트."

브래큰포는 휙 돌아서서 골짜기를 달려 내려갔다.

브래큰포가 자리를 뜨자마자 파이어하트는 숲 속으로 향했다. 그는 구부러진 고사리 잎 아래로 조심스럽게 이동했다. 처음에는 모든 것이 잠잠해 보였다. 그러나 오래 지나지 않아 침략자들이

280

풍기는 고약한 냄새를 맡을 수 있었다. 바람족과 그림자족의 냄새였다.

앞쪽 어딘가에서 새 한 마리가 경계하는 소리를 냈다. 파이어하트는 나무 뒤에 몸을 숨겼다. 아직 아무것도 보이지 않았다. 앞으로 닥칠 일을 생각하니 털이 곤두섰다.

파이어하트는 엉덩이에 힘을 주고 나무 위로 펄쩍 뛰어올랐다. 그리고 나무 몸통을 발톱으로 할퀴며 낮은 가지 위로 기어 올라갔다. 나뭇가지에 몸을 웅크린 그는 나뭇잎 사이로 아래를 내려다보았다.

숲 바닥은 텅 비어 있었다. 딱정벌레 한 마리도 돌아다니지 않았다. 그때 고사리 잎사귀 하나가 파르르 떨렸다. 이어서 무언가가 하얗게 번쩍하더니 사라졌다. 잠시 후에 짙은 색 머리가 나무 아래 덤불에서 불쑥 튀어나왔다. 나이트스타였다.

그가 나지막한 소리로 말했다.

"날 따라와라!"

그림자족 지도자는 고사리 덤불에서 나와 탁 트인 땅을 달려갔다. 한 무리의 고양이가 그 뒤를 줄지어 따라갔다. 얼마나 많은 수의 전사들이 있는지 확인하자 파이어하트는 더욱 긴장이 되었다. 바람족과 그림자족의 전사들이 함께 천둥족 진영을 향해 돌진하고 있었다. 톨스타와 신더퍼, 데드풋과 스텀피테일, 윗풋과 원위스커가 한배에서 난 동기간인 양 나란히 달리고 있었다.

얼마 전까지만 해도 눈에 갇힌 바람족 진영에서 서로 싸우던 고양이들이었다. 그런 그들이 이제는 브로큰테일과 그를 보호해 주는 천둥족에 대한 증오로 하나가 된 것이다.

파이어하트는 그들과 싸워야 한다는 것을 알았다. 그는 바람족 전사들을 친구로 여기고 있었지만, 천둥족과 지도자의 편에 서서 싸워야 했다.

파이어하트가 뛰어내릴 준비를 하고 있을 때, 진영 쪽에서 사납게 울부짖는 소리가 들려왔다. 타이거클로가 전투를 위해 전사들을 부르는 소리였다. 비록 믿을 수 없는 부지도자지만, 마음이 놓이는 것은 어쩔 수 없었다. 지금 천둥족에게는 타이거클로의 용맹한 기상과 전투 기술이 필요했다.

파이어하트는 나무 아래로 기어 내려와 네 다리를 짚고 섰다. 그는 더 이상 숨지 않고 전투 현장으로 내달렸다. 숲에서 나와 보니, 골짜기 꼭대기에 있는 탁 트인 평지에 고함을 지르며 발버둥 치는 고양이들이 가득했다. 타이거클로와 나이트스타가 사납게 발톱을 휘두르며 뒤엉켜 있었다. 다크스트라이프는 바람족 전사를 바닥에 꼼짝 못 하게 내리눌렀고, 마우스퍼는 날카로운 소리를 내며 신더퍼 위로 몸을 날렸다. 바람족 어미 고양이 모닝플라워에게 옆구리를 할퀴인 롱테일은 울부짖으며 비탈 아래로 물러났다.

파이어하트는 모닝플라워를 향해 뛰어올랐다. 분노가 핏줄을 타고 고동쳐 흘렀다. 브로큰스타에게 내쫓긴 바람족을 다시 불러오는 길에, 새끼 고양이와 함께 이동하는 모닝플라워를 도와준 일이 떠올랐다. 파이어하트가 그녀 옆에 내려앉자, 그녀는 홱 돌아서서 발톱을 휘두를 것처럼 몸을 뒤로 젖혔다. 잠시 동안 두 고양이는 서로를 응시했다. 모닝플라워의 눈에 슬픔이 가득 차올랐다. 파이어하트는 그녀 역시 함께 겪었던 일을 떠올리고 있다는 것을 알았다. 그는 그녀를 공격할 수 없었다. 잠시 후에 그녀도 뒤로 물러나 다른 고양이들이 몰려 있는 곳으로 사라져 버렸다.

파이어하트가 숨을 고를 새도 없이 누군가 뒤에서 세게 들이받았다. 그는 축축한 바닥에 나동그라졌다. 일어서려고 허우적거렸지만 허사였다. 고개를 돌려서 위를 보니, 그림자족 전사 스텀피테일이 험악한 눈으로 그를 내려다보고 있었다. 잠시 뒤 그림자족 전사의 이빨이 그의 어깨에 쑥 박혔다. 파이어하트는 고통스럽게 울부짖으며 스텀피테일의 배를 뒷다리로 마구 걷어찼다. 또 발톱으로 그의 털을 쥐어뜯었다. 스텀피테일의 피가 파이어하트에게 흩뿌려졌다. 그림자족 전사는 괴로워하며 뒤로 물러나더니 도망쳐 버렸다.

파이어하트는 숨을 헐떡거리며 일어나 주위를 둘러보았다. 이제 골짜기 아래쪽으로 장소를 옮겨 맹렬한 싸움이 벌어지고 있었다. 적들은 진영에 쳐들어갈 작정으로 점점 앞으로 밀고 나갔다. 수적으로 열세인 천둥족 전사들은 그들을 막을 수 없었다. 그런데 블루스타는 어디 있는 것일까?

그때 그녀의 모습이 보였다. 지도자는 화이트스톰과 더스트펠트와 함께 가시금작화 굴길 입구에 웅크리고 있었다. 목숨을 걸고 길목을 지킬 태세였다. 원위스커와 웻풋은 이미 타이거클로의 방어선을 뚫은 상태였다. 파이어하트가 겁에 질려 바라보는 사이, 웻풋이 블루스타에게 몸을 날렸다.

파이어하트는 골짜기 꼭대기를 따라 달렸다. 천둥족에서 그와 옐로팽만이 블루스타가 마지막 아홉 번째 목숨을 살고 있다는 것을 알고 있었다. 이번 전투에서 그녀가 죽는다면, 천둥족은 지도자를 잃게 되는 것이었다. 더 나쁜 상황은, 타이거클로의 통치를 받게 된다는 것이었다.

굴길 입구가 바로 내려다보이는 곳에 도착했을 때, 파이어하트는 비탈 아래로 몸을 날렸다. 그는 가파른 바위를 아슬아슬하게 미끄러져 내려와, 가장 격렬한 전투 현장으로 뛰어들었다. 그는 이빨로 윗풋의 목을 물어뜯어 블루스타에게서 떼어 냈다. 천둥족 지도자는 회색 얼룩무늬 수고양이에게 계속해서 발톱을 휘둘렀다. 결국 적은 뒷걸음치며 달아났다.

가시금작화 굴길에 있는 파이어하트와 다른 전사들을 향해 한 무리의 고양이들이 밀려들었다. 파이어하트는 누구와 싸우는지도 알지 못한 채 본능적으로 상대를 물고 할퀴었다. 날카로운 발톱이 그의 이마를 죽 긋고 지나가는 바람에 피가 눈으로 흘러 들어가기 시작했다. 숨을 헐떡이던 그는 적들의 지독한 냄새에 금방이라도 질식할 것 같았다.

그때 블루스타가 그의 귀에 대고 말했다.

"적들이 방벽을 뚫고 들어가고 있다! 돌아가서 진영을 지켜라!"

침입자들이 굴길 안까지 밀고 들어갔다. 파이어하트는 쓰러지지 않고 버티려고 필사적으로 노력했다. 가시금작화가 적의 발톱처럼 그의 털을 잡아 뜯었다. 굴길 안에서 싸우는 것은 불가능했다. 파이어하트는 몸을 돌려 가시금작화 굴길을 가까스로 통과해 진영으로 들어갔다.

공터에서는 윌로펠트와 러닝윈드, 샌드스톰이 어미 고양이들과 새끼 고양이들이 있는 보육실을 지키기 위해 달려가고 있었다. 롱테일은 브래큰포와 함께 브로큰테일의 거처 앞을 지키며, 황급히 상처를 핥고 있었다. 쓰러진 나무의 가지들 사이로 그림자족 전임 지도자의 짙은 얼룩무늬 털과 초점 없는 눈이 얼핏 보였다. 파이어하트는 이렇게 잔혹하고 흉포한 고양이 때문에 천둥족이 공격을 받고 있다는 사실에 울분이 터졌다.

나이트스타와 원위스커가 가장 먼저 굴길을 뚫고 나와, 브로큰테일의 거처를 향해 질주했다. 톨스타도 가시투성이 울타리를 헤치고 나와 그들과 합류했다. 더 많은 침입자들이 속속 진영 안으로 들어오고 있었다.

"저들을 막아!"

파이어하트는 종족 전사들을 불러 모으며 공터를 가로질러 달려갔다.

"저들은 브로큰테일을 원한다!"

파이어하트는 나이트스타에게 달려들었다. 나이트스타는 흙먼지가 자욱한 바닥에 나동그라졌다. 그는 과연 그림자족의 전임 지도자를 지켜 주려는 천둥족 고양이가 몇이나 될지 의심스러웠다. 브로큰테일을 기꺼이 다른 종족에게 내주려는 고양이들이 분명 많을 것이다. 그러나 파이어하트는 확신했다. 그들이 속으로는 무슨 생각을 하든지, 모두 자신의 종족을 위해 충성을 다해 싸우리라는 것을.

그는 나이트스타를 꼼짝 못 하게 짓누르고, 앙상한 어깨에 이빨을 내리꽂았다. 나이트스타는 밑에 깔린 채 발버둥 쳤다. 그러더니 별안간 몸을 위로 일으켰다. 파이어하트는 순식간에 균형을 잃고 말았다. 그는 자신이 속았다는 것을 깨달았다. 나이트스타는 늙었지만 여전히 강한 전사였다.

나이트스타가 송곳니를 드러내며 눈을 번득였다. 그런데 갑자기 그가 움찔하며 파이어하트를 놓아주었다. 눈에서 피를 털어내고 보니, 브래큰포가 그림자족 지도자에게 올라타 네 발로 등을 움켜잡고 있었다. 나이트스타가 그를 떨어뜨리려고 했지만 소용이 없었다. 그러자 그는 바닥에 몸을 굴려 브래큰포를 땅에 짓눌러 버렸다. 훈련병은 고통스럽게 울부짖었다.

파이어하트는 발톱을 쭉 뻗어 나이트스타에게 휘둘렀다. 그때 톨스타가 그들 사이로 밀고 들어왔다. 브로큰테일의 거처로 들어가려는 것이었다. 어쩔 수 없이 파이어하트는 뒤로 밀려나고 말았다.

그때 타이거클로가 나타났다. 덩치 큰 부지도자의 몸 여기저기에서 피가 흘렀고, 털에는 진흙이 잔뜩 묻어 있었다. 그러나 그의 호박색 눈에는 여전히 전의가 불타고 있었다. 그는 육중한 발로 톨스타를 후려쳤다. 바닥으로 나동그라진 톨스타는 허둥지둥 달아나 버렸다.

더 많은 천둥족 고양이들이 속속 나타났다. 화이트스톰, 마우스퍼, 러닝윈드가 모습을 드러냈고, 블루스타의 모습도 보였다. 전세는 역전되었다. 침략자들은 굴길과 고사리 방벽에 난 틈으로 뛰어들어 후퇴하기 시작했다. 파이어하트는 숨을 헐떡이며, 달아나는 침략자들을 지켜보았다. 마지막으로 원위스커가 사라지면서 전투는 끝이 났다.

브로큰테일은 거처에서 몸을 웅크린 채 고개를 숙이고 보이지 않는 바닥을 우두커니 응시하고 있었다. 전투가 계속되는 동안 그는 아무 소리도 내지 않았다. 파이어하트는 천둥족 고양이들이 그를 위해 위험을 무릅쓰고 싸웠다는 사실을 그가 알고 있는지 궁금했다.

가까이에서 비틀거리며 일어나는 브래큰포가 보였다. 한쪽 어깻죽지의 털이 너덜너덜했고, 몸은 먼지와 피로 얼룩져 있었다. 하지만 눈빛만은 초롱초롱했다.

"잘했어. 꼭 전사처럼 싸우더라."

파이어하트의 칭찬에 훈련병의 눈은 더욱 환하게 빛났다.

전투를 치른 천둥족 고양이들이 블루스타 주변에 모여들었다. 모두 진흙투성이에 피를 흘리고 있었고, 파이어하트와 마찬가지로 지쳐 있었다. 처음에는 다들 고개를 숙인 채 잠자코 있었다. 전투에서 이겼지만, 승리의 기쁨은 찾아볼 수 없었다.

"블루스타, 당신 때문에 우리가 이런 일을 당한 겁니다!"

먼저 입을 연 것은 다크스트라이프였다.

"브로큰테일을 데리고 있는 바람에 우리는 저놈을 지키느라고 갈기갈기 찢겼습니다. 저놈을 지키려다가 결국 누구 하나는 죽을 겁니다!"

다크스트라이프는 격분한 목소리로 블루스타에게 대들었다.

블루스타는 곤혹스러운 얼굴이었다.

"다크스트라이프, 이 일이 쉬울 거라고는 생각한 적 없다. 하지만 우리는 옳다고 믿는 대로 행동해야 한다."

다크스트라이프는 경멸 어린 말투로 다시 쏘아붙였다.

"브로큰테일을 위해서요? 차라리 제가 직접 그를 죽이고 말겠습니다."

다른 여러 전사들도 맞장구를 쳤다.

"다크스트라이프."

타이거클로가 모여 있는 고양이들을 밀치고 나가 블루스타 옆에 섰다. 덩치 큰 얼룩무늬 전사와 나란히 있으니 블루스타는 갑자기 늙고 쇠약해 보였다.

"지도자에게 무슨 말버릇이냐. 예의를 갖추어라."

다크스트라이프는 잠시 둘을 바라보다가 고개를 숙였다. 타이거클로는 커다란 머리를 돌리며 모든 고양이들을 훑어보았다.

"파이어하트, 가서 옐로팽을 불러 와라."

블루스타가 말했다.

파이어하트는 치료사의 거처로 향했다. 하지만 옐로팽은 이미 뻣뻣한 다리로 공터를 가로질러 달려오고 있었다. 신더포가 그 뒤를 바짝 따랐다. 두 고양이는 재빨리 전사들의 부상을 확인하면서, 치료가 급한 고양이들을 가려냈다. 차례를 기다리던 파이어하트는 진영 입구에 나타난 고양이를 발견했다. 그레이스트라이프였다. 그의 털은 상처 하나 없이 매끈했고, 입에는 싱싱한 먹이두 점이 매달려 있었다.

파이어하트가 움직이기도 전에, 타이거클로가 신더포의 곁을 떠나 성큼성큼 걸어갔다. 그는 공터 한가운데에서 그레이스트라이프와 마주 섰다.

"어디 있었느냐?"

타이거클로가 다그쳤다.

그레이스트라이프는 어리둥절한 표정으로 싱싱한 먹이를 내려놓고 대답했다.

"사냥을 나갔다 왔습니다. 도대체 무슨 일이 있었던 겁니까?"

"무슨 일처럼 보이느냐?"

부지도자가 으르렁댔다.

"바람족과 그림자족이 브로큰테일을 죽이려고 침입했었다. 우리에겐 전사 하나하나가 빠짐없이 필요했는데, 너는 여기 없었던 모양이군. 어디에 갔었지?"

'실버스트림에게 갔었죠.'

파이어하트는 속으로 대답했다. 그는 별족에게 감사했다. 그나마 그레이스트라이프가 먹이라도 물고 돌아왔기 때문에, 진영을 떠났던 이유를 댈 수 있었다.

"무슨 일이 벌어질지 제가 어떻게 알았겠습니까?"

그레이스트라이프가 불쾌한 표정을 지으며 부지도자에게 대들었다.

"아니면 진영 밖으로 나갈 때마다 허락을 받아야 하는 겁니까?"

파이어하트는 움찔했다. 타이거클로를 자극하는 것은 어리석은 짓이었다. 아마도 켕기는 게 있기 때문에 더 무모하게 구는 것 같았다.

타이거클로가 낮게 으르렁거리며 말했다.

"아무리 봐도 너희는 너무 자주 진영을 떠난단 말이지. 너와 파이어하트."

"잠깐만요!"

파이어하트는 잠자코 있을 수가 없었다.

"저는 오늘 침략을 받았을 때 여기 있었습니다. 그리고 그레이스트라이프가 없었던 것도 잘못은 아닙니다."

타이거클로가 냉정한 눈초리로 그들을 차례로 노려보았다.

"조심하는 게 좋을 거다. 내가 너희 둘을 지켜보고 있으니까."

타이거클로는 휙 돌아서서 신더포에게 돌아갔다.

"상관없다고요."

그레이스트라이프가 중얼거렸다. 그는 파이어하트와 눈을 맞추지 않았다.

그레이스트라이프가 먹이 더미에 잡아 온 먹이를 놓으러 간 사이에 파이어하트는 절룩거리며 치료사에게 걸어가 상처를 보여 주었다.

"흠!"

옐로팽이 숙련된 눈으로 파이어하트를 살펴보았다.

"털을 더 뽑혔으면 꼭 뱀장어처럼 보였겠구나. 어쨌든 깊은 상처는 없으니 죽진 않을 게다."

신더포가 거미줄을 한 뭉치 가져와 파이어하트의 눈에 난 상처에 붙여 주었다. 그녀는 살며시 코를 맞대며 속삭였다.

"용감했어요, 파이어하트."

"꼭 그렇지도 않아. 다들 해야 할 일을 한 거야."

파이어하트는 쑥스러운 기분이 들었다.

"하지만 쉬운 일은 아니지."

옐로팽이 불쑥 말했다.

"나도 한때는 전투에서 싸워 봐서 안다."

옐로팽은 몸을 돌려 지도자를 똑바로 보고 말을 이었다.

"블루스타, 고맙습니다. 브로큰테일을 지키기 위해 종족이 위험을 무릅쓰다니, 저에겐 정말 잊지 못할 일입니다."

블루스타는 고개를 가로저었다.

"고마워할 필요는 없소, 옐로팽. 이건 명예가 걸린 일이니까. 브로큰테일이 과거에 무슨 짓을 저질렀든, 지금은 그를 측은히 여겨야 마땅하오."

나이 든 치료사는 머리를 조아렸다. 그리고 블루스타와 파이어하트만 들을 수 있는 작은 소리로 말했다.

"저를 받아 준 종족에게 브로큰테일이 큰 위험을 안겨 주었습니다. 정말 죄송합니다."

블루스타는 그녀에게 다가가 회색 털을 부드럽게 핥아 주었다. 그 순간 블루스타의 눈빛은 보채는 새끼 고양이를 달래 주는 어미의 눈빛과도 같았다. 파이어하트의 머릿속에 한 가지 장면이 떠올랐다. 모임이 있었던 날 밤에 종족 지도자가 숲을 걸어가고, 달빛이 은빛 털을 가진 고양이 셋을 비추는 장면이었다. 그들은 바로 블루스타와 미스티풋과 스톤퍼였다.

파이어하트는 놀라서 숨이 멎을 것 같았다. 그가 보았던 것이 정말로 그런 의미일까? 너무 똑같이 닮아서 혈육이라고밖에 생각할 수 없는 세 고양이? 미스티풋과 스톤퍼가 남매라는 것은 그도 알고 있었다. 그리고 그레이풀은 그들에게서 한때 천둥족의 냄새가 났었다고 말해 주었다.

블루스타의 새끼 고양이들이 오래전에 죽은 것이 아닐 수도 있을까? 미스티풋과 스톤퍼가 천둥족 지도자의 잃어버린 새끼 고양이들일 수도 있을까?

21

탄생과 죽음

파이어하트는 신더포에게 치료를 받은 후 그레이스트라이프를 찾으러 갔다. 친구는 전사들의 거처에서 힘들어하는 눈빛으로 등을 구부리고 앉아 있었다.

파이어하트가 나뭇가지를 헤치고 들어가자, 그레이스트라이프가 고개를 들었다.

"미안해."

그가 불쑥 말했다.

"여기 있었어야 했는데. 나도 알아. 하지만 실버스트림을 꼭 만나야 했어. 모임에서는 가까이 가지도 못했잖아."

파이어하트는 한숨을 내쉬었다. 그레이스트라이프에게 미스티풋과 스톤퍼에 대해서 이야기해 볼까 생각했었지만, 친구는 자신의 걱정거리만으로도 이미 버거운 것 같았다.

"괜찮아, 그레이스트라이프. 우리 중 누구라도 순찰이나 사냥을 하러 나가 있었을 수 있지. 그래도 나라면 앞으로 며칠은 진영에 붙어 있겠어. 타이거클로의 눈에 잘 띄는 곳에서 말이야."

293

그레이스트라이프는 괜히 이끼를 긁어 댔다. 파이어하트는 그가 벌써 실버스트림과 다음 약속을 잡아 놨으리라 짐작했다. 하지만 그 문제는 지금 이야기하지 않기로 마음먹었다.

"그리고 말할 게 있어. 브래큰포에 관한 거야."

그는 훈련병과 함께 사냥을 나갔을 때 브래큰포가 침략자들의 냄새를 맡은 이야기를 간단히 들려주었다.

"싸움도 곧잘 하고. 이제 전사가 될 때인 것 같아."

그레이스트라이프는 동의한다는 듯 가르랑거렸다.

"블루스타도 알아?"

"아니. 브래큰포의 스승은 너잖아. 네가 추천해야지."

"하지만 난 그때 없었잖아."

"상관없어."

파이어하트는 친구를 툭 쳤다.

"자, 어서 가서 블루스타에게 말씀드리자."

천둥족 지도자와 전사들 대부분은 아직 공터에 남아 있었다. 옐로팽과 신더포는 피를 멈추게 할 거미줄과 통증을 없애 줄 양귀비 씨앗을 나누어 주고 있었다. 브린들페이스도 상황을 살피려고 새끼 고양이들을 데리고 나와 있었다. 클라우드킷은 이리저리 얼쩡거리며, 전사들을 하나씩 붙잡고 전투에 대해 성가실 정도로 질문을 해 댔다. 브래큰포도 몸을 구석구석 핥으며 그 자리에 있었다. 파이어하트는 그가 심하게 다치지 않은 것 같아 마음이 놓였다.

두 전사는 블루스타에게 다가갔다. 파이어하트는 단번에 적의 냄새를 감지해 내고, 전투에서도 용감히 싸운 브래큰포의 실력에 대해 다시 한 번 설명했다.

"브래큰포 덕분에 우리가 미리 알고 대처할 수 있었습니다."

"이제 전사가 되어야 한다고 생각합니다."

그레이스트라이프가 덧붙였다.

블루스타가 생각에 잠긴 얼굴로 고개를 끄덕였다.

"나도 같은 생각이다. 브래큰포는 오늘 충분한 자격을 증명해 보였다."

블루스타는 일어나서 고양이들이 모여 있는 곳으로 걸어가 목소리를 높였다.

"제 힘으로 먹이를 잡을 수 있는 나이가 된 모든 고양이들은 여기 높은 바위 아래로 와서 종족 회의에 참석하십시오."

골든플라워가 즉시 보육실에서 모습을 드러냈고, 스페클테일이 그 뒤를 따라 나왔다. 스몰이어는 절룩거리며 천천히 원로들의 거처에서 나왔다. 그들이 모두 모이자 블루스타가 말했다.

"브래큰포, 이리 나오너라."

브래큰포는 깜짝 놀라 고개를 들었다. 그리고 안절부절못하며 블루스타에게 걸어갔다. 무슨 일이 일어날지 전혀 감을 잡지 못하는 것 같았다.

"브래큰포, 오늘 너는 종족에게 미리 위험을 알려 주었고, 전투가 시작되자 용감하게 싸웠다. 이제 너도 전사가 될 때가 온 것 같구나."

훈련병의 입이 떡 벌어졌다. 블루스타가 공식적으로 선언하는 동안 그의 눈은 흥분으로 반짝였다.

"나, 천둥족의 지도자인 블루스타는 선조 전사들에게 이 훈련병을 굽어살펴 주시기를 청합니다. 이 훈련병은 선조들의 고귀한 규약을 이해하기 위해 열심히 훈련을 받았으니, 이제 당신들의 뒤를 따를 전사로 임명합니다."

블루스타가 푸른 눈으로 브래큰포를 바라보았다.

"브래큰포, 너는 전사의 규약을 지키고, 목숨을 걸고 종족을 보호하며 방어할 것을 맹세하느냐?"

브래큰포는 살짝 몸을 떨고 있었지만, 대답하는 목소리에는 흔들림이 없었다.

"맹세합니다."

"이제 별족의 권한으로 나는 너에게 전사의 이름을 내린다. 브래큰포, 이 순간부터 너는 브래큰퍼로 불릴 것이다. 별족은 너의 선견지명과 결단력을 존중한다. 그리고 우리는 너를 천둥족의 정식 전사로 기꺼이 맞이한다."

블루스타는 말을 마치고 앞으로 걸어 나왔다. 그리고 브래큰퍼의 머리 위에 주둥이를 올렸다. 브래큰퍼는 공손하게 그녀의 어깨를 핥은 뒤 파이어하트와 그레이스트라이프 사이로 와서 섰다.

보고 있던 고양이들이 목소리를 높여 새로운 전사의 이름을 외쳤다.

"브래큰퍼! 브래큰퍼!"

그들은 브래큰퍼 주위로 다가가서 축하의 인사를 건네며 행운을 빌어 주었다. 어미인 프로스트퍼는 브래큰퍼의 옆구리에 주둥이를 바짝 댔다. 짙푸른 눈동자가 기쁨으로 반짝이고 있었다.

"오늘 밤은 혼자 불침번을 서야겠네."

샌드스톰이 브래큰퍼를 다정하게 쿡 찌르며 말했다. 그리고 장난스럽게 덧붙였다.

"우리는 쉴 수 있다! 고맙습니다, 별족이시여!"

브래큰퍼는 너무 감격한 나머지 적당한 대답을 하지 못했지만, 목구멍에서는 만족스러운 듯 가르랑거리는 소리가 흘러나왔다.

"고…… 고맙습니다, 그레이스트라이프. 그리고 파이어하트도요."

브래큰퍼가 더듬거리며 인사했다.

마침내 전사가 된 브래큰퍼를 보니, 파이어하트는 마치 자신의 훈련병이 전사가 된 것처럼 뿌듯한 기분이 들었다. 신더포와는 결코 이런 경험을 함께할 수 없다는 슬픔을 오늘의 임명식이 조금은 달래 주는 것 같았다. 그리고 다행히 별족은 신더포를 위해 다른 운명을 계획해 두었다. 임명식이 끝나고 나니 파이어하트는 피로가 밀려드는 걸 느꼈다. 전사들의 거처로 막 돌아가려던 참에 신더포가 다리를 절룩이며 오라비에게 다가가는 모습이 눈에 들어왔다.

"축하해, 브래큰퍼!"

신더포가 푸른 눈을 반짝이며 그의 귀를 핥아 주었다.

브래큰퍼의 눈에 괴로워하는 빛이 어렸다. 그는 흔들리는 목소리로 말했다.

"너도 함께했어야 하는 건데."

브래큰퍼는 누이의 다친 다리에 부드럽게 코를 비볐다.

"아니야, 난 이대로가 좋아."

신더포가 말했다.

"넌 우리 둘 몫을 다 해내는 전사가 되어야 해. 그리고 나는 이 숲에서 가장 훌륭한 치료사가 될 거야!"

파이어하트는 진회색 암고양이를 감탄스러운 눈으로 바라보았다. 신더포는 옐로팽의 제자가 되어 진심으로 행복해했다. 그녀는 훌륭한 치료사가 될 것이다. 하지만 전사가 될 수 있었다면 그역시 훌륭히 해냈을 것이다. 혈육인 브래큰퍼의 성공을 시샘하지 않는 것도 남다른 성품이었다. 늘 그렇듯이 신더포의 다친 다리를 보면 타이거클로가 떠올랐다. 파이어하트는 신더포가 사고를 당하게 만든 것이 부지도자이고, 최근에는 그가 자신을 익사시키려고 했다고 확신하고 있었다. 하지만 오늘 타이거클로는 별족의힘을 가진 것처럼 훌륭히 싸웠다. 그가 없었다면 천둥족은 전투에서 패배했을지도 모른다.

파이어하트는 자신에게 질문을 던졌다.

'타이거클로의 음모를 밝혀낸다면, 그때는 누가 천둥족을 지킬수 있을까?'

습격이 있은 뒤로 그레이스트라이프는 다행히 진영에 머물겠다는 약속을 지켰다. 그는 순찰이나 사냥을 하거나, 옐로팽과 신더포가 약재를 보충하는 일을 도왔다. 타이거클로는 아무 말도하지 않았지만 파이어하트는 그가 주목하고 있다는 걸 알 수 있었다.

하지만 사흘째 되는 날 아침, 파이어하트는 옆에서 뒤척이는 소리에 잠이 깼다. 눈을 떠 보니 그레이스트라이프가 거처를 빠져나가고 있었다.

"그레이스트라이프?"

그가 불렀지만 친구는 아무런 대답 없이 사라져 버렸다.

파이어하트는 옆에서 자고 있는 샌드스톰을 깨우지 않으려고 조심스럽게 일어나서 거처를 빠져나왔다. 눈을 끔벅이며 공터로 나와 보니, 그레이스트라이프가 가시금작화 굴길로 사라지는 모습이 보였다. 먹이 더미 옆에 웅크리고 있는 다크스트라이프도 눈에 띄었다. 그는 입에 들쥐를 물고 굴길 입구를 뚫어져라 바라보고 있었다.

파이어하트는 차가운 돌덩이가 뱃속을 짓누르는 기분이었다. 그레이스트라이프가 떠나는 것을 다크스트라이프가 보았다면, 얼마 지나지 않아 타이거클로도 알게 될 것이다. 그러면 부지도 자는 그레이스트라이프가 정확히 어디를 갔는지 궁금해할 것이다. 심지어 직접 따라가서 실버스트림과 함께 있는 그를 목격할 수도 있었다.

파이어하트는 거의 무의식적으로 앞으로 나아갔다. 가능한 성큼성큼 걸으려고 애쓰면서도, 특별히 다급해 보이지는 않도록 주의했다. 그는 먹이 더미를 지나가면서 외쳤다.

"좋은 아침이에요, 다크스트라이프! 우리는 지금 사냥하러 가요. 일찍 일어나는 고양이가 먹이를 잡는 법이잖아요!"

그는 다크스트라이프의 대답을 기다리지도 않고 굴길로 뛰쳐 들어갔다. 그리고 골짜기 꼭대기까지 힘껏 달려갔다. 그레이스트 라이프는 이미 보이지 않았지만, 그의 냄새가 짙게 남아 해 드는 바위까지 꾸준히 이어져 있었다.

'나무 네 그루에서만 만나기로 약속했으면서.'

파이어하트는 덤불 속에서 유혹하는 먹잇감들의 소리와 냄새 에도 아랑곳하지 않고 계속 달려갔다. 어서 그레이스트라이프를 따라잡아, 실버스트림을 만나기 전에 발걸음을 돌리게 하고 싶었 다. 타이거클로가 벌써 숲에 나와 있을지도 모를 일이었다. 하지 만 해 드는 바위가 보이는 곳에 다다랐을 때, 친구의 모습은 어디 서도 찾을 수 없었다. 파이어하트는 숲 끄트머리에 멈춰 서서 공 기에 실린 냄새를 들이마셨다. 그레이스트라이프는 틀림없이 가 까운 곳에 있었다. 실버스트림의 냄새도 맡을 수 있었다. 하지만 두 고양이의 냄새는 털을 곤두서게 하는 다른 냄새와 뒤섞여 있 었다. 바로 피 냄새였다!

그 순간 앞쪽에 있는 바위에서 으스스하고 가냘픈 울음소리가 들려왔다. 극심한 고통을 겪고 있는 고양이의 소리가 틀림없었다.

"그레이스트라이프!"

파이어하트는 앞으로 뛰어 나가, 가장 가까이에 있는 가파른 바위 위로 올라갔다. 바위 꼭대기에서 내려다보이는 장면에 그는 미끄러지듯 걸음을 멈출 수밖에 없었다.

그가 서 있는 바위와 그 옆에 있는 바위 사이에 깊게 골이 패여 있었고, 그 안에 실버스트림이 옆으로 누워 있었다. 파이어하트가 겁에 질린 눈으로 바라보는 동안, 강한 경련이 실버스트림의 몸을 타고 내려갔다. 그녀는 다리를 움찔거리며 또다시 오싹한 비명을 내질렀다.

"그레이스트라이프!"

파이어하트는 헐떡이며 외쳤다.

그레이스트라이프는 실버스트림 옆에 웅크리고 앉아, 불룩한 그녀의 옆구리를 미친 듯이 핥고 있었다. 파이어하트의 목소리에 그가 고개를 들었다.

"파이어하트! 새끼 고양이들이 나오려고 해. 그런데 뭔가 단단히 잘못된 것 같아. 옐로팽을 불러 줘!"

"하지만……."

파이어하트는 반대하고 싶었지만 꾹 참았다. 그의 발은 이미 움직이고 있었다. 이 바위에서 저 바위로 뛰어내려, 다시 숲으로 향하는 탁 트인 땅을 가로질러 달렸다.

파이어하트는 그 어느 때보다 열심히 달렸다. 그렇지만 마음 한구석에서는 이제 모든 것이 끝났다고 말해 주는 목소리가 들렸다. 이제 종족에 있는 모든 고양이들이 그레이스트라이프와 실버스트림의 관계에 대해 알게 될 것이다. 상황이 마무리되었을 때 블루스타와 크룩트스타는 그들에게 어떤 처분을 내릴까?

파이어하트는 자신도 모르는 사이에 진영 가까이에 와 있었다. 골짜기를 허둥지둥 내려가던 그는 굴길 입구에서 신더포를 쓰러뜨릴 뻔했다. 그녀가 소리를 지르며 양쪽 앞발을 치켜들었고, 그 바람에 모아 온 약초들이 흩어졌다.

"파이어하트, 무슨……."

"옐로팽은 어디 있어?"

파이어하트는 헐떡이며 물었다.

"옐로팽요?"

신더포는 긴박한 상황이라는 것을 눈치채고 즉시 진지해졌다.

"뱀바위에 갔어요. 톱풀을 찾으러요."

계속 달려가려고 준비하던 파이어하트는 당황해서 멈칫했다. 뱀바위까지 가서 옐로팽을 데려오려면 시간이 너무 오래 걸릴 것이다. 실버스트림은 지금 당장 도움이 필요했다.

"무슨 일이에요?"

신더포가 물었다.

"지금 해 드는 바위에 실버스트림이라는 고양이가 있어. 새끼를 낳고 있는데, 뭔가 잘못되었나 봐."

"오, 별족이시여!"

신더포가 외쳤다.

"제가 갈게요. 기다리세요. 가서 약재들을 가져올게요."

신더포는 가시금작화 굴길 속으로 사라졌다. 파이어하트는 조바심이 나서 발을 이리저리 휘저으면서 기다렸다. 드디어 굴길에서 뭔가 움직이는 것이 다시 나타났다. 하지만 신더포가 아니라 브래큰퍼였다.

"신더포가 저에게 옐로팽을 데려오라고 했어요."

브래큰퍼는 파이어하트를 지나치며 말하고는 골짜기로 향했다.

마침내 신더포가 다시 나타났다. 입에는 잎사귀로 싼 약초 꾸러미가 물려 있었다. 그녀는 파이어하트에게 다가오며, 꼬리를 휘둘러 앞장서라는 신호를 보냈다.

파이어하트는 해 드는 바위로 가는 한 걸음 한 걸음이 고통스러웠다. 신더포는 온 힘을 다했지만, 다친 다리 때문에 움직임이 더뎠다. 시간이 한없이 늘어지는 것 같았다. 파이어하트는 문득 전에 꾸었던 꿈이 떠올라 덜컥 겁이 났다. 얼굴 없는 은색 어미 고양이가 어둠 속에 울부짖는 새끼 고양이들을 뒤로한 채 사라지는 꿈이었다. 그 어미 고양이가 실버스트림이었던 걸까?

해 드는 바위가 눈에 들어오자마자 파이어하트는 신더포를 앞질러 성큼성큼 달려갔다. 바위 아래에 도착했을 때, 꼭대기에 웅크리고 있는 고양이가 보였다. 그 고양이는 그레이스트라이프와 실버스트림이 있는 바위 틈새를 내려다보고 있었다. 순간 차디찬 발이 파이어하트의 심장을 틀어쥐는 것 같았다. 육중한 몸과 짙은 색 털을 가진 그 고양이는 타이거클로가 틀림없었다. 다크스트라이프가 그에게 보고했고, 그래서 부지도자가 그레이스트라이프의 냄새를 따라온 것이 틀림없었다. 파이어하트는 진영으로 급히 돌아가느라 그를 알아채지 못하고 지나쳤던 것이다.

파이어하트가 바위 위로 올라가자, 타이거클로가 고개를 돌리고 으르렁거렸다.

"파이어하트, 이 일에 대해서 얼마나 알고 있지?"

파이어하트는 바위 틈새를 내려다보았다. 실버스트림은 여전히 옆으로 누워 있었지만, 몸을 따라 내려가며 강하게 요동치던 경련은 약한 떨림으로 잦아들었다. 이제 비명도 지르지 않았다. 파이어하트는 그녀가 너무 지친 모양이라고 짐작했다. 그레이스트라이프는 그녀 바로 옆에서 몸을 웅크리고 앉아, 가슴 깊숙한 곳에서 낮게 중얼거리는 소리를 내고 있었다. 노란 눈동자는 실버스트림의 얼굴에 고정되어 있었다. 둘 다 타이거클로가 거기 있다는 사실을 알아채지 못한 듯했다.

파이어하트가 부지도자의 질문에 대답하기 전에 신더포가 바위 아래에 도착했다. 그녀는 실버스트림이 누워 있는 바위 틈새로 비집고 들어갔다. 그리고 약초 꾸러미를 내려놓고 몸을 굽혀 은빛 어미 고양이를 살피기 시작했다.

"파이어하트! 이쪽으로 내려와요! 도움이 필요해요!"

신더포가 소리쳤다.

파이어하트는 타이거클로가 화를 내며 쉭쉭거리는 소리를 무시하고 바위 틈새로 뛰어 내려갔다. 발톱으로 가파른 바위를 할퀴며 힘겹게 내려가 바닥에 발을 내딛자마자, 신더포가 그에게 다가왔다. 그녀는 눈을 감고 귀를 납작 붙인 작은 새끼 고양이 한 마리를 물고 있었다. 새끼 고양이의 진회색 털은 몸에 착 달라붙어 있었다.

"죽은 거야?"

파이어하트가 속삭였다.

"아니에요!"

신더포는 새끼 고양이를 내려놓고 파이어하트 쪽으로 밀어 주었다.

"핥아 주세요, 파이어하트! 몸을 따뜻하게 해서 피가 돌게 만들어야 해요."

신더포는 말을 마치고 다시 좁은 공간으로 몸을 돌려 실버스트림을 살폈다. 신더포의 몸이 가리고 있어서 파이어하트는 무슨 일이 일어나고 있는지 볼 수 없었다. 하지만 수습 치료사가 안심시키는 소리와, 그레이스트라이프가 초조하게 묻는 소리는 들을 수 있었다.

파이어하트는 새끼 고양이에게 몸을 숙여 혀로 조그만 몸을 핥아 주었다. 새끼 고양이는 한참 동안 아무런 반응을 보이지 않았다. 파이어하트는 신더포의 말과 달리 새끼 고양이가 죽은 것이 아닌지 의심이 들기 시작했다. 그때 새끼 고양이의 몸이 희미하게 떨리더니, 소리 없이 입을 벌렸다.

"살아 있어!"

파이어하트는 놀라서 소리쳤다.

"살아 있다고 그랬잖아요."

신더포가 말했다.

"계속 핥아 주세요. 곧 또 한 녀석이 나올 거예요. 잘하고 있어요, 실버스트림……. 잘하고 있어요."

타이거클로도 어느새 바위 아래로 내려왔다. 그는 벼락을 칠 것 같은 표정으로 입구에 서서 소리쳤다.

"저건 강족 고양이잖아. 대체 어떻게 된 일인지 누구든 말해 보아라!"

누가 대답할 새도 없이 신더포가 환호성을 질렀다.

"잘했어요, 실버스트림!"

잠시 후 신더포가 두 번째 새끼 고양이를 입에 물고 돌아섰다. 그리고 타이거클로 앞에 내려놓았다.

"여기요. 핥아 주세요."

타이거클로가 그녀를 노려보았다.

"난 치료사가 아니다."

신더포는 푸른 눈을 이글거리며 부지도자에게 벌컥 화를 냈다.

"혀는 있잖아요, 아니에요? 핥으세요. 쓸모없는 털 뭉치 같으니라고. 새끼 고양이가 죽길 바라시는 거예요?"

파이어하트는 움찔했다. 타이거클로가 그녀에게 달려들어 발톱을 휘둘러 대는 게 아닐지 걱정스러웠다. 하지만 놀랍게도 짙은 얼룩무늬 전사는 커다란 머리를 숙이고 두 번째 새끼 고양이를 핥아 주기 시작했다.

신더포는 곧바로 실버스트림을 향해 돌아섰다.

"이 약초를 삼켜야 해요. 여기요, 그레이스트라이프. 할 수 있는 한 많이 먹여 주세요. 출혈을 멈춰야 해요."

파이어하트는 열성적으로 핥던 혀를 잠시 멈췄다. 그가 맡은 새끼 고양이는 이제 규칙적으로 숨을 쉬고 있었다. 위험한 상황은 벗어난 것 같았다. 파이어하트는 앞쪽에서 무슨 일이 일어나고 있는지 알고 싶었다. 그때 신더포가 으르렁대는 소리가 들렸다.

"힘을 내요, 실버스트림!"

이어서 그레이스트라이프의 당황한 목소리가 더 크게 들려왔다.

"실버스트림!"

친구의 절망적인 외침에 파이어하트는 더 이상 물러나 있을 수가 없었다. 그는 새끼 고양이를 남겨 두고 앞으로 밀고 나가 신더 포 옆에 몸을 웅크렸다. 실버스트림이 고개를 들고 힘없이 그레 이스트라이프의 얼굴을 핥는 것이 보였다.

"안녕, 그레이스트라이프."

그녀가 속삭였다.

"사랑해. 우리 새끼들을 잘 보살펴 줘."

순간 실버스트림의 몸이 심하게 떨리더니, 머리가 툭 떨어졌다. 그리고 발이 꿈틀거렸다. 그녀는 더 이상 움직이지 않았다.

"실버스트림!"

신더포가 속삭이듯 불렀다.

"안 돼, 실버스트림. 안 돼."

그레이스트라이프의 목소리는 너무나 애처로웠다.

"가지 마. 날 떠나지 마."

그는 축 늘어진 실버스트림 위로 몸을 숙여 살며시 코를 비볐다. 그녀는 움직이지 않았다.

"실버스트림!"

그레이스트라이프가 앞발을 치켜들고 고개를 뒤로 젖혔다. 비탄에 빠진 울부짖음이 고요한 공기를 갈랐다.

"실버스트림!"

신더포는 조금 더 오랫동안 실버스트림의 몸 위로 고개를 숙이고 털을 비볐다. 하지만 결국은 그녀도 죽음을 인정했다. 신더포는 일어나 앉아서 차갑고 황망한 눈으로 앞을 응시했다.

파이어하트는 일어서서 그녀에게 다가갔다.

"신더포, 새끼 고양이들은 무사해."

자신을 바라보는 신더포의 표정에 파이어하트는 심장이 얼어붙는 것 같았다.

"하지만 어미가 죽었어요. 내가 살리지 못했어요, 파이어하트."

해 드는 바위에는 아직 그레이스트라이프의 처절한 절규가 메아리치고 있었다. 타이거클로가 앞으로 걸어 나왔다. 그는 다른 고양이들을 밀치듯 지나치더니, 육중한 발을 뻗어 회색 전사의 귀 뒤를 철썩 때렸다.

"그만 칭얼거려."

그레이스트라이프는 잠잠해졌다. 부지도자의 명령 때문이 아니라, 너무 충격을 받고 지쳐서 그런 듯했다.

타이거클로는 셋 모두를 노려보았다.

"이제 누구든지 이 상황에 대해 설명을 해라. 그레이스트라이프, 이 강족 고양이를 아느냐?"

그레이스트라이프가 고개를 들었다. 그의 눈은 돌멩이처럼 둔탁하고 냉랭했다.

"제가 사랑한 고양이입니다."

그가 속삭이듯 말했다.

"뭐라고? 그럼 이 녀석들이 네 새끼란 말이냐?"

타이거클로는 충격을 받은 것 같았다.

"저와 실버스트림의 새끼들입니다."

그레이스트라이프의 눈에 희미한 저항의 불꽃이 비쳤다.

"뭐라고 할지 압니다, 타이거클로. 마음대로 하십시오. 전 상관

없으니까요."

그는 실버스트림을 향해 돌아서서 그녀의 털에 코를 바짝 댔다. 그리고 조용히 무언가를 속삭였다.

신더포는 이제 정신을 차리고 새끼 고양이들을 살피고 있었다.

"둘 다 살 수 있을 거예요."

그녀가 말했다. 파이어하트가 느끼기에 어쩐지 그녀의 목소리가 전보다 자신이 없어진 것 같았다.

"진영으로 데려가야 해요. 젖을 먹여 줄 어미 고양이를 찾아야 돼요."

타이거클로가 몸을 홱 돌려 신더포를 마주 보았다.

"미쳤느냐? 천둥족이 왜 이 녀석들을 키워야 하지? 이 녀석들은 잡종이야. 어떤 종족에서도 원하지 않을 거다."

신더포는 그의 말을 무시했다.

"파이어하트, 저쪽에 있는 새끼 고양이를 맡으세요. 다른 하나는 제가 데려갈게요."

파이어하트는 수염을 씰룩거려 알았다는 표시를 했다. 새끼 고양이를 물어 올리기 전에 그는 그레이스트라이프에게 다가가 친구의 넓적한 회색 어깨에 몸을 기댔다.

"같이 갈래?"

그레이스트라이프는 고개를 저었다.

"난 실버스트림을 묻어 줘야지."

그가 조용히 말했다.

"여기, 강족과 천둥족 사이에 묻어 줄래. 이제는 강족도 그녀의 죽음을 애도하지 않을 테니까."

파이어하트는 친구를 생각하니 가슴이 찢어지는 것 같았다. 하지만 그가 할 수 있는 일은 아무것도 없었다.

"곧 돌아올게."

파이어하트는 타이거클로에게 들리든 말든 상관없이, 더 낮은 목소리로 덧붙였다.

"내가 같이 애도해 줄게, 그레이스트라이프. 실버스트림은 용감했어. 그리고 나는 알아. 그녀가 너를 사랑했다는 걸."

친구는 대답하지 않았다. 파이어하트는 새끼 고양이를 물어 올렸다. 그리고 친구를 뒤로하고 자리를 떴다. 그레이스트라이프는 종족이나 명예, 심지어 목숨보다 더 사랑했던 실버스트림 곁에 남겨졌다.

22

어미 잃은 새끼 고양이

타이거클로는 파이어하트와 신더포를 앞질러 달려갔다. 둘이 새끼 고양이들을 데리고 진영에 도착했을 때는 이미 종족 전체가 무슨 일이 일어났는지 알고 있었다. 전사들과 훈련병들은 거처 밖에 모여 말없이 그들을 바라보았다. 파이어하트는 그들이 풍기는 충격과 불신의 냄새를 맡을 수 있었다.

블루스타는 그들을 기다리고 있었다는 듯 보육실 입구에 서 있었다. 파이어하트는 그녀가 다른 종족의 새끼 고양이들을 거두어 주지 않고 쫓아낼 수도 있다고 생각했다. 하지만 지도자는 그저 조용히 말했다.

"들어와라."

고사리 덤불에 둘러싸인 보육실은 모든 것이 흐릿하고 고요했다. 그 안에서는 브린들페이스가 자신의 새끼 고양이들을 품고 있었다. 새끼 고양이들은 회색과 황갈색 털 무더기처럼 잠들어 있었고, 그 속에서 클라우드킷의 하얀 털이 눈밭처럼 빛났다. 바로 옆에는 이끼와 솜털이 깔린 잠자리에서 골든플라워가 옆으로 누워, 새로 태어난 새끼 고양이들에게 젖을 먹이고 있었다. 하나는 어미인 골든플라워처럼 옅은 황갈색이었고, 다른 하나는 짙은 얼룩무늬였다.

"골든플라워."

블루스타가 조용히 불렀다.

"부탁할 게 있다. 새끼 고양이 둘을 더 보살펴 줄 수 있을까? 어미가 조금 전에 죽었거든."

골든플라워가 고개를 들었다. 파이어하트와 신더포의 입에 매달린 힘없는 새끼 고양이들을 보자, 그녀의 놀란 눈빛이 부드러워졌다. 겁에 질리고 허기진 새끼 고양이들은 꼼지락거리며 가냘프게 울고 있었다.

"그러면……."

골든플라워가 입을 뗐다.

"잠깐만."

파이어하트를 뒤따라 들어온 스페클테일이 그녀의 말을 끊었다.

"골든플라워, 대답하기 전에 블루스타에게 이 고양이들이 누구 새끼인지 물어보는 게 좋을 거야."

파이어하트는 순간 불안해졌다. 스페클테일은 훌륭한 어미 고양이였지만 성미가 고약했다. 새끼 고양이들이 어떤 종족에도 온전히 속하지 않는다는 것을 알면, 그녀는 탐탁지 않아 할 것이다.

"숨길 생각은 없다."

블루스타가 차분하게 말했다.

"골든플라워, 이 고양이들은 그레이스트라이프의 새끼들이다.

어미는 강족의 실버스트림이고."

골든플라워는 놀라서 눈이 휘둥그레졌다. 졸고 있던 브린들페이스도 정신을 차리고 귀를 쫑긋 세웠다.

"그럼 벌써 여러 달 동안 몰래 빠져나가서 강족 고양이를 만나 왔다는 말이네요."

스페클테일이 날카롭게 말했다.

"충성스러운 고양이라면 그런 짓을 하겠어요? 둘 다 자기 종족을 배신한 거예요. 이 새끼 고양이들에게는 나쁜 피가 흐른다고요."

"말도 안 되는 소리!"

블루스타가 돌연 목덜미 털을 곤두세우고 쏘아붙였다. 파이어하트는 놀라서 움찔했다. 지도자가 이렇게까지 화를 내는 건 드문 일이었다.

"그레이스트라이프와 실버스트림에 대해 어떻게 생각하든, 새끼 고양이들은 아무 죄가 없다. 맡아 주겠느냐, 골든플라워? 어미가 없으면 살 수 없을 것이다."

골든플라워는 머뭇거리다가 길게 한숨을 내쉬었다.

"어떻게 안 된다고 하겠어요? 젖은 충분한데요."

스페클테일이 못마땅하다는 듯 콧방귀를 뀌었다. 파이어하트와 신더포가 새끼 고양이들을 골든플라워의 옆에 살며시 눕히자, 스페클테일은 표가 나게 등을 돌려 버렸다. 골든플라워는 몸을 숙여 새끼 고양이들을 자신의 배 쪽으로 끌어당겼다. 따뜻한 품에 파고들어 젖을 빨기 시작하면서 새끼 고양이들의 애처로운 울음소리도 잦아들었다.

"고맙다, 골든플라워."

블루스타가 가르랑거렸다.

지도자는 그리움이 가득한 얼굴로 어린 고양이들을 내려다보고 있었다. 파이어하트는 그녀가 자신의 잃어버린 새끼들을 생각하고 있는 건지 궁금했다. 문득 지도자의 새끼 고양이들은 정말로 어떻게 된 것일까, 하는 의구심이 되살아났다. 그들이 정말 강족에서 잘 지내고 있는 미스티풋과 스톤퍼일 수도 있을까? 지도자는 알고 있을까?

신더포가 갑자기 몸을 돌려 보육실에서 나가는 바람에 파이어하트도 상념에서 벗어났다. 그는 신더포를 뒤따라갔다. 그녀는 보육실 밖에서 머리를 앞발에 올려놓고 웅크리고 있었다.

"왜 그래?"

"실버스트림이 죽었어요."

파이어하트는 잔뜩 숨죽인 그녀의 대답을 겨우 들을 수 있었다.

"내가 죽도록 놔둔 거예요."

"그렇지 않아!"

신더포가 눈을 끔벅이며 고개를 들었다. 그녀의 파란 눈동자에는 비통함이 가득 차 있었다.

"난 치료사가 되어야 하잖아요. 생명을 구해야 한다고요."

파이어하트는 신더포에게 더 가까이 다가가 뺨에 얼굴을 대며 일깨워 주었다.

"넌 새끼 고양이 둘을 살렸어."

"하지만 실버스트림은 살리지 못했어요."

파이어하트는 안쓰러운 마음이 들었다. 신더포가 어떤 기분일지 이해할 수 있었다. 스스로를 탓하지 말라고 말해 주고 싶었지만, 적당한 말을 찾을 수 없었다. 그는 슬픔과 무력감을 느끼며 그녀를 부드럽게 핥아 주었다.

"무슨 일이냐?"

파이어하트는 고개를 들었다. 앞에 옐로팽이 서 있었다. 그녀는 넓적한 회색 얼굴을 찡그리며 당혹스런 표정을 짓고 있었다.

"그레이스트라이프와 강족 어미 고양이 이야기가 들리던데, 어떻게 된 거지?"

신더포는 옐로팽이 거기 있다는 것도 알아채지 못하는 것 같았다. 어쩔 수 없이 설명은 파이어하트의 몫이 되었다.

"신더포가 아주 잘해 주었어요."

그는 나이 든 치료사에게 말했다.

"신더포가 아니었다면 새끼 고양이들은 다 죽었을 거예요."

옐로팽이 고개를 끄덕였다.

"타이거클로를 만났다. 브래큰퍼가 나를 데리러 와서 함께 해드는 바위로 가는 중이었는데, 그때 마주쳤어. 새끼 고양이들 때문에 화가 나 있더구나. 하지만 너에게 화난 건 아니었단다, 신더포."

옐로팽은 덧붙여 말했다.

"넌 네가 할 일을 한 거란다. 다른 치료사들처럼 말이야. 타이거클로도 그걸 알고 있어."

그 말에 신더포가 고개를 들었다.

"저는 절대로 치료사가 될 수 없을 거예요. 전 쓸모가 없어요.

실버스트림이 죽게 놔뒀으니까요."

그녀가 비통하게 대꾸했다.

"뭐라고?"

옐로팽이 깡마른 회색 몸을 둥그렇게 말고 으르렁거렸다.

"내가 들어 본 말 중에 가장 쥐 대가리 같은 소리구나."

"옐로팽……."

파이어하트가 나섰다. 옐로팽의 가혹한 목소리를 듣고 있을 수만은 없었기 때문이다. 하지만 치료사는 아랑곳하지 않았다.

"넌 최선을 다했다, 신더포. 누구도 그것보다 더 잘할 수는 없었어."

"하지만 부족했던 거예요. 옐로팽이 그 자리에 있었다면 살려 낼 수도 있었을 거라고요."

"그래? 별족이 그렇게 말씀하셨니? 신더포, 때로는 고양이들이 죽기도 한단다. 그건 어쩔 수 없는 일이란다."

옐로팽은 반쯤은 웃음 띤 목소리로, 또 반쯤은 나무라듯이 덧붙였다.

"심지어 나도 마찬가지야."

"하지만 전 실버스트림을 지키지 못했어요, 옐로팽."

"안다. 그건 힘든 경험이지."

나이 든 고양이의 목소리에는 이제 안쓰러움이 묻어났다.

"하지만 나도 고양이들을 지키지 못한 적이 많아. 셀 수도 없지. 치료사라면 누구나 그래. 그냥 견디면서 계속 해 나가는 거란다."

옐로팽은 상처투성이 주둥이로 신더포를 쿡 찌르더니 슬슬 밀

316

었다. 신더포는 마침내 비틀비틀 일어섰다.

"서두르자. 할 일이 있단다. 스몰이어가 또 관절이 아프다고 불평이구나."

옐로팽은 신더포를 치료사의 거처 쪽으로 몰고 가다가, 잠시 멈춰 서서 파이어하트를 돌아보았다.

"걱정하지 마라. 괜찮아질 거야."

파이어하트는 두 고양이가 공터를 가로질러 옐로팽의 거처로 들어가는 모습을 지켜보았다.

"옐로팽을 믿어라."

파이어하트의 등 뒤에서 조용한 목소리가 들렸다. 뒤를 돌아보니 블루스타가 다가와 있었다.

"신더포가 이번 일을 잘 이겨 내도록 도와줄 것이다."

종족 지도자는 꼬리로 발을 단정하게 감싸고 보육실 앞에 앉아 있었다. 실버스트림이 죽고 그레이스트라이프의 은밀한 관계가 발각되면서 진영이 어수선한 상황이었는데도, 지도자는 여느 때와 같이 차분해 보였다.

"블루스타, 그레이스트라이프는 어떻게 되는 겁니까? 처벌을 받게 되나요?"

파이어하트는 머뭇거리며 물었다.

블루스타는 생각에 잠긴 표정이었다.

"아직은 답해 줄 수가 없다, 파이어하트. 타이거클로와 다른 전사들과도 상의해 봐야 하니까."

"그레이스트라이프도 어쩔 수가 없었습니다."

317

파이어하트는 불쑥 내뱉었다.

"어쩔 수가 없었다……. 실버스트림과 함께하기 위해 종족을 배신하고 전사의 규약을 어긴 것을 말하는 것이냐?"

블루스타의 눈이 번득였다. 하지만 파이어하트가 걱정하는 만큼 화난 목소리는 아니었다.

"한 가지는 약속하겠다."

블루스타가 덧붙였다.

"충격이 가라앉기 전까지는 아무런 조치도 취하지 않을 것이다. 이번 일은 전체적으로 신중하게 생각해 봐야 한다."

"그런데 크게 놀라시진 않은 것 같습니다. 맞나요?"

파이어하트가 감히 물었다.

"이런 일이 있을 거라고 예상하셨습니까?"

그는 물으면서도 블루스타가 대답해 줄 거라는 기대는 하지 않았다. 모든 걸 꿰뚫어 보는 듯한 그녀의 푸른 눈에 파이어하트는 꼼짝도 할 수 없었다. 그녀의 눈에는 지혜가 깃들어 있었다. 그리고 고통도 보였다.

"그래, 예상하고 있었다."

블루스타가 마침내 입을 열었다.

"지도자의 자리에서는 여러 가지를 알게 된다. 게다가 모임에 참석했을 때 내 눈이 멀었던 것도 아니니까."

"그러면…… 왜 막지 않으셨나요?"

"그레이스트라이프가 종족에 대한 충성심을 스스로 회복하기를 바랐다."

블루스타가 대답했다.

"그렇지 않더라도 조만간 어떻게든 끝이 나리라는 것을 알았다. 다만 그 둘을 위해서 이렇게 비극적으로 끝나지 않았더라면 더 좋았겠지. 그렇지만 새끼들이 다른 종족에서 자라는 모습을 지켜봐야 했다면, 그레이스트라이프는 견디기 힘들었을 것이다."

"그 심정을 이해하시는 겁니까?"

파이어하트의 입에서 무의식적으로 질문이 튀어나왔다.

"겪어 봐서 아시는 겁니까?"

블루스타는 돌연 경직되었다. 눈에는 분노가 이글거렸다. 파이어하트는 움찔했지만, 이내 그녀는 긴장을 풀었다. 분노는 사라지고, 이제 그녀는 옛 기억과 상실감으로 아득한 눈빛을 하고 있었다.

"짐작하고 있었구나."

블루스타가 말했다.

"네가 알아낼 수도 있다고 생각했다. 그래, 파이어하트. 미스티풋과 스톤퍼는 한때 내 새끼들이었다."

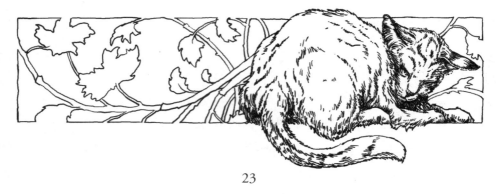

23
지도자의 비밀

"따라오너라."

블루스타는 천천히 진영을 가로질러 거처로 향했다. 파이어하트는 그저 따라가는 수밖에 없었다. 거처에 들어선 그녀는 그에게 앉으라고 말한 뒤에 자신도 자리를 잡고 앉았다.

"어디까지 알고 있지?"

블루스타가 파이어하트를 살피며 물었다.

"오크하트가 천둥족의 새끼 고양이 둘을 강족에 데려갔다는 것만 압니다."

파이어하트는 솔직히 말했다.

"그는 그레이풀에게, 그러니까 새끼 고양이들에게 젖을 먹여 키운 어미 고양이에게 그들이 어디서 왔는지는 모른다고 말했답니다."

블루스타가 고개를 끄덕였다. 그녀의 눈빛이 누그러졌다.

"오크하트가 나를 배신하지 않을 것은 알고 있었지."

블루스타가 고개를 들었다.

"오크하트가 그 새끼 고양이들의 아버지였다. 그것도 알고 있었느냐?"

파이어하트는 고개를 저었다. 하지만 그러고 보니 오크하트가 그레이풀에게 새끼 고양이들을 돌봐 달라고 간절히 부탁한 것이 이해가 되었다.

"새끼 고양이들에게 정확히 무슨 일이 일어났던 겁니까?"

파이어하트는 호기심을 참지 못하고 물었다.

"오크하트가 새끼 고양이들을 훔친 건 아니죠?"

종족 지도자가 안타까운 눈빛으로 귀를 씰룩거렸다.

"물론 아니란다."

블루스타와 파이어하트의 눈이 마주쳤다. 갑자기 그녀의 눈에 그로서는 상상도 할 수 없는 고통이 드리워졌다.

"훔쳐 간 게 아니다. 내가 내준 거지."

파이어하트는 믿을 수 없다는 듯이 그녀를 바라보았다. 설명을 해 줄 때까지 기다리는 수밖에 없었다.

"전사 시절 나의 이름은 블루퍼였다."

블루스타가 말을 이었다.

"너처럼 나도 오로지 종족을 위해 헌신하는 일에만 관심이 있었다. 오크하트와 나는 어느 잎 없는 계절에 모임에서 만났다. 아직 어리고 뭘 모르던 때였지. 우리 둘의 만남은 그리 오래가진 않았다. 새끼를 가진 걸 알게 되었을 때, 난 그들을 천둥족으로 키울 생각이었다. 아무도 나에게 아비가 누구인지 묻지 않았다. 어미가 말하고 싶지 않다면, 그 선택은 존중해 줘야 하니까."

"그런데 어쩌다가……."

파이어하트가 채근하듯 물었다.

블루스타는 마치 지나간 과거를 바라보고 있는 것처럼 먼 곳을 응시하고 있었다.

"그때 우리 종족의 부지도자였던 토니스팟이 은퇴하기로 결정했다. 난 내가 그를 대신할 가능성이 높다는 걸 알고 있었다. 치료사가 이미 말해 주었거든. 별족이 나를 위해 위대한 운명을 준비해 두었다고. 하지만 새끼에게 젖을 먹이는 어미 고양이가 부지도자로 뽑히지는 않을 거라는 사실도 잘 알고 있었지."

"그래서 새끼들을 줘 버린 겁니까?"

파이어하트가 믿을 수 없다는 말투로 물었다.

"새끼들이 보육실에서 나올 때까지 기다릴 수는 없었나요? 새끼 고양이들이 스스로 앞가림을 할 정도로 크고 나면 틀림없이 부지도자가 될 수 있었을 텐데요."

"쉬운 결정은 아니었다."

블루스타가 고통스러운 목소리로 말했다.

"잎 없는 계절은 혹독했다. 종족은 거의 굶어 죽을 지경이었고, 난 새끼들에게 젖을 간신히 먹였다. 강족으로 보내면 잘 키워 줄 거라는 걸 알았지. 그때는 강에 물고기가 가득해서, 강족 고양이들은 굶는 일이 없었거든."

"하지만 새끼들을 잃는 건……."

파이어하트는 블루스타가 겪었을 격렬한 고통에 공감하며 눈을 끔벅였다.

"파이어하트, 내 선택이 얼마나 힘들었는지 네 입으로 말해 줄 필요는 없다. 난 여러 날 동안 밤잠을 못 이루고 고민했다. 새끼 고양이들에게 무엇이 최선일지, 내게는 무엇이 최선일지 그리고 종족에게는……."

"부지도자가 될 만한 다른 전사들도 있었을 텐데요?"

파이어하트는 블루스타가 야망에 불타서 자기 새끼들을 내주었다는 사실을 받아들이기가 힘들었다.

블루스타가 도전적으로 턱을 치켜들었다.

"그래, 씨슬클로가 있었지. 강인하고 용맹스럽고…… 훌륭한 전사였다. 하지만 그는 문제가 생길 때마다 싸우자고 덤벼들었어. 그가 부지도자가 되고, 그다음에는 지도자가 되어서 종족을 불필요한 전쟁으로 몰아넣는 걸 지켜봐야 했을까?"

블루스타는 우울하게 고개를 저었다.

"네가 여기 오기 몇 계절 전, 그는 경계 지역에서 강족 순찰대를 공격하다가 죽었다. 마지막까지 거칠고 오만했어. 난 그가 우리 종족을 파괴하는 걸 가만히 지켜보고 있을 수만은 없었다."

"새끼 고양이들을 오크하트에게 직접 주신 겁니까?"

"그래. 모임에서 만나 얘기했고, 그가 데려가기로 동의했다. 그래서 어느 날 밤 나는 진영에서 몰래 빠져나가 해 드는 바위에 새끼들을 데려다 놓았다. 오크하트는 거기서 기다리다가 그들 중 둘을 데리고 강을 건너갔지."

"그들 중 둘이라고요?"

파이어하트는 깜짝 놀랐다.

"그럼 둘 말고 더 있었다는 뜻인가요?"

"모두 셋이었다."

블루스타가 고개를 숙였다. 그녀의 말소리는 거의 들리지 않았다.

"세 번째는 너무 약해서 여정을 견뎌 내지 못했어. 그 녀석은 나와 함께 있을 때 강가에서 죽었다."

"종족에게는 뭐라고 하셨나요?"

파이어하트는 모임에서 패치펠트가 했던 말이 생각났다. 그는 블루스타가 새끼들을 잃었다고만 했었다.

"내가…… 여우나 오소리에게 잡혀 간 것처럼 보이도록 꾸몄다. 보육실을 떠나기 직전에 방벽에 구멍을 뚫어 놨지. 그리고 돌아와서 난 사냥을 나갔고, 새끼 고양이들은 보육실에서 안전하게 자고 있었다고 말했다."

블루스타는 온몸을 떨고 있었다. 파이어하트는 이런 거짓말을 고백하는 게 블루스타에게는 죽음보다 더 심한 고통이라는 걸 알 수 있었다.

"모든 고양이가 찾아 나섰지. 소용없는 짓이라는 걸 알면서 나도 수색에 나섰다. 종족 전체가 비탄에 빠졌지."

블루스타는 발 위로 고개를 떨구었다. 파이어하트는 순간 그녀가 지도자라는 사실을 잊고, 그녀에게 다가가 부드럽게 귀를 핥아 주었다.

예전에 꾸었던 꿈이 다시 떠올랐다. 얼굴 없는 어미 고양이가 사라지고, 그 어미를 찾으며 우는 새끼 고양이들의 모습이 생각났다. 그는 그 어미 고양이가 실버스트림이라고 생각했지만, 이제 그녀가 블루스타이기도 하다는 것을 깨달았다. 그 꿈은 예언인 동시에 종족의 기억이기도 했다.

"왜 제게 이런 이야기를 해 주시는 겁니까?"

블루스타가 고개를 들었다. 파이어하트는 그녀의 눈에 어린 슬픔을 보는 게 고통스러웠다.

"나는 오랫동안 새끼 고양이들을 마음속에서 밀어내 왔다."

그녀가 대답했다.

"난 부지도자가 되었고, 또 지도자가 되었지. 종족은 나를 필요로 했다. 하지만 최근에 홍수를 겪고, 강족에게 위험이 닥치고…… 네가 이 일에 대해 알게 되면서, 내가 이미 잘 알고 있는 이야기를 너를 통해 다시 듣게 되었다. 그리고 이제 강족과 천둥족의 피를 나누어 가진 새끼 고양이들이 또다시 태어났다. 어쩌면 이번에는 나도 더 나은 결정을 할 수 있을 것이다."

"하지만 왜 그런 이야기를 제게?"

파이어하트는 거듭 물었다.

"아마도 오랜 시간이 지났으니 누군가 진실을 알기를 바란 것 같다."

블루스타가 얼굴을 약간 찡그리며 말했다.

"난 누구보다 파이어하트 네가 잘 이해해 주리라 생각한다. 가끔은 옳은 선택이라는 것이 없을 때도 있다는 걸."

그러나 파이어하트는 자신이 이해했는지 확신이 서지 않았다. 그는 머릿속이 혼란스러웠다. 한편으로는 야심찬 젊은 전사 블루퍼의 모습이 그려졌다. 그녀는 상상할 수 없는 희생을 감수하면서까지 종족에게 최선을 다하려 했다. 다른 한편으로는 오래전에 버린 새끼들 때문에 슬퍼하는 어미의 모습이 보였다. 하지만 무엇보다도 파이어하트에게 가장 생생하게 다가온 모습은, 종족을 위해 최선이라고 믿는 선택을 하고 그에 따르는 고통을 홀로 견뎌 온 뛰어난 지도자의 모습이었다.

"아무에게도 말하지 않겠습니다."

파이어하트는 지도자가 이런 비밀을 털어놓을 정도로 자신을 무척 신뢰하고 있다는 것을 깨달았다.

"고맙다, 파이어하트."

블루스타가 대답했다.

"앞으로 어려운 시기가 올 것이다. 종족에게 더는 문제가 생기지 않았으면 한다."

블루스타는 자리에서 일어나, 오랜 잠에서 깨어난 듯 몸을 쭉 폈다.

"이제 나는 타이거클로와 이야기를 나눠 봐야겠다. 너는 친구에게 가 보는 게 좋겠구나."

해가 지기 시작하자 그 빛이 강물에 반사되어, 마치 기다란 불길처럼 일렁였다. 파이어하트가 해 드는 바위로 돌아왔을 때, 그레이스트라이프는 강기슭 위, 흙을 새로 덮은 자리 옆에 웅크리고 있었다. 그는 붉게 이글거리는 강물을 물끄러미 바라보았다.

"강가에 묻어 주었어."

파이어하트가 다가가 옆에 앉자, 그가 힘없이 말했다.

"강을 좋아했거든."

그레이스트라이프는 고개를 들어, 이제 막 모습을 드러내기 시작하는 별 무리를 바라보았다.

"지금은 별족과 함께 사냥을 하겠지. 언젠가는 다시 만나게 될 거야. 그땐 함께할 수 있겠지."

그가 조용히 말했다.

파이어하트는 아무 말도 할 수 없었다. 그는 그레이스트라이프에게 몸을 더 가까이 기댔다. 피처럼 붉은 빛이 희미해지는 동안, 두 고양이는 말없이 웅크리고 있었다.

"새끼 고양이들은 어디로 데려갔어?"

그레이스트라이프가 마침내 입을 열었다.

"어미와 같이 묻어 줬어야 했는데."

"묻는다고?"

파이어하트가 되물었다.

"그레이스트라이프, 모르고 있었던 거야? 새끼 고양이들은 살아 있어."

그레이스트라이프가 입을 벌린 채 그를 빤히 쳐다보았다. 노란 눈이 반짝이기 시작했다.

"살아 있다고? 실버스트림의 새끼들…… 내 새끼들이? 지금 어디 있어, 파이어하트?"

"천둥족의 보육실에."

파이어하트는 친구를 빠르게 핥아 주었다.

"골든플라워가 젖을 먹이고 있어."

"하지만 키워 주진 않겠지? 실버스트림의 새끼들이라는 걸 알고 있는 거야?"

"종족 전체가 다 알아."

파이어하트는 마지못해 대답했다.

"타이거클로가 이야기해 버렸어. 하지만 골든플라워는 새끼 고양이들을 탓하지 않아. 블루스타도 마찬가지고. 새끼들은 잘 보살핌을 받을 거야, 그레이스트라이프. 걱정하지 마."

그레이스트라이프는 오랫동안 웅크리고 있느라 뻣뻣해진 몸을 일으켰다. 그는 파이어하트를 미심쩍다는 눈빛으로 쳐다보았다. 천둥족이 새끼 고양이들을 받아 주었다는 것이 믿기지 않는 눈치였다.

"그 녀석들을 봐야겠어."

"그럼 가자."

파이어하트는 친구가 다시 종족을 마주할 준비가 되었다는 사실에 마음이 놓였다.

"블루스타가 너를 데려오라고 날 보낸 거야."

파이어하트는 앞장서서 어둑어둑해지는 숲을 통과했다. 그레이스트라이프는 그를 뒤따라 걸어오면서 몇 번이고 뒤를 돌아보았다. 실버스트림을 남겨 두고 발길이 쉽게 떨어지지 않는 것 같았다. 그레이스트라이프는 아무 말도 하지 않았고, 파이어하트는 친구가 조용히 추억에 잠길 수 있도록 해 주었다.

그들이 진영에 도착했을 때는 삼삼오오 모여 수군거리던 전사와 훈련병들은 모두 흩어지고 없었다. 새잎 돋는 계절의 여느 저녁처럼 모든 것이 따뜻하고 평범해 보였다. 브래큰퍼와 더스트펠트는 쐐기풀 더미 옆에 웅크리고 앉아 싱싱한 먹이 한 점을 나누어 먹고 있었다. 훈련병의 거처 밖에서는 쏜포와 브라이트포가 전투 놀이를 하며 뒹굴었고, 스위프트포는 옆에서 그 모습을 지켜보고 있었다. 타이거클로와 블루스타는 어디에도 보이지 않았다.

파이어하트는 안도의 한숨을 내쉬었다. 그는 그레이스트라이프가 혼자 있을 수 있기를 바랐다. 적어도 새끼 고양이들을 보기 전까지는 동료 전사들로부터 비난이나 꾸짖음을 듣지 않았으면 했던 것이다.

보육실로 향하던 그들은 샌드스톰과 마주쳤다. 그녀는 우뚝 멈춰 서서 파이어하트와 그레이스트라이프를 번갈아 보았다.

"안녕?"

파이어하트는 평소처럼 다정한 목소리를 내려고 애썼다.

"우리는 새끼 고양이들을 보러 가는 길이야. 나중에 거처에서 볼까?"

"그래, 너는."

샌드스톰이 으르렁대며 그레이스트라이프를 노려보았다.

"저 녀석은 나한테 가까이 오지 못하게 해 줘."

샌드스톰은 머리와 꼬리를 높이 쳐들고 성큼성큼 걸어갔다.

파이어하트는 가슴이 철렁 내려앉았다. 자신이 종족에 처음 왔을 때 지독하게 적대적으로 굴었던 샌드스톰의 모습이 떠올랐다. 그녀가 마음을 열기까지는 오랜 시간이 걸렸다. 이제 그레이스트라이프를 다시 친구로 대하려면 또 얼마나 오래 기다려야 할까?

그레이스트라이프는 귀를 머리에 납작 붙였다.

"내가 여기 있는 게 싫은가 봐. 다들 그렇겠지."

"난 아니야."

파이어하트가 말했다. 자신의 목소리가 친구의 기운을 북돋아 줄 수 있기를 바랐다.

"자, 어서 가자. 새끼들을 만나 봐야지."

24
좋은 소식과 나쁜 소식

파이어하트는 디딤돌을 차례로 건너뛰면서, 빠르게 흐르는 강을 건너갔다. 홍수로 불어났던 물이 빠지면서 디딤돌도 다시 드러났다. 실버스트림이 죽고 하루가 지났다. 흐린 하늘은 가느다란 빗줄기를 뿌리고 있었다. 별족도 실버스트림을 애도하는 것 같았다.

파이어하트는 강족에게 실버스트림의 죽음을 알리러 가는 길이었다. 블루스타의 허락을 받은 것은 아니었다. 그냥 아무에게도 말하지 않고 몰래 진영을 빠져나왔다. 실버스트림의 종족은 그녀에게 무슨 일이 일어났는지 알 권리가 있었다. 하지만 천둥족 고양이들이 모두 그의 생각에 동의하지는 않을 것 같았다.

반대편 기슭으로 건너간 파이어하트는 머리를 쳐들고 공기에 섞인 냄새를 맡아 보았다. 그는 곧바로 냄새 하나를 감지했다. 잠시 후 작은 얼룩무늬 수고양이가 길 위쪽 고사리 덤불에서 나타났다.

수고양이는 깜짝 놀란 듯 머뭇거리다가, 기슭으로 미끄러져 내려와 파이어하트와 마주 섰다.

"파이어하트, 맞죠?"

수고양이가 말했다.

"지난번 모임에서 봤어요. 우리 영역에서 뭐 하고 있어요?"

그는 자신감 있는 목소리로 말하려고 애쓰고 있었다. 하지만 파이어하트는 그가 긴장하고 있다는 것을 알 수 있었다. 아주 어린 훈련병인 것 같았다. 스승도 없이 혼자 진영에서 나와 겁정하고 있는 눈치였다.

"싸우거나 염탐하러 온 건 아니야."

파이어하트가 말했다.

"미스티풋과 할 이야기가 있거든. 좀 불러 줄 수 있어?"

훈련병은 다시 머뭇거렸다. 이쪽에서 반항을 해야 하는 건 아닌지 고민하는 것 같았다. 하지만 결국 전사의 명령에 복종하는 습관이 훈련병을 움직였다. 그는 강가를 따라 강족 진영으로 향했다. 파이어하트는 훈련병이 가는 모습을 잠시 지켜보다가, 고사리 덤불에 몸을 숨기고 미스티풋을 기다렸다.

한참이 지난 다음에야 미스티풋이 나타났다. 파이어하트는 빠르게 다가오는 익숙한 청회색 몸체를 볼 수 있었다. 문득 그 모습이 익숙한 것은 블루스타 때문이라는 사실을 깨달았다. 지도자의 딸은 어미를 쏙 빼닮았던 것이다. 다행히 그녀는 혼자였다. 미스티풋이 공기 냄새를 맡으려고 걸음을 멈추었을 때, 파이어하트는 그녀를 조용히 불렀다.

"미스티풋! 여기 위쪽이야!"

미스티풋의 귀가 쫑긋 섰다. 잠시 후에 그녀가 고사리 덤불을 헤치고 그의 곁으로 왔다.

"무슨 일이야?"

미스티풋이 걱정스러운 얼굴로 물었다.

"실버스트림 일이야? 어제부터 안 보였거든."

파이어하트는 목구멍에 뼈가 걸린 듯한 기분이었다. 그는 마른
침을 삼켰다.

"미스티풋, 안 좋은 소식이야. 정말 안됐지만…… 실버스트림이
죽었어."

미스티풋은 파란 눈을 크게 뜨고 믿을 수 없다는 듯이 그를 바
라보았다.

"죽었다고? 말도 안 되는 소리 하지 마!"

파이어하트가 뭐라 대답하기도 전에 그녀가 더욱 거칠게 쏘아
붙였다.

"너희 천둥족 전사들이 잡아 간 거야?"

"아니, 아니야."

파이어하트는 재빨리 대답했다.

"그레이스트라이프와 함께 해 드는 바위에 있다가, 새끼 고양
이를 낳게 되었어. 그런데 뭐가 잘못되었는지…… 피를 많이 흘
렸어. 우리도 할 수 있는 건 다 했는데…… 그랬는데……. 아, 미
스티풋, 이런 소식을 전해서 미안해."

이야기를 듣던 미스티풋의 눈에 고통이 밀려들었다. 그녀는 머
리를 뒤로 젖히고 발톱을 땅속에 박아 넣은 채 낮은 소리로 울부
짖었다. 달래 주려고 가까이 다가간 파이어하트는 그녀의 몸에

있는 모든 근육이 긴장으로 굳어 있는 것을 볼 수 있었다. 그는 어떤 말도 해 줄 수가 없었다.

마침내 처절한 울부짖음이 잦아들고 미스티풋이 안정을 좀 되찾았다.

"좋은 결과가 나올 리가 없다고 생각했어."

미스티풋의 목소리에는 분노도, 비난도 실려 있지 않았다. 그저 지친 슬픔만이 느껴질 뿐이었다.

"그레이스트라이프를 만나지 말라고 말렸지만, 내 말을 들을 리 있겠어? 그런데 이제…… 다시는 실버스트림을 볼 수 없다니 믿을 수가 없어."

"그레이스트라이프가 해 드는 바위 옆에 묻어 주었어."

파이어하트가 말했다.

"언젠가 거기서 만나게 되면 위치를 알려 줄게."

미스티풋이 고개를 끄덕였다.

"그래, 파이어하트."

"새끼 고양이들은 살아 있어."

파이어하트는 미스티풋의 슬픔을 조금이라도 달래 주려고 덧붙였다.

"실버스트림의 새끼들이?"

미스티풋이 다시 한 번 놀라며 일어나 앉았다.

"둘이야. 둘 다 잘 지낼 거야."

미스티풋이 생각에 잠겨 눈을 끔벅였다.

"반은 강족인데, 천둥족이 받아 줄까?"

"우리 종족의 어미 고양이 하나가 젖을 먹이고 있어."

파이어하트가 그녀를 안심시켜 주었다.

"천둥족 고양이들이 그레이스트라이프에게 화가 나 있긴 하지만, 아무도 새끼 고양이들에게 화풀이를 하진 않을 거야."

"그래."

미스티풋은 한동안 말없이 생각에 잠겨 있었다. 이윽고 그녀는 자리에서 일어섰다.

"진영으로 돌아가서 종족에게 알려야겠어. 아직 그레이스트라이프에 대해서도 모르고 있으니까. 실버스트림의 아버지에게 뭐라고 말해야 할지 모르겠어."

파이어하트는 그녀의 기분을 알 것 같았다. 많은 전사 아버지들이 새끼들과 소원하게 지내지만, 크룩트스타는 실버스트림과 계속 가까운 사이로 남아 있었다. 크룩트스타는 딸의 죽음에 슬퍼하는 동시에, 딸이 종족을 배신하고 다른 종족의 전사를 짝으로 택했다는 사실에 분노를 느낄 것이다.

미스티풋이 파이어하트의 이마를 짧게 핥아 주었다.

"고마워. 나한테 알려 주러 와 줘서 정말 고마워."

그리고 그녀는 고사리 덤불 사이로 재빨리 사라졌다. 파이어하트는 그녀의 모습이 보이지 않을 때까지 기다렸다가, 물가로 내려가 디딤돌을 건너서 천둥족 영역으로 돌아왔다.

파이어하트는 배가 고파 잠에서 깼다. 전사들의 거처에는 희미한 빛이 드리워져 있었다. 주변을 둘러보던 그는 그레이스트라이프가 벌써 잠자리를 떠났다는 것을 알게 되었다.

'이런, 안 돼!'

파이어하트는 짜증이 치밀었다.

'또 실버스트림을 만나러 갔잖아!'

그러다 순간 기억이 났다.

실버스트림이 죽고 두 번의 새벽이 지나갔다. 종족 고양이들이 그녀와 그레이스트라이프의 관계를 알고 나서 받은 충격은 이제 사그라지기 시작했다. 하지만 파이어하트와 브래큰퍼를 빼면 아무도 그레이스트라이프에게 말을 걸거나 함께 순찰을 나가려고 하지 않았다. 블루스타는 그가 어떤 벌을 받게 될지 아직 알려 주지 않고 있었다.

파이어하트는 기지개를 켜고 하품을 했다. 밤새도록 그레이스트라이프가 뒤척이고 흐느끼는 소리에 잠을 제대로 이루지 못했다. 그러나 정신적 피로는 그보다 더 심했다. 그레이스트라이프가 종족을 배신했다는 사실이 드러나면서 고양이들은 큰 충격을 받았다. 그 후유증을 어떻게 극복해야 할지 알 수가 없었다. 종족 안에는 불안과 불신의 기운이 퍼져 나갔다. 대화에는 활기가 없어지고, 혀를 나누는 일도 부쩍 줄어들었다.

파이어하트는 각오를 다지듯 몸을 털고 나서 거처를 나와 먹이 더미로 향했다. 해가 뜨면서 진영은 황금빛으로 어룽졌다. 몸을 숙여 통통한 들쥐를 물어 올렸을 때, 뒤에서 그를 부르는 소리가 들렸다.

"파이어하트! 파이어하트!"

파이어하트는 몸을 돌렸다. 클라우드킷이 보육실에서 나와 공터를 가로질러 달려왔다. 브린들페이스와 나머지 새끼 고양이들도 천천히 뒤따라 나왔다. 놀랍게도 블루스타도 함께 있었다.

"파이어하트!"

클라우드킷이 헉헉거리며 그의 앞에 멈춰 섰다.

"내가 훈련병이 될 거래요! 이제 훈련병이 된다고요!"

파이어하트는 들쥐를 떨어뜨렸다. 신이 난 새끼 고양이를 보니 덩달아 기분이 좋아졌지만, 한편으로는 죄책감도 들었다. 클라우드킷이 태어난 지 여섯 달이 되어 간다는 사실을 까맣게 잊고 있었던 것이다.

"당연히 스승이 되어 주겠지, 파이어하트?"

블루스타가 다가와서 말했다.

"너도 이제 다시 훈련병을 가르칠 때가 되었다. 네 훈련병은 아니었지만 브래큰퍼도 잘 가르쳤고."

"고맙습니다."

칭찬을 들은 파이어하트는 고개를 숙였다. 신더포가 생각나서 마음이 좋지 않은 건 어쩔 수 없는 일이었다. 그녀의 사고에는 자신의 책임도 있다는 생각은 결코 사라지지 않을 것이다. 파이어하트는 클라우드킷을 가르칠 때는 더 잘해야겠다고 다짐했다.

"누구보다도 열심히 할 거예요!"

클라우드킷이 눈을 크게 뜨고 단언했다.

"최고의 훈련병이 될 거예요!"

"차차 알게 되겠지."

블루스타가 말했다.

브린들페이스도 재미있다는 듯 가르랑거렸다.

"밤낮으로 얼마나 졸라 댔는지 몰라요. 최선을 다할 거예요. 강하고 똑똑한 녀석이니까요."

그녀가 애정 어린 목소리로 말했다.

칭찬을 들은 클라우드킷의 눈이 반짝였다.

'자기가 애완 고양이였다는 걸 알게 된 충격에서는 벗어난 것 같아.'

파이어하트는 생각했다.

'하지만 너무 건방져. 게다가 전사의 규약을 존중하기는커녕 뭔지도 잘 모르는 것 같아. 내가 옳은 일을 한 걸까? 저 녀석을 여기 데려온 게 정말 잘한 일일까?'

그는 다시 한 번 의구심이 들었다. 확실한 것은, 클라우드킷을 가르치기가 쉽지는 않으리라는 사실이었다.

"회의를 소집하겠다."

블루스타가 높은 바위로 걸어가며 말했다. 클라우드킷은 파이어하트를 흘깃 보더니 블루스타를 따라갔다. 나머지 새끼 고양이들도 소란을 떨며 그 뒤를 따랐다.

"파이어하트, 부탁하고 싶은 게 있어."

브린들페이스가 말했다.

파이어하트는 한숨이 나오려는 것을 꾹 참았다. 클라우드킷의 임명식을 시작하기 전에 들쥐를 먹을 시간은 없을 게 분명했다.

"무슨 부탁인데요?"

"그레이스트라이프에 관한 거야. 나도 그레이스트라이프가 힘든 시간을 보내고 있다는 건 알아. 하지만 새끼들을 보느라고 보육실에서 나가지를 않아. 꼭 골든플라워가 제대로 돌보지 못한다고 생각하는 것 같아. 우리 모두한테 방해가 되고 있어."

"얘기는 해 보셨어요?"

"넌지시 말해 보려고 시도는 했지. 스페클테일은 혹시 새끼를 가졌다고 생각하느냐고 묻기까지 했다니까. 그런데도 전혀 눈치를 못 채."

파이어하트는 아쉬운 눈빛으로 들쥐를 한 번 더 쳐다보았다.

"제가 말해 볼게요, 브린들페이스. 지금도 보육실에 있어요?"

"응, 아침 내내 그러고 있어."

"제가 회의에 데려갈게요."

공터를 가로질러 보육실로 향하는 동안 블루스타가 높은 바위 위에서 회의를 소집하는 소리가 들렸다.

보육실에 들어서던 그는 타이거클로가 나오는 바람에 깜짝 놀랐다. 그는 부지도자가 지나갈 수 있도록 한쪽으로 비켜섰다. 타이거클로가 대체 무슨 일로 보육실을 찾았는지 궁금했다. 그러다 문득 골든플라워의 새끼들 중 하나가 짙은 얼룩무늬라는 사실이 떠올랐다. 타이거클로는 그들의 아비가 분명했다.

보육실은 따뜻했고, 달콤한 젖 냄새가 가득했다. 골든플라워는 잠자리에 누워서 새끼 고양이들을 킁킁대며 살피고 있었다. 그레이스트라이프는 그 옆에 몸을 웅크리고 있었다.

"젖은 충분히 먹는 걸까요? 덩치가 너무 작아요."

339

그레이스트라이프가 초조하게 말했다.

"아직 어려서 그래. 곧 자랄 거야."

골든플라워가 참을성 있게 대답해 주었다.

파이어하트는 가까이 다가가서, 어미의 따뜻한 품에서 열심히 젖을 빠는 새끼 고양이 넷을 바라보았다. 짙은 얼룩무늬 새끼 고양이는 확실히 타이거클로를 꼭 닮아 있었다. 그레이스트라이프의 새끼들은 더 작았지만, 이제 털도 마르고 솜털도 보송보송 나서 다른 건강한 새끼 고양이들과 똑같아 보였다. 하나는 그레이스트라이프를 닮아 진회색이었고, 다른 하나는 어미를 닮아 은빛 털이었다.

"예쁘다."

파이어하트가 속삭였다.

"아비한테 과분하지."

블루스타의 소집 명령을 듣고 보육실을 나서던 스페클테일이 비아냥거렸다.

"스페클테일 말은 신경 쓰지 마."

나이 든 어미 고양이가 밖으로 나가자 골든플라워가 말했다. 그녀는 몸을 숙여서 코로 은빛 새끼 고양이를 건드렸다.

"이 녀석도 어미만큼 아름답게 자랄 거야, 그레이스트라이프."

"하지만 죽으면요?"

그레이스트라이프가 불쑥 내뱉었다.

"죽지 않아. 골든플라워가 돌봐 주고 있잖아."

파이어하트가 말했다.

골든플라워는 새끼 고양이 넷을 똑같이 사랑스럽고 감탄스러운 눈길로 바라보고 있었다. 하지만 파이어하트는 그녀가 피곤하고 불편해 보인다는 느낌을 지울 수가 없었다. 어쩌면 그녀 혼자 넷을 감당하기는 너무 벅찰지도 몰랐다. 파이어하트는 그런 생각을 애써 떨쳐 버렸다. 어미와 새끼 사이의 단단한 유대감만큼이나 종족에 대한 충성심도 강한 힘이 있었다. 골든플라워는 절반은 천둥족인 이 새끼 고양이들을 최선을 다해 키울 것이다. 게다가 그녀는 마음씨도 고왔다.

"어서."

파이어하트는 그레이스트라이프를 쿡 찔렀다.

"블루스타가 회의를 소집했어. 클라우드킷을 훈련병으로 임명한대."

그레이스트라이프는 잠시 머뭇거렸다. 파이어하트는 그가 가지 않겠다고 할 줄 알았다. 그때 그가 몸을 일으켰다. 그는 파이어하트를 앞세우고, 줄곧 새끼 고양이들을 돌아보며 입구를 향해 걸어갔다.

보육실을 나와 공터로 가니 이미 종족 고양이들이 모여 있었다. 파이어하트는 윌로펠트가 마우스퍼와 러닝윈드에게 행복한 목소리로 말하는 걸 들었다.

"나 곧 보육실로 가게 될 거야. 새끼를 가졌어."

러닝윈드는 축하 인사를 건넸고, 마우스퍼는 기뻐하며 친구를 핥아 주었다. 파이어하트는 새끼들의 아버지가 누구인지 궁금했다. 주위를 둘러보던 그는 멀리서 뿌듯하게 지켜보고 있는 화이트스톰을 발견했다. 윌로펠트의 소식을 듣고 파이어하트는 새삼 확신하게 되었다. 어떤 시련이 닥치든, 종족의 삶은 계속된다는 것을.

파이어하트는 그레이스트라이프와 나란히 무리 앞쪽으로 나아가, 높은 바위 바로 아래로 갔다. 클라우드킷도 거기 있었다. 새끼 고양이는 몸을 꼿꼿이 세우고 당당한 자세로 브린들페이스 옆에 앉아 있었다. 바로 옆에는 타이거클로가 못마땅한 표정으로 앉아 있었다. 파이어하트는 또 무슨 일 때문에 부지도자의 심기가 불편해졌는지 궁금했다.

"천둥족의 고양이들이여."

높은 바위 위에 선 블루스타가 회의를 시작했다.

"두 가지 이유로 여러분을 이 자리에 불렀습니다. 좋은 소식과 나쁜 소식이 하나씩 있습니다. 나쁜 소식부터 말하자면, 여러분도 모두 알다시피 며칠 전에 강족의 실버스트림이 죽었고, 그녀와 그레이스트라이프의 새끼 고양이들을 우리가 보호하고 있습니다."

적개심을 드러내며 수군거리는 소리가 무리를 휩쓸었다. 그레이스트라이프는 움찔하며 몸을 웅크렸다. 파이어하트는 몸을 바짝 대고 그를 달래 주었다.

"많은 고양이들이 그레이스트라이프가 어떤 처벌을 받을지 물어 왔습니다."

블루스타가 말을 이었다.

"나는 이 문제에 대해 신중하게 생각해 보았습니다. 그리고 실버스트림의 죽음만으로도 이미 충분히 벌을 받았다고 결론 냈습니다. 그가 지금 겪고 있는 고통보다 더 심한 벌이 무엇이 있겠습니까?"

격분하여 항의하는 소리가 빗발쳤다. 롱테일이 외쳤다.

"우리는 그레이스트라이프가 종족 안에 있는 것을 원하지 않습니다! 그는 배신자입니다!"

"롱테일, 네가 종족 지도자가 되면 이런 결정들은 네 몫이 될 것이다."

블루스타가 쌀쌀맞게 말했다.

"그때까지는 내 결정을 존중해야 한다. 분명히 말하는데, 처벌은 없을 것이다. 하지만 그레이스트라이프, 너는 세 달 동안 모임에 참석할 수 없다. 너를 벌주려는 것이 아니다. 화가 난 강족 고양이들이 휴전 협정을 깰 수도 있으니, 그런 위험을 없애려는 것이다."

그레이스트라이프가 고개를 숙였다.

"잘 알겠습니다, 블루스타. 고맙습니다."

"나에게 고마워할 필요는 없다."

종족 지도자가 말했다.

"하지만 지금부터는 종족을 위해 열심히 일하고 힘껏 싸워라. 언젠가는 네가 그 새끼 고양이들의 훌륭한 스승이 될 것이다."

지도자의 말에 그레이스트라이프의 표정이 조금 밝아졌다. 갑자기 어떤 희망을 본 듯했다. 하지만 타이거클로는 더욱 험상궂게 얼굴을 찌푸렸다. 파이어하트는 그가 그레이스트라이프에게 더 가혹한 벌을 내리길 원했을 거라고 짐작했다.

"이제 즐거운 소식을 전할 차례입니다."

블루스타가 말했다.

"클라우드킷이 태어난 지 여섯 달이 되었고, 이제 훈련병이 될 준비가 되었습니다."

블루스타는 바위에서 뛰어내렸다. 그리고 꼬리를 휙 흔들어 클라우드킷을 불렀다. 클라우드킷은 재빨리 그녀에게 달려 나갔다. 온몸이 흥분으로 떨리고 있었다. 꼬리는 공중에 곧게 솟아 있었고, 수염은 씰룩거렸다. 파란 눈동자는 쌍둥이별처럼 반짝거렸다.

"오늘부터 전사의 이름을 얻게 되는 그날까지 이 훈련병은 그의 구름 같은 털색을 따라서 클라우드포라고 불릴 것입니다."

블루스타가 말했다.

"파이어하트, 너는 새로운 훈련병을 맞이할 준비가 되었다. 그리고 클라우드포는 네 혈육이다. 네가 클라우드포의 스승이 될 것이다."

파이어하트는 자리에서 일어섰다. 하지만 그가 높은 바위로 가기도 전에 클라우드포가 재빨리 그에게 달려와 코를 맞대려고 고개를 쳐들었다.

"아직 아니야!"

파이어하트는 이빨을 악문 채로 그에게 속삭였다.

"파이어하트, 너는 종족 밖에서 태어났지만, 종족의 일원이 된다는 것이 어떤 의미인지 알고 있다."

블루스타가 클라우드포의 돌발 행동은 못 본 척하고 말을 계속했다.

"네가 배운 모든 것을 클라우드포에게 전해 주고, 종족이 자랑스러워할 전사가 되도록 도와주리라 믿는다."

"네, 블루스타."

파이어하트는 공손하게 머리를 조아렸다. 그리고 클라우드포에게 코를 맞대도록 해 주었다.

"클라우드포! 난 클라우드포예요!"

신임 훈련병이 의기양양하게 외쳤다.

"클라우드포!"

종족 고양이들이 신임 훈련병 주위에 모여들어 축하해 주자, 파이어하트는 누이의 새끼 고양이에 대한 자부심을 느꼈다. 특히 원로들이 더 야단스럽게 축하 인사를 건넸다.

하지만 파이어하트는 뒤로 물러나 있는 고양이들도 몇몇 있다는 것을 눈치챘다. 타이거클로는 앉은 자리에서 절대로 움직이지 않았다. 롱테일이 성큼성큼 걸어가 그의 옆에 앉았다. 파이어하트가 다른 고양이들이 신임 훈련병에게 갈 수 있도록 비켜 주는 사이, 다크스트라이프는 그를 지나 전사들의 거처로 곧장 가 버렸다.

파이어하트의 옆을 지나치며, 다크스트라이프는 일부러 들으라는 듯 큰 소리로 말했다.

"배신자와 애완 고양이들이라니! 이 종족에 제대로 된 고양이는 없는 거야?"

25
클라우드포의 첫 원정

"기다려."

파이어하트는 숲 끄트머리에서 걸음을 멈추고, 클라우드포에게 경고했다.

"우리는 지금 두발쟁이 영역 근처에 있어. 그러니까 조심해야 돼. 무슨 냄새가 나지?"

클라우드포는 순순히 코를 들고 킁킁거렸다. 그는 훈련병이 되고 처음으로 파이어하트와 함께 원정을 나온 참이었다. 그들은 종족 경계를 따라가면서 냄새를 새로 남기고 있었다. 이제 그들은 파이어하트가 애완 고양이 시절에 살던 옛집 근처에 와 있었다. 클라우드포의 어미인 프린세스가 사는 정원에서도 가까웠다.

"여러 고양이들 냄새가 나요."

클라우드포가 말했다.

"그런데 누구 냄새인지는 하나도 모르겠어요."

"괜찮아."

파이어하트가 말했다.

"대부분 애완 고양이들이야. 떠돌이가 한둘 있을지도 모르고. 어쨌든 종족 고양이들은 아니야."

그는 타이거클로의 냄새도 감지했지만, 클라우드포가 이 문제에 관심을 갖게 하고 싶지는 않았다. 한참 전에 땅에 눈이 덮였을 때, 파이어하트는 타이거클로의 흔적을 쫓아 이곳까지 왔었다. 그때 그는 낯선 고양이들의 냄새와 섞여 있는 부지도자의 냄새를 맡았다.

지금 타이거클로의 냄새가 나는 것은 그가 여기 다시 왔었다는 뜻이었다. 부지도자가 여기서 다른 고양이들을 만난 것인지, 아니면 고양이들의 냄새가 우연히 겹치며 섞인 것인지 파이어하트는 여전히 알 수 없었다. 하지만 타이거클로는 왜 두발쟁이 영역에서 이렇게 가까운 곳까지 온 것일까? 두발쟁이들은 물론이고 그들과 관련된 모든 것을 경멸하는 그가 왜 하필이면 여기에?

"파이어하트, 지금 엄마를 만나러 가도 돼요?"

클라우드포가 물었다.

"개 냄새가 나니? 아니면 두발쟁이 냄새는?"

클라우드포가 다시 코를 킁킁거리더니 고개를 저었다.

"그럼 가자."

파이어하트는 주변을 주의 깊게 살피며 탁 트인 땅으로 발을 내디뎠다. 클라우드포는 지나치게 조심스러운 몸짓으로 그를 따라왔다. 파이어하트에게 자신이 얼마나 빨리 배우는지 보여 주고 싶어 하는 것 같았다.

전날 있었던 임명식 이후로 클라우드포는 평소와 다르게 유난

히 조용했다. 훌륭한 훈련병이 되기 위해 열심히 노력하는 모습
이었다. 클라우드포는 진지한 태도로 눈을 크게 뜨고, 파이어하
트가 하는 모든 말에 귀를 기울였다. 하지만 파이어하트는 평소
답지 않은 태도가 얼마나 오래갈지 의문이었다. 그는 클라우드포
에게 기다리라고 한 뒤, 울타리로 뛰어올라 정원을 내려다보았다.
붉은 꽃들이 울타리에 붙어 자라고 있었다. 그리고 풀밭 한가운
데 있는 뾰족하고 잎이 없는 나무에 두발쟁이들이 걸치는 털가죽
들이 걸려 있었다.

"프린세스?"

그는 조용히 불렀다.

"프린세스, 거기 있어?"

집 근처의 관목이 흔들리더니, 프린세스가 조심스럽게 풀밭으
로 걸어 나왔다. 파이어하트를 보자 그녀는 기쁨에 겨워 가르랑
거렸다.

"파이어하트!"

프린세스는 파이어하트의 옆으로 뛰어 올라와 뺨을 맞댔다.

"파이어하트, 오랜만이야! 정말 반가워."

"내가 누구를 데려왔는지 알아?"

파이어하트가 말했다.

"저 아래를 봐."

프린세스가 울타리 너머를 내려다보았다. 클라우드포가 바닥에
앉아서 위를 올려다보고 있었다.

"파이어하트!"

그녀가 외쳤다.

"설마 클라우드킷이야? 많이 컸네!"

클라우드포는 지시를 기다리지 않고 즉시 울타리 위로 뛰어올랐다. 매끄러운 나무를 붙잡고 올라오느라 발이 미친 듯이 버둥거렸다. 파이어하트가 몸을 숙여 이빨로 목덜미를 물고 위로 끌어 올려 준 덕분에 클라우드포는 어미의 옆자리로 올라앉을 수 있었다.

클라우드포가 파란 눈을 크게 뜨고 프린세스를 바라보았다.

"정말 내 엄마예요?"

"그래, 정말 네 엄마란다."

프린세스가 감탄의 눈빛으로 아들을 위아래로 훑어보았다.

"다시 만나서 정말 기쁘구나, 클라우드킷."

"이제 클라우드킷이 아니에요."

솜털이 보송보송한 하얀 수고양이가 자랑스럽게 말했다.

"난 이제 클라우드포예요. 훈련병이 되었거든요."

"정말 잘됐구나!"

프린세스가 아들을 구석구석 핥아 주기 시작했다. 가르랑거리느라 숨이 차서 말을 제대로 잇지 못했다.

"이런, 너무 말랐네……. 잘 먹고 있는 거야? 친구는 사귀었니? 파이어하트의 말을 잘 따라야 해."

클라우드포는 쏟아지는 질문에 굳이 답하려 하지 않았다. 그는 어미의 품에서 빠져나와 조금 멀리 떨어져 앉았다.

"곧 전사가 될 거예요."

클라우드포가 뽐내듯 말했다.

"파이어하트가 싸우는 법을 가르쳐 주고 있거든요."

프린세스는 잠시 눈을 감았다.

"그럼 정말 용감해져야겠네."

파이어하트는 순간 그녀가 아들을 종족에 보낸 걸 후회하고 있다고 생각했다. 하지만 그때 그녀가 눈을 뜨고 말했다.

"둘 다 정말 자랑스러워!"

어미의 칭찬에 클라우드포는 더욱 의기양양한 얼굴로 몸을 반듯하게 펴고 꼿꼿이 앉았다. 그리고 작은 분홍색 혀로 몸을 빠르게 핥아 나갔다. 클라우드포가 몸을 닦느라 정신이 없는 사이, 파이어하트는 작게 속삭였다.

"프린세스, 이 근처에서 낯선 고양이들을 본 적 있어?"

"낯선 고양이들이라고?"

그녀는 어리둥절한 표정이었다. 파이어하트는 이런 질문을 해봤자 아무 소용 없을 거라는 생각이 들었다. 프린세스는 평범한 천둥족 고양이들과 떠돌이 고양이들을 구분하지 못할 것이다.

그때 프린세스가 무언가 떠오른 듯 진저리를 쳤다.

"맞아, 밤에 울부짖는 고양이들이 있었어. 그래서 우리 주인이 일어나서 소리를 질렀거든."

"혹시 덩치 큰 짙은 얼룩무늬 고양이는 못 봤어?"

파이어하트가 물었다. 가슴이 두근거리기 시작했다.

"주둥이에 흉터가 있는 수고양이야."

프린세스가 눈을 크게 뜨고 고개를 저었다.

"난 소리만 들었지 보지는 못했어."

"만약 그런 고양이를 보게 되면, 가까이 가지 마."

파이어하트는 주의를 주었다. 타이거클로가 정말 여기 왔다고 해도, 진영에서 이렇게 멀리 떨어진 곳에서 무슨 일을 꾸미는지는 알 도리가 없었다. 하지만 만일을 대비해서 프린세스가 부지도자 근처에 가는 일은 막아야 했다.

프린세스는 겁먹은 표정을 지었다. 파이어하트는 화제를 바꾸기로 했다. 그는 클라우드포에게 임명식 날 있었던 일과, 경계 주변을 돌아본 일에 대해 이야기해 보라고 했다. 아들이 말하는 것마다 감탄을 내지르던 프린세스는 금방 다시 행복한 얼굴이 되었다.

어느덧 해가 가장 높이 뜬 시간이 지났다.

"클라우드포, 집에 갈 시간이야."

클라우드포는 반항할 것처럼 입을 열었다가, 아차 싶었는지 순순히 대답했다.

"네, 파이어하트."

클라우드포는 프린세스에게 고개를 돌리고 말했다.

"우리와 같이 가지 않을래요? 내가 쥐를 잡아 줄게요. 잠은 내 거처에서 자면 돼요."

프린세스가 재미있다는 듯 가르랑거렸다.

"나도 그랬으면 좋겠구나. 하지만 난 애완 고양이로 사는 게 더 좋아. 싸우는 법을 배우고 싶지도 않고, 추운데 밖에서 자고 싶지도 않거든. 네가 다시 엄마를 만나러 오면 되지."

"다시 올게요. 약속해요."

클라우드포가 말했다.

"내가 데리고 올게."

파이어하트가 말했다.

"그리고 프린세스……."

파이어하트는 바닥으로 뛰어내릴 준비를 하며 덧붙였다.

"이 주변에서 뭐든 이상한 걸 보게 되면, 나한테 말해 줘."

파이어하트는 돌아오는 길에 잠시 멈추고 사냥을 했다. 그와 클라우드포가 골짜기에 도착했을 무렵 해는 거의 저물어 있었다. 숲은 붉은 빛으로 물들고, 땅에는 긴 그림자가 드리워졌다.

클라우드포는 원로들에게 가져갈 뒤쥐를 자랑스럽게 물고 있었다. 적어도 뒤쥐를 물고 있으니 끝없는 수다는 멈출 수 있었다. 파이어하트는 하루 종일 클라우드포를 데리고 다니느라 지쳐 있었다. 하지만 기대했던 것보다 더 좋은 인상을 받았다는 것은 인정해야 했다. 용기와 순발력으로 보아 클라우드포는 뛰어난 전사로 자랄 것이 분명했다. 그들은 어둑어둑한 골짜기를 내려가 굴길로 향했다. 그때 파이어하트가 갑자기 걸음을 멈췄다. 숲을 흔드는 바람에 낯선 냄새가 실려 와 코끝을 간질였던 것이다.

클라우드포도 멈춰 서서 물고 있던 뒤쥐를 내려놓았다.

"파이어하트, 왜 그래요?"

클라우드포는 공기 냄새를 맡더니 숨을 훅 들이쉬었다.

"오늘 아침에 알려 준 냄새예요. 강족이에요!"

"맞아."

파이어하트가 긴장된 목소리로 대답했다. 클라우드포가 말하기 조금 전에 그도 강족 냄새를 알아차렸다. 골짜기 꼭대기를 올려다보자, 바위들 사이로 천천히 걸어오는 고양이 셋이 보였다.

"강족이 확실해. 이쪽으로 오고 있는 것 같구나. 자, 진영으로 달려가서 블루스타에게 알리도록 해. 공격이 아니라는 걸 꼭 말하고."

"하지만 나도……."

파이어하트가 눈살을 찌푸리자 어린 훈련병은 입을 다물었다.

"죄송해요, 파이어하트. 갈게요."

클라우드포는 잊지 않고 뒤쥐를 다시 물고, 굴길로 향했다.

파이어하트는 그 자리에 그대로 서 있었다. 몸을 꼿꼿이 세우고, 강족 고양이들이 가까이 다가오기를 기다렸다. 그들은 레퍼드퍼와 미스티풋, 스톤퍼였다. 그들이 꼬리 두엇 떨어진 곳까지 다가왔을 때, 파이어하트가 물었다.

"무슨 일입니까? 강족이 왜 우리 영역에 있는 겁니까?"

초대받지 않고 천둥족 영역에 들어온 그들에게 당연히 설명을 요구해야 했지만, 그는 너무 적대적인 목소리는 내지 않으려고 애썼다. 강족과 또다시 문제를 일으키고 싶지는 않았다.

레퍼드퍼가 멈춰 섰다. 미스티풋과 스톤퍼도 바로 뒤에 섰다.

"싸우려고 온 것이 아니다."

레퍼드퍼가 말했다.

"우리 두 종족 사이에 정리할 문제가 있다. 크룩트스타가 우리를 보냈다. 너희 지도자와 이야기를 하고 싶다."

26
강족의 요구

파이어하트는 불안한 마음을 애써 숨기며, 강족 전사 셋을 진영으로 통하는 굴길로 안내했다. 종족 고양이들이 다른 종족의 영역에 방문하는 일은 드물었다. 그는 다음 모임까지 기다리지 못할 만큼 다급한 일이 무엇인지 궁금했다.

클라우드포에게서 소식을 전해 들은 블루스타는 이미 높은 바위 아래에 앉아 있었다. 파이어하트는 그 곁에 있는 타이거클로를 보자 더욱 불안해졌다.

"고맙다, 클라우드포."

파이어하트가 방문객들과 함께 다가가자 블루스타는 훈련병을 물러가게 했다.

"싱싱한 먹이를 원로들에게 가져다 드리도록 해라."

클라우드포는 같이 있지 못하게 되어 실망스런 얼굴이었지만 군소리 없이 자리를 떴다.

레퍼드퍼가 블루스타에게 걸어가 정중하게 고개를 숙였다.

"블루스타, 우리는 평화적으로 이곳에 왔습니다. 논의해야 할 일이 있어서입니다."

타이거클로가 믿을 수 없다는 듯이 낮게 그르렁댔다. 당장이라도 침입자들의 털을 찢어 놓고 싶어 하는 것 같았다. 하지만 블루스타는 개의치 않았다.

"무슨 일로 왔는지 짐작이 가네."

블루스타가 말했다.

"하지만 논의할 일이 무엇이 있겠는가? 일은 이미 벌어졌네. 그레이스트라이프에 대한 처벌은 우리가 알아서 할 일이고."

파이어하트는 그녀가 레퍼드퍼에게 이야기하면서도, 미스티풋과 스톤퍼에게 시선을 보내고 있다는 것을 알아챘다. 두 강족 전사가 자신의 새끼라는 것을 파이어하트에게 인정한 뒤로, 지도자가 그들과 함께 있는 건 처음이었다. 파이어하트는 지도자의 눈동자에 그리움이 깃들어 있는 것처럼 보이는 것은 단지 자신의 상상만은 아니리라고 생각했다.

"맞습니다."

레퍼드퍼가 동의했다.

"두 고양이는 어리석었습니다. 하지만 실버스트림은 죽었고, 그레이스트라이프를 처벌하는 일은 강족이 관여할 문제가 아닙니다. 우리는 새끼 고양이들 때문에 온 것입니다."

"새끼 고양이들이라니?"

블루스타가 물었다.

"그들은 강족의 새끼들입니다. 그들을 집으로 데려가려고 온 겁니다."

레퍼드퍼가 말했다.

"강족의 새끼들이라고? 어째서 그렇게 말하는 건가?"

"그리고 그들에 대해 어떻게 알아낸 거지?"

타이거클로가 벌떡 일어서며 분노에 찬 눈초리를 보냈다.

"우리를 염탐하고 있었나? 아니면 누군가 말해 주었나?"

그는 말을 하면서 파이어하트를 쳐다보았다. 하지만 파이어하트는 꿈쩍하지 않았다. 미스티풋 역시 파이어하트 쪽을 쳐다보지 않고 침묵을 지켰다. 파이어하트가 강족에게 그 사실을 알렸다는 증거는 없었다. 그리고 파이어하트는 자신이 한 일을 후회하지 않았다. 강족에게도 알 권리가 있었다.

"앉게, 타이거클로."

블루스타가 명령했다. 그녀의 시선이 잠시 파이어하트에게 머물렀다. 지도자는 그가 한 일이라는 걸 알아챈 것이다. 하지만 그의 비밀을 밝히려고 하지는 않았다.

"누가 알겠는가, 강족 순찰병이 보았을 수도 있겠지. 그런 일은 오래 숨길 수 없는 법이네. 하지만 레퍼드퍼."

블루스타가 강족 부지도자에게 다시 눈을 돌렸다.

"새끼 고양이들에게는 천둥족의 피도 흐르고 있네. 우리 어미 고양이 중 하나가 잘 돌보고 있고. 내가 왜 그들을 강족으로 보내야 하는가?"

"새끼 고양이들은 어미의 종족에 속하는 겁니다."

레퍼드퍼가 말했다.

"실버스트림이 살아 있었다면 강족이 그들을 길렀을 겁니다.

아비가 누구인지 알 필요도 없었겠지요. 그러니 당연히 그들은 강족 고양이들입니다."

"블루스타, 새끼 고양이들을 보내면 안 됩니다!"

파이어하트가 참지 못하고 끼어들었다.

"새끼들이 없으면 그레이스트라이프는 살아갈 수 없습니다."

타이거클로의 목구멍에서 다시 으르렁거리는 소리가 새어 나왔다. 하지만 대답을 한 것은 블루스타였다.

"파이어하트, 조용히 해라. 이 일은 네가 상관할 바가 아니다."

"아뇨, 제가 상관해야겠습니다. 그레이스트라이프는 제 친구니까요."

파이어하트는 과감히 말했다.

"입 다물어!"

타이거클로가 쉭쉭거렸다.

"지도자가 같은 말을 두 번 해야겠나? 그레이스트라이프는 종족의 배신자다. 그는 새끼 고양이들을 가질 자격도, 다른 어떤 자격도 없어."

파이어하트는 분노에 휩싸였다. 타이거클로는 그레이스트라이프가 겪는 지독한 슬픔은 전혀 생각하지 않는 건가? 파이어하트는 부지도자에게 몸을 홱 돌렸다. 당장 그에게 달려들고 싶었지만, 다른 종족 고양이들이 보고 있다는 생각에 간신히 참았다. 타이거클로는 이빨을 드러내고 으르렁거렸다.

블루스타가 둘에게 꼬리를 휘둘렀다.

"그만!"

그녀가 화난 목소리로 명령했다. 그리고 강족 부지도자를 향해 말했다.

"레퍼드퍼, 강족에게 새끼 고양이들에 대한 권리가 있다는 것을 인정하네. 하지만 그건 천둥족도 마찬가지일세. 게다가 그들은 작고 연약해서 아직 이동을 할 수 없네. 더구나 강을 건너는 일은 너무 위험하지."

레퍼드퍼의 목덜미 털이 곤두섰다. 그녀는 눈살을 잔뜩 찌푸렸다.

"그건 핑계일 뿐입니다."

"그렇지 않네."

블루스타가 완강하게 말했다.

"핑계가 아닐세. 새끼 고양이들의 목숨을 걸 셈인가? 자네가 한 말을 생각해 보고, 우리 전사들과 의논해 보겠네. 그리고 다음 모임에서 답을 주도록 하지."

"이제 우리 진영에서 나가시지!"

타이거클로가 으르렁거렸다.

레퍼드퍼는 머뭇거렸다. 뭔가 더 말하고 싶은 것 같았지만, 블루스타는 그들에게 돌아가라는 명령을 내린 것이나 마찬가지였다. 긴장된 순간이 흐른 뒤, 레퍼드퍼가 고개를 숙이고 돌아섰다. 미스티풋과 스톤퍼도 그 뒤를 따랐다. 타이거클로는 그들과 함께 공터를 가로질러 굴길까지 따라갔다.

파이어하트는 블루스타와 단둘이 남겨졌다. 화는 차츰 가라앉았지만, 거듭 간청하지 않을 수 없었다.

"강족이 새끼 고양이들을 데려가게 둘 수는 없습니다! 그레이스트라이프의 심정이 어떨지 잘 아시잖아요."

그를 보는 블루스타의 표정이 너무 어두워서, 혹시 주제넘은 말을 한 건 아닌지 걱정스러웠다. 하지만 블루스타의 목소리는 부드러웠다.

"그래, 파이어하트, 나도 알고 있다. 나 역시 새끼 고양이들을 지키고 싶다. 하지만 강족이 그들을 데려가기 위해 어디까지 할 것 같으냐? 싸움을 벌일까? 그럼 반은 강족인 새끼 고양이들을 지키려고 목숨을 걸 천둥족 전사들은 몇이나 될까?"

그녀가 그리는 그림을 따라가던 파이어하트는 두려움에 털이 곤두섰다. 야옹거리는 새끼 고양이들을 두고 벌어지는 종족간의 전투, 혹은 천둥족 전사들 사이의 분열. 스파티드리프는 물이 불을 끌 수 있다고 경고했다. 이게 바로 별족이 천둥족에게 정해 준 운명인 것일까? 어쩌면 천둥족을 파괴하는 것은 홍수가 아니라 강의 영역에서 온 고양이들이 아닐까?

"용기를 내라, 파이어하트."

블루스타가 말했다.

"아직 전투가 벌어진 것도 아니지 않느냐. 모임 때까지 시간을 벌었으니, 그 전에 무슨 방법이 생길 것이다."

파이어하트는 블루스타처럼 자신할 수 없었다. 새끼 고양이들의 문제는 사라지지 않을 것다. 하지만 그가 할 수 있는 일은 공손하게 고개를 숙이고 전사들의 거처로 물러나는 것밖에 없었다.

'이제 그레이스트라이프에게는 뭐라고 말해야 하지?'

그는 절망스러웠다.

별 무리가 하늘에 펼쳐질 무렵에는 천둥족 전체가 강족 고양이들이 온 이유를 아는 것처럼 보였다. 아마도 타이거클로가 자신이 아끼는 전사들에게 이야기를 하고, 그 전사들이 나머지 고양이들에게 소식을 퍼뜨렸을 것이다.

블루스타가 예상한 대로 종족 고양이들의 의견은 둘로 갈렸다. 많은 고양이들이 반쪽짜리 혈통을 가진 새끼 고양이들을 종족에서 빨리 내쫓는 편이 낫다고 생각했다. 싸울 준비가 되어 있는 고양이들도 여럿 있었다. 다만 그들도 새끼 고양이들을 내주면 강족에게 지는 거라고 생각해서 싸우려는 것뿐이었다.

그레이스트라이프는 전사들의 거처에 틀어박혀 말없이 생각에 잠겨 있었다. 보육실에 방문하려고 단 한 번 거처를 떠났을 뿐이었다. 파이어하트가 싱싱한 먹이를 가져다주어도 고개를 돌려 버렸다. 파이어하트가 아는 한, 그는 실버스트림이 죽은 뒤로 아무것도 먹지 않고 있었다. 친구는 수척하고 아파 보였다.

"어떻게 좀 해 주실 수 없을까요?"

파이어하트는 다음 날 아침 일어나자마자 옐로팽의 거처로 가서 물었다.

"먹지도 않고 잠도 못 자요……."

나이 든 치료사는 고개를 저었다.

"상처받은 마음을 치료할 약초는 없단다. 오직 시간이 약이지."

"저는 아무 도움도 안 되는 것 같아요."

"네 우정이 돕고 있는 거란다."

옐로팽이 쉰 목소리로 말했다.

"그레이스트라이프가 지금은 모르겠지만, 언젠가는……."

신더포가 나타나는 바람에 옐로팽이 말을 멈췄다. 그녀는 옐로팽의 발치에 약초 다발을 내려놓았다.

"이거 맞아요?"

신더포가 물었다.

옐로팽은 재빨리 킁킁거리며 약초 냄새를 맡아 보았다.

"그래, 맞구나. 의식을 마치기 전까지 넌 먹을 수 없단다."

옐로팽이 덧붙였다.

"하지만 난 먹어야겠다. 난 너무 늙고 여기저기 삐걱거리잖니. '높은 돌산'까지 갔다 되돌아오려면 뭔가 먹어야 해."

옐로팽은 약초 앞에 웅크리고 앉아 허겁지겁 집어 삼키기 시작했다.

"높은 돌산이라고요?"

파이어하트가 물었다.

"의식? 신더포, 무슨 일이야?"

"오늘 밤에 반달이 뜨거든요."

신더포가 행복한 표정으로 말했다.

"옐로팽과 저는 '어머니의 입'으로 갈 거예요. 거기서 제대로 된 의식을 치러야 수습 치료사가 될 수 있어요."

신더포는 기쁨에 겨워 몸을 들썩거렸다. 파이어하트는 한시름 놓았다. 신더포는 실버스트림을 살리지 못했다는 절망감을 극복하고, 다시 치료사로서의 새 삶을 고대하고 있었다. 그녀의 파란 눈은 예전의 광채를 되찾았고, 지금은 현명하고 사려 깊은 기운이 새롭게 더해져 있었다.

신더포는 성장하고 있었다. 파이어하트는 이상하게도 섭섭한 마음이 들었다. 열정적이고 때로는 어디로 튈지 알 수 없었던 그의 훈련병이 내면에 강인함을 품은 고양이로 성장하고 있었다. 그는 별족이 그녀를 위해 정해 준 길을 기꺼이 축하해 주어야 한다는 것을 알았다. 하지만 마음 한편에는 여전히 함께 사냥을 나갈 수 있었으면 하는 바람이 있었다.

"괜찮으면 오늘 밤에 나도 같이 갈게. 나무 네 그루까지 말이야."

파이어하트가 제안했다.

"와, 그렇게 해 줄 거예요, 파이어하트? 고마워요!"

신더포가 말했다.

"하지만 나무 네 그루까지만이야. 더 멀리는 안 돼."

옐로팽이 일어나서 혀로 입 주위를 핥으며 말했다.

"오늘 밤 어머니의 입에는 치료사들만 갈 수 있다."

그녀는 힘차게 몸을 털더니, 고사리 굴길을 지나 진영 공터로 나갔다.

파이어하트는 신더포와 함께 그 뒤를 따라갔다. 공터로 들어섰을 때, 훈련병의 거처 밖에 있는 나무 그루터기에서 몸을 닦고 있는 클라우드포가 보였다.

하얀 수고양이는 파이어하트를 보자마자 벌떡 일어나 달려왔다.

"어디 가세요? 저도 가도 돼요?"

파이어하트는 옐로팽을 힐긋 보았다. 옐로팽이 반대하지 않자 고개를 끄덕였다.

"그래. 너한테는 좋은 훈련이 될 거야. 돌아오는 길에는 사냥을 하자."

암고양이들 뒤를 따라 골짜기를 올라가면서, 그는 클라우드포에게 그들이 어디로 가고 있는지 알려 주었다. 높은 돌산까지는 옐로팽과 신더포 둘이서 가야 한다는 것도 설명해 주었다. 어머니의 입이라고 알려진 동굴 깊숙한 곳에는 달빛이 비치면 눈이 부시도록 하얗게 빛나는 '달바위'가 있었다. 신더포의 의식은 달바위의 신비로운 빛 속에서 치러질 것이다.

"그다음에는 어떻게 되는데요?"

클라우드포가 호기심 가득한 얼굴로 물었다.

"의식에 대해서는 비밀이다."

옐로팽이 말했다.

"그러니까 신더포가 돌아왔을 때도 물어보지 마라. 너한테는 말해 줄 수가 없어."

"하지만 신더포가 별족에게서 특별한 능력을 받으리라는 건 모두가 알지."

파이어하트가 덧붙였다.

"특별한 능력이라고요?"

클라우드포의 눈이 동그래졌다. 훈련병은 신더포가 지금 당장 예언을 내뱉기라도 할 것처럼 그녀를 바라보았다.

"걱정하지 마. 난 그래도 똑같은 신더포일 테니까. 그건 절대로 변하지 않을 거야."

신더포가 재미있다는 듯 가르랑거리며 클라우드포를 안심시켜 주었다.

네 고양이가 나무 네 그루까지 가는 동안 해가 더 뜨거워졌다. 파이어하트는 나무 밑의 짙은 그늘과 길게 자란 풀, 고사리 덤불의 시원한 냉기가 고맙게 느껴졌다. 그의 모든 감각이 깨어 있었다. 클라우드포는 그가 시킨 대로 공기 냄새를 맡아 보고, 무슨 냄새가 나는지 보고하느라 분주했다. 파이어하트는 그림자족과 바람족의 공격을 잊지 않았다. 지난번에는 그들이 패배했지만, 그렇다고 브로큰테일을 죽이려는 시도를 다시 하지 않으리라는 보장은 없었다. 게다가 그레이스트라이프의 새끼들을 둘러싸고 강족과도 문제가 생길 수 있었다. 파이어하트는 한숨을 내쉬었다. 이렇게 아름다운 아침에 싱싱하고 푸른 나무들 사이에서, 덤불에 숨어서 잡아 주기만을 기다리는 먹잇감들을 앞에 두고, 공격과 죽음에 대해 생각하기란 힘든 일이었다.

그가 걱정하는 중에도 그들은 어려움 없이 나무 네 그루에 도착했다. 덤불을 지나 분지로 내려가는 동안 파이어하트는 신더포의 절룩이는 걸음에 맞추느라 뒤로 처졌다.

"네가 하는 일에 확신이 있는 거지?"

파이어하트는 조용히 물었다.

"네가 정말로 하고 싶은 일인 거지?"

"물론이죠! 모르겠어요, 파이어하트?"

신더포가 갑자기 진지한 눈으로 그를 바라보았다.

"전 할 수 있는 한 많이 배울 거예요. 내가 구하지 못해서 죽는 고양이가 없도록 말이에요. 실버스트림처럼요."

파이어하트는 움찔했다. 실버스트림의 죽음이 그녀의 잘못이 아니라고 설득할 방법을 애타게 찾았지만, 소용이 없을 것을 알았다.

"그럼 너도 행복할 것 같니? 치료사는 새끼를 가질 수 없는 것도 알지?"

옐로팽이 아들인 브로큰테일을 포기해야 했고, 서로의 관계도 비밀로 해야 했던 일을 떠올리며 그가 말했다.

신더포가 가르랑거리며 그를 안심시켰다.

"종족 전체가 내 새끼가 될 거예요."

그녀가 말했다.

"전사들도 말이에요! 옐로팽이 그러는데, 전사들도 때로는 갓 태어난 고양이처럼 어리석게 굴 때가 있대요!"

신더포가 한 걸음 앞으로 나와 파이어하트의 옆에 나란히 섰다. 그리고 다정하게 얼굴을 비볐다.

"하지만 당신은 언제나 나에게 가장 좋은 친구일 거예요, 파이어하트. 당신이 내 첫 번째 스승이었다는 걸 절대 잊지 않을게요."

파이어하트는 그녀의 귀를 핥아 주었다.

"잘 가, 신더포."

그가 부드럽게 말했다.

"영원히 가 버리는 게 아니라고요. 내일 해 질 무렵이면 돌아올 거예요."

하지만 파이어하트는 알고 있었다. 어떤 의미에서 신더포는 영원히 떠나는 것이었다. 그녀는 새로운 능력과 책임을 안고 돌아올 것이다. 종족 지도자가 아니라, 별족이 부여한 능력과 책임이었다.

그들은 육중한 떡갈나무 아래에 있는 분지를 나란히 가로질러, 옐로팽과 클라우드포가 기다리고 있는 건너편 언덕으로 걸어 올라갔다. 광활한 황무지가 그들 앞에 펼쳐졌다. 시원한 바람이 불어와 억센 히스 줄기들을 눕히고 있었다.

"바람족이 자기들 영역을 지나간다고 공격하지 않을까요?

클라우드포가 걱정스럽게 물었다.

"높은 돌산까지는 모든 종족이 안전하게 갈 수 있단다."

옐로팽이 말했다.

"그리고 어떤 전사도 감히 치료사들을 공격하진 않는단다. 별족이 계시는데 그럴 리가 없지!"

옐로팽은 신더포에게 고개를 돌렸다.

"준비되었니?"

"네."

신더포는 파이어하트에게 마지막 인사를 건네고, 옐로팽을 따라 황무지 풀밭으로 걸어 들어갔다. 그녀는 뒤도 돌아보지 않고 절뚝이는 걸음으로 빠르게 멀어져 갔다. 바람이 그녀의 털을 헝클었다.

파이어하트는 신더포가 멀어지는 모습을 지켜보며 마음이 무거워졌다. 이제 친구가 된 신더포가 보다 행복한 새 삶의 출발점에 서 있다는 것을 잘 알고 있었다. 하지만 그녀의 것이 될 수도 있었던 또 다른 삶에 대한 씁쓸한 아쉬움이 밀려드는 건 막을 수 없었다.

신더포가 어머니의 입에서 돌아온 건 다음 날 황혼 무렵이었다. 골짜기를 내려오던 신더포는 파이어하트를 보고 다정하게 인사를 건넸다. 하지만 그녀가 무슨 일을 겪었는지 말할 수 없다는 걸 둘 다 알고 있었다. 신더포의 얼굴에는 여전히 황홀한 표정이 남아 있었고, 눈동자에는 달이 빛나는 것 같았다. 파이어하트는 미지의 길에 그녀를 빼앗겼다고 생각하지 않으려고 애썼다.

다음 날 아침, 파이어하트는 해가 나무 위로 솟아오르는 모습을 바라보고 있었다.

"타이거클로가 오늘 클라우드포에게 단독 사냥 임무를 맡기라고 했어."

그가 그레이스트라이프에게 말했다.

커다란 회색 전사가 놀라서 쳐다보았다.

"너무 이르지 않아? 이제 겨우 훈련병이 되었잖아."

파이어하트는 어깨를 으쓱했다.

"타이거클로가 보기엔 준비가 되었나 보지. 따라가면서 어떻게 하는지 살펴보라고 했어. 같이 가서 좀 도와줄래?"

그들은 먹이 더미에서 각자 먹이를 하나씩 골라 쐐기풀 더미 옆에 앉아 있었다. 파이어하트는 가져온 쥐를 맛있게 먹었다. 하지만 옆에 웅크리고 있는 그레이스트라이프는 먹이 더미에서 가져온 까치를 거의 건드리지 않았다.

"고맙지만 안 갈래, 파이어하트."

그레이스트라이프가 대답했다. 그리고 뿌듯한 목소리로 덧붙였다.

"골든플라워에게 새끼 고양이들을 보러 간다고 말했거든. 이제는 눈도 떴어."

골든플라워에게는 그레이스트라이프가 신경 끄는 편이 나을 것이다. 하지만 새끼들을 좀 내버려 두라고 말한다 해도, 그레이스트라이프가 들을 리 없었다.

"알았어, 그럼 나중에 보자."

파이어하트는 남아 있는 쥐를 마저 삼키고 클라우드포를 찾으러 갔다.

타이거클로는 그날 아침 순찰대를 조직하느라 분주했다. 화이트스톰이 이끄는 순찰대는 강족 경계를 따라 냄새를 새로 남기도록 했고, 샌드스톰의 순찰대는 뱀바위 주변으로 사냥을 나가게 했다. 그 바람에 파이어하트에게 클라우드포가 어디로 사냥을 나가야 할지 말해 주는 것을 잊었다. 파이어하트도 굳이 그에게 물어보고 싶지는 않았다.

"두발쟁이 영역으로 가도록 해."

파이어하트는 클라우드포에게 말했다.

"그러면 다른 순찰대에게 방해가 되지 않을 거야. 넌 날 보지 못하겠지만, 난 지켜보고 있을 거야. 프린세스가 있는 울타리에서 만나자."

"엄마가 있으면 말을 걸어도 돼요?"

클라우드포가 물었다.

"좋아, 그때까지 먹이를 많이 잡는다면. 하지만 엄마를 찾겠다고 두발쟁이 정원 안으로 들어가면 안 돼. 두발쟁이 보금자리도 마찬가지고."

"안 들어갈게요."

클라우드포가 눈을 반짝이며 대답했다. 신이 나서 눈처럼 하얀 털이 잔뜩 부풀어 있었다. 파이어하트는 첫 번째 평가를 앞두고 자신이 얼마나 초조했었는지 기억이 났다. 반대로 클라우드포는 자신감이 넘쳐흘렀다.

"이제 가도 좋아."

파이어하트가 말했다.

"해가 가장 높이 뜰 때까지는 도착해야 해."

그는 어린 훈련병이 굴길로 달려가는 모습을 지켜보았다.

"너무 서두르지는 말고! 갈 길이 멀어!"

그는 훈련병의 뒤에다 대고 소리쳤다. 하지만 클라우드포는 가시금작화 굴길로 사라지면서도 속도를 늦추지 않았다. 파이어하트는 어깨를 으쓱했다. 짜증이 난다기보다는 재미있었다. 그레이스트라이프를 찾아 주변을 두리번거렸지만, 친구는 어디에도 보이지 않았다. 쐐기풀 더미 옆에는 친구가 반쯤 먹다 남긴 까치가 있었다.

'벌써 보육실에 갔나 보네.'

파이어하트는 클라우드포를 쫓아 진영 밖으로 나갔다.

훈련병의 냄새가 짙게 풍겨 와, 그가 숲에서 먹이를 찾아 왔다 갔다 한 곳들을 알려 주었다. 여기저기 흩어진 깃털을 보니, 개똥 지빠귀를 잡은 모양이었다. 풀밭에 뿌려진 핏방울은 발톱으로 쥐를 해치웠다는 증거였다. 파이어하트는 큰 소나무 숲 언저리에서 멀지 않은 곳에서 클라우드포가 싱싱한 먹이를 묻어 둔 자리를 발견했다.

클라우드포는 훈련을 받은 지 얼마 되지 않았는데도 사냥을 썩 잘하고 있었다. 파이어하트는 감탄하며 속도를 높였다. 클라우드 포를 따라잡아 그가 먹잇감에 접근하는 모습을 보고 싶었다. 하지만 두발쟁이 영역에 도착하기도 전에 그는 냄새를 되짚어 달려오는 클라우드포를 발견했다. 털은 곤두서 있었고, 눈빛은 사나웠다.

"클라우드포!"

파이어하트는 앞으로 달려 나갔다. 갑자기 짜릿한 공포가 밀려들었다.

클라우드포는 발톱으로 솔잎을 흩뿌리며 미끄러지듯 멈춰 섰다. 가까스로 파이어하트와 부딪치는 건 피할 수 있었다.

"뭔가 이상해요!"

클라우드포가 헐떡이며 말했다.

"뭔데? 프린세스는 아니지?"

파이어하트는 얼음 발톱이 배를 틀어쥐는 것 같았다.

"아뇨, 그런 건 아니에요. 하지만 타이거클로를 봤어요. 낯선 고양이들과 함께 있었어요."

"두발쟁이 영역에?"

파이어하트는 날카롭게 물었다.

"우리가 프린세스를 만나러 갔을 때 냄새를 맡았던 그 자리 말이야?"

"맞아요."

클라우드포의 수염이 씰룩거렸다.

"바로 숲 끄트머리에 모여 있었어요. 가까이 가서 무슨 얘기를 하는지 들어 보려다가, 내 하얀 털이 눈에 띌 것 같아서 돌아온 거예요."

"잘했다."

파이어하트가 말했다. 머리가 미친 듯이 돌아가고 있었다.

"생김새는 보았니? 종족 고양이 냄새가 났어?"

"아뇨."

클라우드포가 코를 찡그렸다.

"까마귀 밥 냄새가 났어요."

"누군지는 못 보았고?"

클라우드포가 고개를 저었다.

"마르고 굶주린 것처럼 보였어요. 털도 지저분했고요. 정말 끔찍했어요, 파이어하트!"

"그들이 타이거클로와 이야기하고 있었단 말이지."

파이어하트는 눈을 찌푸렸다. 바로 그 점이 걱정되는 것이었다. 그는 낯선 고양이들이 누군지 짐작이 갔다. 한때 그림자족의 전사였지만 브로큰테일이 쫓겨날 때 함께 종족을 떠난 고양이들이었다. 그들은 전에도 문제를 일으킨 적이 있었다. 파이어하트가 아는 한, 지금 숲에 다른 떠돌이는 없었다. 하지만 타이거클로가 그들과 무엇을 하고 있었는지는 알 수 없는 수수께끼로 남아 있었다.

"알았어, 날 따라와. 쥐한테 접근할 때처럼 최대한 조용히 움직여야 해."

파이어하트는 조심스럽게 두발쟁이 영역으로 향했다. 그는 부드럽게 부서지는 솔잎 위로 한 발 한 발 내디뎠다. 숲 끄트머리에 도착하기 한참 전부터 고양이들의 강한 악취를 맡을 수 있었다. 그중에서 유일하게 구분해 낼 수 있는 건 타이거클로의 냄새였다. 그리고 마치 그에 대한 생각이 그를 불러들인 것처럼, 그 순간 부지도자의 모습이 눈에 들어왔다. 부지도자는 숲을 통과해 진영을 향해 달리고 있었다.

소나무 아래에는 몸을 숨길 만한 덤불이 없었다. 파이어하트와 클라우드포는 그저 나무먹보 괴물이 파 놓은 깊은 고랑에 납작하게 엎드려, 들키지 않기를 비는 수밖에 없었다.

깡마른 전사 무리가 타이거클로의 뒤를 우르르 따라갔다. 그들의 입은 뭔가를 갈망하듯 벌어져 있었고, 눈은 이글거렸다. 고양이들은 모두 냄새에만 집중한 나머지, 토끼뜀 서너 걸음 정도 떨어진 곳에서 가까스로 몸을 숨긴 채 웅크리고 있는 파이어하트와 클라우드포를 알아채지 못했다.

파이어하트는 고개를 들어 그들이 시야에서 사라지는 모습을 지켜보았다. 순간, 두려움과 충격으로 몸이 얼어붙었다. 무리에는 여러 달 전에 브로큰테일과 함께 그림자족을 떠난 전사들 말고도 여럿이 더 있었다. 타이거클로가 어딘가에서 떠돌이들을 불러 모은 게 틀림없었다. 그리고 이제 그는 그들을 이끌고 천둥족 진영을 향해 달려가고 있었다!

27

떠돌이 고양이들과 타이거클로

"뛰어!"

파이어하트는 훈련병에게 명령했다.

"죽을힘을 다해 뛰는 거야!"

그는 벌써 숲을 달려가고 있었다. 클라우드포가 따라오고 있는지 확인할 겨를도 없었다. 타이거클로와 떠돌이들을 앞질러 가서 종족에게 알릴 수 있을지도 모른다는 실낱같은 희망이 있었다.

'그래서 오늘 아침에 순찰대를 모두 내보낸 거야.'

파이어하트는 당황하지 않으려고 애쓰며 생각했다.

'그리고 나한테는 클라우드포를 따라가라고 한 거고. 진영을 지킬 전사를 하나도 남겨 두지 않은 거야. 그동안 이걸 계획하고 있었어.'

파이어하트는 나무들 사이로 돌진했다. 내달리는 몸을 따라 강인한 근육들이 움츠러들었다 펴졌다를 반복했다. 하지만 골짜기에 도착했을 때, 그는 자신이 그리 빠르게 달리지 못했다는 것을 깨달았다. 무리의 맨 끝에 있던 떠돌이 고양이들의 꼬리가 가시금작화 굴길 속으로 막 사라지고 있었다.

그는 가파른 골짜기 아래로 몸을 날렸다. 클라우드포가 필사적으로 그 뒤를 쫓아 내려왔다. 파이어하트는 고함을 쳤다.

"천둥족은 들으십시오! 적입니다! 공격입니다!"

굴길로 달려 들어간 순간, 진영에서 또 다른 외침이 들렸다.

"천둥족이여, 나를 따르라!"

전투를 알리는 익숙한 외침이었다. 하지만 그건 타이거클로의 목소리였다. 충격으로 멍해진 파이어하트의 머릿속에 문득 이런 생각이 스쳤다. 만약 그가 오해한 것이라면? 떠돌이들이 타이거클로를 따르던 것이 아니라, 추격한 것이라면?

그가 공터로 들어섰을 때, 타이거클로는 떠돌이 무리를 공격하고 있었다. 떠돌이들은 흩어지면서 울부짖었다. 부지도자는 분명 적들을 진영에서 몰아내려는 것처럼 보였다. 하지만 가까이 다가간 파이어하트는 타이거클로가 발톱을 숨기고 있는 것을 볼 수 있었다. 가슴이 쿵 내려앉았다. 타이거클로의 용감한 방어는 모두 속임수였다. 떠돌이 고양이들을 직접 불러들여 놓고, 교활하게도 자신의 반역은 숨기고 있었던 것이다.

더 이상 생각할 시간이 없었다. 어떻게 오게 되었든 간에, 떠돌이 고양이들은 지금 진영을 공격하고 있었다. 파이어하트는 재빨리 클라우드포를 보았다.

"순찰대를 찾아서 진영으로 돌아오라고 전해."

그가 명령했다.

"화이트스톰은 강족 경계를 따라가다 보면 있을 거야. 샌드스

375

톰은 뱀바위로 갔어."

"네, 파이어하트."

클라우드포는 다시 굴길로 달려갔다.

파이어하트는 바로 옆에 있는 적에게 뛰어들었다. 짙은 반점이 있는 얼룩무늬 고양이였다. 옆구리를 발톱으로 할퀴자, 떠돌이는 으르렁거리더니 파이어하트를 향해 몸을 틀었다. 떠돌이는 발을 쳐들고 파이어하트를 내리누르려고 했다. 하지만 파이어하트가 뒷다리로 배를 연달아 후려치자, 결국 울부짖으며 달아났다.

파이어하트는 일어나서 몸을 웅크리고 섰다. 그리고 꼬리를 휘두르고 털을 곤두세우며 또 다른 적을 찾아 주변을 둘러보았다. 보육실 입구에서 그레이스트라이프가 옅은 색 털을 가진 떠돌이와 몸싸움을 하고 있었다. 둘은 이빨과 발톱으로 서로를 내리찍을 기회를 엿보며, 뒤엉켜 구르고 있었다. 브린들페이스와 스페클테일은 자신보다 덩치가 두 배는 큰 전사와 싸우고 있었다. 전사들의 거처 근처에서는 마우스퍼가 커다란 얼룩무늬 고양이의 어깨에 발톱을 찔러 넣었고, 뒷발로는 옆구리를 공격했다.

그 순간 파이어하트는 충격으로 얼어붙었다. 공터 건너편에서 브로큰테일이 그를 지키던 더스트펠트에게 덤벼들어 이빨로 목을 물어 버린 것이다. 더스트펠트는 벗어나려고 거세게 몸부림쳤다. 브로큰테일은 눈이 멀었지만 여전히 만만찮은 전사였다. 그는 더스트펠트를 계속 꽉 물고 있었다. 파이어하트는 브로큰테일이 옛 떠돌이 동료들과 한편이 되어 싸우고 있다는 것을 깨달았다. 그가 다치고 혼자가 되었을 때 위험을 무릅쓰고 지켜 준 천둥족이 아니라, 그와 함께 그림자족을 떠난 고양이들을 위해 싸우고 있는 것이었다.

파이어하트의 머릿속을 휙 스치는 장면이 하나 있었다. 타이거클로와 브로큰테일이 나란히 누워 혀를 나누던 장면이었다. 그것은 부지도자에게 동정심이 있다는 증거가 아니었다. 타이거클로는 그림자족의 예전 독재자와 함께 계략을 꾸미고 있었던 것이다.

지금은 그런 것을 생각할 때가 아니었다. 파이어하트는 더스트펠트를 돕기 위해 공터를 가로질러 달려갔다. 하지만 반도 채 못 갔을 때, 떠돌이 고양이 하나가 달려들어 그를 쓰러뜨렸다. 발톱이 할퀴고 지나간 옆구리가 찌릿찌릿했다. 바로 앞에서 초록색 눈동자가 그를 노려보았다. 파이어하트는 송곳니를 드러내고 적의 어깨를 물려고 했지만, 떠돌이 고양이는 그를 마구 때려 떼어냈다. 발톱이 귓속으로 파고들었다. 배를 드러내고 바닥에 쓰러진 파이어하트는 꼼짝없이 적에게 붙잡히고 말았다. 그때 별안간 떠돌이가 비명을 지르더니 그를 놓아주었다. 파이어하트는 어린 훈련병인 쏜포가 이빨로 떠돌이의 꼬리를 꽉 물고 있는 모습을 얼핏 볼 수 있었다. 떠돌이는 쏜포를 꼬리에 매단 채 흙바닥을 기어가다가, 쏜포가 놓아주자 달아나 버렸다.

파이어하트는 숨을 헐떡이며 일어섰다.

"고맙다. 잘했어."

쏜포는 짧게 고개를 까딱하고 그레이스트라이프가 싸우고 있는 보육실 앞으로 달려갔다. 파이어하트는 다시 주위를 둘러보았다. 더스트펠트의 모습은 보이지 않았고, 브로큰테일은 공터 가운데로 더듬거리며 가고 있었다. 그가 내지르는 기괴한 울부짖음에 파이어하트는 심장이 얼어붙는 것 같았다. 비록 눈이 멀긴 했지만, 그림자족의 전임 지도자는 여전히 무시무시한 힘을 가지고 있었다. 마치 죽음을 넘어서는 무언가에 의해 움직이는 듯했다.

공터는 몸싸움을 벌이는 고양이들로 들썩거렸다. 다시 전투에 뛰어들 태세를 갖추던 파이어하트는 돌연 등줄기가 오싹해지는 사실을 깨달았다. 블루스타는 어디 있는 걸까?

잠시 후 파이어하트는 타이거클로도 보이지 않는다는 것을 깨달았다. 본능적으로 위험이 닥쳐오고 있다는 것을 알 수 있었다. 그는 자신보다 덩치가 훨씬 큰 떠돌이의 등에 매달려 귀를 물어뜯고 있는 윌로펠트를 지나쳐, 블루스타의 거처로 향했다. 입구에 가까워지자 다행히 안에서 블루스타의 목소리가 들려왔다.

"그 문제는 나중에 걱정해도 되지 않나, 타이거클로. 지금 종족에게는 우리가 필요하네."

잠시 침묵이 흘렀다. 그러다가 블루스타의 놀란 목소리가 다시 들려왔다.

"타이거클로, 뭐 하는 건가?"

으르렁거리며 대답하는 소리가 들렸다.

"별족에게 내 안부나 전해라, 블루스타!"

"타이거클로, 이게 무슨 짓인가?"

블루스타의 목소리는 두려움이 아닌 분노로 날카로워져 있었다.

"나는 종족의 지도자다. 잊은 건가?"

"그리 오래가진 않을 거야."

타이거클로가 으르렁댔다.

"내가 당신을 죽일 테니까. 죽이고 또 죽여 주지. 당신을 영원히 별족에게 보내 버릴 때까지 몇 번이고 죽여 주겠어. 이제 내가 이 종족의 지도자가 될 거라고!"

거처의 딱딱한 바닥을 쿵쾅거리는 발소리가 들리더니, 블루스타가 대항하는 소리가 갑자기 뚝 끊겼다. 뒤이어 무시무시한 으르렁거림이 들려왔다.

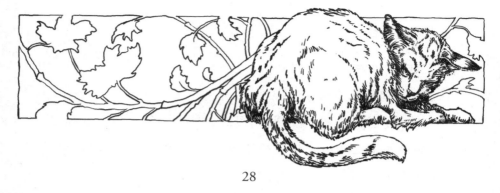

28

드러난 진실

파이어하트는 앞으로 달려가 이끼를 헤치고 안으로 들어갔다. 타이거클로와 블루스타가 거처 바닥에서 뒹굴고 있었다. 블루스타의 발톱이 타이거클로의 어깨를 긋고 또 그었다. 하지만 부지도자의 육중한 몸이 그녀를 모래 바닥에 꼼짝 못 하게 짓누르고 있었다. 타이거클로의 송곳니가 블루스타의 목을 푹 찔렀고, 힘센 발톱은 등을 할퀴었다.

"반역자!"

파이어하트가 소리쳤다. 그는 타이거클로에게 몸을 날려 눈을 할퀴었다. 부지도자는 앞다리를 쳐들면서 어쩔 수 없이 블루스타를 놓아주었다. 파이어하트의 발톱이 부지도자의 귀를 찢었다. 허공에 피가 흩뿌려졌다.

블루스타가 반쯤 정신이 나간 얼굴로 거처 옆쪽으로 기어갔다. 파이어하트는 그녀가 얼마나 심한 부상을 입었는지 알 수 없었다. 타이거클로의 강력한 발길질에 파이어하트는 옆구리가 찢어지는 듯한 고통을 느꼈다. 파이어하트는 모래 바닥에 발이 미끄러져서 균형을 잃고 말았다. 타이거클로가 그의 위에 올라탔다.

부지도자는 호박색 눈을 이글거리며 그를 노려보았다.

"멍청한 녀석! 내가 가죽을 벗겨 주마, 파이어하트. 이 순간을 오랫동안 기다려 왔지."

파이어하트는 자신이 가진 모든 힘과 기술을 끌어모았다. 타이거클로가 자신을 죽일 수 있다는 것을 알고 있었지만, 이상하게 홀가분한 기분이 들었다. 거짓과 속임수는 이제 필요 없어졌다. 블루스타의 비밀에 이어 타이거클로의 비밀까지 이제 모두 드러났다. 오직 전투에서 오는 순수한 위험만이 존재했다.

파이어하트는 타이거클로의 목을 겨냥해 일격을 가했다. 하지만 부지도자는 한쪽으로 고개를 돌려 피했다. 파이어하트의 발톱은 두툼한 얼룩무늬 털만 간신히 긁고 지나갔다. 하지만 그 덕분에 파이어하트를 잡고 있던 타이거클로의 발에 힘이 빠졌다. 파이어하트는 몸을 굴려서, 목을 노린 치명적인 공격에서 아슬아슬하게 벗어났다.

"애완 고양이 녀석!"

타이거클로가 비아냥거리며 다시 덮칠 태세를 갖추었다.

"진짜 전사가 어떻게 싸우는지 똑똑히 봐라."

그는 파이어하트에게 몸을 날렸다. 하지만 마지막 순간에 파이어하트는 잽싸게 옆으로 피했다. 타이거클로는 좁은 거처에서 돌아서려던 순간, 바닥에 뿌려진 피에 발이 미끄러지면서 볼썽사납게 쓰러지고 말았다.

파이어하트는 기회를 놓치지 않았다. 그는 발톱을 휘둘러 타이거클로의 배를 깊숙이 베어 버렸다. 피가 솟구치면서 부지도자의 털을 물들였다. 타이거클로는 큰 소리로 포효했다. 파이어하트는 다시 한 번 그에게 덤벼들어, 발톱으로 배를 할퀴었다. 이빨로는 타이거클로의 목을 꽉 물었다. 부지도자는 빠져나가려고 몸부림 쳤지만 소용이 없었다. 피가 쏟아져 나오면서, 날뛰는 힘도 점점 약해졌다.

파이어하트는 그의 목을 놓아주었다. 그리고 한 발은 그가 뻗 치고 있는 앞다리에, 다른 한 발은 가슴에 올려놓았다.

"블루스타, 타이거클로를 붙잡아 주십시오!"

블루스타는 뒤쪽에 있는 이끼 잠자리에 웅크리고 있었다. 이마 에서 피가 흐르고 있었다. 하지만 파이어하트가 놀란 이유는 따 로 있었다. 바로 공허하고 흐릿한 그녀의 눈동자였다. 블루스타는 공포에 휩싸인 얼굴로 멍하니 허공을 응시하고 있었다. 마치 자 신이 애써 일구어 놓은 모든 것이 산산이 파괴되는 장면을 보고 있는 것 같았다.

파이어하트의 목소리에 그녀는 막 잠에서 깨어난 고양이처럼 화들짝 놀랐다. 그녀는 꿈결처럼 천천히 걸어와, 타이거클로의 뒷 다리를 덮쳐 그를 붙잡았다. 타이거클로는 다른 고양이였다면 기 절했을지도 모를 심한 부상을 입고도 여전히 빠져나가려고 몸부 림쳤다. 파이어하트와 블루스타에게 저주를 퍼붓는 그의 호박색 눈동자는 증오로 이글거렸다.

거처 입구에 그림자가 드리워지더니, 거칠고 불규칙한 숨소리 가 들려왔다. 파이어하트는 침략자일 거라 생각하며 고개를 돌렸지만, 그곳에는 그레이스트라이프가 서 있었다. 파이어하트는 친구의 모습을 보고 소스라치게 놀랐다. 그의 옆구리와 한쪽 앞다리에서 피가 심하게 흐르고 있었다. 더듬거리며 말하는 입속에도 피가 흥건했다.

"블루스타, 우리가……."

그레이스트라이프는 놀란 눈으로 말을 멈추었다.

"파이어하트, 무슨 일이야?"

"타이거클로가 블루스타를 공격했어."

파이어하트는 재빨리 설명했다.

"우리 생각이 옳았던 거야. 타이거클로는 반역자였어. 진영을 공격하려고 떠돌이들을 데리고 왔어."

그레이스트라이프는 계속 쳐다보다가, 깊은 물속에서 방금 나온 것처럼 몸을 부르르 털었다.

"우리가 밀리고 있어. 적들이 너무 많아. 블루스타, 우리는 지도자의 힘이 필요합니다."

지도자는 그를 쳐다보았지만 대답하지 않았다. 파이어하트는 그녀의 눈동자가 여전히 초점 없이 멍하다는 것을 알 수 있었다. 타이거클로의 속셈이 드러나면서, 영혼에 회복할 수 없는 상처를 입은 것 같았다.

"내가 갈게."

파이어하트가 나섰다.

"그레이스트라이프, 블루스타를 도와주겠어? 타이거클로를 붙잡고 있어 줘. 전투가 끝나면 처리하자."

"한번 해 봐라, 애완 고양이."

타이거클로가 모래를 입에 잔뜩 문 채 빈정거렸다.

그레이스트라이프는 절룩거리며 거처 안으로 들어왔다. 그리고 파이어하트를 대신해 타이거클로의 가슴에 발을 올려놓았다. 파이어하트는 잠시 망설였다. 부상당한 그레이스트라이프와 충격에 빠진 블루스타가 타이거클로의 상대가 될지 확신이 서지 않던 것이다. 하지만 부지도자는 계속 피를 흘리는 데다 몸부림도 눈에 띄게 약해지고 있었다. 파이어하트는 재빨리 돌아서서 밖으로 달려 나갔다.

언뜻 보기에 공터에는 떠돌이들만 가득했다. 천둥족 전사들은 모두 내쫓긴 것 같았다. 그러다 익숙한 모습들이 여기저기서 눈에 띄기 시작했다. 롱테일이 커다란 얼룩무늬 수고양이 밑에서 꿈틀대고 있었고, 깡마른 회색 추방자의 발밑에서 간신히 빠져나온 패치펠트는 빙글 돌면서 발톱을 뻗어 상대의 코를 할퀴었다. 그리고 몸을 날려 적의 배를 덮쳤다.

파이어하트는 남은 힘을 끌어모았다. 타이거클로와 싸우느라 기운이 다 빠졌고, 부지도자가 할퀸 상처는 불에 타는 듯 화끈거렸다. 얼마나 버틸 수 있을지 자신도 알 수 없었다. 황갈색 암고양이가 그의 등에 발톱을 내리꽂으려 하자, 그는 본능적으로 몸을 굴렸다. 그때였다. 날렵한 청회색 몸체가 고함을 내지르며 공터를 가로지르는 모습이 보였다.

'블루스타!'

파이어하트는 깜짝 놀랐다. 타이거클로는 어쩌고 온 걸까? 하지만 곧 자신이 본 전사가 블루스타가 아니라는 사실을 깨달았다. 그것은 미스티풋이었다!

파이어하트는 안간힘을 다해 황갈색 고양이에게서 빠져나와, 비틀거리며 일어섰다. 강족 전사들이 가시금작화 굴길에서 쏟아져 나왔다. 레퍼드퍼, 스톤퍼, 블랙클로……. 그들 뒤로는 화이트스톰이 이끄는 순찰대가 나타났다. 그들은 강하고 기운이 넘쳤다. 분노에 찬 그들은 발톱을 날카롭게 세우고 꼬리를 휙휙 휘두르며 침략자들에게 달려들었다.

갑자기 나타난 적의 지원 세력에, 떠돌이 고양이들은 겁을 집어먹고 뿔뿔이 흩어지기 시작했다. 파이어하트를 공격하던 황갈색 암고양이는 충격을 받아 울부짖으며 도망쳤다. 다른 떠돌이들도 그녀의 뒤를 따랐다. 파이어하트는 그들을 빨리 내몰기 위해 위협적인 소리를 내면서 몇 걸음을 쫓아갔지만, 그럴 필요가 없었다. 떠돌이 고양이들은 다 이겼다고 생각하던 참에 전세가 뒤집혀 당황하기도 했고, 타이거클로가 잡혀 있는 바람에 지도자를 잃고 전의를 상실했던 것이다.

그들은 순식간에 사라져 버렸다. 유일하게 남은 적은 브로큰테일이었다. 눈먼 고양이는 머리와 어깨에서 엄청난 양의 피를 흘리고 있었다. 그는 바닥에서 허우적거리며, 병든 새끼 고양이처럼 가냘프게 신음했다.

강족 고양이들이 불안한 듯 수군거리며 모여들고 있었다. 파이어하트는 절룩거리며 그들에게 다가갔다.

"고맙습니다. 어떤 고양이도 이렇게 반가운 적은 없었습니다."

"예전 그림자족 전사들을 보았다. 브로큰스타와 함께 떠난 전사들 말이야."

레퍼드퍼가 심각하게 말했다.

"맞습니다."

파이어하트는 타이거클로가 연관되어 있다는 말은 하고 싶지 않았다.

"저희에게 도움이 필요한 걸 어떻게 아셨습니까?"

"몰랐어."

미스티풋이 대답했다.

"우리는 블루스타한테 할 말이 있어서 온 거야. 그……."

"지금은 아니다."

레퍼드퍼가 말을 끊었다. 하지만 파이어하트는 미스티풋이 새끼 고양이들 이야기를 하려던 것임을 짐작할 수 있었다.

"천둥족은 회복할 시간이 필요하겠지."

레퍼드퍼가 파이어하트를 향해 상냥하게 고개를 끄덕였다.

"우리가 도울 수 있어서 다행이다. 블루스타에게 우리가 곧 다시 오겠다고 전해라."

"알겠습니다."

파이어하트가 약속했다.

"그리고 다시 한 번 감사드립니다."

그는 강족 고양이들이 떠나는 모습을 잠시 지켜보다가 주변을 둘러보았다. 피곤해서 어깨가 축 늘어지는 기분이었다. 공터에는 피와 털이 어지럽게 흩뿌려져 있었다. 옐로팽과 신더포가 상처 입은 고양이들을 살피기 시작했다. 파이어하트는 싸우는 동안 두 치료사를 보지 못했지만, 그들에게도 적의 발톱 자국이 남아 있었다.

파이어하트는 심호흡을 했다. 이제 타이거클로를 처리해야 했다. 하지만 그는 기운을 낼 수 있을지 자신이 없었다. 상처 난 곳이 욱신거렸고, 걸음을 뗄 때마다 온몸의 근육이 비명을 질러 댔다. 절룩이며 블루스타의 거처로 향하고 있을 때, 뒤에서 목소리가 들렸다.

"파이어하트! 무슨 일이야?"

고개를 돌려 보니, 순찰대를 이끌고 막 돌아온 샌드스톰이 있었다. 바로 뒤에서는 클라우드포가 숨을 헐떡이고 있었다. 샌드스톰은 믿을 수 없다는 표정으로 공터를 둘러보았다.

파이어하트는 힘없이 고개를 저었다.

"브로큰테일을 따르던 추방자들이 진영을 침입했어."

"또?"

샌드스톰이 역겹다는 듯 내뱉었다.

"이제는 블루스타가 브로큰테일을 보호하는 문제에 대해 다시 생각할지도 모르겠네."

"그것보다 문제가 더 복잡해."

파이어하트는 당장은 설명할 기운이 없었다.

"샌드스톰, 질문은 하지 말고 부탁 좀 들어줄 수 있겠어?"

샌드스톰이 의심스럽다는 듯 그를 쳐다보았다.

"무슨 일인지 들어 보고."

"블루스타의 거처로 가서 상황을 좀 정리해 줘. 다른 전사를 데려가는 게 좋을 거야. 브래큰퍼, 네가 같이 갈래? 어떻게 해야 할지는 블루스타가 알려 줄 거야."

'블루스타가 그 정도는 해 줄 수 있어야 할 텐데.'

파이어하트는 속으로 생각했다. 샌드스톰은 여전히 의심스럽다는 표정으로 브래큰퍼에게 고갯짓을 하고는 높은 바위로 향했다. 여러 가지 일이 있었지만, 파이어하트가 가장 마음에 걸리는 것은 블루스타가 종족을 이끌 의지를 잃어버린 것 같다는 점이었다.

파이어하트는 공터 한가운데에 멍하니 서 있었다. 옐로팽이 브로큰테일을 살펴보더니, 반쯤 밀고 반쯤 끌면서 그녀의 거처로 데리고 갔다. 그림자족 전임 지도자는 거의 의식이 없는 상태였다. 입가에서는 피가 흐르고 있었다.

'아직도 브로큰테일에게 마음을 쓰는구나.'

파이어하트는 머리가 혼란스러웠다.

'이런 일을 겪었는데도 그가 혈육이라는 사실을 잊지 못하는 거야.'

옐로팽에게서 고개를 돌린 그는 샌드스톰이 높은 바위 아래에 있는 블루스타의 거처에서 나오는 모습을 보았다. 타이거클로가 휘청거리는 걸음으로 그녀의 뒤를 따라 나왔다. 털은 먼지와 피로 범벅이 되어 있었고, 한쪽 눈은 반쯤 감긴 상태였다. 타이거클로는 비틀거리며 멈추더니 바위 앞에 쓰러졌다.

브래큰퍼는 부지도자가 혹시 공격하거나 달아날 낌새를 보이지 않는지 경계하며 곁에서 주시하고 있었다. 그 뒤로 블루스타의 모습이 보였다. 그녀는 고개를 푹 숙이고 흙바닥에 꼬리를 질질 끌고 있었다. 파이어하트는 가장 걱정했던 일이 일어난 것 같아 덜컥 겁이 났다. 그가 존경하던 강인한 지도자의 모습은 사라지고, 연약하고 상처 입은 고양이만 남은 것 같았다.

마지막으로 그레이스트라이프가 절룩거리며 거처 밖으로 나왔다. 그는 높은 바위의 그늘 아래에 맥없이 몸을 뉘었다. 신더포가 서둘러 그에게 다가가, 걱정스러운 얼굴로 상처를 살피기 시작했다.

블루스타가 고개를 들고 주위를 둘러보았다.

"모두 이리로 오십시오."

그녀가 꼬리질을 하며 쉰 목소리로 말했다. 종족이 모여드는 동안, 파이어하트는 신더포에게 갔다.

"타이거클로에게도 뭘 좀 줄 수 있겠어? 통증을 덜어 주는 약초 같은 거 말이야."

그는 그 무엇보다 타이거클로를 꺾고 싶다고 생각했었다. 하지만 지금은 한때 위대했던 전사가 먼지 속에서 피를 흘리며 죽어가는 모습을 차마 볼 수가 없었다.

그레이스트라이프를 살피던 신더포가 고개를 들었다.

"그럼요. 그레이스트라이프를 치료할 약도 가져와야겠어요."

신더포는 옐로팽의 거처를 향해 절룩거리며 걸어갔다.

신더포가 돌아왔을 때는 종족 고양이들이 모두 모여 자리를 잡고 있었다. 그들은 도대체 어쩌다 이런 일이 벌어진 것인지 궁금해하며, 불안하게 서로를 쳐다보고 있었다.

신더포의 입에는 약초 뭉치가 물려 있었다. 그녀는 타이거클로 옆에 약초를 조금 놓아 주고, 나머지는 그레이스트라이프에게 주었다. 부지도자는 의심스러운 듯 킁킁 살피더니, 약초를 씹어 먹기 시작했다.

블루스타가 그를 잠시 지켜보다 입을 열었다.

"여기 모인 고양이들에게 알립니다. 타이거클로는 이제 죄수입니다. 그는……."

걱정스럽게 웅성거리는 소리 때문에 블루스타는 말을 계속할 수 없었다. 종족 고양이들은 충격과 절망에 빠진 얼굴로 서로를 쳐다보았다. 그들은 무슨 일이 벌어졌는지 이해하지 못하고 있었다.

"죄수라고요? 타이거클로는 부지도자 아닙니까? 그가 무슨 짓을 저질렀죠?"

다크스트라이프가 물었다.

"말해 주겠다."

블루스타의 목소리는 이제 안정을 되찾았지만, 파이어하트는 그녀가 안간힘을 쓰고 있다는 것을 알 수 있었다.

"방금 전 내 거처에서 타이거클로가 나를 공격했습니다. 파이어하트가 제때 오지 않았다면, 나를 죽일 수도 있었습니다."

믿을 수 없다는 듯 반발하는 소리가 더 커졌다. 무리 뒤쪽에서 원로 하나가 음산하게 울부짖었다. 다크스트라이프가 자리에서 벌떡 일어났다. 그는 타이거클로를 가장 열성적으로 추종하던 고양이들 중 하나였다.

"뭔가 오해가 있을 겁니다."

다크스트라이프가 발끈하며 말했다.

블루스타가 턱을 치켜들었다.

"나를 죽이려고 들었는데 내가 그걸 잘못 알았단 말이냐?"

블루스타가 차갑게 물었다.

다크스트라이프는 우물쭈물했다.

"하지만 타이거클로는……."

파이어하트가 벌떡 일어섰다.

"타이거클로는 종족을 배신했습니다! 그가 오늘 떠돌이들을 진영에 데려왔습니다."

다크스트라이프가 벌컥 화를 냈다.

"타이거클로가 그런 짓을 할 리가 없어. 증거를 대 봐, 이 애완고양이야!"

파이어하트는 블루스타를 힐긋 쳐다보았다. 그녀는 고개를 끄덕이고 그를 앞으로 불러냈다.

"파이어하트, 종족에게 네가 아는 것을 전부 말해 주어라."

파이어하트는 천천히 지도자 옆으로 걸어갔다. 드디어 모든 것을 밝힐 순간이 온 것이다. 그런데 이상하게도 자꾸만 망설여졌다. 마치 자신이 높은 바위를 허물어뜨리고 있는 것 같았다. 진실을 말하고 나면 모든 것이 달라지리라.

"천둥족의 고양이들이여."

입을 뗐지만 새끼 고양이처럼 가냘픈 목소리가 나와서, 잠시 말을 멈추고 목을 가다듬어야 했다.

"천둥족의 고양이들이여, 레드테일이 죽었던 때를 기억합니까? 타이거클로는 그를 죽인 것이 오크하트라고 말했습니다. 하지만 그는 거짓말을 했습니다. 레드테일을 죽인 것은 타이거클로였습니다!"

"네가 어떻게 알아?"

롱테일이 여느 때와 다름없이 조롱 섞인 표정으로 말했다.

"넌 전투 현장에 있지도 않았잖아."

"그곳에 있었던 고양이의 이야기를 듣고 알게 되었습니다."

파이어하트는 차분하게 대답했다.

"레이븐포가 말해 주었습니다."

"그것 참 편리하네!"

다크스트라이프가 으르렁댔다.

"죽은 레이븐포가 한 말이라면서 뭐든 지어낼 수 있겠지. 아무도 아니라고 할 수 없을 테니까."

파이어하트는 망설였다. 레이븐포가 도망간 사실을 비밀로 한 건, 타이거클로에게서 보호하기 위해서였다. 하지만 이제 타이거클로는 죄수가 되었으니 더 이상 위험은 없을 것이다. 무엇보다 그는 모든 것을 빠짐없이 밝혀야만 했다.

"레이븐포는 죽지 않았습니다."

파이어하트는 조용히 설명을 이어 나갔다.

"레이븐포가 비밀을 알고 있다는 이유로 타이거클로가 그를 죽이려고 했고, 제가 그를 피신시켰습니다."

고양이들이 저마다 질문을 던지고 반대 의견을 외치느라 공터는 떠들썩해졌다. 파이어하트는 그들이 진정되기를 기다리면서, 타이거클로를 흘깃 보았다. 신더포가 준 약초가 효험이 있었는지, 커다란 얼룩무늬 고양이는 기운을 조금 차린 것 같았다. 그는 엉덩이를 바닥에 대고 앉아, 바위처럼 차갑고 굳은 눈빛으로 무리를 노려보고 있었다. 마치 누구든 가까이 가면 덤벼들 것 같았다. 레이븐포가 살아 있다는 소식에 틀림없이 충격을 받았을 테지만, 그는 수염 한 가닥도 움찔하지 않았다.

소란이 가라앉을 기미가 보이지 않자, 화이트스톰이 목소리를 높였다.

"조용히! 파이어하트의 이야기를 들읍시다."

파이어하트는 선임 전사에게 고맙다는 표시로 고개를 숙여 보였다.

"레이븐포는 오크하트가 바위에 깔려 죽었다고 했습니다. 같이 있던 레드테일은 몸을 피했다고 합니다. 그런데 타이거클로가 덤벼들어 그를 죽였다고 했습니다."

"사실입니다."

아직 그늘에 누워 있던 그레이스트라이프가 머리를 들고 말했다. 신더포가 그의 상처에 약초를 눌러 주고 있었다.

"레이븐포가 파이어하트에게 이 모든 사실을 말해 줄 때, 저도 같이 있었습니다."

"그리고 강족 고양이들과도 이야기를 해 봤습니다."

파이어하트가 덧붙였다.

"그들도 똑같이 말했습니다. 오크하트는 바위에 깔려 죽었다고요.”

파이어하트는 또 한 번 소란이 일어날 거라고 생각했지만, 이 번에는 아무 소리도 나지 않았다. 으스스한 정적이 감돌았다. 고양이들은 마치 답을 구하듯이 서로의 얼굴을 바라보았다. 그들은 이 끔찍한 일이 일어난 이유를 알고 싶었던 것이다.

“타이거클로는 부지도자가 되고 싶었던 겁니다.”

파이어하트는 말을 이었다.

“하지만 블루스타는 라이언하트를 선택했습니다. 그리고 그림자족과 싸우다가 라이언하트가 죽자, 마침내 타이거클로는 야망을 이룬 겁니다. 하지만 그는 부지도자로 만족하지 않았습니다. 저는…… 제 생각에는 그가 블루스타를 노리고 천둥길 바로 옆에 함정을 놓은 것 같습니다. 하지만 신더포가 대신 사고를 당했고요.”

파이어하트는 말을 하면서 신더포를 얼른 살폈다. 그녀는 놀라서 눈이 커졌고, 벌린 입을 다물지 못했다.

블루스타 역시 크게 놀란 얼굴이었다.

“파이어하트가 내게 의심 가는 점들을 말해 주었습니다.”

블루스타가 떨리는 목소리로 말했다.

“하지만 난 그 말을 믿지 않았습니다. 난 타이거클로를 신뢰했습니다.”

블루스타는 고개를 푹 숙였다.

“내가 틀렸습니다.”

“하지만 블루스타를 죽이고 어떻게 지도자가 된다는 거죠? 종족이 절대로 지지해 주지 않을 텐데요.”

마우스퍼가 물었다.

"그래서 이런 계략을 꾸민 것 같습니다."

파이어하트가 대답했다.

"떠돌이 고양이들 중 하나가 블루스타를 죽인 것처럼 꾸미려고 했던 겁니다."

파이어하트의 목소리에 힘이 들어갔다.

"충성스러운 부지도자 타이거클로가 지도자에게 발톱을 세우리라고 우리 중 누가 상상이나 하겠습니까?"

파이어하트는 입을 다물었다. 온몸이 부들부들 떨렸다. 마치 자신이 갓 태어나 맥을 못 추는 새끼 고양이처럼 느껴졌다.

화이트스톰이 입을 열었다.

"블루스타, 이제 타이거클로는 어떻게 되는 겁니까?"

그의 질문이 종족의 분노에 불을 댕겼다.

"죽여라!"

"눈을 멀게 하자!"

"숲에서 쫓아내라!"

블루스타는 눈을 감은 채 꼼짝하지 않고 앉아 있었다. 파이어하트에게도 그녀의 고통이 고스란히 전해졌다. 오랫동안 신뢰했던 부지도자가 마음속에 흉악한 계략을 품고 있었다는 사실은 그녀에게 쓰라린 충격을 안겨 주었다.

"타이거클로."

블루스타가 마침내 입을 열었다.

"스스로 변호할 말이 있나?"

타이거클로는 고개를 휙 돌리더니, 노란 눈으로 블루스타를 노려보았다.

"당신을 상대로 나를 변호하라고? 당신 같은 겁쟁이가 나 같은 전사를 용서한다고? 당신이 어떤 지도자인지 아나? 다른 종족과 평화를 유지하고, 도와주기까지 하고! 강족에게 먹잇감을 잡아다 주는 파이어하트와 그레이스트라이프를 제대로 처벌도 하지 않았지. 바람족을 데려오라고 시키지를 않나! 나라면 그렇게 애완 고양이처럼 물러 터진 모습은 보이지 않았을 거야. 내가 지도자였다면 호랑이족의 시대를 다시 열었을 거라고. 천둥족을 위대하게 만들었을 거라고!"

"그리고 얼마나 많은 고양이들이 그 대가로 목숨을 내놓아야 했을까?"

블루스타가 혼잣말처럼 중얼거렸다. 파이어하트는 그녀가 씨슬클로를 생각하고 있는지 궁금했다. 그녀는 그 거만하고 잔혹한 전사가 자신을 대신해 부지도자가 되는 걸 두고 볼 수 없었다고 했다.

"더 이상 할 말이 없다면, 나는 너에게 추방 선고를 내리겠다."

지도자가 갈라진 목소리로 선언했다. 한 마디, 한 마디를 힘겹게 뱉어 내는 것 같았다.

"천둥족 영역을 즉시 떠나라. 내일 해가 떠오른 뒤에 누구라도 여기서 너를 보게 되면, 너를 죽여도 좋다고 허락하겠다."

"날 죽인다고?"

타이거클로가 반항적으로 으르렁거렸다.

"누구 하나라도 그럴 수 있을지 보고 싶군."

"파이어하트가 당신을 이겼어."

그레이스트라이프가 소리쳤다.

"파이어하트라."

타이거클로가 옅은 호박색 눈을 적에게 돌렸다. 파이어하트는 그가 대놓고 드러낸 증오의 시선에 털이 쭈뼛쭈뼛 섰다.

"이 냄새나는 털 뭉치 녀석아, 한 번만 더 내 길을 가로막아 보아라. 누가 강한지 보게 될 테니."

파이어하트는 벌떡 일어났다. 분노가 힘을 불어넣어 주었다.

"언제든지, 타이거클로."

"그만!"

블루스타가 외쳤다.

"더 이상 싸움은 없다. 타이거클로, 우리 눈앞에서 사라져라."

타이거클로가 천천히 일어났다. 그는 육중한 머리를 이리저리 돌리며 무리를 훑어보았다.

"내가 이렇게 물러설 거라고 생각하지 마라. 난 지도자가 될 것이다. 누구든 나와 함께 가는 고양이는 나의 보살핌을 받을 것이다. 다크스트라이프?"

파이어하트는 목을 길게 빼고, 타이거클로의 가장 열성적인 추종자를 바라보았다. 다크스트라이프가 일어나서 타이거클로에게 갈 거라고 생각했다. 하지만 날렵한 얼룩무늬 고양이는 어깨를 축 늘어뜨리고 자리를 지켰다.

"당신을 믿었습니다, 타이거클로. 당신이 숲에서 제일가는 전사라고 생각했습니다. 하지만 당신이 그…… 그 독재자와 계략을 꾸미다니."

파이어하트는 그가 브로큰테일을 말하고 있다는 것을 알았다.

"게다가 나에게는 아무 말도 해 주지 않았지요. 그래 놓고 이제 와서 내가 당신을 따라가길 바라는 겁니까?"

다크스트라이프는 고개를 돌려 외면해 버렸다.

타이거클로는 어깨를 으쓱했다.

"떠돌이 고양이들과 접촉하려면 브로큰테일의 도움이 필요했다. 그게 기분 나쁘다면, 그건 내 알 바가 아니지."

그가 으르렁거렸다.

"롱테일?"

롱테일이 놀라서 움찔했다.

"같이 가자고요? 추방을 당하는데?"

롱테일의 목소리가 떨렸다.

"저…… 아뇨, 그럴 수 없어요. 난 천둥족에 충성한다고요!"

'그리고 비겁하지!'

파이어하트는 속으로 말했다. 롱테일은 겁에 질린 냄새를 풍기면서 무리 가운데로 뒷걸음쳤다.

타이거클로의 얼굴에 처음으로 불안감이 스쳤다. 그가 믿고 있던 몇 안 되는 고양이들이 등을 돌린 것이다.

"더스트펠트, 너는 어떠냐?"

타이거클로가 물었다.

"나와 함께 가면 천둥족에 있을 때보다 훨씬 더 잘 먹을 수 있을 것이다.”

어린 전사가 천천히 자리에서 일어났다. 그는 모여 있는 고양이들 사이로 조심스럽게 걸어 나가 타이거클로 앞에 섰다.

“당신을 존경했습니다.”

더스트펠트가 차분하고 또렷한 목소리로 말했다.

“당신처럼 되고 싶었습니다. 하지만 레드테일은 내 스승이었습니다. 나는 누구보다 스승에게 큰 은혜를 입었습니다. 그런데 당신이 내 스승을 죽였습니다.”

더스트펠트는 슬픔과 분노에 몸을 떨면서도 말을 멈추지 않았다.

“당신은 그를 죽이고 종족을 배신했습니다. 당신을 따라갈 바에는 차라리 죽음을 택하겠습니다.”

그는 돌아서서 자리로 돌아갔다.

듣고 있던 고양이들이 감동을 받아 웅성거렸다.

“옳은 말이야.”

파이어하트는 화이트스톰이 속삭이는 소리를 들을 수 있었다.

“타이거클로, 더는 안 된다. 지금 떠나라.”

블루스타가 나섰다.

타이거클로는 몸을 완전히 일으켰다. 그의 눈은 냉혹한 분노로 이글거리고 있었다.

“가겠다. 하지만 난 돌아온다, 반드시. 그리고 너희 모두에게 복수하겠다!”

타이거클로는 휘청거리며 높은 바위에서 멀어져 갔다. 파이어하트의 곁을 지나가면서 그는 걸음을 멈췄다. 그리고 이빨을 드러내고 으르렁거렸다.

"그리고 네놈은…… 눈 똑바로 뜨고 다녀라. 귀도 바짝 세워 두고. 뒤를 조심하는 게 좋을 거다. 언젠가는 내가 널 찾아서 까마귀 밥으로 만들어 버릴 테니까."

"당신은 지금도 까마귀 밥인데."

파이어하트는 등줄기를 타고 기어오르는 두려움을 애써 감추며 되받아쳤다.

타이거클로는 침을 뱉고 돌아서서 다시 걸어갔다. 종족 고양이들은 양쪽으로 갈라져 길을 내주었다. 모두가 눈으로 그를 좇았다. 위대한 전사는 조금씩 휘청거리며 걸었다. 신더포가 약초를 주긴 했지만 상처 때문에 괴로운 것이 틀림없었다. 하지만 그는 멈추거나 뒤돌아보지 않았다. 가시금작화 굴길이 그를 삼켜 버렸다. 그는 사라졌다.

29
별족의 부름

파이어하트는 패배한 적이 사라지는 모습을 지켜보면서도 승리의 기쁨을 조금도 느낄 수 없었다. 오히려 안타까운 마음이 드는 것에 그 자신도 놀랐다. 타이거클로가 야망보다 충성을 택했다면, 후손들에게 대대로 칭송받는 훌륭한 전사가 될 수도 있었다. 파이어하트는 위대한 전사가 그런 식으로 쓸모가 없어진 것이 안타까워 소리 내어 울부짖을 뻔했다.

주변에서 다시 웅성거리는 소리가 들리기 시작했다. 고양이들은 이 충격적인 사건에 대해 삼삼오오 모여 다급하게 이야기를 나눴다.

"이제 누가 부지도자가 되는 거지?"

러닝윈드가 묻는 소리가 들렸다.

파이어하트는 블루스타를 흘깃 보았다. 혹시 무슨 발표라도 하지 않을까 싶었지만, 그녀는 높은 바위 옆을 돌아 거처로 향했다. 어딘가 아픈 것처럼 고개를 숙이고 발을 질질 끌고 있었다. 부지도자를 발표하는 건 좀 더 기다려야 할 듯했다.

"파이어하트가 부지도자가 되어야 해요!"

클라우드포가 신이 나서 깡충거리며 말했다.

"파이어하트라면 아주 잘할 거예요!"

"파이어하트라고?"

다크스트라이프가 눈을 가늘게 떴다.

"애완 고양이가?"

"애완 고양이가 뭐가 어때서요?"

클라우드포가 자신보다 덩치가 훨씬 큰 전사 앞에서 털을 곤두세웠다.

파이어하트가 일어나서 말리려고 하는데 화이트스톰이 다크스트라이프와 어린 훈련병 사이에 끼어들었다.

"그만해라."

화이트스톰이 으르렁거렸다.

"달이 가장 높이 떠오르기 전에 블루스타가 누구를 선택했는지 발표할 거야. 그게 전통이니까."

클라우드포가 후다닥 다른 훈련병들에게 가 버리자, 파이어하트는 어깨의 긴장을 풀었다. 그의 훈련병은 조금 전 일어난 일의 심각성을 깨닫지 못하고 있었다. 타이거클로를 잘 알고 있던 나이 많은 전사들은 마치 그들의 세상이 끝났다는 듯이 서로의 얼굴을 쳐다보았다.

파이어하트는 신더포와 함께 있는 친구에게 다가갔다. 그레이스트라이프가 고개를 들었다.

"파이어하트 넌 어때? 부지도자가 되고 싶어?"

그의 눈은 여전히 고통으로 흐려져 있었고, 입에서는 피가 흐르고 있었다. 하지만 실버스트림이 죽은 이후로는 지금이 가장 생기 있어 보였다. 전투가 벌어지고 타이거클로의 악행이 드러나면서, 그도 잠시 슬픔을 잊은 것 같았다.

파이어하트는 등줄기를 타고 오르는 미세한 흥분을 느꼈다. 천둥족의 부지도자라니! 하지만 이내 그 자리가 얼마나 힘들지 깨달았다. 흩어진 고양이들을 모아 다시 하나의 종족으로 만들어 내는 것은 쉬운 일이 아니었다.

"아니."

그는 그레이스트라이프에게 말했다.

"더구나 블루스타가 날 뽑을 리가 없잖아."

파이어하트는 일어서서 그런 생각들을 떨치려는 듯 머리를 흔들었다.

"넌 좀 어때? 상처가 심해?"

"괜찮을 거예요."

신더포가 대답했다.

"하지만 혀에 난 상처에서 아직도 피가 나고 있어요. 혀에 난 상처에는 뭘 해야 할지 모르겠어요. 파이어하트, 옐로팽을 좀 불러 줄 수 있어요?"

"물론이지."

옐로팽을 마지막으로 보았을 때, 그녀는 브로큰테일을 거처로 끌고 가고 있었다. 타이거클로에게 추방 선고를 내릴 때도 그녀는 보이지 않았다. 파이어하트는 공터를 가로질러 고사리 굴길로

403

들어섰다. 보드라운 초록색 고사리 사이로 들어가자, 옐로팽의 목소리가 들려왔다. 파이어하트는 뭔가 이상한 느낌이 들었다. 평소와는 다르게 너무 부드러운 목소리 때문이었다. 파이어하트는 구부러진 고사리 잎 사이에 조금 더 머물렀다.

"가만히 누워 있으렴, 브로큰테일. 목숨을 한 번 잃었단다."

옐로팽이 말했다.

"곧 괜찮아질 거야."

"무슨 뜻이지?"

브로큰테일이 으르렁댔다. 피를 너무 많이 흘려서 목소리에 힘이 하나도 없었다.

"나한테는 목숨이 더 남았는데, 왜 상처가 아직 아픈 거지?"

"네 목숨을 앗아 간 상처는 별족이 치료해 주셨단다."

옐로팽이 말했다. 이상하리만치 부드러운 목소리에 파이어하트는 등골이 오싹해졌다.

"다른 상처들은 치료사의 기술이 필요하지."

"그럼 뭘 기다리고 있는 거야, 이 성가신 늙은이야!"

브로큰테일이 성질을 내며 외쳤다.

"빨리 좀 해. 고통스럽지 않게 뭘 좀 달란 말이야."

"알았다, 그러마."

옐로팽의 목소리가 돌연 얼음처럼 차가워졌다. 파이어하트는 물결처럼 빠르게 흘러드는 두려움을 느꼈다.

"여기 이 열매들을 먹으렴. 그럼 영원히 고통이 사라질 테니."

파이어하트는 고사리 굴길 밖을 내다보았다. 옐로팽이 발로 뭔가를 톡톡 두드리고 있었다. 그녀는 조심스럽고 신중하게 밝은 빨간색 열매 세 알을 다친 브로큰테일 앞으로 굴려 놓았다. 그리고 그의 발을 열매에 대 주었다. 갑자기 파이어하트는 잎 없는 계절의 눈 오는 어느 날로 돌아갔다. 거기서 클라우드킷이 짙은 색 잎사귀와 진홍색 열매가 달린 작은 덤불을 빤히 쳐다보고 있었다. 그리고 신더포가 이렇게 말하고 있었다.

"열매에 독이 많아서 '죽음 열매'라고 불려. 한 알만 먹어도 목숨을 잃을 수 있어."

파이어하트는 위험하다고 외치려고 숨을 훅 들이마셨다. 하지만 브로큰테일은 벌써 열매를 씹고 있었다.

옐로팽이 돌처럼 굳은 얼굴로 그를 바라보았다.

"너와 나의 종족이 나를 추방했고, 난 이곳으로 왔다."

그녀가 브로큰테일의 귀에 대고 속삭였다.

"나도 너처럼 포로였지. 하지만 천둥족은 나에게 잘 대해 주었어. 그리고 나를 치료사로 받아들일 정도로 믿어 주었지. 너도 그들의 신뢰를 얻을 수 있었어. 하지만 이제는 누가 널 다시 믿어 주겠니?"

브로큰테일이 경멸 어린 목소리로 대꾸했다.

"내가 신경이나 쓸 것 같아?"

옐로팽이 그에게 더 가까이 다가가 몸을 웅크렸다. 그녀의 눈이 번득였다.

"넌 아무것도 신경 쓰지 않지. 나도 안다, 브로큰테일. 너는 네 종족도, 네 명예도, 네 혈육도 상관 않지."

"난 혈육이 없거든."

브로큰테일이 툭 내뱉었다.

"틀렸어. 네 혈육은 꿈도 못 꿀 만큼 가까이에 있었단다. 내가 네 어미다, 브로큰테일."

눈먼 전사가 목구멍에서 기이한 소리를 냈다. 웃음을 터뜨리려던 것 같았다.

"거미들이 머릿속에 거미줄을 쳤나 보군, 늙은이. 치료사는 새끼를 가질 수 없어."

"그래서 내가 널 포기해야 했던 거다."

옐로팽이 말했다. 말 한 마디 한 마디에 오랜 세월 겪은 쓰라린 고통이 묻어났다.

"하지만 널 신경 쓰지 않은 적은 한순간도 없다, 단 한순간도. 네가 막 전사가 되었을 때, 난 얼마나 자랑스러웠는지 모른다."

그녀의 목소리는 낮게 으르렁거리는 소리로 변했다.

"그런데 넌 래기드스타를 죽였어. 네 아버지를 말이야. 종족의 새끼 고양이들도 죽이고 나한테 죄를 뒤집어씌웠지. 넌 종족을 완전히 파괴할 뻔했어. 그러니 이제 이 모든 끔찍한 일들을 끝내야 할 때가 왔다."

"끝낸다고? 무슨 뜻이야, 이 늙은……."

브로큰테일은 일어서려고 했지만, 다리가 꺾이면서 큰 소리를 내며 옆으로 쓰러졌다. 그의 목소리가 가느다란 비명으로 변했다. 파이어하트는 뼛속까지 오싹해졌다.

"무슨 짓을 한 거야? 발에…… 발에 감각이 없어. 숨을 쉴 수가 없······."

"넌 죽음 열매를 먹었다."

옐로팽이 그를 내려다보며 말했다.

"이번이 네 마지막 목숨이지, 브로큰테일. 치료사는 알 수 있지. 다시는 너 때문에 다치는 고양이가 없을 것이다."

브로큰테일의 입이 벌어지면서 충격과 공포의 외침이 터져 나왔다. 파이어하트는 그의 목소리에 회한이 담겨 있는 것을 느낄 수 있었다. 하지만 눈먼 전사는 울부짖기만 할 뿐 말을 할 수 없었다. 네 다리가 몸부림치며 흙바닥을 할퀴었다. 숨을 쉬려고 안간힘을 쓰느라 가슴이 들썩거렸다.

파이어하트는 조용히 뒤로 물러 나와, 고사리 굴길 반대편 입구에 웅크리고 앉았다. 차마 계속 지켜볼 수가 없었던 것이다. 파이어하트는 몸을 덜덜 떨며, 브로큰테일의 마지막 몸부림이 잦아들기를 기다렸다. 그런 다음 신더포의 부탁을 생각하며 억지로 되돌아갔다. 이번에는 옐로팽이 그가 오는 것을 알 수 있도록 일부러 고사리를 스치며 소리를 냈다.

브로큰테일은 작은 공터 가운데에 꼼짝하지 않고 누워 있었다. 나이 든 치료사는 그 옆에 웅크리고 앉아, 그의 옆구리에 코를 바짝 대고 있었다. 파이어하트가 다가가자 옐로팽이 고개를 들었다. 눈에는 고통이 가득했고, 어느 때보다도 늙고 쇠약해 보였다. 하지만 파이어하트는 그녀가 얼마나 강한지 알고 있었다. 브로큰테일로 인한 슬픔은 그녀를 파괴하지 못할 것이다.

"최선을 다했는데, 죽고 말았구나."

파이어하트는 그 말이 거짓이라는 걸 안다고 말할 수 없었다. 그는 방금 보고 들은 것을 누구에게도 결코 말하지 않을 작정이었다. 그는 차분한 목소리를 내려고 애쓰며 말했다.

"신더포가 혀에 상처가 났을 때는 뭘 해야 하는지 물어보라고 절 보냈어요."

옐로팽은 가까스로 일어났다. 마치 그녀 역시 감각을 마비시키는 죽음 열매를 맛본 것 같았다.

"내가 간다고 전해라."

그녀가 쉰 목소리로 말했다.

"적당한 약초를 찾아서 가마."

옐로팽은 여전히 비틀거리며 거처로 들어갔다. 그녀는 브로큰테일의 움직이지 않는 몸을 두 번 다시 돌아보지 않았다.

파이어하트는 잠을 이룰 수 없을 것 같았다. 하지만 너무나 지친 나머지 거처 안에 자리를 잡자마자 곧장 깊은 무의식 상태로 빠져들었다. 꿈속에서 그는 높은 곳에 서 있었다. 바람이 털을 헝클어 놓았고, 머리 위에서는 별 무리의 별들이 차가운 불꽃처럼 이글거렸다.

따스하고 익숙한 냄새가 코로 흘러들었다. 고개를 돌리니 스파티드리프가 있었다. 그녀가 다가와 부드럽게 코를 비볐다.

"별족이 너를 부르고 있단다, 파이어하트."

그녀가 말했다.

"두려워하지 마."

그녀는 사라졌고, 바람과 별들만 남았다.

'별족이 나를 부른다고?'

파이어하트는 의아했다.

'그럼 난 죽는 건가?'

두려움이 그를 흔들어 깨웠다. 그는 거처의 희미한 빛 속에서 안전하게 있는 자신을 발견하고 안도의 한숨을 내쉬었다. 전투에서 입은 상처가 아직 욱신거렸다. 몸을 일으키려 하자 사지가 뻣뻣하게 저항했다. 기력은 회복되고 있었지만, 여전히 몸이 덜덜 떨리는 것은 어쩔 수가 없었다. 스파티드리프는 그의 죽음을 예언한 것일까?

순간 그는 자신이 느낀 한기가 단지 두려움 때문이 아니라는 것을 깨달았다. 잠든 전사들의 몸에서 나오는 온기 덕분에 따뜻했던 거처가 지금은 텅 비어서 식어 버린 것이다. 밖에서는 여러 고양이들이 웅성거리는 소리가 들렸다. 밖으로 나가 보니, 종족 고양이들이 벌써 공터에 거의 다 모여 있었다. 희미한 새벽빛이 나무 위로 이제 막 올라오고 있었다.

샌드스톰이 고양이들을 헤치고 다가왔다.

"파이어하트!"

그녀의 목소리가 다급했다.

"달이 가장 높이 뜬 시간이 한참 지났는데 블루스타가 아직 부지도자를 임명하지 않았어!"

"뭐라고?"

파이어하트는 놀란 얼굴로 샌드스톰을 바라보았다. 전사의 규

409

약이 지켜지지 않은 것이다!

"별족이 진노할 거야."

파이어하트가 중얼거렸다.

"우리에게는 반드시 부지도자가 있어야 해."

샌드스톰이 불안하게 꼬리를 휘두르며 말했다.

"하지만 블루스타는 거처에서 나오려고 하지도 않아. 화이트스톰이 말해 보려고 갔는데, 돌려보내 버렸어."

"타이거클로 때문에 아직 충격에서 벗어나지 못했나 봐."

파이어하트가 말했다.

"그래도 우리 종족의 지도자잖아."

샌드스톰이 쏘아붙였다.

"거처에 웅크리고 앉아서 종족에 대해선 나 몰라라 하면 안 되잖아."

그녀의 말이 옳았다. 하지만 블루스타가 안쓰러운 것도 사실이었다. 그녀는 타이거클로에게 많이 의지했고, 파이어하트가 그토록 의심하는데도 타이거클로를 믿고 변호해 주었다. 그녀는 타이거클로를 부지도자로 선택했고, 자신을 도와 종족을 이끌어 주리라 믿었을 것이다. 자신의 판단이 모두 틀렸다는 사실을 깨달았을 때 받은 충격은 매우 클 것이다. 게다가 이제 타이거클로의 힘과 전투력까지 잃게 된 것이다.

"블루스타가 잊지는 않았을……."

파이어하트는 말을 하려다가 멈추었다.

블루스타가 거처에서 나와 높은 바위 앞으로 걸어가고 있었다. 바위 위로 올라가지도 않고 그 앞에 앉은 그녀는 늙고 지쳐 보였다.

"천둥족의 고양이들이여."

블루스타가 쉰 목소리로 말을 시작했다. 초조하게 웅성거리는 소리 사이로 그녀의 목소리가 간신히 들렸다.

"잘 들으십시오. 이제 새로운 부지도자를 임명하겠습니다."

모든 고양이들이 이미 그녀를 향하고 있었다. 공터에는 싸늘한 정적이 감돌았다.

"별족과 우리 조상들의 정령 앞에서 말합니다. 내 선택을 들으시고 승인해 주십시오."

블루스타는 말을 멈추고 발치를 내려다보았다. 너무 오랫동안 고개를 들지 않아 파이어하트는 그녀가 할 말을 잊은 건 아닌지 걱정스러웠다. 어쩌면 새로운 부지도자를 아직 결정하지 않았는지도 몰랐다.

고양이 한둘이 불안하게 속삭이기 시작했다. 하지만 블루스타가 고개를 들자 다시 침묵이 흘렀다.

"새로운 부지도자는 파이어하트입니다."

블루스타가 또렷한 목소리로 선언했다. 그녀는 말을 마치자마자 자리에서 일어나, 마치 돌로 만들어진 것 같은 다리를 이끌고 바위 뒤쪽으로 들어가 버렸다.

종족 전체가 얼어붙었다. 파이어하트는 심장에 가시가 박힌 것 같았다.

'내가 부지도자가 된다고?'

블루스타를 불러서 뭔가 실수가 있는 것 같다고 말하고 싶었다. 그는 이제 겨우 전사가 되었을 뿐이었다!

그때 클라우드포가 의기양양하게 환호성을 질렀다.

"이럴 줄 알았다니까! 파이어하트가 새 부지도자다!"

바로 옆에서 다크스트라이프가 으르렁댔다.

"오, 그래? 글쎄, 난 애완 고양이의 명령을 듣지 않을 건데!"

몇몇 고양이들이 파이어하트에게 다가와 축하해 주었다. 그레이스트라이프와 샌드스톰이 그중에서도 가장 먼저 왔다. 신더포도 힘차게 가르랑거리며 몸을 던지다시피 달려와 그의 얼굴을 핥아 주었다.

그러나 다른 고양이들은 파이어하트에게 아무 말도 하지 않고 조용히 공터를 빠져나갔다. 그들 역시 파이어하트만큼이나 지도자의 선택에 놀란 것 같았다. 스파티드리프가 꿈에 나타나 별족이 그를 부른다고 한 것은 이런 뜻이었을까? 그에게 종족을 위한 새로운 임무를 맡기려는 것이었을까?

"두려워하지 마."

그녀는 이렇게 말했었다.

'오, 스파티드리프!'

파이어하트는 마음속으로 절규했다. 두려움과 불안이 밀려들었다.

'어떻게 두려워하지 않을 수가 있죠?'

30

끝을 향해 가는 시간

"종족의 부지도자가 되었군요."

화이트스톰이 파이어하트의 귀에 대고 부드러운 목소리로 말했다.

"지시를 내려 주시지요."

파이어하트는 화이트스톰이 순수한 의도로 말하고 있다는 걸 알고, 선임 전사에게 고맙다는 눈빛을 보냈다. 화이트스톰 역시 자신이 부지도자가 되리라 예상했을 수도 있다. 그런 그가 도움을 주는 것은 앞으로 파이어하트에게 큰 힘이 될 것이다.

"네…… 이제……."

파이어하트는 가장 시급한 일이 무엇인지 미친 듯이 고민하며 입을 열었다. 문득 자신이 타이거클로라면 어떻게 했을지 상상하고 있다는 것을 깨달았다.

"먹이요. 우리 모두 먹어야 하니까요. 클라우드포, 싱싱한 먹이를 원로들에게 갖다 드려라. 다른 훈련병들을 데려가서 보육실의 어미 고양이들도 도와주고."

클라우드포는 꼬리를 휙 휘두르며 자리를 떴다.

"마우스퍼와 다크스트라이프는 각자 전사 둘씩을 데리고 사냥을 나갔다 오세요. 각기 다른 방향으로 가세요. 당장 더 많은 먹이가 필요할 겁니다. 사냥하는 동안 떠돌이들이나 타이거클로가 있나 잘 살피고요."

마우스퍼는 차분하게 고개를 끄덕이고, 가는 길에 브래큰퍼와 윌로펠트를 불렀다. 하지만 다크스트라이프는 그를 오랫동안 노려보고만 있었다. 파이어하트는 이 전사가 정말로 명령에 따르지 않으면 어떻게 해야 할지 걱정이 되기 시작했다. 그는 흔들리지 않는 눈빛으로 담청색 눈을 마주 보았다. 마침내 다크스트라이프가 돌아서서 롱테일과 더스트펠트를 불렀다.

"모두 타이거클로의 추종자들이군요."

화이트스톰이 그들이 가는 모습을 지켜보며 말했다.

"저들을 주시해야 할 겁니다."

"네, 알고 있습니다."

파이어하트가 말했다.

"하지만 타이거클로보다는 종족에 충성하고 있다는 걸 보여 주지 않았습니까? 제가 저들의 꼬리를 밟지만 않는다면 언젠가는 절 인정해 주겠지요."

화이트스톰은 대답하지 않았다.

"나한테 시킬 일이 있습니까?"

그레이스트라이프가 물었다.

"그래."

414

파이어하트는 친구의 귀를 재빨리 다정하게 핥아 주었다.

"거처로 돌아가서 쉬도록 해. 어제 심하게 다쳤잖아. 내가 싱싱한 먹이를 가져다줄게."

"그래, 알았어. 고마워, 파이어하트."

그레이스트라이프도 그를 핥아 주고 거처로 사라졌다.

파이어하트는 먹이 더미로 걸어갔다. 점점 줄어들고 있는 먹이 더미에서 신더포가 까치를 끄집어내고 있었다.

"제가 블루스타에게 가져다 드릴게요. 상처도 살펴봐야 하고요. 갔다 와서 옐로팽에게도 먹이를 갖다 드릴게요."

"좋은 생각이야."

파이어하트는 자신감이 생겼다. 신속히 명령을 내린 덕분에 진영이 정상적으로 회복되고 있는 것 같았다.

"약초를 캘 때 도움이 필요하면 클라우드포를 데리고 가도 돼. 우선 원로들을 돌본 다음에."

"네."

신더포가 킥킥거렸다.

"훈련병들에게 어떻게 일을 시켜야 하는지 잘 알고 있네요, 파이어하트."

신더포는 까치를 입에 물었다. 하지만 곧바로 구역질을 하며 떨어뜨렸다. 죽은 새의 살점이 뼈에서 떨어져 나오면서, 꿈틀거리는 하얀 구더기들이 드러났다. 파이어하트는 역한 냄새에 움찔 놀랐다.

신더포가 뒤로 물러나서 혀로 입 주위를 거듭 닦아 냈다. 그녀

415

는 썩은 까치 고기를 빤히 바라보았다. 진회색 털이 곤두섰고, 파란 눈이 휘둥그레졌다.

"까마귀 밥이에요."

그녀가 속삭였다.

"싱싱한 먹이 사이에 까마귀 밥이 섞여 있다니, 이게 무슨 뜻이죠?"

파이어하트는 어떻게 썩은 까치가 먹이 더미에 들어갔는지 상상도 할 수 없었다. 누구도 썩은 고기를 가져왔을 리가 없었다. 가장 어린 훈련병조차 그 정도로 어리석지는 않았다.

"이게 무슨 뜻일까요?"

신더포가 다시 물었다.

파이어하트는 문득 깨달았다. 그녀는 구더기가 들끓는 먹이가 먹이 더미에 들어오게 된 경위를 궁금해하는 것이 아니었다.

"계시라고 생각하는 거야? 별족이 보낸 신호라고?"

"그럴지도 몰라요."

신더포가 커다랗고 파란 눈동자로 그를 바라보았다.

"별족은 아직 저에게 아무 말도 하지 않았어요, 파이어하트. 달바위에서 의식을 치른 뒤로 말이에요. 이게 계시인지 아닌지는 모르겠지만, 만약 맞는다면……."

"블루스타에 관한 게 틀림없어."

파이어하트가 신더포 대신 말을 마쳤다. 이것이 신더포가 수습 치료사로서 갖게 된 새로운 능력의 첫 신호라 생각하니 털이 쭈뼛쭈뼛 섰다.

"그 까치는 블루스타에게 가져다 드리려던 거잖아."

파이어하트는 계시가 어떤 의미일지 생각해 보면서, 오싹한 공포를 느꼈다. 별족은 블루스타의 지도력이 안에서부터 썩어 가고 있다고 말하려는 걸까? 외부적인 위협이었던 타이거클로가 사라졌는데도?

"아니야, 그럴 리가 없어. 블루스타의 문제는 끝났어. 누군가 부주의하게 행동한 거야. 실수로 까마귀 밥을 가져다 놨을 거야. 그냥 그게 다야."

하지만 그는 자신이 말해 놓고도 믿지 않았다. 그리고 신더포도 마찬가지라는 걸 알았다.

"옐로팽에게 물어볼게요."

신더포가 당혹스러운 듯 머리를 흔들며 말했다.

"옐로팽은 알 거예요."

신더포는 먹이 더미에서 들쥐 한 마리를 물어 올리고, 절룩이는 걸음으로 신속하게 공터를 가로질렀다.

파이어하트는 그녀의 뒤에 대고 외쳤다.

"옐로팽 말고는 아무에게도 말하지 마. 종족이 알면 안 돼. 이건 내가 묻을게."

신더포는 알아들었다는 뜻으로 꼬리를 휘두르고는 고사리 사이로 사라졌다.

파이어하트는 그들의 대화를 듣거나 혹은 썩은 까치를 본 고양이가 없는지 주변을 확인했다. 까치의 한쪽 날개 끝을 물고 공터 가장자리로 끌고 가는데 자꾸만 구역질이 났다. 흙을 넉넉히 그

417

러모아 그 불쾌한 시체를 덮어 버릴 때까지 그는 긴장을 늦출 수 없었다.

하지만 일이 끝난 뒤에도 머릿속에서 그 생각이 떠나지 않았다. 썩어서 구더기가 득실대는 까마귀 밥이 정말 계시였다면, 별족은 천둥족과 지도자를 위해 또 어떤 재앙을 준비하고 있다는 말인가?

해가 가장 높이 뜰 무렵이 되자 종족은 안정을 되찾았다. 순찰대가 돌아왔고, 모든 고양이들이 먹이를 배불리 먹었다. 파이어하트는 블루스타의 거처에 가 보아야 할 시간이라고 생각했다. 종족을 이끄는 일에 대해 지도자가 해 줄 말이 있는지 알아보아야 했다.

그때 가시금작화 굴길에서 뭔가가 움직이는가 싶더니, 강족 고양이 넷이 나타났다. 전날 벌어진 전투에 참여해 주었던 레퍼드퍼와 미스티풋, 스톤퍼, 블랙클로였다.

레퍼드퍼의 한쪽 어깨에는 상처를 치료한 흔적이 보였고, 블랙클로는 한쪽 귀 끝이 찢어져 있었다. 떠돌이 고양이들을 쫓아내기 위해 천둥족과 함께 얼마나 열심히 싸웠는지 보여 주는 증거였다. 파이어하트는 그들이 온 것은 단지 천둥족 전사들이 괜찮은지 확인하기 위해서라고 믿고 싶었다. 하지만 마음속에서는 그들이 온 진짜 이유를 알고 있었다. 그레이스트라이프의 새끼 고양이들 때문이었다. 파이어하트는 무거운 마음을 애써 감추고 공터를 가로질러 갔다. 그리고 레퍼드퍼에게 고개를 숙였다. 이번에는 전사가 부지도자에게 보내는 존경의 표시가 아니라, 동등한 상대끼리의 정중한 인사였다.

파이어하트의 달라진 태도에 레퍼드퍼는 약간 놀란 눈치였다.

"너희 지도자와 이야기를 하고 싶은데."

파이어하트는 어디까지 설명을 해야 할지 몰라 잠시 망설였다. 타이거클로의 반역 행위에 대해 모두 말하고 자신이 부지도자로 임명된 것까지 설명하려면 남은 하루가 다 갈 것이다. 그는 잠시 머뭇거리다가, 방문객들에게 아무것도 말하지 않기로 결정했다. 지금은 강족과 우호적으로 지내고 있지만, 종족의 약점을 드러내면 당장이라도 공격해 올 수 있었다. 천둥족의 소식은 다음 모임에서 알게 되어도 늦지 않았다. 그는 다시 한 번 고개를 숙이고 블루스타의 거처를 향했다.

다행히 종족 지도자는 거처에 앉아서 먹이를 먹고 있었다. 타이거클로의 공격 직후에 보였던 모습보다는 한결 평정을 되찾은 모습이었다. 거처 입구에서 파이어하트가 기척을 내자, 블루스타는 마지막 남은 한 입을 삼키며 고개를 들었다. 그녀는 혀로 입가를 핥아 내고 말했다.

"파이어하트인가? 들어오게. 의논할 일이 아주 많이 있네."

"네, 블루스타."

파이어하트가 대답했다.

"하지만 의논은 다음에 해야겠습니다. 강족 전사들이 와 있습니다."

"그렇군."

블루스타가 일어나서 몸을 폈다.

"기다리고 있었네. 이렇게 일찍 올 줄은 몰랐지만."

블루스타는 거처를 나와 강족 전사들이 기다리고 있는 곳으로 갔다. 그레이스트라이프가 나타나 미스티풋과 소식을 교환하는 것 같았다. 파이어하트는 친구가 미스티풋에게 너무 많은 이야기를 하지 않기를 바라며, 강족 전사들과 적당히 떨어져 자리를 잡았다.

다른 고양이들이 호기심 가득한 얼굴로 주변에 모여들었다. 강족 고양이들이 방문한 이유를 알고 싶었던 것이다.

블루스타가 방문객들에게 인사를 하자, 레퍼드퍼가 말을 시작했다.

"우리는 실버스트림의 새끼 고양이들에 대해 오랫동안 상의했습니다. 그리고 새끼 고양이들이 강족에 속한다는 결론을 내렸습니다. 어제 강족의 새끼 고양이 둘이 죽었습니다. 너무 일찍 태어나 그렇게 되었지요. 그들의 어미인 그린플라워가 실버스트림의 새끼들에게 젖을 먹이는 데 동의했습니다. 우리는 이것이 별족의 뜻이라고 생각합니다. 우리가 새끼 고양이들을 잘 보살피겠습니다."

"여기서도 잘 보살피고 있습니다!"

파이어하트가 소리쳤다.

레퍼드퍼가 그를 흘깃 보았지만, 여전히 블루스타에게 직접 이야기했다.

"크룩트스타가 새끼 고양이들을 데리고 오라고 우리를 보냈습니다."

그녀의 목소리는 차분했지만 단호했다. 강족에게 새끼 고양이들을 데려갈 권리가 있다고 진심으로 믿는 목소리였다.

"게다가 이제 새끼 고양이들도 더 자랐고, 안전하게 건너갈 수 있을 정도로 수위도 낮아졌습니다. 우리 진영까지 이동하는 동안 잘 견딜 수 있을 겁니다."

미스티풋이 덧붙였다.

"맞습니다."

레퍼드퍼가 흡족한 표정으로 미스티풋을 보며 말했다.

"더 일찍 데려갈 수도 있었지만, 우리도 천둥족과 마찬가지로 새끼 고양이들의 안전을 염려했던 겁니다."

블루스타가 몸을 일으켰다. 움직임이 뻣뻣하고 여전히 지쳐 보였지만, 적어도 겉으로는 지도자의 권위를 되찾은 것처럼 보였다.

"새끼 고양이들에게는 천둥족의 피도 흐르고 있네."

그녀가 레퍼드퍼에게 상기시켰다.

"이미 말했듯이, 내 결정은 다음 모임에서 알려 주겠네."

"결정은 당신이 내리는 것이 아닙니다."

강족 부지도자가 얼음처럼 날 선 목소리로 말했다.

모여 있던 천둥족 고양이들이 그녀의 말을 듣고 반발하며 웅성거렸다.

"무례하기는!"

파이어하트 근처에 앉아 있던 샌드스톰이 내뱉었다.

"자기가 뭔데 여기 와서 우리한테 이래라저래라 하는 거야?"

파이어하트는 블루스타에게 걸어가서 귀엣말로 속삭였다.

"그들은 그레이스트라이프의 새끼들입니다. 이렇게 보내서는 안 됩니다."

블루스타가 귀를 씰룩거렸다.

"크룩트스타에게 전하게."

블루스타는 방문객들에게 침착하게 말했다.

"천둥족은 이 새끼 고양이들을 지키기 위해 싸울 거라고."

천둥족 고양이들이 환호성을 터뜨렸다. 레퍼드퍼가 날카로운 이빨을 드러내며 으르렁거리기 시작했다.

그때 환호성을 뚫고 커다란 목소리가 들려왔다.

"안 됩니다!"

파이어하트는 털이 곤두섰다. 그것은 그레이스트라이프였다.

덩치 큰 회색 고양이가 블루스타 옆으로 가서 섰다. 천둥족 고양이들은 그가 옆을 지나가자 미심쩍은 표정으로 뒤로 물러났다. 파이어하트는 그들의 태도에 움찔 놀랐다. 하지만 그레이스트라이프는 그들의 적개심에도 개의치 않는 것처럼 보였다. 그는 먼저 강족 고양이들을 흘깃 보고는 자신의 종족에게 시선을 돌렸다.

"레퍼드퍼의 말이 맞습니다. 새끼 고양이들은 어미의 종족에 속합니다. 저는 그들을 보내야 한다고 생각합니다."

파이어하트는 얼어붙었다. 반발하고 싶었지만 아무 말도 할 수 없었다. 다른 천둥족 고양이들도 침묵하고 있었다. 다만 옐로팽 혼자 작게 중얼거렸다.

"미쳤구나."

"그레이스트라이프, 다시 생각해 보아라."

블루스타가 그를 설득했다.

"강족이 새끼 고양이들을 데려가면, 너는 그들을 영원히 잃게 된다. 다른 종족에서 자랄 것이고, 네가 아비라는 것도 알지 못할 것이다. 심지어 그들과 맞서 싸워야 하는 날이 올 수도 있다."

파이어하트는 그녀의 목소리에 깃든 슬픔을 느낄 수 있었다. 시선은 미스티풋과 스톤퍼를 향해 있었다. 그녀의 말에는 쓰디쓴 경험이 담겨 있었다. 누구든 그 말을 들으면 지도자가 오래전에 잃어버린 새끼들에 관한 진실을 알게 될 것만 같았다.

"잘 알고 있습니다, 블루스타."

그레이스트라이프가 말했다.

"하지만 저는 이미 종족에게 많은 문제를 안겨 주었습니다. 제 새끼들 때문에 종족이 싸움에 휘말리게 할 수는 없습니다."

그는 잠시 말을 멈췄다가, 레퍼드퍼를 보며 덧붙였다.

"블루스타가 허락한다면, 해 질 무렵 제가 직접 새끼 고양이들을 데리고 디딤돌로 가겠습니다. 약속합니다."

"그레이스트라이프, 안 돼……!"

파이어하트는 참지 못하고 소리쳤다.

그레이스트라이프가 친구를 바라보았다. 파이어하트는 그의 눈에서 헤아릴 수 없는 불행과 고통을 보았다. 그러나 결연한 의지도 엿보였다. 파이어하트는 자신이 아직 이해하지 못하는 무언가가 친구의 마음속에 있다는 걸 깨달았다.

"그러지 마……."

파이어하트가 다시 조용히 말했지만, 그레이스트라이프는 대답하지 않았다. 샌드스톰이 파이어하트의 털에 코를 비비며 위로의 말을 해 주었다. 하지만 그는 망연자실해서 대답할 수가 없었다. 신더포가 샌드스톰을 쿡 찌르며 속삭이는 소리가 희미하게 들렸다.

"지금 우리가 할 수 있는 일은 아무것도 없어요, 샌드스톰. 그냥 두세요."

블루스타는 한참 동안 고개를 숙이고 있었다. 파이어하트는 그녀가 강족과 맞서느라 쥐어짜듯 다급하게 끌어모은 기운이 소진되어 간다는 것을 눈치챘다. 그녀에겐 휴식이 간절했다. 마침내 그녀가 입을 열었다.

"그레이스트라이프, 진심이냐?"

회색 전사가 턱을 들어 올렸다.

"네, 그렇습니다."

"그렇다면 나도 강족의 요구에 동의하겠네, 레퍼드퍼. 그레이스트라이프가 해 질 무렵 디딤돌로 새끼 고양이들을 데리고 갈 걸세."

레퍼드퍼는 이렇게 빨리 동의를 얻게 되어 얼떨떨한 표정이었다. 그녀는 블랙클로와 눈빛을 주고받았다. 뭔가 속임수가 있는 건 아닌지 묻고 있는 것 같았다.

"그럼 그 약속을 믿겠습니다."

레퍼드퍼가 천둥족 지도자를 다시 보며 말했다.

"별족의 이름으로 꼭 지켜 주십시오."

그녀는 블루스타에게 고개를 숙인 다음, 강족 고양이들을 이끌고 떠났다. 파이어하트는 그들이 가는 모습을 지켜보다가, 그레이스트라이프를 한 번 더 설득해 보려고 고개를 돌렸다. 하지만 친구는 이미 보육실 안으로 사라지고 있었다.

해가 나무 뒤로 기울기 시작하자, 파이어하트는 가시금작화 굴길 옆에서 기다렸다. 잎사귀가 머리 위에서 바스락거리고, 공기에는 새잎 돋는 계절의 따뜻한 냄새가 가득했다. 하지만 파이어하트는 주변을 거의 의식하지 못하고 있었다. 그의 머릿속에는 온통 그레이스트라이프에 대한 생각뿐이었다. 친구가 새끼들을 포기하기 전에 마지막으로 한 번 더 설득해 봐야 했다.

드디어 그레이스트라이프가 보육실에서 나왔다. 그는 뭉툭한 다리로 불안하게 서 있는 새끼 고양이 둘을 앞쪽으로 몰고 있었다. 작은 진회색 수고양이는 벌써부터 건장한 전사가 될 조짐이 보였다. 은빛 털을 가진 암고양이는 어미를 쏙 빼닮아서 아름답고 날렵하게 자랄 것이 분명했다.

골든플라워가 그들을 따라 나와 고개를 숙이고 둘에게 코를 맞댔다.

"잘 가렴, 사랑스런 내 새끼들."

그녀가 슬프게 말했다.

새끼 고양이 둘은 당황한 듯 야옹야옹 소리를 냈다. 그레이스트라이프가 새끼 고양이들을 밀어서 움직이게 만들었다. 골든플라워의 새끼들은 어미를 위로하려는 듯 옆구리에 코를 비벼 댔다.

"그레이스트라이프……."

파이어하트는 새끼 고양이들과 함께 다가오는 친구를 보며 입을 열었다.

"아무 말도 하지 마."

그레이스트라이프가 그의 말을 잘랐다.

"너도 곧 이해하게 될 거야. 나와 같이 디딤돌까지 가 줄래? 새끼들을 데려가려면 도움이 필요해."

"물론, 네가 원한다면."

파이어하트는 어떤 것에든 응할 준비가 되어 있었다. 그레이스트라이프의 마음이 바뀌도록 설득할 수 있는 아주 작은 기회라도 잡고 싶었던 것이다.

전에도 수없이 그랬던 것처럼, 두 전사는 함께 숲을 걸어갔다. 그들은 각자 새끼 고양이를 하나씩 맡았다. 작은 털 뭉치 같은 새끼 고양이들은 제 발로 걷고 싶다는 듯이 야옹거리며 꿈지럭댔다. 파이어하트는 친구가 새끼들을 포기하고 어떻게 견딜지 알 수 없었다. 블루스타도 이런 기분이었을까? 그녀도 오크하트에게 보내기 전에 마지막으로 새끼들을 보면서 같은 기분을 느꼈을까?

디딤돌에 도착했을 때는 해가 넘어가며 뿜어내는 붉은 빛이 희미해지고 있었다. 달이 떠오르기 시작했다. 강물은 희붐한 하늘이 비친 은빛 리본 같았다. 물이 졸졸 흐르는 소리가 공기를 채웠고, 물가에 자란 긴 풀은 발밑에서 싱그럽고 시원하게 느껴졌다.

파이어하트는 물고 있던 새끼 고양이를 부드러운 수풀에 내려놓았다. 그레이스트라이프도 다른 새끼 고양이를 그 옆에 살며시 내려놓았다. 그리고 한두 걸음 정도 떨어져, 파이어하트에게 따라오라는 고갯짓을 했다.

"네 말이 맞아. 난 새끼들을 포기 못 해."

파이어하트의 마음에 기쁨이 밀려들었다. 그레이스트라이프가 마음을 바꾼 것이다! 그들은 새끼들을 집에 데려갈 것이다. 그리고 강족이 어떤 위협을 가하든 거기에 맞설 것이다. 하지만 그레이스트라이프의 말이 이어지면서 그는 심장이 얼어붙어 버렸다.

"나도 같이 갈 거야. 실버스트림이 나한테 남긴 건 이 녀석들밖에 없어. 나한테 잘 돌보라고 했단 말이야. 새끼들과 헤어진다면 난 죽어 버릴 거야."

파이어하트는 멍하니 입을 벌린 채 그를 바라보았다.

"뭐라고? 그럴 수는 없어! 넌 천둥족의 전사야!"

그레이스트라이프가 고개를 저었다.

"더는 아니야. 천둥족은 날 원하지 않아. 나와 실버스트림의 사이를 알게 된 뒤로는 말이야. 그들은 다시는 나를 신뢰하지 않을 거야. 그들이 날 믿어 주기를 내가 원하는지도 잘 모르겠어. 나한테는 더 이상 종족에 대한 충성심이 남아 있지 않은 것 같아."

친구의 말은 상대를 갈기갈기 찢어 놓는 적의 발톱처럼 파이어하트의 속을 틀어쥐었다.

"그레이스트라이프, 난 어쩌라고? 난 네가 천둥족에 남아 있기를 원해. 난 평생 너를 신뢰할 거야. 절대로 배신하지 않을 거란 말이야."

그레이스트라이프의 노란 눈이 서글프게 빛났다.

"알아. 그 누구도 너 같은 친구는 갖지 못할 거야. 널 위해서라면 난 목숨도 바칠 수 있어. 너도 알잖아."

"그럼 천둥족에 남아!"

"그럴 수 없어. 그것만은 내가 해 줄 수 없는 일이야. 난 내 새끼들과 함께 있어야 해. 내 새끼들은 강족에 있어야 하고. 아, 파이어하트, 파이어하트……."

그의 목소리가 비탄에 빠진 울부짖음으로 변해 갔다.

"난 두 갈래로 찢겨 나가고 있어!"

파이어하트는 친구에게 몸을 기대고 귀를 핥아 주었다. 친구의 강인한 몸이 고통으로 떨리고 있었다. 그들은 너무나 많은 일을 함께 겪어 왔다. 애완 고양이 시절 숲에 들어갔을 때, 처음으로 말을 해 본 종족 고양이가 그레이스트라이프였다. 천둥족에서 사귄 첫 번째 친구이기도 했다. 그들은 함께 훈련을 받았고 함께 전사가 되었다. 초록잎 우거진 계절의 뜨거운 날, 붕붕 날아드는 벌 소리와 향긋한 냄새 가운데 그들은 함께 사냥을 했다. 온 세상이 얼어붙은 혹독한 잎 없는 계절에도 함께했다. 블루스타의 노여움을 살 각오를 하고 타이거클로에 대한 진실을 밝혀냈을 때도 그들은 함께였다.

그리고 이제 그 시간들이 끝을 향해 가고 있었다.

무엇보다 최악인 것은, 파이어하트가 친구의 말에 반박할 수가 없다는 사실이었다. 회색 전사가 실버스트림을 사랑했다는 이유로 천둥족이 그를 신뢰하지 않는 것은 사실이었다. 게다가 천둥족이 그레이스트라이프의 새끼 고양이들을 온전히 받아들일지도 의문이었다. 그들이 새끼 고양이들을 두고 싸운다면, 그것은 오직 종족의 명예를 지키기 위한 싸움일 것이다. 천둥족 안에서는 그레이스트라이프의 미래도, 새끼 고양이들의 미래도 보이지 않았다.

마침내 그레이스트라이프가 새끼 고양이들을 부르러 갔다. 새끼들은 비틀거리며 그에게 다가와, 작고 가냘프게 야옹거렸다.

"이제 시간이 됐어. 다음 모임에서 보자."

그가 파이어하트에게 조용히 말했다.

"그땐 지금과는 다르겠지."

그레이스트라이프는 그를 한참 동안 마주 보았다.

"그래, 다를 거야."

그리고 그는 돌아서서 새끼 고양이 하나를 데리고 물가로 갔다. 그는 새끼의 목덜미를 단단히 물고 디딤돌 사이를 건너뛰었다. 반대쪽 기슭에서 회색 형체가 갈대숲 사이로 모습을 드러냈다. 그 회색 고양이는 그레이스트라이프가 두 번째 새끼 고양이를 데려오기를 기다렸다.

파이어하트는 실버스트림과 가장 절친했던 미스티풋을 알아보았다. 미스티풋은 자신의 새끼들만큼이나 실버스트림의 새끼들을 사랑해 줄 것이다. 하지만 그 누구도 파이어하트만큼 그레이스트라이프를 아껴 주지는 못할 것이다. 네 번의 긴 계절을 함께 지내면서 가졌던 공고한 감정을 느낄 수는 없을 것이다.

'다시는 못 하겠구나. 함께하는 순찰도, 장난치며 싸우는 일도, 사냥에서 돌아와 혀를 나누는 일도 더는 할 수 없어. 함께 웃음을 터뜨리는 일도, 위험에 맞서는 일도 더는 없어. 다 끝난 거야.'

그가 할 수 있는 일은 없었다. 할 말도 없었다. 그는 그레이스트라이프와 두 번째 새끼 고양이가 건너편 강기슭에 올라서는 모습을 무력하게 지켜보았다. 미스티풋이 회색 전사와 코를 맞댔다. 그러고는 고개를 숙여 킁킁거리며 새끼들을 살폈다. 미스티풋과 그레이스트라이프는 서로 약속이나 한 듯이 각자 새끼 고양이를 하나씩 물어 올렸다. 네 고양이는 갈대숲 속으로 사라졌다.

파이어하트는 그 자리에 오랫동안 머물면서, 미끄러지듯 기슭을 스쳐 흐르는 은빛 강물을 바라보았다. 달이 나무 위로 떠올랐을 때, 그는 억지로 몸을 일으켜 숲으로 돌아갔다.

전에 없는 깊은 슬픔과 외로움이 느껴졌다. 하지만 동시에 내면 깊숙한 곳에서 치솟아 오르는 힘을 느낄 수 있었다. 그는 타이거클로에 대한 진실을 밝혀냈고, 부지도자가 종족을 더 이상 파괴하지 못하게 막았다. 블루스타는 그를 부지도자로 선택함으로써 이례적인 명예를 안겨 주었다. 그는 이 순간부터 다시 시작할 것이다. 스파티드리프와 별족이 지켜보는 가운데, 지도자가 이끄는 대로.

파이어하트의 발걸음이 자신도 모르게 빨라졌다. 골짜기에 다다를 무렵, 그는 어느새 질주하고 있었다. 자줏빛 어스름 속에 불꽃색 털가죽이 흐릿해 보일 정도로 달렸다. 어서 빨리 천둥족으로, 부지도자의 새로운 삶 속으로 돌아가고 싶었다

〈4권에 계속〉

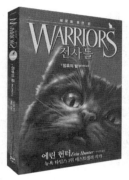
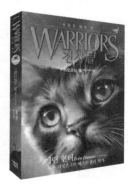
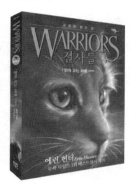

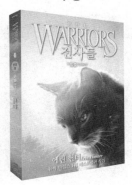

전 세계가 열광한 베스트셀러 작가,
에린 헌터의 『전사들』 특별판!

슈퍼에디션

WARRIORS
전사들

파이어스타의 임무

블루스타의 예언

하늘족의 운명

크룩트스타의 약속

크룩트스타의 약속

파이어스타, 블루스타, 리프스타, 크룩트스타, 옐로팽 등 본편에 등장하는 주요 고양이들의
일생에 초점을 맞춰 진행되는 『전사들』 시리즈의 흥미진진한 뒷이야기! 본편에 나오는 많은
사건들이 새로운 시점과 보다 풍부한 내용으로 전개되어 독자들의 마음을 사로잡는다.

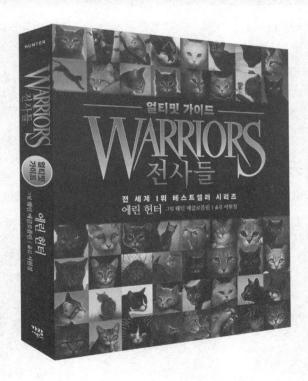

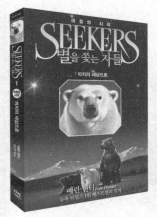

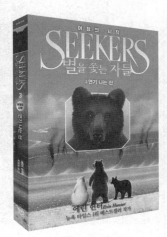